Über dieses Buch

Kaum ein anderer Roman der letzten Jahre wurde so heftig diskutiert wie ›Efraim‹ von Alfred Andersch. Einer der Gründe liegt zweifellos darin, daß Andersch trotz aller Gegenwartsbezogenheit und wohlkalkulierten Präzision der formalen Komposition seines Buches sich nicht als Avantgardist versteht. Efraim, der Ich-Erzähler, stellt zwar das Ergebnis seiner literarischen Bemühungen ständig in Frage, blickt sich beim Schreiben gewissermaßen selbst über die Schulter; dennoch wirkt dieser Roman nicht angestrengt, und er liest sich mühelos. »Wollte ich nur für mich schreiben, so könnte ich mir die ganze Anstrengung sparen; um mich mit mir selbst zu verständigen oder zu entzweien, genügt Nachdenken allein«, heißt es an einer Stelle. ›Efraim‹ ist die Geschichte eines Mannes, der, in Berlin als Kind jüdischer Eltern geboren, nach London entkam, englischer Journalist wurde, eine Engländerin heiratete, sich von ihr trennte, als Reporter Asien bereiste und als Korrespondent seines Blattes in Rom lebt. Er möchte herausfinden, warum ihn sein Beruf nicht mehr ausfüllt, warum seine Ehe scheiterte und wo und wie er eigentlich leben soll. »Daß das große Feld, das dieser Ich-Bericht aussteckt – das Geschichtsfeld: Deutschland, Hitler, Europa, Nachkriegszeit, Ost-West usw. . . . zum Schluß sich zusammenzieht auf jenes Kreuz, das man ›privat‹ nennt und das gegenüber Treblinka oder Vietnam ›klein‹ genannt wird, das ist stark durch Wahrheit, Beichte im guten Sinne, Eingeständnis, daß wir, wie sehr uns die allgemeine Geschichte angeht und bewegt, die Welt schließlich doch immer vom Ich her erfahren, erleiden, bewältigen oder nicht.« (Max Frisch)

Alfred Andersch:
Efraim
Roman

Deutscher
Taschenbuch
Verlag

Von Alfred Andersch
sind im Deutschen Taschenbuch Verlag erschienen:
Fahrerflucht. Hörspiele (296)
Die Rote. Roman (141)

Ungekürzte Ausgabe
1. Auflage April 1970
3. Auflage März 1974: 31. bis 40. Tausend
Deutscher Taschenbuch Verlag GmbH & Co. KG,
München

Umschlaggestaltung: Celestino Piatti
Gesamtherstellung: C. H. Beck'sche Buchdruckerei,
Nördlingen
Printed in Germany · ISBN 3-423-00655-2

Für G.

»Im Kampf gegen sich selbst erlahmt die Einbildungskraft des Erzählers, aus dem einfachen Grunde, weil seine Begabung Wurzeln in die Sünde treibt, ich meine nicht ins sündige Leben, wohl aber in die Idee der Sünde. Die Quelle des Romans ist unrein.«

Julien Green, Tagebuch-Eintragung vom 29.3.1948

»Das Los ist mir gefallen aufs Lieblichste.«

Grabinschrift der Luise Zoufal, 1878–1924, auf dem Böhmischen Gottesacker, Berlin-Neukölln

1

Gegen vier Uhr am Morgen regnet es. Ich wache von dem Geräusch auf, das der Regen macht, knipse die Bettlampe an und bringe das Zifferblatt meiner Armbanduhr nahe vor meine kurzsichtigen Augen. Dann taste ich nach meiner Brille, lösche das Licht, stehe auf und gehe ans Fenster. Als ich zu Bett ging, um zwei Uhr, habe ich die Vorhänge nicht zugezogen. Das Hotelzimmer besitzt kein Gegenüber. Der Regen rauscht durch das kalte Flutlicht der Lampen, die, von Betonmasten herab, einen Frachthof erleuchten. Ich betrachte zwei Lastautos und einen schwarzen Mercedes, von deren Motorhauben der Regen prasselnd abspringt. Hinter dem unbebauten Gelände der Bogen des Damms der Stadtbahngleise, von Lampen beschienen, deren Gläser gelb gefärbt sind, so daß sich eine flache Kurve aus düster-goldenem Licht ergibt, bis dorthin, wo die Gleise in der Halle des Bahnhofs Zoo verschwinden. Verkehrsstille, die nicht mehr lange dauern wird; die S-Bahn muß bald den Verkehr aufnehmen. Später, kurz nach sieben, wenn es schon hell ist, wird der Interzonen-Zug aus Frankfurt erscheinen. Ich habe ihn an jedem der beiden Tage, seit denen ich in Berlin bin, beobachtet und mir vorgenommen, mit ihm zurückzufahren. Der Gegenzug verläßt Berlin um 19.39. Man muß den Schlafwagenplatz rechtzeitig buchen. Die Landung in Tempelhof am Donnerstag nachmittag hat mir nicht gefallen. Einen Augenblick lang sah es so aus, als würden die Tragflächen des Flugzeugs die Häuser streifen. Es war unangenehm. Aber dann der Herbst in Berlin, kühl, farbig vor weiß. Jetzt wird Berlin gewaschen. Vielleicht wird der Herbst am Morgen vorbei sein. Der Herbst, dessen Durchsichtigkeit ich nicht mehr so in der Erinnerung hatte. Die Regennacht draußen kommt mir vor wie das Innere eines Schaufensters, dessen Beleuchtung man gelöscht hat; die Gegenstände scheinen die Lichter der Straße zu spiegeln, und ich bemühe mich, sie zu erkennen, aber ich sehe nur den Verladehof, die S-Bahngleise, den Bahnhof Zoo und zur Linken die Lampenzeile der Fasanenstraße, die hinter der niedrigen dunklen Masse des jüdischen Gemeindehauses verschwindet. Es steht auf dem Platz der alten Synagoge, die verbrannt worden ist. Ich bin gestern daran vorbeigegangen. Ein paar Bruchstücke der Synagoge, die man aus den Trümmern geklaubt hat, sind recht geschickt in die Fassade des neuen Baus eingefügt worden: eine Portaleinfassung zum Beispiel, und ein Säulenturm. Ich bin bis gestern abend um halb neun Uhr entschlossen gewesen, Berlin so schnell wie möglich wieder zu verlassen. Um halb neun jedoch habe ich Anna Krystek kennengelernt. Wir zogen bis zwei Uhr herum. Die Art der Gefühle, die sie mir einflößte, war nicht gerade neu für mich; ähnlicher Erfahrungen wegen rechne ich aber damit, daß auch die Beziehung zu ihr mich vielleicht eine Weile beschäftigen wird. Es ist möglich, daß sie mich zwingt, meinen Aufenthalt in Berlin zu verlängern. Ich gehe zum Bett zurück, nehme meine Brille ab und lege mich wieder hin. Ich fühle mich schlecht. Der Abend hat mich angestrengt. Mit zweiundvierzig Jahren vertrage ich das Trinken nicht mehr so gut wie früher. Ohne Brille ist das Fenster für mich nur noch ein grauer Fleck, hinter dem der Regen rauscht. Das schlimmste ist, daß ich überhaupt nicht mehr betrunken werde, so viel ich auch trinke. Ich fühle mich nur einfach schlecht danach, besonders wenn ich außerdem viel geraucht habe. Infolgedessen trinke ich nur noch selten. Anna hat fast nichts getrunken. Ich habe geglaubt, in ihrer Anwesenheit trinken zu müssen. Sie ist dreiundzwanzig, und ich wollte ihr nicht zeigen, daß mein Körper mir schon Probleme stellt. Mein Körper schläft schließlich wieder ein, während mein Geist noch wandert. Ich werde von einem Hemm-Traum heimgesucht, in dem ich fortwährend einen Koffer packe. Meg treibt mich an, weil wir eilig zur Bahn müssen, aber ich werde mit dem Packen nicht fertig. Meine Arme und Beine bewegen sich nur mit äußerster Langsamkeit; es ist mir unmöglich, sie zu schnelleren Bewegungen zu veranlassen. Gequält erwache ich kurz nach sieben Uhr; ich schlafe selten länger. Obwohl ich, wie alle Journalisten, nachts oft lang aufbleiben muß, bin ich ein Frühaufsteher. Dafür schlafe ich mittags in der Regel eine Stunde.

Ich stehe auf und sehe wieder zum Fenster hinaus. Wieder das Wetter wie gestern und vorgestern, fast schön, neutral, mit einem Stich ins Sonnige; es ist noch nicht zu erkennen, ob in der Höhe ganz reiner Himmel ist oder eine weiße, dünne, homogene Wolkenschicht. Jedenfalls hat der Nachtregen das Wetter der vergangenen beiden Tage nicht verändert. Der Interzonen-Zug fährt vorbei. Ich habe mich für fünf Uhr am Nachmittag mit Anna verabredet. Der Gedanke an dieses Stelldichein stört mich jetzt, ist mir peinlich. Zwar halte ich mich für verliebt in Anna, aber der Gedanke, daß ich bei einer Begegnung Anstrengungen machen sollte, um sie zu werben, wie der Ausdruck lautet, erscheint mir lächerlich. Ich bin über dieses Alter hinaus; jedesmal, wenn ich in einen solchen Vorgang gerate, höre ich seinen Mechanismus in den Gelenken knirschen. Es gibt jedoch kaum Frauen, die auf die alten Riten verzichten wollen. Ich habe keine Ahnung, was Anna eigentlich von mir erwartet. Die Hotelzentrale stellt mir ein Gespräch aus London durch. Der Apparat steht neben dem Bett. Ich setze mich mit gekreuzten Beinen auf das Bett und erwarte Keirs Vorwürfe. Eine Stille wie aus einer Höhle, die Stille von Keirs Wohnung in Holborn, dieser schmutzigen verwohnten Zimmer in Chichester Rents, dem Schlafbau eines alten Tiers. Mein Zimmer hingegen ist modern eingerichtet, Komfort eines Hotels erster Klasse, grauer Spannteppich und Dänisches. Ich höre, wie Keir sich räuspert und dann, auf die Verbindung wartend, eine Strophe aus dem Lied von Mary Hamilton singt. »Arise, arise, Mary Hamilton«, singt er, »arise an come with me, there is a wedding in Glasgow Town, this night we'll go and see.« Mit dem Wort *wedding* ist der Galgen gemeint, die Galgenhochzeit, die auf Mary Hamilton wartet, weil sie ihr uneheliches Kind in einem schwachen Boot auf dem Meer ausgesetzt hat. Dabei fällt mir nichts weiter ein, als daß es einen berliner Bezirk gibt, der Wedding heißt. Keir Horne singt halblaut, und die Wände des kleinen Zimmers, in dem er telefoniert, – alles darin ist von Staub bedeckt –, schlucken die Stärke seiner Trinkerstimme weg. Dann schweigt er, hustet, nennt schließlich meinen Namen in dessen englischer Form, *George*, was mir seltsamerweise auffällt, vielleicht weil Anna mich gestern abend unentwegt mit *Georg* angeredet hat. Ich melde mich, und Keir fragt irritiert, ob ich ihm schon die ganze Zeit zugehört habe. Als ich sage, ich hörte ihn gerne singen, bellt er mich an, ich solle nicht ablenken, und beginnt mir Vorwürfe wegen meiner Berichte zu machen. Er könne sie nicht einmal als Stimmungsberichte brauchen. Wir sprechen eine Weile sachlich über die Insel. Er meint, heute würde sich alles entscheiden, die Russen würden heute mitteilen, ob sie ihre Angriffsbasen auf der Insel vor der amerikanischen Küste abbauten oder nicht. Ich versuche zu verbergen, daß ich nicht auf dem laufenden bin. Anna, gestern abend, ist besser informiert gewesen als ich. Sie hat mir die Lage analysiert, von ihrem Standpunkt aus. Genosse C. ist ein Verräter, hat sie gesagt. Ich gebe den Satz als meine eigene Meinung an Keir weiter, behaupte, C. würde nachgeben, es würde gar nichts passieren. Keir meint, das sei schon möglich, aber kein

Grund für mich, in Berlin spazierenzugehen. Ich behaupte, es sei überhaupt nichts los hier (was stimmt) und niemand rege sich weiter auf (was glatt gelogen ist). Gestern abend bei Lampe haben alle über die Verhaftung der Redakteure der *Zeitschrift* und am Rande auch über die Insel gesprochen. *Am Rande* ist eine neue idiomatische Redensart in Deutschland, die mir unbekannt war. Es gibt jetzt ganz andere Ausdrücke als seinerzeit; Lampe sagte gestern von seinem neuen Film, er müsse ihn erst noch *in den Griff bekommen.* Als Keir mir erklärt, ich könne aus Berlin eine Menge herausholen, kommt mir dieser Ausdruck bereits als zu schwach vor, verglichen mit der Redeweise eines deutschen Journalisten, der zu mir sagte, hier sei ich *am Drücker.* Ich verfalle ins Deutsche und erkläre Keir diese und jene neue Wortbildung. Während er darauf eingeht und mir versichert, ich sei noch nie so nah am Drücker gewesen wie diesmal, lege ich mich aufs Bett zurück und betrachte die Zimmerdecke, um die ein Stuckfries läuft. Es ist also doch ein altes berliner Hotelzimmer, sie haben es nur geschickt modernisiert. Keir spricht wieder englisch, er fragt mich, da ich doch gerade aus Rom käme, was mit einer *proposition to view the ruins of Rome* gemeint sein könne. Ich schalte schnell: er hat also die ganze Zeit, während er mit mir telefonierte, am *Times*-Kreuzworträtsel gearbeitet. Ich hätte das wissen müssen; es erscheint in der Samstag-Ausgabe der *Times* und Keir sitzt von da an bis Dienstag oder Mittwoch an der Lösung. Er kann einen politischen Kommentar diktieren und gleichzeitig über die Lösungen nachdenken. Die Schwierigkeit des Rätsels liegt darin, daß man zuerst einmal die Frage selbst analysieren muß. Die Form der Frage ist rätselhaft. Ich versage da vollständig. Ich spreche und schreibe Englisch fließend, kann aber kaum je eine der Fragen des *Times*-Kreuzworträtsels auch nur verstehen, was mein Verhältnis zu dem Land, dessen Bürger ich geworden bin, genügend charakterisiert. Ich ahne nicht, was ich mir unter einem Vorschlag, die Ruinen von Rom zu sehen, vorstellen soll. Keir fragt hinterhältig, ob ich dann wenigstens wüßte, wer denn *the lowest of women we hear* sei. Die *Times* will sicherlich anderes hören als die Bezeichnungen, die man für einen bestimmten Stand gebraucht. Ich breche das Spiel ab, das zu Keirs Methoden gehört, mich gelegentlich daran zu erinnern, daß ich nicht *drinnen* bin, daß ich nicht zu *ihnen* gehöre. Er übt solche Methoden seit Jahren und so gut wie absichtslos; würde ich ihn auf die Absicht hinweisen, so wäre er beschämt. Es interessiert mich plötzlich, zu erfahren, ob Keir in seinem alten

Schaukelstuhl sitzt, ob er rasiert oder unrasiert ist, wieviel er gestern abend getrunken hat, ob er jetzt müde oder frisch ist. Er gibt mir geduldig Auskunft, denn er kennt meine Manie, solche Protokolle aufzunehmen. Er sitzt also in jenem Stuhl, er ist unrasiert, er hat nicht mehr als sein übliches Quantum Bier getrunken, – es ist gewaltig –, er fühlt sich momentan ganz frisch. Ich fühle mich versucht, meine einfachen Erkundigungen in Fragen nach dem Grunde zu verwandeln. Zum Beispiel könnte ich fragen: »Warum trinkst du? Warum löst du Kreuzworträtsel? Warum lebst du allein?« Und ich stelle mir vor, er würde darauf antworten: »Ich bin ein alter Mann. Ich kann mir das erlauben.« »Du bist erst dreiundsechzig«, sage ich, »die meisten Männer sind älter, ehe sie aufhören.« »Die armen Irren«, antwortet er und lacht. Natürlich hat sich mein Verhör nicht bis zu einem solchen Wortwechsel zugespitzt. Konversation dieser Art gibt es auf der Bühne, nicht im Leben. Außerdem hätte er mir ganz andere Antworten gegeben als diejenigen, die ich mir soeben vorgestellt habe. Zwar ist Keir ein alter Mann, zwar lebt er allein, aber er hat deswegen keineswegs aufgehört, und er würde alte Männer, die nicht aufhören, niemals als arme Irre bezeichnen. Dieser ganze imaginäre Dialog entspringt meinem Wunschdenken; nur weil ich gewisse Gründe habe, mir zu wünschen, Keir möge aufhören, lasse ich ihn in meiner Vorstellung Ansichten äußern, die nicht die seinen sind. Schluß also mit diesem Verhör! Schon meine simplen Fragen, – diejenigen, die ich wirklich stellte –, haben ja genügt, mich wieder einmal über ihn ins Bild zu setzen. Um mich zu revanchieren, berichte ich über meine Erlebnisse gestern abend, über den Besuch bei Lampe, über Anna, die ich dort kennenlernte. Ich tue so, als sei ich an Anna sehr interessiert; Keir soll nicht glauben, ich klebte immer noch an meinem Verhältnis zu Meg. Er hört mir aufmerksam zu, stellt keine Fragen. Nachdem ich fertig bin, komme ich wieder auf den Beginn unseres Gespräches zurück. Ich frage Keir, ob er mir weismachen wolle, daß wir für Berlin sterben würden. Das sei *einfach nicht drin*, sage ich, wieder in den deutschen Slang verfallend. Keir erklärt mir, er glaube an die heilige Drei-Zahl. Es würde drei Weltkriege geben, die sich um Deutschland drehen, zwei seien zu wenig. Keir glaubt an das Schicksal. Er glaubt auch an die Vernunft; aber gerade die Vernunft hat ihn gelehrt, daß die Zeit Schicksale ablaufen läßt. Die Vernunft ist nur ein kleines Uhrwerk, das in der großen Maschine der Zeit tickt. Ich hingegen glaube weder an das Schicksal noch an die Vernunft. Es gibt nichts als ein großes Durcheinander. Dinge geschehen oder geschehen nicht, Menschen kommen und gehen, tun dies oder jenes, worauf irgend etwas oder nichts geschieht. Immer ist alles möglich oder unmöglich. Es gibt keine Gesetze und keine Freiheit. Zum Beispiel ist es völlig sinnlos, daß ich in diesem Augenblick, am Sonntag, den 28. Oktober 1962, morgens nach sieben Uhr, auf dem Bett eines berliner Hotelzimmers liege und mit Keir Horne in London telefoniere, das heißt Worte und Sätze bilde, die durch ein System dünner Drähte irgendwohin befördert werden, während andere Worte und Sätze auf die gleiche Art und Weise in den Gehörgang meines linken Ohrs wie durch eine Öse gefädelt werden.

Den folgenden Abschnitt des Telefonats will ich versuchen, wörtlich zu rekonstruieren, weil ich mich förmlich zusammenkrümme, wenn ich an die Taktlosigkeit denke, die ich in seinem Verlauf beging. Ich kann das peinliche Gefühl, das mich überfällt, wenn ich mich erinnere, wie sehr ich Keir verletzt habe, nur mildern, indem ich meinen Fehler schriftlich fixiere. Um Keir irgendwie meine These zu beweisen, daß nichts geschehen würde, sage ich, die Berliner seien ruhige und anständige Leute. Sie hätten vor ein paar Jahren einige Hunderttausend Kinder mit Giftgas umgebracht, und seitdem wüßten sie, daß es ziemlich gleichgültig sei, was mit ihnen geschähe. Keir erwiderte erst eine Weile nichts. Die Pause hätte mich warnen sollen. Dann schwingt er sich zu einer Antwort auf.

»George, es waren nur wenige von den Deutschen, die das mit den Kindern gemacht haben.«

»Ich weiß«, antworte ich, »die anderen haben nur zugesehen oder dafür gekämpft oder nichts gewußt davon.«

»Ich hab' auch nichts gewußt davon. Wenigstens nicht gleich.«

Seine Antwort ist ganz schnell gekommen. Jetzt muß ich mir sein Gesicht vorstellen, das fette, vom Trinken zerlaufene Gesicht mit dem Schopf weißer Haare darüber, den buschigen weißen Augenbrauen über den staubgrauen Augen. Ich höre, wie Keir weint, die Tränen laufen wohl aus seinen Staub-Augen über sein Trinkergesicht. Das zerwühlte Bett, auf dem ich liege, ist auf einmal eine Falle, in der ich mich gefangen fühle. Ich rufe Keir zu, er solle mir nicht böse sein, ich hätte eben wirklich nicht an etwas Spezielles gedacht. Er faßt sich und fragt, ob ich schon etwas über Esther herausgebracht hätte. Ich sage, ich sei dabei. Ich will ihm nicht jetzt, nicht am Telefon berichten, was ich bereits am Freitag nachmittag von einer gewissen Frau Schlesinger, die im Altersheim der Jüdischen Gemeinde lebt, erfahren habe. Auch nicht, daß Anna Krystek gestern abend auf eine neue Idee kam, wie man Esthers Spur verfolgen könne. Selbst wenn sich meine Bekanntschaft mit Anna als eine Sache ohne Bedeutung herausstellen sollte, dann wird mich also die Recherche, die ich Keir versprochen habe, in Berlin festhalten. Das paßt mir gar nicht.

Ich höre, wie Keir sagt, er werde mich nicht mehr lange halten können. Er hat es mir schon bei seinen letzten Telefonaten nach Rom offen gesagt, und natürlich hat es mich nicht überrascht. Ich wiederhole also meine Bitte, er möge mich bald hinauswerfen. Ich will nicht, daß er mir wieder vorhält, er habe unser bonner Büro übergangen, als er mich von Rom aus direkt nach Berlin beorderte. Ich bin nicht scharf auf diesen Auftrag gewesen. Es gefällt mir in Rom, ich wäre lieber in Rom geblieben. Ich glaube, ich habe laut gedacht, oder vielleicht kann Keir meine Gedanken lesen, denn er meint, er habe mir mit Berlin eine letzte Chance bieten wollen.

»Ich dachte, es würde dich auffrischen. Du hast ja schon in Rom angefangen. Plötzlich hast du angefangen, Literatur zu machen.«

»Literatur?« frage ich.

»Jawohl, beschissene Literatur! Statt Nachrichten!«

Er brüllt. Da er vorher geweint hat, muß er jetzt brüllen. Ich halte den Hörer von meinem Kopf ab. Er ist im Grunde mit dem Gewerbe genau so fertig wie ich, nur aus anderen Ursachen. Im Gegensatz zu mir weiß er es nur noch nicht. In genügendem Abstand von meinem Ohr wird sein telefonisches Gebrüll zu hellem, eintönigem Geschrei. So früh am Morgen ist Keir immer in bester Form. Er trinkt regelmäßig bis gegen zwei Uhr, dann döst er in seinem Schaukelstuhl ein. Um sieben Uhr wacht er auf, völlig nüchtern, und beginnt mit seinen Auslandskorrespondenten oder mit einem seiner Ressortleiter zu telefonieren. Man weiß nie, wer grade dran ist; auf jeden Fall scheucht er den Betreffenden rücksichtslos aus dem Schlaf. Danach geht er ins Bett, schläft ungestört bis Mittag. Von ein Uhr ab arbeitet er hart in der Redaktion, oft bis Mitternacht, besonders am Freitag, wenn umbrochen wird. Als das Geschrei aufhört, bringe ich den Hörer wieder ans Ohr und frage Keir, ob er Meg gesehen hat. Sie war gestern auf der Redaktion, höre ich. Keir verliert sich in sarkastischer Bewunderung von Megs neuen Aufnahmen aus dem Industriegebiet. Ich habe meine Frau seit einem Jahr nicht gesehen, weiß nur, daß sie den Sommer in den Midlands verbracht hat, was ihr ähnlich sieht. Sie hat mir Postkarten aus Birmingham, Nottingham und Stoke-on-Trent geschickt. Ich habe sie eingeladen, mich in Rom zu besuchen, aber sie ist nicht gekommen.

»Was sie aus der Mauer einer alten Marmeladenfabrik in Liverpool gemacht hat! Meg ist große Klasse, George!«

Die Bewunderung in Keirs Tonfall ist echt, der Sarkasmus falsch und aufgesetzt. In Keirs Verhältnis zu Meg hat es nie einen Platz für Kritik gegeben. Er berichtet mir, Cameron habe sie als künstlerische Beraterin für seinen neuen Film engagiert. Ja, Meg ist eine hervorragende Fotografin. Ich bitte Keir, sie von mir zu grüßen. Er sagt, er würde es tun. Dann meint er, ich solle es gut machen, und hängt unvermittelt ein. Ich höre das Klicken. Ich lausche noch einen Augenblick auf die Leere; das Rauschen, das ich für das Rauschen des Raums zwischen London und Berlin halten möchte, das jedoch nur ein elektro-akustisches Nebengeräusch war, ist verschwunden. Dann drücke ich auf die Gabel und bestelle das Frühstück aufs Zimmer. Ich gehe ins Badezimmer und beginne mich zu rasieren, indem ich Schaum schlage und die Klinge feststelle. Ich rasiere mich methodisch, bei den Backen beginnend, über das Kinn bis zu den Halspartien, zuletzt zwischen Oberlippe und Nase. Es geht rasch und angenehm, weil ich keinen harten Bart habe. Im Spiegel sehe ich, in den üblichen Rasier-Verzerrungen, den Kopf eines eher kleinen, mageren Mannes: die Stirn- und Wangenknochen, nicht sehr hart, aber immerhin doch deutlich abgesetzt, die Nase schmal, etwas hängend, dunkelblaue, ein wenig starr blickende Augen hinter der randlosen Brille, der lange Strich des Mundes aus dünnen Lippen, glatte schwarze Haare, kurz geschnitten, alles in allem ein typisches Journalistengesicht, Kategorie Reporter; nicht das, was die Leute sich unter einem Reporter vorstellen, kein hechelndes Hundegesicht, sondern, wie Meg einmal sagte, während sie mich im Sucher ihrer Leica betrachtete, eine trokkene, ausgeglühte Landschaft, auf Wasser wartend, auf das Heil, auf die Erlösung. Sie hat recht; ich betreibe Nachrichten-Chemie als einen Zweig der Heilsgeschichte; ich habe mir angewöhnt, den Regen der Informationen unwillkürlich auf seinen Gehalt an Glücksverheißungen zu analysieren, ohne freilich zu wissen, welche Art von Rettung ich eigentlich erwarte. Keir hat mich einmal davor gewarnt. Während des Krieges, während einer Hitler-Rede, die wir in der Kantine unserer Radio-Station abhörten, sagte er plötzlich: »Erlösung ist doch eigentlich eine unmoralische Idee – wer ›Heil‹ schreit, ist schon verdächtig.« Als ich mit dem Rasieren fast fertig bin, kommt der Zimmerkellner mit dem Frühstück. Ich ziehe aus einem Stapel von Büchern und Zeitschriften, die ich Freitag und gestern zusammengekauft habe, die letzte Nummer der *Zeitschrift* heraus, die beim Durchblättern ganz veraltet wirkt, weil sie vor der Verhaftung ihrer Redakteure und der Besetzung der Redaktion durch die Polizei erschienen ist. Es gehört zu meinen Gewohnheiten, allein zu frühstücken und dabei die Zeitung zu lesen. Selbst wenn ich in London bin und bei Meg wohne, vermeide ich es, mit ihr zusammen zu frühstücken. Ich stehe dann so früh wie möglich auf, koche mir den Kaffee selbst und lese gierig die Morgenzeitungen. Heute beschäftige ich mich, ein Marmeladenbrot kauend, mit einem Foto jenes Ministers, der die Redakteure verhaften ließ. Ein geistloses, intelligentes Gesicht. Keine unsympathischen Züge, aber sie sind so in festes Fleisch verpackt, daß man sie kaum sieht. Das dicke Fleisch, unter dem seine Augen, sein Mund begraben sind, verleiht ihm einen Ausdruck von Brutalität und Gutmütigkeit. Ein schlauer Kneipier, der beim Zechen seine Geschäfte betreibt – man kann ihn vielleicht sogar für die gute Sache gewinnen, wenn man es versteht, seinem Ehrgeiz zu schmeicheln. Der Mann hat Humor und eine breite, wenn auch niedrige Natur. Alle sind jetzt damit beschäftigt, ihm seinen Humor auszutreiben, den unschuldigen Spaß, den er am Einsperren seiner Gegner hat. Wenn ihm einmal der Humor ausgetrieben sein wird, kann er gefährlich werden. Tückisch ist er schon jetzt. Aber er ist kein neuer Hitler. Alle Leute, mit denen ich über ihn gesprochen habe, seitdem ich in Berlin bin, haben so getan, als hätte er das Zeug zu einem neuen Hitler. Davon kann nicht die Rede sein. Der hat nicht das enge, starre, todtraurige Mördergesicht Hitlers, das Gesicht, das sich nur veränderte, wenn es den Messer-Schrei der aufgerissenen Mörderschnauze ausstieß. Hetze als Orgasmus eines impotenten Mörders. Der da ist nicht impotent. Er ist kein Wassertrinker, Nichtraucher, Vegetarier. Er ist bloß ein Kerkermeister, der gern mit den Gefangenen säuft. Immerhin allerhand, daß sie schon wieder Minister mit solchen Gesichtern ertragen. Ein Thema für Keir. Obwohl wir keine linke Wochenzeitung, ja nicht einmal halb so liberal wie der *Guardian* sind, würde Keir ein kritisches Porträt des Ministers sofort bringen. Seltsam, daß ich an ein *conservative paper* geraten bin. Auf englisch ließe sich das alles übrigens freundlicher sagen. Freundlich, nett, commonsensig, zwar eisig distanziert, aber nicht inhuman. Ich setze mich an den Hotelschreibtisch, ziehe die Maschine heran und spanne Papier ein. Ich klimpere auf den Tasten herum, schiebe die Stöße von Agentur-Meldungen weg, die den Tisch bedecken und mit denen ich nichts anfangen kann. Weil ich gestern abend zuviel geraucht habe, zwinge ich mich, nicht nach den Zigaretten zu greifen. Anstatt über den Minister zu schreiben, schreibe ich: »Der Herbst in Berlin ist klar, trocken und still. Die Leute, die gestern im Berliner Stadtforst spazierengingen, wurden nur durch das gelegentliche Rattern eines überschweren MG, das auf der anderen Seite der Havel übte, an die Meldungen über die Insel erinnert. Das Wasser trug den Schall von Sakrow, das den Russen gehört, herüber in den ›Westen‹. Als ich ein Junge war, hieß der Berliner Stadtforst übrigens noch Potsdamer Forst. Der Wald war der Schauplatz unserer Bandenspiele. Gestern verließ ich ihn und ging über die Brücke zwischen dem Stölpchensee und dem Pohlesee, aber ich bog nicht in die Bismarckstraße ein, sondern ging weiter nach Kohlhasenbrück, bis ich ein Taxi fand, das mich in die Stadt zurücknahm.« Keir würde den Kopf schütteln, wenn er das läse. Zum erstenmal seit vielen Jahren habe ich einen Text in deutscher Sprache geschrieben. Ich sitze immer noch im Pyjama herum. Ich spanne den Bogen aus, zerknülle ihn und werfe ihn in den Papierkorb, gehe wieder ins Badezimmer und drehe die Dusche an. Ich nehme meine Armbanduhr ab, ziehe mich aus und dusche mich. Mein Körper ist so mager wie mein Gesicht, nicht mehr jung und noch nicht alt, und von einer blassen, aber nicht bleichen Haut überspannt. Brust und Geschlecht sind stark und dunkel behaart. Meine Beine sind straff und kräftig; mit meinen Beinen kann ich schnell und lang gehen. Ich trockne mich ab. Ehe ich das Badezimmer verlasse, ordne ich meine Toiletten-Utensilien pedantisch auf dem Glasbrett über dem Waschtisch. Im Zimmer ziehe ich frische Wäsche und meinen grauen Flanell-Anzug an, – ich habe nur den einen Anzug aus Rom mitgebracht, weil ich mir vorgenommen hatte, höchstens drei Tage in Berlin zu bleiben. Vor dem Kleiderschrank-Spiegel binde ich mir eine dunkelgrüne Strickkrawatte um. Schwarze Schuhe, nicht spitz, mit durchgehender Sohle; ich knüpfe die Schuhbänder am Fenster, erst den einen, dann den anderen Fuß auf die Heizung gestützt; noch immer stehen die zwei Lastautos und der schwarze Mercedes unten, von deren Blech in der Nacht der Regen in kleinen Fontänen absprang: weil Sonntag ist, hat sich auf dem Frachthof nichts verändert. Ich habe mich entschlossen, meinen Besuch in der Bismarckstraße nun nicht länger aufzuschieben. Der späte Sonntag-Vormittag ist eine gute Zeit dafür. Ich entsinne mich meiner Uhr, hole sie aus dem Badezimmer und ziehe sie auf, ehe ich sie anlege. Es ist erst acht Uhr vorbei, also noch zu früh. Angesichts der Bücher und Zeitschriften, die überall herumliegen, überlege ich, ob ich die Zeit mit Lesen totschlagen soll, aber ich fühle mich eingesperrt, bin von Unrast beherrscht. Ich streife meinen Regenmantel über.

Die Lobby unten ist nur schwach besetzt, das Frühstückszimmer gänzlich leer. Der Nachtportier ist noch nicht abgelöst; er arbeitet am Fremdenbuch und richtet einen kalten Gruß an mich. Auf dem Empfangstisch liegen die neuen Zeitungen, ich kaufe ein paar Blätter, blättere, in der Halle stehend, in ihnen herum. Bei der Lektüre der Artikel und Anzeigen fallen mir Ausdrücke auf wie *geht in Ordnung – Europagedanke – ganz groß – Berlinhilfe – gebietsmäßig – Kulturschaffen – auf die Schnelle – Kleinstkind – einmalig – Spätheimkehrer – Lastenausgleich – gekonnt – zum Tragen kommen – Grundsatzreferat*. An solche Wörteraggregate kann ich mich nicht erinnern. Ich habe den Eindruck, daß sich die Tonlage seit damals geändert hat. Zwar bin ich der deutschen Sprache draußen immer wieder begegnet, habe auch, während des Krieges, nachdem Keir mich in seinen Propaganda-Sender geholt hatte, mit ihr gearbeitet, aber das ist etwas anderes, als drinnen zu sein. Zuletzt sprach ich in Rom an jedem Morgen eine halbe Stunde lang deutsch, mit dem Baron Collaudi, einem Österreicher, Filmkaufmann, einem schwerblütigen Filou, in dem kleinen, fensterlosen, Tag und Nacht von matten Glühbirnen erleuchteten Aufenthaltsraum des Albergo Byron, wo wir beide wohnten. Im Byron leben kleine Filmproduzenten, Verleger, Politiker, Journalisten, halbwegs erfolgreiche Schriftsteller und Schauspieler in Symbiose mit nützlichen Schmarotzern, die ihnen dienen: mit armen Spielern, mit Beziehungs-Jongleuren, die Zusammenhänge kennen, sich an entlegene Affären erinnern, Eitzes geben. Alles in allem wohnt im Byron ein Harst von Kennern, der die erträglicheren Preise und die Ambiente des Quartiers um die Spanische Treppe der Via Veneto vorzieht. Der Fahrstuhl des Byron ist nicht so alt wie der alte römische Gasthof selber, aber auch er ist schon uralt, und in seiner knarrenden Kanibe lernte ich den Baron und seine junge italienische Geliebte kennen, die Lorenza, ein schönes, üppiges, auf seine Tugend bedachtes Mädchen. Collaudi bewohnte, wie ich, eines der Zimmer im fünften Stock, die nur zweitausend Lire kosten. Diese Zimmer sind niedrig, die Hitze steht in ihnen, aber man kann von ihnen aus auf die Dächer von Rom sehen und in den von melodischen Schreien erfüllten Abgrund der Via Borgognona lauschen. Ich hatte es mir angewöhnt, mich an jedem Morgen eine halbe Stunde lang im Empfangssalon mit dem Baron zu unterhalten, halblaut, wie die anderen Leute, die auf den unbequemen zierlichen Stühlen des trüben Zimmers an den Wänden entlang saßen und nur leise miteinander sprechen konnten, weil der Raum so klein war, daß ein Gespräch in normaler Lautstärke gestört hätte. Der Baron kennt fast alle Besucher dieser Stätte der falschen Diskretion und stellte mich fortwährend irgendwelchen Leuten vor, die ich nicht kennenzulernen wünschte. Ich weiß nicht recht, warum ich mich ausgerechnet mit ihm näher einließ; vielleicht weil er zu den Menschen gehört, die den sogenannten sechsten Sinn besitzen, denn er ließ zu verschiedenen Malen durchblicken, daß ihm mein gestörtes Verhältnis zum Journalismus nicht entgangen sei. Vielleicht ist er aber nur ein sehr scharfer Beobachter, der aus der Tatsache, daß ich fast immer über meine Zeit verfügen konnte, seine Schlüsse zog. Er wollte mir helfen, indem er mir vorschlug, Kaufmann zu werden, mit ihm zusammen Geschäfte zu betreiben. Er entwickelte mir seine Theorie, derzufolge die Freiheit auf dem Prinzip der Treulosigkeit gründe, das in der Geschäftswelt herrscht. Ein guter Kaufmann dürfe nicht unehrlich sein, das sei eine vulgäre Täuschung von Leuten, die keine Ahnung hätten, aber er müsse die Freiheit besitzen, seine Partner wechseln zu können, wenn es nötig sei. In seinem verbindlichen österreichischen Aristokraten-Deutsch *(Schaun' S her! – Da täuschen' S sich, mein Lieber! – Aber gehn' S zu!)* dozierte der Baron vor sich hin, der ganze Liberalismus, dessen Träger doch die Kaufmannschaft sei, beruhe auf ihrem Recht, Geschäftsbeziehungen verändern zu können. Wenn einer (*wann aner*, intonierte der Baron) zum Beispiel auf dem absteigenden Ast sei, müsse man ihn fallenlassen können; das sei nicht nur das Geheimnis des geschäftlichen Erfolgs, sondern auch ein Akt der Freiheit. Toleranz als Verständnis für den Kampf ums Dasein, Freiheit als das Recht aufs Anti-Mitleid, aber Collaudi widerlegte meine Einwände glatt.

»Nehmen'S zum Beispiel sich selber, Herr Efraim! Als Journalist sind Sie scheint's auf dem absteigenden Ast, oder?«

»Ja, wahrscheinlich.« Es war mir nicht einmal peinlich, ihm diese Antwort zu geben.

»No also, käm's Ihnen dann ungerecht vor, wenn ich auf Sie, – ich mein' auf Sie als Zeitungsmensch –, keine fünf Kreuzer mehr wetten tät'?«

Der Baron macht nicht den kalten und realistischen Eindruck, auf den er sich beruft. Er wirkt eher träge und phantastisch, was vielleicht auch ein Grund ist, warum ich mich mit ihm beinahe angefreundet habe. Schwer saß er auf einem der kleinen vergoldeten Stühle des Albergo Byron und ließ die Asche seiner Zigaretten auf seinen Anzug fallen. Ich habe nie herausgebracht, ob er zu den reichen oder zu den armen Bewohnern des Hotels gehört. Manchmal erschienen mir die großen Geschäfte, von denen er sprach, ganz glaubhaft, dann wieder hatte ich den Verdacht, er würde mich im nächsten Moment anpumpen. Sein Vorschlag, ich solle Geschäftsmann werden, ist gar nicht so schlecht; ich erwäge ihn ernsthaft. Filmfinanzierungen zustande zu bringen, Coproduktionen zu arrangieren, Projekte einzuleiten ist eine angenehm prinzipienlose und anonyme Art, sich zu beschäftigen, die gelegentlich große Summen abwirft. Ich bringe einige Voraussetzungen dazu mit: ich kenne die Leute und die Branche und das Publizitätsgeschäft, das dazu gehört; ich spreche einige Sprachen; der Baron tippte durchaus nicht daneben. Wir saßen rauchend in dem düsteren Salon. An der Wand uns gegenüber hing eine große Heliogravüre aus der Zeit der Jahrhundertwende, in einem schweren schwarzen Rahmen; sie stellte ein Liebespaar dar, das durch einen Wald geht, in sich versunken, den jungen Mönch nicht bemerkend, der den Glücklichen nachblickt. Fein gestochen steht der Titel unter dem Bild, in deutscher Sprache: *Schmerzliche Erinnerungen*. Ein recht seltsames Bild für den Salon eines römischen Hotels. Um zehn Uhr holte die Lorenza uns ab, sie kam schon vom Friseur, geschmückt und frisch; wir gingen zusammen ins grelle Sonnen- und Schattenspiel des Viertels und um die Ecke ins dunkle Caffè Greco, wo wir, an der Bar stehend, Espresso tranken. Am letzten Morgen in Rom, ehe ich nach Fiumicino hinaus fuhr (wo mein Auto jetzt noch immer auf dem Parkplatz des Flughafens steht, während ich meine Koffer im Byron gelassen habe), hat mich der Baron nocheinmal in aller Form aufgefordert, sein Partner zu werden, wenn ich aus Berlin zurückkomme. Ich schiebe die Drehtüre an und trete auf den Kurfürstendamm hinaus, der am frühen Sonntag morgen so gut wie leer ist. Ab und zu ein Auto, meistens in den Westen fahrend, Richtung Grunewald, – Leute, die am Sonntag morgen im Grünen spazierengehen wollen. Ein elegantes Paar kommt von der Verkehrsinsel Ecke Joachimstalerstraße herüber; er groß, voll, lebemännisch, mit einem englischen Bart; sie bedeutend jünger, mager, ein *gamin*-Typ, in ihn eingehängt. Mit der freien Linken führt er an einer Doppelleine zwei afghanische Windhunde. Sympathisch auffällige Leute. Ich habe schon eine Menge sympathischer Leute in Berlin getroffen. Das Paar mit den Windhunden geht an mir vorbei; ich stehe vor dem Hotel und habe mir nun doch eine Zigarette angezündet, die ersten Züge an einem frischen Morgen auf einem fast leeren Boulevard; der Mensch mit dem englisch gestutzten Bart betrachtet mich unverschämt, aber nicht unfreundlich, er ist größer als ich, sieht von oben auf mich herab, dann wendet er sich seiner Dame zu, sie sprechen über mich, aber vielleicht bilde ich mir das nur ein; ich sehe ihnen nach, sie haben keine Kinder, sie haben Hunde. Was haben sie mit ihren Kindern gemacht? Sie verschwinden rechts um die Ecke in die Fasanenstraße. Ich denke sonst nicht bei jedem Menschen, den ich in Berlin sehe, darüber nach, ob er ein Mörder sein könnte; wahrscheinlich haben mich nur die exotischen Tiere mit ihren Morphiumaugen und die verhältnismäßige Leere des Kurfürstendamms auf einen solchen Gedanken gebracht. Dieses Paar ist mir jetzt schon gleichgültig, einen Moment lang war es mir sympathisch, aber nun vergesse ich es. Ich bin nicht hierher gekommen, um Mörder zu suchen. Ich hasse niemanden.

Ich beschließe, ins AP-Büro hineinzuschauen, das, nur ein paar Häuser weiter, beinahe neben dem Hotel liegt; vielleicht liegen interessante Meldungen vor. Die Redakteure des Büros sind schlafen gegangen, nur zwei deutsche Mädchen, die an den Fernschreibern arbeiten, halten die Stellung. Einige der Apparate machen ihre üblichen tickenden Geräusche. Die Mädchen sehen übernächtig aus. Sie kennen mich nun schon und erwidern meinen Gruß kaum mit einem Nicken. Sie reißen die Papierstränge, die aus den Meschinen kommen, ab und zerschneiden sie in Einzelmeldungen, die sie auf Tischen sortieren. Ich gehe zu der Maschine, welche die Meldungen des moskauer Büros der Associated Press durchgibt; sie arbeitet zwar, aber sie bringt gerade nur den Ypsilon-R-Test. Die Test-Buchstaben kommen sauber, die elektrischen Impulse sind also okay. Eines der Mädchen deutet auf einen Tisch, auf dem die neuesten Meldungen liegen; ich sehe sie durch, sie sind spät in der Nacht aufgenommen worden, und ich lese jetzt erst, was Keir natürlich gewußt hat, als er mich anrief: daß C. heute abend im Fernsehen auf die

Forderung des amerikanischen Präsidenten, die Raketenbasen abzubauen, antworten wird. Also wird er abbauen. Erleichtert stelle ich fest, daß ich vorhin bei Keir mit meinem von Anna ausgeborgten Satz *C. ist ein Verräter* den Eindruck erweckt haben muß, als sei ich, – wenigstens was meine Nachrichtenkenntnis betrifft –, auf Draht. Bud Collins vom *Daily Express*, der plötzlich aufkreuzt, bestätigt den Schluß, den ich aus der Meldung ziehe; wenn C. schießen wollte, meint er, würde er schießen und nicht erst lange eine Rede ankündigen. Collins, den ich zuletzt während des Indochina-Krieges in Hanoi getroffen habe, ist so früh auf, weil er eine Reportage über unsere Truppen im Alarmzustand machen will; Generalmajor Yates hat es ihm erlaubt, und Collins lädt mich ein mitzukommen. Auch er will mir eine Chance geben, wie Keir und der Baron Collaudi, aber ich lehne ab. Es ist offensichtlich schon in der ganzen Branche herum, daß ich, wie Collaudi es ausdrückte, auf dem absteigenden Ast bin. Ich bleibe noch eine Weile im Büro, krame in den Meldungen herum, dann unterbricht eines der beiden Mädchen seine Arbeit, kommt zu mir herüber und reicht mir eine Nachricht, die gerade hereingekommen ist. ›zwei berliner schulmädchen‹, lese ich auf dem Blatt, ›im alter von fünfzehn jahren haben sich gemeinsam vergiftet stop die mutter des einen mädchens fand ihre tochter sylvia und deren gleichaltrige schulfreundin evelin durch leuchtgas vergiftet tot in der küche ihrer wohnung in berlin friedenau auf ende‹. Das muß also gestern nachmittag gewesen sein; die Polizei hat die Meldung zu spät herausgegeben. Ich frage das AP-Mädchen, warum es glaubt, daß ich mich dafür interessiere; es zuckt nur die Achseln und wendet sich enttäuscht ab. Ich tue ihm den Gefallen und bitte es um die näheren Angaben; es telefoniert sehr geschickt herum und zeigt mir auf dem Stadtplan die Adresse, Hähnelstraße 6, das ist in der Nähe des Innsbrucker Platzes, ein Spaziergang von einer halben Stunde, schätze ich. Das Büro ist staubig und verbraucht, es liegt auf der Sonnenseite des Kurfürstendamms, aber man spürt hier nicht, daß draußen die Sonne scheint; die Mädchen haben graue Gesichter, Bud Collins, der schon längst gegangen ist, hat graue Haare bekommen, ich habe mich gewundert, wie alt er geworden ist, die Apparate ticken. Ich beschließe, kein Taxi zu nehmen, sondern gehe die Uhlandstraße südlich entlang durch Wilmersdorf, gerate in ein Viertel aus besseren Mietshäusern, auch Neubauten unter ihnen, und noch viele Bombenlücken. Hinter der S-Bahn-Unterführung am Bundesplatz muß ich mich nach links schlagen. Die Hähnelstraße ist eine kurze, sehr stille Straße, die von einer großen Verkehrsstraße abzweigt, auf der jedoch, ebenso wie auf der Bundesallee, wenig Verkehr herrscht. Es ist Spätherbst, ein Sonntagmorgen in Berlin. Die Hähnelstraße 6 ist ein Haus aus der Zeit vor dem Ersten Weltkrieg, gesichtslos. Die Wohnung ist im 3. Stock. Auf mein Läuten öffnet ein älterer Mann in Hemdsärmeln, der sich, als ich meinen Presse-Ausweis zeige, als Kriminalrat von Cantz vorstellt. Er sagt, er stöbere gerade ein bißchen in den Motiven herum, die Eltern habe man zu irgendwelchen Verwandten geschickt, jetzt sei Ruhe und Zeit dazu. Also störe ich ihn, aber er läßt mich nach einigem Zögern herein, führt mich in die Küche, zeigt mir die Gashähne, die alle aufgedreht waren, als man die Kinder fand, die Schulhefte und Bücher, die aufgeschlagen auf dem Küchentisch lagen. Sie haben ihre Schulaufgaben unterbrochen und sich getötet, Sylvia und Evelin. »Ich habe mir alle Hefte angesehen«, sagt der Kriminalrat, »sie waren gar keine schlechten Schülerinnen.«

»Wie hat man sie gefunden?«

»Auf dem Boden liegend«, antwortet er. »Umarmt natürlich.«

Ich sehe aus dem Küchenfenster auf Hinterhöfe hinaus, die in diesem Viertel nicht häßlich sind, nicht einmal trostlos, höchstens hoffnungslos langweilig.

»Sie haben sich aus Langeweile umgebracht«, sage ich.

Der Kriminalrat sieht auf. Auch er ist ein grauer Mann, wie Collins. Ich versuche ihm zu erklären, was ich meine.

»Ich habe zuletzt in Rom gearbeitet. Dort töten sie sich, weil sie nicht begreifen können, warum sie nicht glücklich geworden sind. Sie schneiden sich die Pulsadern auf und sterben zuletzt unter Schreien des Zorns gegen ihr Unglück. In einer Art Aufstand, verstehen Sie?«

Er hört mir aufmerksam zu.

»Bei den meisten Selbstmorden in Rom stößt man auf Messer, auf blitzende Waffen. Während man hier Gas riecht, etwas Graues, Schleichendes, in das man sich ergibt. Sylvia und Evelin haben gemeint, es gäbe nichts anderes mehr für sie im Leben als dieses Haus, diese Schulaufgaben, diese Küche. Sie haben davor kapituliert. Kinder neigen zum Traurigsein.«

Er sucht weiter unter den spärlichen Papieren herum, die ihm die Eltern zusammengesucht haben. »Interessant«, sagt er, »aber wissen Sie, ich glaube nicht an Nationaleigenschaften. Es muß spezielle Gründe dafür geben, warum diese Kinder gestorben sind.«

»Haben Sie schon die Eltern ausgefragt? Die Lehrer? Die Mitschülerinnen?«

Er zuckte die Achseln.

»Morgen werde ich mich umhören. Man kann wenig machen. Selbstmord ist ja schließlich kein Verbrechen, bei dem man berechtigt ist, Untersuchungen anzustellen, die Schuldigen anzuklagen.«

Ich überlasse ihn seiner Suche nach speziellen Gründen und gehe fort. Für die berliner Zeitungen ist der Fall zwei Tage lang ein Knüller im Lokalteil, für Frankfurt eine etwas ausführlichere Meldung in den *Nachrichten aus Deutschland*, für London existiert er gar nicht. Man müßte ganz andere Zeitungen machen. Die Insel als Meldung auf der vierten Seite, die Fakten in zwanzig Zeilen, auf der Titelseite eine große Reportage über Evelin und Sylvia, den Fortgang der Untersuchungen so genau wie möglich, sorgfältige Analysen bis zur Klärung. Als ob irgend etwas jemals geklärt werden könnte! Diese Kinder starben aus purem Zufall. Eine kleine Verschiebung in ihrer Laune, gestern nachmittag, ausgelöst durch eine winzige Änderung des Lichts in der Küche oder durch die Erinnerung an irgend etwas, an eine schrullige Lehrerin zum Beispiel oder an ein Bad im Sommer, ein Kichern, das sie überkommen hätte, und Evelin und Sylvia wären noch am Leben, würden erwachsene Frauen werden, selber Kinder bekommen, die vielleicht Selbstmord begehen würden oder auch nicht. Alles ist Zufall. Es ist ein Zufall, daß der Kriminalrat von Cantz heute morgen in Hemdsärmeln in der Küche einer Wohnung in Friedenau sitzt und seinen grauen Kopf über die Hinterlassenschaft zweier Kinder beugt. Ich erreiche den Innsbrucker Platz und beobachte, wie sich die meisten Menschen, die ich sehe, auf die beiden Kirchen zu bewegen, die sich etwas weiter oben an der Schöneberger Hauptstraße befinden, die protestantische und die katholische Kirche, beide ganz neu erbaut und schmissig hingesetzt. Es ist zehn Uhr; um diese Stunde beginnt wohl der Hauptgottesdienst. Es ist Zufall, daß es zehn Uhr ist. Es ist Zufall, daß ich zum Innsbrucker Platz gegangen bin, um ein Taxi zu nehmen, welches mich nach einem Zeitraum von siebenundzwanzig Jahren in die Bismarckstraße in Wannsee bringen wird. Ebensogut könnte ich jetzt in London, Rom oder Hanoi sein oder tot sein oder noch immer in der Bismarckstraße wohnen.

Es gibt jetzt schnurgerade Verkehrstangenten, die es zu meiner Zeit in Berlin nicht gab. Erst als das Taxi von der Potsdamer

Straße rechts abbiegt und Zehlendorf durchquert, beginne ich mich auszukennen. Der S-Bahnhof Schlachtensee, die Spanische Allee. Das Taxi gestern hat mich über die Avus herausgebracht. Ich lasse am Bahnhof Wannsee halten, steige aus und bezahle. Neben dem Bahnhof das Klinker-Halbrund aus einigen Läden, einer Kaffeestube, einer Bierkneipe. Als ich noch zwischen Wannsee und Lichterfelde West hin und her fuhr, weil ich das Gymnasium in Dahlem besuchte, – am S-Bahnhof Lichterfelde West nahm ich immer den Omnibus bis Thielplatz –, gab es diese Ladenzeile noch nicht. Es gab damals nur das Restaurant am Motorbootsteg unten, das es auch heute noch gibt; dort traf ich mich manchmal mit meinen Mitschülern, das heißt mit denen, die um den Großen Wannsee herum wohnten, besonders an Winter-Nachmittagen, denn im Sommer hatten wir mit Bootfahren und Schwimmen genug zu tun. Aber im Winter saßen wir hin und wieder, obwohl es für Schüler verboten war, in dem hölzernen Restaurant und tranken Grog. Übrigens hat mich keiner von ihnen in den späteren Jahren geschnitten oder verlangt, ich müsse aus ihrer Runde ausgeschlossen werden, oder ist auch nur selber weggeblieben, weil ich dabei war. Auch die Lehrer haben mich anständig behandelt. Nur habe ich von 1934 an meine Freunde nicht mehr zu Hause besucht. Mein Vater sagte damals zu mir, ich müsse Rücksicht nehmen; man müsse sich die Grenzen selbst stecken, ehe sie einem von anderen abgesteckt würden. Esther, die länger geblieben ist, muß es schwerer gehabt haben, in den letzten Jahren. Gestern habe ich in der neuen Kaffeestube eine Tasse Kaffee getrunken, danach habe ich mir die Schaufenster der Läden betrachtet, Zigaretten gekauft, stand eine Weile unschlüssig herum, die Herbstbäume rauschten; dann ließ ich die Bismarckstraße links liegen und ging die Königstraße entlang, aus der man eine Autobahn gemacht hat, bog dann rechts in den Wald ein, in Richtung Pfaueninsel, sah lange über die Havel zur Gärtnerei auf der Insel hinüber, betrat aber nicht die Fähre, um überzusetzen. Der kleine Holzpavillon neben dem Landesteg ist jetzt ganz verwittert. Die Uferlinie unter den Bäumen bestand, wie immer, aus grauem Sand, auf dem Schilfreste vermodern. Die Bucht zwischen der Pfaueninsel und dem Wald ist schattig, das Eis hält sich im Winter hier immer lang, so daß ich oft mit meinen Freunden zum Schlittschuhfahren hierher kam, ein paarmal auch mit Esther, weil ihre Mutter mich bat, es ihr beizubringen. Ich tat es ungern; es ist nicht angenehm für einen Jungen, mit einem ziemlich kleinen Mädchen herumzulaufen. An solche Dinge erinnerte ich mich gestern. Heute mache ich keine langen Umstände, sondern biege kurz entschlossen in die Bismarckstraße ein. Alles ist vollständig unverändert: links der S-Bahn-Damm, rechts das Gelände des Berliner Ruderclubs. Zuerst die niedrige Mauer, gelblich verputzt, gebogen entlang der schwachen Rechtskurve, mit der die Straße beginnt. Dann der Eingang des schmalen Parks, in dem sich Kleists Grab befindet. Es sind nur ein paar Schritte bis dorthin, und das Grab kommt mir verändert vor. Wenn ich mich nicht gänzlich täusche, so befand sich hier früher eine flache Steinplatte, von einem niedrigen Gitter eingefaßt, unter einem alten Baum. Ich erblicke stattdessen eine aufrecht stehende Granittafel, Gitter und Baum sind verschwunden. Merkwürdig! Na, ist ja egal. Daß Kleist und die Vogel hier Selbstmord begangen haben, ist eine alte Geschichte; ich finde sie nicht tragischer oder weniger tragisch als den Selbstmord von Sylvia und Evelin gestern nachmittag. Zu viele Freitode wollen mich an diesem Sonntag-Vormittag beeindrucken. Früher hat mich die Erzählung von Kleists gewaltsamem Ende, das sich so nahe bei unserem Haus abgespielt hat, stark beschäftigt; schon mit neun oder zehn Jahren las ich deshalb seine Dramen, und zwar so gründlich, daß ich noch heute einige Stellen aus dem *Zerbrochenen Krug* oder dem *Prinz von Homburg* auswendig kann.

Die Häuser der beiden Ruderclubs links und rechts von dem Park haben den Krieg unbeschädigt überstanden und sind renoviert; doch regt sich kein Leben in ihnen. Am Ufer steht ein schwarzer Laufvogel mit weißem Schnabel und grauen Füßen. Ich habe vergessen, wie diese Vögel heißen. Der Herbst geht aus dem Park in den Kleinen Wannsee über; braun, golden, rot verwittert er ins Wasser des schmalen Havelarms hinein, das ganz ruhig und perlmuttblau in der schwachen Sonne liegt. Ich besaß ein Faltboot, hatte es meistens auf der Wiese unseres Gartens, der an den See grenzt, liegen, und fuhr immer hier vorbei, unter der Brücke durch in den Großen Wannsee hinaus. Heute sieht der Wasserarm so aus, als würde er nie von Booten durchschnitten, als läge er immer so unbewohnt in einem matten Sonntagslicht, in dem am Ufer die braunen Buchen- und die roten Ahornblätter aufleuchten, die ins Wasser gefallen sind und nach einiger Zeit auf dem Grund vergehen werden, um zu beweisen, daß das Gesetz, demzufolge angeblich keine Kraft verlorengehen soll, nicht stimmt. Viele Kräfte gehen verloren. Zum erstenmal kommt mir der Verdacht, daß diese ganze Gegend hier, diese

Villen in ihren Gärten, diese bebauten See-Ufer, Kleists Grab und selbst die S-Bahn, deren Fahrgeräusch ich von Zeit zu Zeit als fernes Rauschen höre – daß alle diese Dinge sich überlebt haben. Sie sind noch da, liegen lautlos unter einem leeren Herbsthimmel, aber sie sind nicht mehr lebendig. Nur die hohen Kiefernstämme da und dort, hellrot unter ihren dunkelgrünen Wipfeln, haben etwas Zeitloses. Ich verlasse den Park, gehe die Bismarckstraße weiter, Gartenzäune aus eisernen Stäben, Hecken dahinter, ich kann wenig von den Häusern und Gärten sehen, auch das war schon immer so. Nummer 7 das Haus des Bildhauers Rose, dem ich manchmal bei der Arbeit zusah, er arbeitete nicht direkt in Stein, sondern formte Ton, den er brennen ließ, für die Steinbearbeitung war er zu zart, er erklärte mir den Unterschied zwischen einem Bildhauer und einem Plastiker, während er an einem seiner Tiere knetete, die er gut verkaufte. Einige, die er nicht verkaufte, standen im Garten hinter dem Haus herum und verschwanden allmählich unter der Vegetation. In den meisten Gärten der Bismarckstraße wucherten die Bäume und Sträucher langsam die Häuser zu; meine Mutter gehörte zu den wenigen Frauen, die dagegen ankämpften. Sie pflegte ihren Garten. Nummer 12. Ich gehe beinahe daran vorbei, und das, obwohl sich so gut wie gar nichts verändert hat. Trotzdem erkenne ich Garten und Haus im ersten Moment nicht wieder, so wieder, daß es mir einen Schlag versetzt hätte. Ich bleibe nur an der Gartenpforte stehen und blicke auf das Haus am Ende des Wegs, der noch immer mit den Steinplatten gepflastert ist, über die ich fünfzehn Jahre lang gegangen bin. Rechts davon stehen die Jasminbüsche: sie sind kaum höher als in meiner Jugend, offenbar hat man sie von Zeit zu Zeit beschnitten, ihr Blattwerk ist jetzt dünn und gelblich. Der Rasen daneben ist nicht so gut gehalten wie damals, und es gibt keine Rosenbeete mehr an seinen Rändern, aber dafür Astern, an allen möglichen Stellen angepflanzt, ihre weiß-rosa und braun-goldenen Blüten hängen schon erloschen, von den ersten kalten Regengüssen des Herbstes schon verwaschen, über die Bastschnüre hinab, mit denen sie an Stöcke gebunden worden sind. Meine Mutter zog auch Astern, aber nicht hier, sondern im Garten hinter dem Haus, der sich zum Wasser hinabzieht. Ein schönes Grundstück, auf dem das Haus steht. Mein Vater hat es 1912 bauen lassen, von einem konservativen Architekten, der einen hohen Giebel darauf setzte. Er war damals erst dreißig, sein Geschäft – Import von Häuten – ging sehr gut, und mein Vater hatte immer die Tendenz, sein

Geld in realen Werten anzulegen. 1914 meldete er sich als Kriegsfreiwilliger, wurde ein paarmal verwundet, das letzte Mal so schwer, daß sie ihm 1916 das EK I gaben und ihn in die rückwärtigen Dienste abschoben. Nach dem Krieg hat er nie wieder so gut verdient wie vorher, aber er konnte das Haus, an dem er sehr hing, halten. Die zwei Apfelbäume auf der anderen Seite des Rasens haben unsere Nachfolger offensichtlich auswachsen und verwildern lassen; sie wußten wohl nicht, wie man Obstbäume behandelt, denn Stämme und Äste sind verknorzt, von grauer Flechte überwachsen, die Rinde ist da und dort gespalten. Zu meiner Zeit brachten die Bäume große rote Bauernäpfel. An meinen Vater erinnere ich mich immer wie an einen traurigen Clown, obwohl er doch ein kleiner, fester und dicker Mann war. Da mein Vater ein Kaufmann war, hege ich eine kleine Liebe zu allen Kaufleuten, sie tun mir leid, etwas Melancholisches geht von ihnen aus, auch von den Erfolgreichen unter ihnen, sie treiben so dahin, sie kommen von nirgendwoher und gehen nirgendwohin, sie handeln mit irgend etwas, die Waren und das Geld häufen sich bei ihnen an, entgleiten wieder ihren Händen, ich schaue ihnen gern zu, wie sie ziellos dahinleben. Ein Licht, das mir alt vorkommt, streicht um das einst orangenfarbige Haus, dessen Farbe jetzt in irgendein wie von Leberflecken durchsetztes Braun verblaßt ist; anscheinend hat es niemand je neu verputzen lassen.

An der Gartentüre ist ein Kunststoff-Schild mit dem Namen der neuen Bewohner des Hauses befestigt: Heiß. Ich weiß schon Bescheid, wer hier wohnt, denn ich habe gestern im Berliner Straßenadreßbuch nachgesehen: ein Universitätsprofessor Hugo Heiß. Die Türe ist halb geöffnet, ich benütze nicht die Klingel, – es ist noch unser alter Klingelzug –, sondern trete ohne weitere Umstände ein und gehe den Weg entlang auf das Haus zu. An unserer Haustüre bleibe ich stehen. Drinnen höre ich eine Mädchenstimme singen, irgendeinen Schlager. Ich klingle. Der Gesang bricht ab und die Mädchenstimme ruft: »Mama, es hat geklingelt!« Eine Frau, die sich, dem Klang ihrer Stimme nach zu urteilen, näher an der Haustüre, wahrscheinlich in unserer früheren Küche befindet, antwortet: »Ich hab's gehört.« Ihre Schritte nähern sich, es sind noch andere Schritte dabei, schnellere und zartere, die ein wischendes Geräusch machen. Die Türe wird geöffnet. Ich nenne meinen Namen, erkläre, daß ich früher einmal hier gewohnt habe und daß ich... Die Frau läßt mich nicht ausreden. »Sie wollen sich das Haus einmal ansehen«, sagt sie, »bitte kommen Sie herein!«

Die Ursache des Geräuschs der kleineren, der wischenden Schritte wird sichtbar: ein Kind von fünf oder sechs Jahren, ein Mädchen mit großen blauen Augen, einer Stupsnase und glatten braunen Haaren, die ihm bis auf die Schultern fallen. Als ich schon im Flur stehe, kommt die Sängerin die Treppe vom Oberstock herunter, eine Hand an unserem alten, geschnitzten Eichengeländer; sie ist vielleicht sechzehn, trägt Hosen und sieht genau so aus wie ihre jüngere Schwester, nur daß sie schon einen apfelgroßen Busen hat unter ihrem dunkelblauen Pullover. Die Frau stellt ihre Töchter vor, in der Art, wie man Kinder eben vorstellt: die Kleine heißt Elga, die ältere Marianne. »Mein Mann ist leider nicht da«, erklärt sie, »er ist auf einer Auslandsreise.« Ihre Töchter haben große Ähnlichkeit mit ihr, aber sie ist einfacher, klarer; sie hat das Gesicht einer guten, freundlichen Landfrau; es ist gebräunt, fest und helläugig. Die Mädchen wirken dagegen städtischer, feiner, verschlossener. Sehr nette Leute; etwas Großes, Warmherziges geht von ihnen aus. Ich bin über den Empfang einigermaßen erstaunt; es kommt mir vor, als habe man mich erwartet. Frau Heiß führt mich ins Wohnzimmer und fragt, ob ich mich setzen wolle.

»Nein, danke«, sage ich, »ich will Sie nicht weiter stören. Nur eben einmal durchs Haus gehen.«

Mit einem Blick habe ich schon festgestellt, daß die Leute wenigstens nicht mehr in unseren Möbeln wohnen. Das macht es mir leichter, mit ihnen zu reden. Ich bleibe am Fenster stehen.

»Ich habe bis 1935 hier bei meinen Eltern gewohnt. Dann haben sie mich nach England geschickt, zu einem Onkel.«

»Ihre Eltern wurden 1943 aus dem Haus gewiesen«, setzt die Frau meinen Bericht fort, während die Töchter zuhören. »Wissen Sie, was aus Ihren Eltern geworden ist?« Meine Antwort wartet sie nicht ab. »Ich habe immer gewußt, daß nocheinmal jemand kommen wird«, sagt sie. »Mein Mann hat immer zu mir gesagt, ›sie sind alle tot‹, aber ich habe es nie geglaubt.«

Ich setze keinen Zweifel in ihre Worte; obwohl diese Frau unkompliziert aussieht, besitzt sie feine Antennen. Es wäre sicher vorteilhaft, mit einer solchen Frau zusammenzuleben. Ich beneide für einen Augenblick den Professor Heiß. Ich möchte wissen, wie der Mann einer solchen Frau aussieht, was für ein Mensch er ist.

Wir gehen in den Oberstock, – auf einen Wink der Mutter bleiben die Töchter unten zurück –, wo sich das Schlafzimmer meiner Eltern und meine Bude befanden. Auch dort keine Spur mehr von unserem Mobiliar, gottseidank. Meine Bude ist jetzt Mariannes Zimmer. Auf einer Kommode liegen Muscheln ausgebreitet. Viele Bücher, Schulbücher und andere, eine Geige. Es sieht fast so aus, wie es bei mir aussah. Ich schaue zum Fenster hinaus, über den Garten hinweg und wieder auf das Wasser des Kleinen Wannsees. Der alte Baum-Garten wirkt dunkel. Er hat immer dunkel gewirkt. Eigentlich bin ich mit der Besichtigung schon fertig.

»Wir wohnen seit 48 hier«, höre ich Frau Heiß sagen.

Da sie meine Überraschung nicht bemerkt, fährt sie erst einmal fort: »Man hat die Leute, die nach Ihren Eltern hier einzogen, 1945 hinausgeworfen. Dann kamen Flüchtlinge. Später wurde es frei gemacht und wir bekamen es vom Senat zugewiesen, als mein Mann die Berufung nach Berlin annahm. Ich habe ihn immer gedrängt, etwas anderes zu suchen, aber er ist nicht sehr geschickt in solchen Dingen, wissen Sie!«

Sie blickt auf, sieht mein Gesicht und sagt: »Ach so, Sie haben geglaubt, wir seien die unmittelbaren Nachfolger Ihrer Eltern!«

Ich weiß nicht, ob sie bemerkt, daß ich nicht nur überrascht, sondern auch enttäuscht bin. Auf jeden Fall bin ich nun verlegen. »Es tut mir leid«, sage ich schnell, »daß ich es geglaubt habe. Natürlich war es dumm von mir. Ich habe gar nicht bedacht, daß schon fast zwanzig Jahre vergangen sind. Das ist doch eine recht lange Zeit.«

Sie faßt plötzlich nach meiner Hand, hält sie eine Weile fest, und ich empfinde das als gar nicht exaltiert; es ist vielleicht eine Spur zu gefühlvoll, aber dennoch ist mir der Druck ihrer Hand angenehm. Wir wären allerdings ein sehr ungleiches Paar, sie und ich.

»Nehmen Sie es nicht zu tragisch«, sage ich, um aus dieser Situation herauszufinden, und lache fast. »Das hat es immer gegeben, zu allen Zeiten, daß Leute ihre Häuser verloren, daß ihr Besitz als Beute verteilt wurde, daß später wieder andere als Sieger einzogen und so weiter.«

Sie läßt meine Hand fahren.

»Das hat es niemals gegeben«, bemerkt sie scharf und kalt, plötzlich eine Feindin. »Wenn es sich nicht um Ihre Eltern handeln würde, dann würde ich Ihnen jetzt schildern, was es vorher niemals gegeben hat. Niemals!«

Es ist nicht nötig, und natürlich weiß sie es, daß es nicht nötig ist, mir irgend etwas zu schildern. Sie weiß, daß ich die einschlägigen Fotos und Filme gesehen habe. Wir wenden uns zum Gehen.

An der Wand die Treppe hinab hängen Bilder von Vulkanen und anderen Bergen. Ich bleibe stehen und betrachte sie, um zum Abschied ein neutrales Thema zu finden.

»Mein Mann ist Geologe«, sagt sie, »er ist gerade auf einer wissenschaftlichen Exkursion in den Anden.«

Das ist auch etwas, was ich versäumt habe: einen Beruf zu wählen, in dem ich unabhängig geblieben wäre, unabhängig von den Regierungssystemen und Ideologien. Vermutlich meint der Baron Collaudi etwas Ähnliches mit seinem Vorschlag, ich solle Geschäftsmann werden. Aber das beste wäre es gewesen, wenn ich Naturwissenschaften studiert hätte. Onkel Basil hat mir dazu geraten, als ich mich in England auf die Abschlußexamen an der Public School vorbereitete. Aber dann kam der Krieg, und irgendein Teufel muß mich in den Journalismus geritten haben. (Es war jedoch gar kein Teufel – es war Keir Horne.) Während ich mit Frau Heiß die Treppe unseres alten Hauses zum Flur hinuntergehe, wo nun wieder die Töchter warten, vergesse ich gänzlich, daß Professor Heiß die Geologie nichts genutzt hätte, wenn er Jude gewesen wäre. Frau Heiß weiß es genau, sie weiß, daß es gewisse Dinge niemals vorher gegeben hat.

»Mein Mann hat eine Berufung nach Amerika«, sagt sie, ostentativ in Anwesenheit ihrer Kinder, »aber er konnte sich bis jetzt nicht entschließen, sie anzunehmen. Er wird sich jetzt dazu entschließen.«

Nun ist ihr Ton doch exaltiert geworden, ja beinahe hysterisch. Marianne blickt ihre Mutter besorgt an, und selbst die kleine Elga bemerkt, daß etwas Bedrohliches vorgeht; sie preßt sich eng an die Mutter. Dringend versuche ich, dem Gespräch eine harmlosere Wendung zu geben.

»Überschätzen Sie nicht die wissenschaftlichen Möglichkeiten, die Ihr Mann in den USA hat! Vielleicht wird er Heimweh nach den alten europäischen Universitäten bekommen?«

»Ich kenne meinen Mann sehr gut«, erwiderte sie obstinat, »er ist vielleicht unfähig sich eine andere Wohnung zu suchen, aber er wird sofort verstehen, was es bedeutet, daß Sie uns einen Besuch gemacht haben.« Sie fügt hinzu, halb zu ihrer fast erwachsenen Tochter hin gewendet: »Daß es Menschen gibt, die wir nicht zu uns einladen können, weil es taktlos wäre, zu ihnen zu sagen: Kommen Sie uns besuchen!«

Es ist nicht meine Absicht gewesen, in dieser Familie Schicksal zu spielen, zumal ich nicht an das Schicksal glaube. Mein Besuch am heutigen Sonntag morgen war für die Familie Heiß eine ganz unvorhergesehene Episode. Sie begleiten mich bis zur Gartentüre, wir sind nun beinahe befreundet, aber aus einem Grund, den ich nicht begreife, wenigstens nicht in diesem Augenblick, sind sie mir auch ein bißchen gleichgültig geworden. Elga ist nichts weiter als ein besonders reizendes kleines Mädchen, Marianne ist ein Teenager mit einem Apfelbusen und langen seidigen Haaren, und Frau Heiß ist eine angenehme, ländlich anmutende Frau. Die Töchter verabschieden sich artig von mir. Frau Heiß findet kein rechtes Ende.

»Sie sind enttäuscht, nicht wahr, Herr Efraim?« Sie wartet keine Antwort ab. »Sie haben erwartet, Sie würden die Leute finden, die Ihren Eltern das Haus wegnahmen. Im Grunde haben Sie es sogar gehofft.«

Sie hat den sechsten Sinn. Ich mag es nicht, von dieser mütterlichen Frau so intelligent durchschaut zu werden. Ich komme mir vor wie ein Kind.

»Und nicht um sich zu rächen, haben Sie es gehofft«, denkt sie laut und mit einer Stimme weiter, die von Hystrie gefärbt ist, »nicht um Schwierigkeiten zu machen. Sondern um festzustellen, daß diese Leute vielleicht ganz sympathisch gewesen wären. Um herauszufinden, daß Ihre Eltern von gar nicht unsympathischen Leuten ...« Sie bricht ab, stößt noch ein heiseres, geflüstertes, ein unwilliges, mit meiner Person tief unzufriedenes »Ach« aus und geht zum Haus zurück. Marianne und Elga blicken ihr ratlos nach. Die Kleine läuft schließlich schnell hinter ihr her. Marianne hingegen verändert sich: sie versucht sich mit mir durch ein nicht geringschätziges, doch immerhin amüsiertes Achselzucken über die davoneilende Mutter zu verständigen. Sie hat also gar nicht begriffen, was vor sich gegangen ist. Es wäre schlimm, wenn sie schon begreifen würde. Nicht einmal ich habe in ihrem Alter und im gleichen Hause das Schlimme begriffen. Wäre ich in diesem Haus geblieben, so würde ich jetzt nicht mit ihr an der Gartentüre stehen, weil ich dann zusammen mit meinen Eltern durch Giftgas getötet worden wäre. Natürlich wäre ich das Opfer eines reinen Zufalls geworden. Es ist ein purer Zufall, daß vor zwanzig Jahren jüdische Familien ausgerottet wurden, und nicht ganz andere Familien zwanzig Jahre früher oder später, jetzt zum Beispiel. Eine wirklich schlüssige Erklärung des Endes meiner Eltern habe ich bis jetzt nicht gefunden, und Leute, die Erklärungen dafür bereit haben, sind mir höchst verdächtig. Ebensogut wie Frau Heiß und ihre Töchter sich in einer halben Stunde zum Mittagessen setzen, könnten sie auch zu ihrer Ermordung abgeholt werden, wenn es der Zufall so wollte. Ich fühle mich also mit dem Achselzucken dieses hübschen Backfischs, – dem respektlosen Achselzucken einer Tochter über ihre, wie sie findet, sinnlos und tragisch erregte Mutter –, durchaus einverstanden. Ich verbünde mich mit ihr gegen die Mutter. Ein Flirt beginnt. Wir lächeln uns vielsagend und verwirrt an. Wir wollen gar nicht wissen, warum man uns morgen vielleicht ermorden wird.

Ich gehe wieder die Bismarckstraße entlang, diesmal in umgekehrter Richtung. Ich wollte eigentlich nachsehen, ob auch das Haus, in dem Esther und Frau Bloch wohnten, noch steht, um Keir darüber berichten zu können, aber ich verzichte darauf. Es wird schon stehen; die Bismarckstraße hat offensichtlich keinen Bombenangriff mitbekommen. Ich bin fertig mit der Bismarckstraße. Sie hat genau so versagt wie jener Ort in Sizilien, an dem ich zum erstenmal ins Feuer geriet, zu Beginn 1942, und den ich einmal von Rom aus aufgesucht habe, um mich zu erinnern. Er hat mich völlig kalt gelassen. Unser Haus Bismarckstraße 12 hat mich nicht ganz so kalt gelassen wie die Hügel an einem bestimmten Straßenabschnitt bei Caltanisetta, die ich kaum wiedererkannte in ihrem gleichförmigen, sich ins Unendliche fortsetzenden Kalkgrau und Olivengrün, wie die niedrigen Steinmauern, hinter denen wir lagen und die uns keine Deckung mehr gaben, als wir ins Granatwerfer-Feuer gerieten, so daß wir uns blind vor Angst an die Steine klammerten, unsere Blicke sich in die sizilianischen Steine verkrochen, im Halbdunkel zwischen den Stahlhelmrändern und den Höhlungen im Gestein, in dem meine Brillengläser anliefen, weil ich vor Angst schwitzte. Nicht eine Spur meiner Angst habe ich aus dem verfallenen Mauerwerk, in das ich sie doch versenkt hatte, wieder herausziehen können. In unserem Haus in Wannsee habe ich wenigstens ein paar alte Erinnerungen aufgefrischt, aber an meine Eltern beispielsweise habe ich mich dort nicht lebhafter entsinnen können als an jedem anderen Ort in der Welt. Wenn es eines Tages mir gehören wird, – Onkel Basils Anwalt hat trotz meiner Gleichgültigkeit in diesen Dingen das Restitutionsverfahren eingeleitet –, werde ich es sofort verkaufen. Ich werde kein zweitesmal hier herauskommen. Von allem anderen abgesehen, wäre es mir peinlich, Frau Heiß nocheinmal zu begegnen.

Ich fahre mit der S-Bahn zurück. Die spröde Härte der S-Bahnhöfe zieht mich an, seitdem ich am Freitag-Morgen von Zoo nach Friedrichstraße gefahren bin. Am Donnerstag-Abend, gleich nach meiner Ankunft, haben mir die Kollegen an der Hotelbar den Mechanismus des Grenzübertritts erklärt, und so habe ich am Freitag vormittag die Fahrt gemacht, die jeder von uns ausländischen Journalisten sofort unternimmt, wenn er nach Berlin kommt. Ich habe nicht gewußt, daß man das andere Land schon auf den Bahnsteigen der S-Bahn in Westberlin betritt. Der Geruch nach Armseligkeit und Desinfektion, nach feinem grauem Staub und Puritanismus. Als ich Anna gestern nacht von dieser Fahrt sprach, hörte sie mir aufmerksam zu, mit einem beinahe neidischen Ausdruck in ihre Augen. Der Mitteilungen wegen, die Sandberg mir über sie gemacht hatte, habe ich ihr dann verschwiegen, daß ich mir ein Billett für eine Vorstellung des *Berliner Ensemble* morgen abend gekauft habe; man wird Brechts *Tage der Commune* geben. Ich habe es mir besorgt, weil das halbe Dutzend britischer Journalisten, das sich zum Sechs-Uhr-Whisky um die Bar seines berliner Stammhotels geschart hatte, mir einmütig dazu riet; sie gerieten auf ihre besondere britische Weise fast außer sich, als sie merkten, daß ich nicht informiert war und mich skeptisch zeigte. Ich lese das kläglich gemachte kommunistische Blatt, das auch im S-Bahnhof Wannsee aushängt. Es gibt hier keine Kioske, keine Reklamen, die mich auffordern irgend etwas zu kaufen, nur ein Plakat der Reichsbahn, die Arbeiter sucht. Ich habe eine Schwäche für puritanische Länder. Der Zug kommt. Außer mir nur noch zwei Fahrgäste. Während der Fahrt spüre ich Hunger; es ist Mittagszeit. Ich steige am Bahnhof Zoo aus, kaufe mir die letzte Ausgabe einer großen Zeitung und gehe zum Kurfürstendamm, wo ich das Restaurant Schultheiß, das gegenüber meinem Hotel liegt, aufsuche. Ich habe schon gestern mittag hier gegessen und bei der Lektüre der Speisekarte festgestellt, daß man Eisbein bekommen kann. Am Nebentisch hatte ein Mann eine Portion Eisbein verzehrt, seitdem wurde ich immer, wenn ich Appetit bekam, den Gedanken daran nicht los. Nachdem ich mich an einem Tisch in der Tiefe des Lokals niedergelassen habe, bestelle ich also das Gericht, sowie ein Glas Bier, und entfalte die Zeitung. Ich lese die Nachrichten über die Insel, die ich alle schon kenne; als Mann vom Bau interessiert es mich nur, wie sie hier aufgemacht werden. Das *re-writing* ähnelt dem unseren; man müßte die ganze Masse von Agenturmeldungen übersehen, um beurteilen zu können, ob die Fakten einwandfrei herauskommen. In den *headlines* hingegen wird Politik gemacht, beeinflußt. *Beseitigung der Basen unverrückbares Ziel – Gefährlichste Bedrohung des Welt-*

friedens. Ich muß an unseren Deutschlehrer im Dahlemer Gymnasium denken; er gab uns immer schlechte Aufsatznoten, wenn wir Verben substantivierten. Rings um mich wird sorgfältig gegessen und getrunken. Auf der Leserbrief-Seite viele Zuschriften zu einem politischen Kriminalfall, den ich schon aus den römischen Zeitungen kenne, weil es Italiener waren, die ein angesehener deutscher Architekt, Professor und internationale Kapazität für Städteplanung, als Offizier im Krieg hinrichten ließ, um einer möglichen Meuterei vorzubeugen. Zweifellos ein Mann, der vom Gedanken der Planung ganz besessen ist. Ich vertiefe mich in die Korrespondenzen. Der Kellner unterbricht meine Lektüre und serviert das Eisbein; es gibt dazu Sauerkraut und Erbsenpüree. Auf dem Erbsenpüree schwimmt etwas braune Butter, darin befinden sich kleine geröstete Speckstücke. Das rosa gepökelte Schweinefleisch ist von einer weich gedünsteten, fetten Schwarte umgeben, die ich nur koste, dann vom Fleisch abschneide und auf die Seite lege. Das denn doch nicht. Das Fleisch schmeckt vorzüglich, salzig und zart, aber ich bedaure, daß sich die Aufgabe, es zu zerschneiden, nicht mit dem Zeitunglesen zu einem einzigen Genuß verbinden läßt. Immerhin kann ich, während ich die Bissen zum Munde führe, kurze Absätze aus den Episteln, die sich mit jener Affäre beschäftigen, weiter aufnehmen. Sie handeln nicht so sehr von dem Städte und Morde planenden Professor selbst, als von dem Urteil, das man soeben verkündet hat; weil die Klinge, über die er zwanzig Seelen springen ließ, vielleicht nicht nur von ihm gehalten wurde, hat das Gericht ihn freigesprochen. *Befehlsnotstand. In dubio pro reo.* Er kann also wieder zu seinen – wahrscheinlich vollkommen konstruierten – Städten zurückkehren. Höchstens ein paar Sonderlinge werden sich weigern, mit ihm an einem Tisch zu sitzen. Frau Heiß vielleicht, wenn sie in die Verlegenheit käme. Befriedigt konstatiere ich, daß alle Briefschreiber sich über dieses Urteil empört zeigen. Meine eigene moralische Entrüstung über den in Rede stehenden Abdecker bricht sich daran, daß ich, während ich zwanzig italienische Arbeitssoldaten beobachte, die in einer nächtlichen Landschaft bei Avignon in Linie angetreten sind, – Zypressen, Rebengelände, Sommer, – während ich sie entlang dem Visier eines verborgen in Stellung gebrachten MGs beobachte, wie sie halblaut miteinander sprechen, fluchen, ahnungslos verschlafen herumstehen, daß ich also hinter dem MG meiner Vorstellungskraft im Restaurant Schultheiß sitzend imstande bin, mit großem Genuß Stücke gepökelten Schweinefleisches auf der Zunge zu spüren, zu kauen und zu verschlucken. Ich könnte natürlich aufhören zu essen, aber wozu? Mein Hang zu Puritanismus und Desinfektion ist nicht so stark entwickelt, wie ich gerne möchte. Das Eisbein schmeckt mir, und ich habe nun einmal die Angewohnheit, beim Essen die Zeitung zu lesen. Nach dem Essen fühle ich mich schwer und schläfrig. Ich trinke noch ein paar Schlucke Bier, zahle, gehe zu meinem Hotel hinüber. Ich lege mich auf die Couch, in die man untertags mein Bett verwandelt, und schlafe nach wenigen Minuten ein. Im Traum Gespräch mit Ho Chi Minh, den ich einmal in einem Dorf in der Nähe von Hanoi interviewte, während des Indochina-Kriegs. Sollte ich mich im letzten Augenblick entschließen, Journalist zu bleiben, so würde ich von Keir den Posten des Asien-Korrespondenten verlangen. Er wird ihn mir ohne weiteres geben, erstens einmal aus Freude über die Heimkehr des verlorenen Sohns, und zweitens, weil ihn mir sonst die Konkurrenz geben würde. In Asien werden alle Entscheidungen fallen, womit ich nicht die politischen Entscheidungen meine; wenigstens nicht sie allein. Ich traf den Traum-Ho aber nicht in Tongking, *irgendwo sehr fern, über den Fieberländern, über den schweigsamen Städten, über den Mündungen der Ströme, über den feuchten Küsten*, sondern in jenem Haus in der Rue de Nevers in Paris, wo man mir seinerzeit das Laissez-Passer ausgehändigt hat, mit dem ich später in sein Hauptquartier gelangte. In meiner Erinnerung besteht das Haus in der Rue de Nevers nur aus Eisentüren, die krachend zuschlagen, wenn man die Zimmer verläßt, die mit kleinen flüsternden Indochinesen gefüllt sind. Eiserne Türen, die auf lange Zementkorridore führen; die Gespräche dringen nicht auf die Korridore, werden jedoch in dem tropischen Regenwald gehört, der die Chau-Tai-Hügel bedeckt. Ho lag in einem dieser Zimmer auf einer Art Diwan, ein schmaler Mann, der seine chinesische Litewka trug. Ich beschwor ihn, Paris zu verlassen, wo man ihn jeden Augenblick entdecken und verhaften würde, aber er lächelte nur. Meine Verzweiflung wuchs unter seinem Lächeln. Ungefähr um drei Uhr wache ich auf. Ich bestelle telefonisch Kaffee. Nachdem ich zwei Tassen der Flüssigkeit getrunken habe, die man in Berlin für Kaffee hält, – ich verspüre heftige Sehnsucht nach dem Espresso im Rosati –, setze ich mich an den Hotelschreibtisch, ziehe die Maschine heran und spanne Papier ein. Ich befinde mich genau in der Stimmung, in der ich meine besten Reportagen geschrieben habe, einem Zustand, gemischt aus Nachdenklichkeit und Spannung. Ich klimpere auf den

Tasten herum. Die Zigarette, die ich geraucht habe, brennt im Aschenbecher aus. Dann beginne ich zu tippen. Ich kann nur mit zwei Fingern tippen. Ich schreibe: Gegen vier Uhr am Morgen regnet es. Ich wache von dem Geräusch auf, das der Regen macht, knipse die Bettlampe an und bringe das Zifferblatt meiner Armbanduhr nahe vor meine kurzsichtigen Augen. Dann taste ich nach meiner Brille, lösche das Licht, stehe auf und gehe ans Fenster. Als ich zu Bett ging, um zwei Uhr, habe ich die Vorhänge nicht zugezogen. Das Hotelzimmer besitzt kein Gegenüber. Der Regen rauscht durch das kalte Flutlicht der Lampen, die, von Betonmasten herab, einen Frachthof erleuchten. Ich betrachte zwei Lastautos und einen schwarzen Mercedes, von deren Motorhauben der Regen prasselnd abspringt.

Ich unterbreche mich, gehe zum Fenster und sehe hinaus. Man hat den schwarzen Mercedes inzwischen weggefahren, sonst ist alles so wie heute am Morgen. Nur das Licht hat changiert; es herrscht jetzt ein ödes, städtisches Sonntagsnachmittagslicht. Dann setze ich mich wieder an die Maschine und schreibe weiter. Übrigens gestehe ich gleich, daß ich meinen Bericht, oder wie man dergleichen nennen will, nicht genau in der Form zu schreiben anfing, die ich hier zitiere und in der er nun endgültig vorliegt. Vielmehr benutzte ich bei der ersten Niederschrift die dritte Person des Imperfektes; das heißt, ich verhielt mich so, als schriebe ich über ein fremdes Wesen. Ich schrieb also: Gegen vier Uhr am Morgen regnete es. George (früher: Georg) Efraim wachte von dem Geräusch auf, das der Regen machte. Er knipste die Bettlampe an und brachte seine kurzsichtigen Augen nahe an das Zifferblatt seiner Armbanduhr. Er tastete nach seiner Brille, setzte sie auf, löschte das Licht und ging ans Fenster. Um zwei Uhr, als er ins Bett gegangen war, hatte er die Vorhänge nicht zugezogen. Das Zimmer besaß kein Gegenüber. Der Regen rauschte durch das kalte Flutlicht der Lampen, die, von Betonmasten herab, den Frachthof erleuchteten. Georg betrachtete zwei Lastautos und einen schwarzen Mercedes, von deren Motorhauben der Regen prasselnd absprang. In dieser Weise habe ich an jenem Sonntag und später über zwanzig Seiten geschrieben. Erst viele Wochen später fühlte ich, daß ich meine Aufzeichnungen in der ersten Person und im Präsens abfassen müsse. *Fühlen* ist der richtige Ausdruck für den Vorgang, der zu mehreren Veränderungen des Textes führte, bis ich schließlich seiner Grundform die Gegenwart meiner Person gab; exakt begründen kann ich das nicht, denn schließlich gibt es Bücher, deren sogenannte Helden den subjektivsten Eindruck machen, obwohl *über* sie, nicht *von* ihnen selbst geschrieben wird. Indem ich diesen Satz, – und zwar sehr viel später und an einem ganz anderen Ort –, schreibe, bekenne ich, daß ich überhaupt ein Buch schreiben will, und nicht nur ein Konvolut persönlicher, nur für mich selbst bestimmter Blätter. Das wird mir wohl immer vom Journalismus bleiben, ob ich ihn nun aufgebe oder nicht: daß ich mir nicht vorstellen kann, ich schriebe nur für mich. (Ich meine, wenn ich überhaupt beim Schreiben bleibe!) Wollte ich nur für mich schreiben, so könnte ich mir die ganze Anstrengung sparen; um mich mit mir selbst zu verständigen oder zu entzweien, genügt Nachdenken allein. Andererseits teile ich Keir Hornes Abneigung gegen die Literatur; sein Verdacht, ich wolle Literatur machen (und zwar *beschissene*), anstatt Nachrichten zu geben, hat dazu beigetragen, daß ich versuche, meinem Stück Literatur (wenn es denn schon ein Buch werden soll) die Form einer Nachricht zu verleihen. Vieler Nachrichten sogar, denn ich kann nicht die Schule verleugnen, durch die ich gegangen bin. Ihr Grund-Satz lautet, daß jeder Satz ein Faktum zu enthalten habe, eine Tatsache, oder mindestens eine Sache.

An jenem Sonntag komme ich mit meinem, noch in der dritten Person der ersten Vergangenheit geschriebenen Text bis zur vierten oder fünften Seite, etwa bis dorthin, wo ich den Traum schildere, in dem Meg mich beim Kofferpacken antreibt, als mich das Zimmermädchen unterbricht, weil es das Bett für die Nacht bereiten will. Ich habe schon lange die Schreibtischlampe angezündet; es ist inzwischen dunkel geworden. Ich gehe auf den Korridor hinaus, um mir die Beine zu vertreten und weil mir der Anblick persönlicher Dienstleistungen unangenehm ist. Endlich fällt mir ein, daß ich Anna versetzt habe. Es ist sieben Uhr, und wir waren für fünf Uhr im Café Bristol verabredet. Zuerst überfällt mich ein heftig peinliches Gefühl, dann bin ich fast erleichtert. Ich habe mich ja nicht bewußt von diesem Rendezvous gedrückt, sondern Anna ein paar Stunden lang wirklich vergessen. Ich bedaure es, daß ich sie vergessen habe, tröste mich jedoch mit dem Gedanken, daß eine Begegnung in der trüben, entleerten Stimmung eines Sonntagnachmittags am Kurfürstendamm zu nichts geführt hätte als zu Verlegenheiten und mühsamer Konversation. Genau weiß ich das freilich nicht; vielleicht hätte Anna doch etwas aus meinem *cafard* gemacht. Ich zucke die Achseln. Morgen werde ich sie anrufen oder aufsuchen; ein Journalist hat immer triftige Entschuldigungen bereit. Das Zimmermädchen ist fertig. Ich schließe die Türe hinter mir und setze mich wieder an die Maschine. Hunger habe ich keinen; später esse ich einige Keks und trinke ein Glas Wasser. Ich komme in der Nacht noch bis zum Ende meines Gesprächs mit Keir, das mir bei dieser ersten Niederschrift übrigens schauerlich mißrät, so daß ich gegen Mitternacht deprimiert zu Bett gehe. Keineswegs will ich ja den Eindruck erwecken, als hätte ich dieses erste Kapitel, so, wie es hier steht, in einem Zug an jenem Nachmittag und Abend geschrieben, etwa gar bis zu der Stelle, wo ich schließlich die Schreibmaschine heranziehe und beschließe, es zu schreiben. Nein, so produktiv bin ich nicht.

2

Sogar als Journalist bin ich ein eher langsamer Arbeiter. Meine Berichte aus Asien, die mich zu einem sehr gut bezahlten Mann in der englischen Presse machten, habe ich so langsam und sorgfältig geschrieben, als handle es sich um lange erzählende Gedichte. Mein Erfolg war das Resultat einer sehr einfachen Beobachtung: ich stellte eines Tages fest, daß sogar bei uns in England die Kunst der Reportage ausgestorben ist. Die Redaktionen haben überall ihre Korrespondenten, die ihnen Berichte in Artikelform liefern, – im besten Falle bekommen sie kluge analytische Wahrnehmungen mitgeteilt –, während die großen alten Reporter nichts beschrieben als das, was sie gesehen und gehört hatten, weder mehr noch weniger. Sie waren einfache und ehrliche Leute. Was es mir, der ich kein einfacher und ehrlicher Mann bin, ermöglicht hat, ihre Arbeitsweise zu übernehmen, ist mein Glaube an den Zufall. Da ich nicht an gesetzmäßige Entwicklungen und schon gar nicht an politische Ideologien glaube, kann ich das Spiel des Zufalls kalt verfolgen, sein chaotisches Wirken konstatieren, ohne irgendwelche Schlüsse ziehen zu brauchen. Welche Weltfaktionen gewinnen oder verlieren werden, wird davon abhängen, ob der Zufall ihnen bedeutende oder unbedeutende Führer schenken und in welcher Weise die von Vorgängen im Chaos geleitete Stimmung der Massen schwanken wird. Der Lauf der Welt wird zum Beispiel eine Folge des Verlaufs von C.s Zuckerkrankheit oder der Treffsicherheit mehrerer Schützen und der Sorglosigkeit eines Präsidenten in Dallas, Texas, sein. Mit Hilfe dieser Überzeugung, – der nahezu einzigen, die ich habe –, gelang es mir, einen französischen Obersten nach der Schlacht bei Dien Bien Phu, den Dalai Lama oder einen Scheich der arabischen Wüstenstämme, dem ich bei Kubarah begegnete, so zu zeichnen, daß die Auflage unseres *conservative paper* langsam anstieg. Natürlich bekam ich meine Chance, so zu schreiben, wie ich schreiben wollte, von Keir, und zwar nicht nur, weil er einen enormen journalistischen Riecher hat, sondern auch wegen meines speziellen Verhältnisses zu ihm. Ohne die Fäden, die mich sowohl über Meg wie über Esther mit seinem persönlichen Leben verknüpften, wäre ich nie *an den Drücker* gekommen. Beziehungen sind alles.

Ich schreibe die Stichworte zu dieser Reflexion, mit der ich, wie ich vermute, mein Buch nur schwerfällig mache, so daß ich sie wahrscheinlich wieder streichen werde (ich habe mich entschlossen, sie doch stehen zu lassen!), im Albergo Byron, in eine Notizkladde, ein dickes, schwarzes Wachstuchheft, wieder an einem Sonntag, doch diesmal am Vormittag. (Den Hinweis auf die Ermordung Präsident Kennedys habe ich in diesen Text erst sehr viel später eingefügt; einen so überzeugenden Beweis für meine Theorie habe ich mir nie träumen lassen.) Es ist ungefähr zehn Uhr, am Sonntag, den 11. November 1962. Ich bin am Donnerstag, den 1. November, aus Berlin nach Rom zurückgekehrt. Schönes, warmes Herbstwetter, ein Himmel von dichter Bläue über dieser Stadt aus kompaktem braunem Rot. Der Chefportier des Byron hat mir, gegen ein entsprechendes Trinkgeld, mein altes Zimmer wieder gegeben. Ich habe mein großes Reißbrett, an dem ich arbeite, – ich hatte es im Hotel deponiert –, wieder auf seine zwei Böcke gelegt und meine Schreibmaschine darauf gestellt, meine Papiere darauf ausgebreitet. In allen Städten, in denen ich mich für längere Zeit niederlasse, suche ich sogleich ein großes Geschäft für Zeichenbedarf auf und kaufe mir ein sehr großes Reißbrett sowie ein Paar Zeichenböcke, weil es in Hotels niemals brauchbare Arbeitstische gibt. Ich habe die Erfahrung gemacht, daß man solche einfachen Gerätschaften ohne viel Verlust wieder verkaufen kann, wenn man abreist. Der Boden meines Dachzimmers im Byron besteht aus achteckigen roten Fliesen, die brüchig geworden sind und sich an einigen Stellen gesenkt haben, so daß ich Mühe hatte, für meinen Tisch den richtigen Platz zu finden. Er steht jetzt in der rechten Ecke, das Licht des nach Süden gerichteten Fensters fällt von links auf ihn. Ein passender Stuhl, der mit verschossenem roten Samt bespannt ist, fand sich. Neben dem Fenster führt eine hohe zweiflügelige Türe auf einen sehr schmalen Balkon, der sich um das ganze oberste Stockwerk des Albergo zieht; man könnte an ihm entlang in jedes Zimmer gelangen. Ich betrete ihn sehr oft, um in die tiefe Schlucht der Via Borgognona hinabzublicken, oder, über die Dächer hinweg, auf die verschiedenen Kirchtürme, den Quirinalspalast und die Kuppel von St. Peter. Dieser Balkon müßte eigentlich ein Umgang des geselligen Verkehrs und der verstohlenen Beziehungen sein; ich habe jedoch die seltsame Erfahrung gemacht, daß niemand außer mir ihn jemals zu betreten scheint, denn niemals, so oft ich auch auf ihn hinaustrat, habe ich einen anderen Menschen erblickt. Ich kann mich darüber nicht genug wundern. Die Leere des von einem rostigen Geländer begleiteten luftigen Laufgangs, der freilich kaum breiter ist als eine Balustrade und daher leicht Schwindel erzeugt, gibt mir manchmal das Gefühl, ganz allein in einem riesigen alten Palast zu wohnen. Das Zimmer besitzt fließendes Wasser, jedoch kein Bad, und es ist klein, alt und verwohnt; dafür ist es außergewöhnlich billig. Mit den Spesen, die mir die Zeitung bezahlt, könnte ich mich in einem viel besseren Hotel einquartieren, aber schon Ende Mai, als ich meinen römischen Posten antrat, war ich halb und halb entschlossen, aus dem Journalismus auszusteigen, und ich habe mich daher so eingerichtet, daß ich eine Weile auch ohne die Subsidien der Zeitung auskommen kann. Es wird Zeit, daß ich mich entscheide.

Zu meiner Überraschung fand ich Collaudi und die Lorenza nicht mehr im Hotel vor. Sie sind zusammen abgereist, wie mir Mario erzählte. Das erstaunt mich; ich hielt den Baron für eine ständige Einrichtung des Albergo Byron. Man übergab mir einen Brief von ihm, in dem er von dringenden Geschäften in London, von seiner Teilnahme an englisch-amerikanisch-italienischen Coproduktionen spricht, er nennt Summen, deutet Projekte an, die phantastisch klingen, aber diese Branche ist eben phantastisch, in ihr ist alles zugleich möglich und unmöglich. Collaudi erneuert in jenem Brief sein Angebot, mich in sie aufzunehmen. Er bittet mich sogar um eine Gefälligkeit: ich soll in seinem Auftrag mit dem Regisseur Cella sprechen und ihn zu gewissen Veränderungen bei seinem nächsten Film überreden. Cella ist seit *Il coltello* der große junge Mann des italienischen Films; die Produzenten wissen, daß sie mit ihm arbeiten müssen, aber sie wollen einen letzten Versuch machen, ihm Bedingungen zu stellen. Der Baron setzt mir zu diesem Zweck Cellas zweiten Spielfilm-Entwurf genau auseinander und deutet die Punkte an, die der Industrie unannehmbar erscheinen. Es sind natürlich genau diejenigen Elemente des Films, die Cella so bringen muß, wie er sie geplant hat; wenn sie verfälscht werden, ist der Film und Cella selbst geliefert. Auch Collaudi weiß das, träge und intelligent, wie er ist; zwar liebt er gut gemachte Filme, aber leidenschaftlich interessiert ist er nur an der Kunst, ein Geschäft zustande zu bringen, und er denkt sich dabei die feinsten taktischen Züge aus: zum Beispiel den, einen bekannten englischen Journalisten zu einem ehrgeizigen jungen Regisseur zu schicken. Der Filou! Er bietet mir dafür sogar Geld an, eine gar nicht uninteressante Summe.

Es steckt wahrscheinlich doch kein Geschäftsmann in mir. Ich lasse mich leicht zu allerlei Dingen überreden, und wenn der Baron hier wäre ... Die Handlung des Films kommt mir übrigens bekannt vor – wo habe ich nur das von Cella verwendete Motiv eines im Traum vorausgeahnten Mordes schon einmal gelesen? Na, ist ja wurscht. Wichtig ist jetzt nur, daß ich mich hinsichtlich des Berufs, den ich ausübe, endlich zu einer Entscheidung aufraffe. Ich habe mir den heutigen Sonntagmorgen ausgesucht, um an Keir zu schreiben. Während der zehn Tage, seit denen ich in Rom bin, habe ich das erste Kapitel meines Buches zu Ende geschrieben, – bis zu einem vorläufigen Ende jedenfalls, ich bin mir darüber im klaren, daß es sich nur um eine Rohfassung handeln kann. Wenn ich mich an die richtige Reihenfolge der Ereignisse halten würde, so müßte ich jetzt mit der Schilderung des Abends bei Lampe beginnen, an dem ich Anna kennenlernte. Ihretwegen habe ich Berlin nicht mit dem Interzonen-Zug verlassen, wie ich es ursprünglich vorhatte, sondern mit dem Flugzeug. Sie hatte schließlich meinem Drängen, mit mir nach Rom zu reisen, nachgegeben, und der Zug mit seinen Kontrollen durch die ostdeutsche Polizei wäre für sie nicht ganz sicher gewesen. In der Maschine nach Frankfurt habe ich Anna auseinandergesetzt, daß ich sie in Rom manchmal allein lassen müsse, weil ich viel zu arbeiten hätte. Ich hatte aber den Eindruck, daß sie mir nicht besonders aufmerksam zuhörte, und das hätte mich warnen sollen; ich erklärte mir ihre Zerstreutheit damit, daß es ihr erster Flug war, wir hatten gutes Flugwetter und sie schien ganz damit beschäftigt, auf die Erde hinunter zu blicken. Nun, ich habe mein Arbeitspensum in Rom erfüllt. Weil ich begriff, daß mein *job* zu Ende geht, habe ich sogar für die Zeitung nocheinmal ziemlich fleißig zu arbeiten begonnen, Keir muß sich gewundert haben, sicher hat er neue Hoffnung geschöpft und es wird höchste Zeit, daß ich seine Illusion zerstöre. Es ist wie ein Abschiednehmen, das ich noch eine Weile hinauszögere, wenn ich von einem der Telefone im Club der ausländischen Presse an der Piazza San Silvestro aus meine Zeitung anrufe, meistens gegen Abend, zwischen sechs und sieben Uhr, wenn die Dämmerung über Rom hereingebrochen, wenn es in London schon dunkel ist. Ich lasse mich mit den *News Telephones* unseres Hauses in der Fleet Street verbinden und erkenne sofort die Stimme von Baker oder Wright oder O'Connor oder wer gerade daran ist und schwätze ein bißchen mit dem Betreffenden, über das Wetter in London, über seine Familienverhältnisse, ehe ich sage: fünfhundert Worte, und dann gebe ich den *slug* an, das

Wort, unter dem die *story* läuft, also *Mafia* oder *Die Krankheit des Papstes* oder *Rücktritt der Regierung* (denn die *headlines* machen sie in London) und dann beginne ich zu diktieren, während ich mir das gleichmütige, magere Gesicht O'Connors vorstelle oder das fleischige, gelangweilte Bakers, eingespannt zwischen Hörmuschel und Sprechmuschel; ich habe ihnen oft zugesehen, wie sie ihre Augen abschalten, ihre Augen scheinen blind zu sein, während sie den Kontakt zwischen ihrem Gehör und ihren Händen herstellen, die den Text in *shorthand* aufnehmen, während gleichzeitig die Bandaufnahme läuft. In zehn Jahren habe ich es gelernt, sie so zu bedienen, daß nur noch selten ihr monotones *will you repeat please* mein Diktat unterbricht; wir sind gut aufeinander eingespielt. Ich weiß, daß O'Connor, oder wer es auch sei, wenn ich fertig bin, für ein paar Minuten die offene Apparatzelle verläßt und, um Tee zu trinken, an den großen quadratischen Tisch tritt, der den fensterlosen, immer von elektrischem Licht erhellten Raum fast ausfüllt. Die schwarze Platte des Tisches trägt die Spuren von tausend Teeflecken, die kein Scheuerlappen mehr auszuwischen vermag. O'Connor setzt sich an den Tisch und trinkt Tee, oder er geht zu seinem grauen Wollmantel, der an einem Haken an der Wand neben der Türe hängt, und fingert sich ein Zigarettenpäckchen heraus, beginnt zu rauchen. Seine Augen sind jetzt etwas lebendiger als vorhin, aber nicht viel. Er denkt wahrscheinlich an seine Privatangelegenheiten. Manchmal wechselt er auch mit einem der anderen ein Wort. Er arbeitet seit dreiundzwanzig Jahren in diesem Raum, nimmt pro Stunde durchschnittlich acht, bei sechsstündiger Arbeitszeit (sie arbeiten in drei Schichten zu je sechs Stunden, nur von zwölf bis sechs in der Nacht ist der *News Telephones*-Raum geschlossen) wöchentlich 288 Nachrichten- oder *feature*-Texte auf. Seit 1939 hat O'Connor alle Nachrichten der Welt aufgenommen. Wegen eines Beinleidens ist er nicht Soldat geworden. Er opfert ziemlich viel von seiner freien Zeit für Gewerkschaftsarbeit. Er wohnt mit seiner Frau und zwei fast schon erwachsenen Kindern in einem Reihenhaus in Tooting und fährt mit der Northern Line der *tube* zur Arbeit. Sein Gesicht ist gleichmütig und mager, mehr fällt mir zu seinem Gesicht nicht ein, außer, daß er den Blick seiner hellblauen, kühlen Augen abschalten kann, wenn er will. Wenn er Frühschicht hat, ist er der einzige im Waggon der Untergrundbahn, der die Reihe der Zeitungsleser unterbricht; er sitzt dann einfach da, in seinem grauen Wollmantel, in dessen linker Tasche sich ein Sandwichpaket befindet, und starrt vor sich hin; ich glaube nicht, daß er das Geraschel der Zeitungsblätter hört. Wenn ich an Leute wie O'Connor denke, fällt mir der Abschied vom Journalismus schwer; ich komme mir dann wie ein Deserteur vor.

Ich habe übrigens schon nach dem Satz *Beziehungen sind alles* meine Kladde weggelegt und sie erst wieder zur Hand genommen, nachdem ich versucht habe, einen Biref an Keir zustande zu bringen. Ich stehe auf und trete auf den Balkon hinaus, ich stütze mich auf das Geländer und sehe eine Weile in die heute sonntagsstille Via Borgognona hinab, ihrem Lauf mit dem Blick in östlicher Richtung folgend, weil von dort das Sonnenlicht kommt und die Schatten des Palastes der Spanischen Botschaft durchdringt. Im Ausschnitt der Straßenöffnung steht das goldene Licht grell als hohes Rechteck, durch das die Flaneure auf der Piazza Mignanelli gehen, kleine schwarze Figuren, die sich schnell oder zögernd über die Bühne bewegen; ich sehe sie wie aus den Kulissen. Rom besitzt den Nachteil, daß die Verführung, aus dem Zimmer auf die Straße zu eilen, hier riesengroß ist. Ich überlege, ob ich meinen Brief an Keir ein anderesmal schreiben könne, bleibe jedoch standhaft. Ich gehe wieder ins Zimmer und setze mich an die Schreibmaschine. Lieber Keir, schreibe ich, ich bin dir noch einen Bericht über meine Suche nach Esther schuldig. Deswegen hast du mich ja nach Berlin geschickt. Lüg nicht, erzähl mir nicht, es wäre wegen der Lage auf der Insel gewesen; du weißt genausogut wie ich, daß es genügt hätte, Peel vom bonner Büro hinzuschicken, weil es ja nur auf ein Stimmungs-Feature ankam, mehr war ja in Berlin hinsichtlich der Insel nicht drin, und Peel hätte es dir viel besser machen können als ich, weil er die Verhältnisse in Berlin seit Jahren genau kennt, mit einem Blick erfassen kann, ob die Moral *high* oder *low* ist. (Ich schreibe natürlich englisch an Keir, habe mich aber entschlossen, in der deutschen Übersetzung dieses Briefes einige englische Worte stehen zu lassen. Zu den Aufgaben jedes englischen oder amerikanischen Journalisten, der nach Berlin geschickt wird, gehört es, zu untersuchen, ob die Moral der Berliner *high* oder *low* ist. Unmöglich, diese Begriffsverbindung wörtlich zu übersetzen, von *hoher* oder *niedriger* Moral zu sprechen hieße, die Sache mit einer Bedeutung aufladen, die sie nicht hat; andererseits soll doch mehr erkundet werden als die gute oder schlechte Stimmung der Berliner. Es ist wirklich Moral gemeint, aber die Moral einer Truppe. Bedauernswerte Belagerte!) Also lassen wir das weg, fahre ich fort, du hast es jedenfalls fertiggebracht, daß ich ein

Land betrat, welches ich auf meiner Weltkarte zum weißen Fleck erklärt hatte. Na schön! Es ist das eingetreten, was ich befürchtet habe: es hat mich nichteinmal aufgeregt. Ehe ich in Berlin landete, hatte ich noch das vage Gefühl, so etwas wie eine Vergangenheit zu haben, Eltern, Großeltern, Urgroßeltern, eine Tradition, wie du eine hast, du mit deiner schottischen Prediger-sippe, deinen gepflegten Kirchenbüchern, deinen Gräbern in der Grafschaft Argyll, daß auch ich schließlich ein Erbe besäße, wenn auch ein am Ende verfluchtes. Aber ich habe nichts gefunden, nichts mehr war da, keinen Moment lang habe ich so etwas wie Aufregung gespürt, die Erregung, die man fühlt, wenn man auf eine Spur stößt. Es gibt keine Spuren mehr, ich besitze nicht die Spur einer Vergangenheit. Ich übertreibe: man gibt mir das Haus meines Vaters zurück. Aber das Grab meines Vaters kann man mir nicht zeigen. Und es hat mich nicht erregt, es hat mich nicht zornig gemacht, ich habe nichts gefühlt, nichts, nichts, nichts. Du hättest mir diese Erfahrung ersparen können, Keir!

Der Rauch meiner Zigaretten hängt im Zimmer, von italienischem Sonnenlicht und dem Läuten römischer Kirchenglocken durchfiltert. Du hast mich erpreßt, Keir, schreibe ich weiter, du wußtest genau, daß ich mich glatt geweigert haben würde, nach Berlin zu gehen, wenn es sich um nichts als einen Zeitungsauftrag gehandelt hätte. Ich hätte meinen Abschied dann eben schon vor drei Wochen genommen, so, wie ich ihn jetzt nehme. Aber du hast deiner dienstlichen Order eine private Bitte hinzugefügt: ich sollte für dich einen letzten Versuch unternehmen, Esthers Schicksal aufzuklären. Ich weiß nicht, warum du gerade jetzt nocheinmal auf diese Idee verfallen bist, nachdem schon eine ganze Reihe von Leuten in dieser Angelegenheit alles für dich unternommen haben, und immer mit dem gleichen Ergebnis: daß sich nicht feststellen läßt, wo Esther geblieben ist. Du selbst hast dich ja nie deswegen nach Berlin gewagt; du hast immer gefürchtet, bei deinen Recherchen alten Bekannten von Marion Bloch zu begegnen, Leuten, die dich anhören und in deren Blick dann der Schimmer einer Erinnerung auftauchen würde, eines für dich nicht sehr schmeichelhaften Erinnerns. Deine Befürchtung ist übrigens grundlos. Ich habe im Jüdischen Altersheim in der Iranischen Straße mit einer Frau gesprochen, die sich im gleichen Transport befand, mit dem Marion Bloch nach Auschwitz ging, und obwohl sie sich an deine Freundin erinnern konnte und sie mir ganz so schilderte, wie ich selbst mich an Esthers Mutter erinnere, war ihr dein Name kein Begriff. Du hast dich immer auf Frau Blochs Diskretion verlassen können.

Diese Sätze sind so taktlos wie jene Worte in dem Telefonat vor zwei Wochen, mit denen ich Keir zum Weinen brachte. Aber während ich in meinem fernmündlichen Gerede nur einfach unaufmerksam war, flüchtig, ohne die Absicht, Keir etwas zuzufügen, sickert, wie ich spüre, in mein Geschriebenes heute ein gehässiger Unterton. Ich kann den Haß aus meiner Freundschaft mit Keir nicht völlig ausscheiden. Wenn ich mich nicht *am Riemen reiße*, wird dieser Brief *in den Eimer gehen*. (Das ist mir ganz glatt in die Maschine gerutscht. Sollte ich für die neuen idiomatischen Redensarten meiner alten Landsleute anfällig sein?) Vor lauter Animosität gegen Keir fange ich schon an, gewisse Farben zu verfälschen, damit alles in ein für ihn ungünstiges Licht gerät. Als ob seine Schuld nicht schon groß genug wäre! Zum Beispiel war ich eben drauf und dran, Frau Bloch ganz gehörig zu idealisieren. Es ist ja richtig, daß sie eine äußerst diskrete Dame war, eine vollkommene Lady, sozusagen das Feinste, was wir in der Bismarckstraße hatten, und dementsprechend respektiert; ich habe oft beobachtet, wie Bekannte, mit denen sie auf der Straße ins Gespräch geriet, dabei aus ihrem gewöhnlichen, ungezwungenen Benehmen unwillkürlich in eine achtungsvolle Haltung verfielen, gekünstelt und steif standen sie vor ihr, sie fühlten sich offensichtlich wie jemand, der ausgezeichnet wird. Später, als sie den gelben Stern tragen mußte, wird sich das geändert haben; da drückte man sich wohl nur noch scheu an ihr vorbei, wenn man schon das Pech hatte, ihr zu begegnen. Ich selbst fand Frau Bloch auch enorm vornehm, und sogar in meiner zwölfjährigen Ahnungslosigkeit spürte ich, wenn ich manchmal Esther auf das Drängen meiner Eltern hin zum Spielen abholte, wie Frau Bloch sich in ihre mit Kunstverstand eingerichtete Villa, – sie besaß viel mehr Geschmack als meine Eltern und war wohl auch viel reicher –, eingeschlossen hatte wie in ein Gehäuse des Leids, in dem sie mit ihrer unehelichen Tochter lebte. Ich fand aber, wie ich gestehen muß, die kultivierten Räume, Frau Blochs Vornehmheit und sogar ihr Leid, obwohl das alles mich beeindruckte, auch ein wenig fad. Der kleine Zusatz von Fadheit in ihrem Wesen war es wohl, was in Keirs Verhalten ihr gegenüber letzten Endes den Ausschlag gegeben hat. Nach einem Besuch von Frau Bloch bei uns, – die Häuser Efraim und Bloch waren die einzigen jüdischen

Häuser in der Straße, und es kam gelegentlich zu Höflichkeitsbesuchen –, hörte ich einmal meinen Vater zu meiner Mutter die sicherlich nicht für meine Ohren bestimmte Bemerkung machen, daß nichts wie vornehm und bildschön zu sein, auch nicht gerade abendfüllend sei. Für meinen Vater, der sich spöttischer oder gar zynischer Bemerkungen sonst sorgfältig zu enthalten pflegte, war dies ein ziemlich starkes Wort. An die Entgegnung meiner Mutter erinnere ich mich gut. Sie sagte nämlich, langweilige Menschen, – wenn Frau Bloch überhaupt als ein solcher bezeichnet werden könne, was durchaus nicht sicher sei –, hätten es besonders schwer, weil diese Eigenschaft, für die sie ja nichts könnten, sie daran hindere, Freunde zu finden. Etwas eigentümlich Tragisches, vom Leben hoffnungslos Ausgeschlossenes hafte ihnen an. Und dann sprach sie über die speziellen Schwierigkeiten von Frau Bloch, den Umstand, daß einer Dame aus so allererster Familie das Mißgeschick zugestoßen sei, mit einem unehelichen Kind sitzenzubleiben. Zwar habe der Bloch-Clan durchaus keine Tragödie daraus gemacht, – einige seiner jüngeren Mitglieder sprächen sogar ganz offen und heiter von Tante Marions Malheur –, aber gerade die liberale Rücksichtnahme, das noble Verständnis ihrer Leute habe Frau Bloch dazu getrieben, sich von ihnen abzusondern, die große Tiergarten-Villa, in der sie residierten, zu verlassen und sich am Wannsee zu vergraben. Sie ist eben etepetete, sagte mein Vater, aber er verstand, was meine Mutter meinte, denn er war kein liberaler, sondern ein konservativer Mann, der bei den Wahlen in der Weimarer Republik für Stresemanns Deutsche Volkspartei stimmte.

Ich brauche Keir nicht zu berichten, was er schon weiß: daß sich nämlich der Name von Marion Bloch auf den Transportlisten nach Auschwitz findet, nicht aber derjenige von Esther. Keir hat das schon bald nach dem Krieg recherchieren lassen, aber ich habe die Listen auch selbst eingesehen, schon am Freitag nachmittag, am Tage nach meiner Ankunft in Berlin; ein kleiner, freundlicher Mann gab sie mir, in einem Büro in der Iranischen Straße, einer von den 7000 Juden, die von den 160000 Juden Berlins übriggeblieben sind. Er war ein hübscher Mann, klein, mit einem gebräunten Haselnußgesicht unter weißen Haaren, mit schwarzen Augenbrauen über großen, dunkelbraunen Augen, er paßte nicht ganz in das trübe Büro, etwas Morgenländisches war um ihn. Ich fragte ihn, warum er hier geblieben sei. Er meinte, es sei gleichgültig, wo man lebe. Wir erkannten uns gleich: wir waren, unabhängig voneinander, zu den gleichen Ergebnissen gekommen. Es ist gleichgültig, wo man lebt, was man tut, wer man ist. Er war mir behilflich. Sie haben die Namen in einer Kartei, so daß man nicht alle Listen durchzusehen braucht, bis man auf diejenigen stößt, die man sucht. So fand ich Marion Blochs Namen ziemlich schnell auf der Liste eines Transports, der am 1. März 1943 nach Auschwitz ging, unter 1861 anderen Namen. Aus diesem Transport hat man 1676 Menschen sofort nach ihrer Ankunft in den Gaskammern getötet. Der Angestellte bezeichnete mir die Frau, mit der ich nachher im Altersheim gesprochen habe, als eine der Überlebenden, und ich hatte Glück, in ihr auf jemanden zu treffen, der sich an Frau Bloch erinnern konnte, sich mit ihr sogar während der Reise unterhalten hatte, sofern man die bleichen, auf den Lippen vermodernden Nachrichten, die da noch ausgetauscht wurden, als Unterhaltungen auf einer Reise bezeichnen mag. Eine der Nachrichten, die Frau Bloch im Gedächtnis jener Begleiterin, einer gewissen Frau Schlesinger, hinterließ, betraf übrigens Esther, und sie war überraschend, ja sie wird für Keir geradezu sensationell sein. Weil das Altersheim der Jüdischen Gemeinde sich unmittelbar neben dem Verwaltungsbau befindet, konnte ich sie sogleich aufsuchen. Aber ehe ich ging, ließ ich mir noch die Transportliste zeigen, auf der die Namen meiner Eltern verzeichnet sind. Sie sind am 2. Februar 1943, also noch einen Monat, ehe Frau Blochs Leben in einem für diesen Zweck sinnreich konstruierten Raum mit Hilfe gasförmiger Chemikalien vorsätzlich erstickt wurde, nach Theresienstadt gebracht worden. Mein Vater starb dort ein paar Monate später, meine Mutter haben sie im Jahre 1944 nach Auschwitz geschickt. Dort erlischt ihre Spur. Mein Vater war sechsundsechzig, meine Mutter einundsechzig Jahre alt, als man sie tötete.

Über solchen Erinnerungen, – die ich, wie gesagt, nur flüchtig notiere, erst später ins reine schreiben werde –, ist es längst Mittag geworden; längst habe ich die Schreibmaschine, in die noch der angefangene Brief an Keir eingespannt ist, zurückgeschoben, um Platz für meine Notizkladde zu haben; vor einer Stunde schon habe ich die Vorhänge zugezogen, weil die Sonne auf ihrem Weg nach Westen in das Kreissegment eintrat, von dessen Scheitel sie grell in mein Zimmer scheint. Der Sonntag vergeht. Wäre Anna gleich mit mir nach Rom gekommen, so hätte ich längst dieses Zimmer verlassen, das Verdeck meines kleinen

Sportwagens abgebaut und wäre mit ihr in die Prenestinischen Berge oder nach Sant' Oreste gefahren. Von meinem Zimmer aus gesehen täuscht das Licht einen römischen Hitze-Tag vor, aber ich weiß, daß es draußen eher frisch ist; wir schreiben immerhin den 11. November. Aber es ist nicht kalt, wir hätten im offenen Auto fahren können, durch einen kühlen und klaren Spätherbst-Tag. Allerdings weiß ich nicht, ob Anna daran Spaß gehabt hätte, am Fahren selbst vielleicht schon, an der Geschwindigkeit, aber ob ihr Rom, ob ihr diese lateinischen Berge liegen würden? Nun, es wird sich herausstellen, falls sie kommen sollte. Falls nicht auch ihr zweiter Versuch, Berlin zu verlassen, bereits in Frankfurt scheitert. Wenn sie meine Einladung annimmt, werde ich nicht mehr so frei über meine Zeit verfügen können wie jetzt, sie nicht mehr so ziellos verschwenden dürfen wie heute, an einen angefangenen Brief, an Erinnerungen. Ich werde mich dann um Anna kümmern müssen, um ein berliner Mädchen, das man nicht einfach nach Rom holen und in Rom sich selbst überlassen kann. Es wird mir schwerfallen, meine Gewohnheiten zu ändern. Käme Meg anstatt Anna, so würde mir dieser Gedanke kein Kopfzerbrechen machen. Niemals ist mir ein Stück Zeit, das ich mit Meg geteilt habe, als vergeudet vorgekommen. Aber Meg kommt nicht, weil ich die Bedingungen, unter denen sie kommen würde, nicht annehme. Immerhin ist Anna eine Überraschung für mich. Zum erstenmal, seitdem ich mich von Meg getrennt habe, – weil ich mich eines Tages entschloß, ihre Bedingungen nicht weiter zu akzeptieren –, bereitet mir die Aussicht, mit einer Frau zu leben, ein gewisses Vergnügen. Allerdings nicht mehr. Es erregt mich nicht besonders, an dieses Mädchen zu denken, während ich sogleich unruhig werde, wenn ich mir vorstelle, Meg stieße in diesem Augenblick die Türe zu meinem Zimmer auf – ach, zum Teufel, ich muß mir solche Vergleiche verbieten! Der Gedanke an Anna hat jedoch etwas Angenehmes, als handle es sich bei ihm um die Substanz einer klaren, kühlen und fein organisierten Idee. Anna würde einen ihrer seltenen, doch gerade deshalb hochbrisanten Berlinismen von sich geben, wüßte sie, daß sie in meinen Überlegungen imstande ist, die Rolle eines idealen Wesens zu spielen. Sie ist jung, spontan und wahrscheinlich sinnlich; ihre Haut bestrahlte eine eigentümliche trockene Hitze aus, als ich sie berührte. Auf diese Weise, sorgfältig ihre Eigenschaften sortierend, habe ich nie an Meg denken können. Es macht mir Spaß. Es ist eine neue Erfahrung für mich, daß ich an eine Frau so denken kann, ohne die Lust auf sie zu verlieren. Ich werde älter. In einer anderen Beziehung, in einem Verhältnis, in das man sich Hals über Kopf hineinstürzt, wäre so viel Objektivität nicht möglich. Meg gegenüber wäre sie eine Art von Treubruch. Anna hingegen füge ich damit nichts zu, denn ich glaube nicht, daß sie sich in mich verliebt hat. Ich vermute, daß auch sie mich angenehm findet, und außerdem eröffne ich ihr eine Möglichkeit des Lebens, die sie verführerisch finden muß. Beinahe jede Frau, die sich, wie Anna, in eingeengten Verhältnissen befindet und nicht an einen anderen Mann gebunden ist, würde ein solches Angebot annehmen. Daß Anna den Prozeß der Verführung erst einmal unterbrochen hat, ist ein Zeichen ihrer Charakterstärke; sie weiß natürlich, daß sie nach Berlin gehört, daß Rom für sie nur ein Abstecher ins Exotische wäre, nichts weiter.

Möglich auch, daß Werner Hornbostel Schritte unternommen hat, sie zu halten, obwohl ich es mir nicht recht vorstellen kann. Er ist nicht der Typ, der plötzlich zu rotieren anfängt, wenn er bemerkt, daß eine Frau abspringt; nicht weil er zu bequem wäre oder weil er Anna nicht genug liebte, – ich glaube, er liebt sie auf seine Art sehr heftig –, sondern weil er in seiner schlaksig blonden Gelassenheit viel zu sachlich ist, um zu hoffen, er könne Anna veranlassen, bei ihm zu bleiben, wenn sie keine Lust mehr dazu hat. Außerdem ist er viel zu vertieft in seine musikalischen Manipulationen; nichteinmal durch den größten Kummer würde er sich in seiner Arbeit stören lassen. In dieser Hinsicht kann ich von dem jungen Mann einiges lernen – ich, der ich mich früher bei jedem Einfall Megs in meinen Beschäftigungen unterbrach. Allerdings hat es sich dabei immer um journalistische Beschäftigungen gehandelt. Vielleicht würde nichteinmal Meg die Mauer durchbrechen, die ich mit diesen in Berlin begonnenen Blättern um mich errichte. Hinter ihnen verborgen, weiß ich nicht, ob ich mir Anna Krysteks Kommen wirklich wünschen soll. Wieder geht es mir so wie an jenem Sonntag-Nachmittag in Berlin, an dem ich erleichtert war, als ich bemerkte, daß ich das Rendezvous mit ihr glatt vergessen hatte, weil ich in diese Aufzeichnungen geraten war, die mich auch heute wieder in ein tatenloses Träumen über Notizen versenkt haben, in ein Meer von Erinnerungen und Überlegungen, auf dem Bruchstücke formulierter Texte schwimmen, mit deren Hilfe ich vielleicht ein Floß zimmern kann – die hölzerne und ungefüge Rettung aus einem Schiffbruch.

Meine gewohnte Mittagsmüdigkeit überkommt mich. Ich

lege mich aufs Bett, esse zwei Äpfel, lese den *Messaggero*, lasse ihn sinken und schlafe eine Viertelstunde. Nach dem Aufwachen beschließe ich endgültig, den begonnenen Brief an Keir nicht fortzusetzen. Ich spanne das Blatt aus, lege es zu meinen Notizen und schreibe ein paar Zeilen, in denen ich Keir endlich und einzig die Nachricht weitergebe, die Frau Schlesinger von Marion Bloch mitgeteilt bekam: daß nämlich Esther im November 1938 das Haus ihrer Mutter verlassen hat und seitdem verschollen ist. Frau Bloch hat nicht vergessen, zu erwähnen, daß Esther, als sie von zuhause ausrückte, ihren Hund mitgenommen hat. Ich erinnere mich lebhaft an Devil, Esthers schwarzgrauen Cocker-Spaniel. Mein Gespräch mit Mutter Ludmilla, die Frau Schlesingers Angaben bestätigt hat, erwähne ich Keir gegenüber noch nicht, sondern füge, einem plötzlichen Einfall folgend, nichts weiter hinzu, als daß ich in den nächsten Tagen nach London käme, um Genaueres zu berichten. Es war übrigens Anna, die mich auf die Idee brachte, an Esthers Schule Erkundigungen einzuziehen, wo ich dann jene merkwürdige Unterhaltung mit Mutter Ludmilla hatte. Meine erste Reaktion auf Frau Schlesingers Erzählungen waren Zweifel gewesen; ich sagte mir, Frau Bloch habe Esther versteckt und die Geschichte von einer Flucht ihrer Tochter in die Welt gesetzt, um das Mädchen vor Verfolgungen zu schützen. Auch der Umstand, daß meine Eltern mir in ihren Briefen, – bis zum Ausbruch des Krieges erhielt ich ja noch regelmäßig Post aus der Bismarckstraße –, nichts von Esthers Verschwinden mitgeteilt haben, ließ mich auf eine Verschwörung zur Rettung des Kindes schließen, das nicht, wie ich, die Möglichkeit erhalten hatte, auszuwandern. Aber Mutter Ludmillas Worte zerstörten meine Skepsis; sie erklärte mir auch das Schweigen meiner Eltern, indem sie mich darauf hinwies, diese hätten eben auch das Gelingen einer Flucht nicht gefährden wollen. Nun ja. Mich überzeugte schließlich am stärksten das Detail von der Mitnahme Devils; Frau Bloch wäre gewiß nicht imstande gewesen, sich ein so raffiniertes Indiz auszudenken. Ich kannte Esthers Verhältnis zu diesem lustigen und dunklen Tier, wir hetzten manchmal zu dritt durch die Havelwälder, ich erinnere mich an einen sandfarbenen Pullover, der Esther viel zu groß war, an ihr blasses, erhitztes, eigensinniges Gesicht unter ihren harten Haarwellen, an den Hund, der seinen Kopf auf ihren Schoß legte und mich beobachtete, wenn wir im Gras saßen und ich *Köter* zu ihm sagte, oder *Töle*, um Esther zu necken, was mir auch gelang, so daß sie empört auf mich einschimpfte. Sie waren unzertrennlich, Devil und Esther. Erst ein paar Jahre später, als ich längst in England lebte, begriff ich, daß ich zu meiner Jugendfreundin eine Neigung gefaßt hatte, an die ich mich jederzeit erinnern kann, wie man sich an alle sehr frühen Dinge erinnert, an eine bestimmte Sorte Wind, die man als Kind nachts um das Haus hat ziehen, in den Bäumen hat rauschen hören, an den Geruch der Sommerferien und das Schrillen einer Fahrradklingel.

Gegen drei Uhr verlasse ich das Hotel. Ich habe an der Portierloge, – ohne daran zu denken, daß Sonntag ist –, gefragt, ob Briefe für mich da seien, aber am Sonntag kommt keine Post; vor morgen früh kann mich keine Nachricht von Anna erreichen, es sei denn, sie telegrafiere mir; aber sie scheint es nicht eilig zu haben. Übrigens habe ich am Freitag schließlich doch den Regisseur Cella angerufen und mich für heute um sechs Uhr im Rosati mit ihm verabredet, nicht um Collaudi gefällig zu sein, aber vielleicht schaut eine *story* dabei heraus, für unsere *Weekly Review*-Seiten. Der Mann ist auch in England im Gespräch, und ich kann es mir noch nicht abgewöhnen, an die Zeitung zu denken. Während ich die Via Borgognona entlanggehe und dann links in die Via del Gambero einbiege, erkenne ich, daß der Satz *Es ist gleichgültig, wo man lebt, was man tut, wer man ist*, den ich mir vorhin in meinem Zimmer ausdachte, – aufgeschrieben habe ich ihn mir erst später! –, übertrieben und sentimental ist. Wahrscheinlich ist er sogar falsch. Zwar ist es richtig, daß man keinen Einfluß darauf hat, wer man ist, die Entscheidung darüber ist gefallen, ehe man auch nur den ersten Schrei ausstoßen konnte, aber gleichgültig läßt es einen nicht, man knobelt doch immer an dem Rätsel seiner Existenz herum, oder man versucht, *to make the best of it*, wie ein amerikanischer Journalist meinte, mit dem zusammen ich einmal eine Kriegsnacht westlich Hanoi totzuschlagen hatte und der es nicht fassen konnte, als ich sagte, man könne es sich auch angelegen sein lassen, das Schlechteste daraus zu machen. Das sei eine typisch deutsche Idee, sagte er, so, als nähme er die Tatsache, daß ich ein englischer Journalist bin, gar nicht weiter zur Kenntnis, nachdem ich ihm erzählt hatte, ich sei in Deutschland geboren. Ich habe, als ich diesen Gedanken äußerte, aber weniger an mich als an Keir Horne gedacht und wie er es immer glänzend verstanden hat, aus seinem Leben das Schlechteste zu machen und sich dabei wohl zu fühlen. (Schon wieder lasse ich meinem Ressentiment gegen ihn freien Lauf! Woher weiß ich denn, daß er sich in gewissen Situationen seines Lebens wirklich wohl gefühlt hat?)

Ich bleibe in der Via del Gambero eine Weile stehen und betrachte ein Kinoplakat. Dann trete ich auf die Piazza San Silvestro hinaus und gehe an der Fassade des Hauptpostamtes entlang. Es stimmt auch nicht, daß es mir egal sei, wo ich lebe. Ich lebe gegenwärtig in Rom und habe, nachdem ich fast durch einen journalistischen Zufall hierher geraten bin, – Keir hatte plötzlich die Idee, mich auf die Berichterstattung über die politische Entwicklung in Italien anzusetzen –, die Erfahrung gemacht, daß für einen Mann in meiner Lage Rom ein guter Platz ist. Die Stadt hat etwas Gelassenes und Zynisches. Die besten Männer, die ich in meinem Leben kennengelernt habe, waren gelassen und zynisch, was für mich soviel heißt wie durch und durch erwachsen; ich mag keine Männer, die in irgendeinem Winkel ihrer Seele ihre Pubertät pflegen. Nur einem sehr zynischen Mann nehme ich seine Aufschwünge ab, dem Captain Evans zum Beispiel, der uns kalt, gelassen und unser Blut sparend durch Sizilien geführt hatte, der aber bei der Einnahme von Enna auf der Spitze des Hügels plötzlich seine Deckung verließ und, so völlig betrunken wie er war, ein paar Schritte auf die Piazza hinaustrat und über dem rollenden Meer der Olivenhügel und Travertin-Dörfer seine hochgerissenen Arme in die Garbe aus einer Maschinenpistole warf, als stürze er sich in einen Orkan aus allen vereinigten Düften Großgriechenlands und Arabiens. In dieser Weise ist Rom zynisch. Die Piazza San Silvestro zum Beispiel ist kein architektonisch bedeutender Platz, das Warenhaus Rinascente und die Hauptpost sind keine sehr erhebenden Bauten, die Mitte des Platzes ist angefüllt mit wartenden Linien-Omnibussen, aber von der Barockfassade und den Kuppeln der Kirche San Silvestro in Capite geht immerhin das alte römische Licht aus, das auch an diesem verhältnismäßig stillen Sonntagnachmittag unter einem kühlen Himmel aus Kobaltblau liegt. Irgendwie bringt dieses Licht es fertig, einen die Tatsache ertragen zu lassen, daß andere Leute, zum Beispiel meine Eltern und Esthers Mutter, im Gegensatz zu Captain Evans, maschinell getötet und verbrannt worden sind; nicht, daß es einen damit aussöhnte, so falsch ist die römische Schönheit nicht, aber es läßt einen vermuten, auch das schärfste, das sinnloseste Leiden würde am Ende eingeschmolzen in eine Summe des Schmerzes, in eine Dämmerung aus Rot. Besonders nach Berlin ist Rom ein erträglicher Ort.

Im Vorraum der Hauptpost kaufe ich mir in dem staatlichen Laden Briefmarken und Zigaretten der Marke Nazionali, frankiere meinen Brief an Keir und werfe ihn in den Kasten für Luftpost. Er wird morgen nachmittag in London sein. Dann verlasse ich das Postamt, gehe zum Zeitungsstand hinüber, betrachte die ausgestellten Blätter, kaufe jedoch keines; ich habe in mancher Hinsicht einen Hang zum Geiz. Ich korrigiere mich: nicht wegen meines Geizes in Kleinigkeiten habe ich an diesem Sonntagnachmittag darauf verzichtet, mir den *Espresso* zu kaufen. Ich schlendere weiter und setze mich auf eine der Bänke, die man hier für wartende Omnibusgäste aufgestellt hat. Um meiner Nervosität Herr zu werden, öffne ich das Päckchen Nazionali, indem ich es zwischen Streifband und Außenkanten sorgfältig quadratisch aufreiße, damit ich die erste Zigarette glatt herauskicken kann. Pedantisch, wie ich von Natur aus bin, kann ich es nicht sehen, wenn andere ein Zigarettenpäckchen achtlos in ganzer Breite aufreißen, so daß die Zigaretten, wenn man die ersten drei, vier Stück geraucht hat, keinen Halt mehr haben, verdrückt werden und Tabakkrümel in die Jackentaschen verstreuen; aber so wenig, wie es vorhin mein Geiz war, der mich vom Kauf der Zeitung abhielt, so wenig handelt es sich um Pedanterie, wenn ich mich in diesem Augenblick in meine Technik des Öffnens von Zigarettenpackungen vertiefe. Ganz andere Gefühle (oder vielmehr: Eigenschaften) beschäftigen mich. Ich lese die Routen-Tafeln an den Omnibussen und überlege, ob ich mit einem von ihnen irgendwohin fahren soll, gebe die Idee aber wieder auf. Auf dem Platz ist wenig Betrieb; erst in zwei oder drei Stunden, wenn die großen Sportveranstaltungen in den Außenbezirken vorbei sind, werden die Autobusse die in die Innenstadt zurückkehrenden Massen auf den Platz ausspeien. Um mich abzulenken, beobachte ich die Frau mit dem bösen Blick, die immer an der Ostseite des Platzes hin und her geht, zwischen der Kirche und der nächsten Straßenecke. Sie ist ziemlich groß, trägt einen bis zu den Füßen fallenden Rock, und ihr Gesicht hat etwas großzügig Verwüstetes. Ihr Blick ist wirklich böse, er mißt die Vorbeigehenden kalt und kommt wie aus einer Wüste; außerdem schielt sie auf dem rechten Auge. Wenn man sie, wie ich, schon seit Jahren kennt, weiß man, daß sie nicht böse ist, sondern nur arm und von einer tragischen Grundstimmung beherrscht. Die Leute gehen entweder an ihr vorbei, wobei sie vermeiden sie anzusehen, oder sie kaufen sich frei, indem sie ein paar *soldi* in ihre nur stumm geöffnete, nicht einmal deutlich hingestreckte Hand legen. Ich unterhalte mich gelegentlich mit ihr, nachdem ich ihr etwas gegeben habe; wir sprechen ein paar Worte über das Wetter oder die Zunahme des Verkehrs, niemals mehr, sie macht nie den Versuch, mich in ihr Privatleben zu ziehen. Castellani von der *Stampa* ergriff buchstäblich die Flucht, als ich einmal in seiner Anwesenheit ein paar Worte mit ihr wechselte; er wartete in der Galleria auf mich und redete erregt auf mich ein, ob ich verrückt geworden sei: mit dem *mal'occhio* sei nicht zu spaßen. Castellani ist einer der aufgeklärtesten Journalisten Italiens. Ich erzählte ihm nicht, daß diese Frau mir nicht nur kein Unglück, sondern, wenn man denn schon abergläubisch sein will, einmal, vor vielen Jahren, sogar Glück gebracht hat, denn hier auf diesem Platz und auf der gleichen Bank saß ich im Sommer 1944, vor achtzehn Jahren also, ich war damals vierundzwanzig Jahre alt und wartete, bis es von San Silvestro elf Uhr am Vormittag schlug; für diese Stunde war ich zum Rapport bei Keir Horne befohlen, der sein Büro in den gleichen Räumen aufgeschlagen hatte, in denen heute der Circolo della Stampa Estera untergebracht ist. Keir zog damals von Kriegsschauplatz zu Kriegsschauplatz, um sich ein Team geeigneter Leute für neuartige Radiosendungen nach Deutschland zusammenzustellen, für Propaganda, die, wie Keir mir an jenem Morgen auseinandersetzte, insofern beispiellos neu sein würde, als in ihren Nachrichten und Kommentaren nicht gelogen werden sollte; es durfte in ihnen alliierte Niederlagen geben und deutsche Siege. Später habe ich begriffen, daß diese Idee von skrupulöser *fairness* typisch war für einen Mann, der sich in Deutschland gewisse Versäumnisse hatte zuschulden kommen lassen. Es hat Keir Jahre der Überredung, der taktischen Winkelzüge und seines ihm angeborenen großmogulischen Auftretens gekostet, bis er endlich, viel zu spät, wie er bitter bemerkte, seinen originalen, und, wie ich zugeben muß, äußerst wirksamen Beitrag zur britischen Kriegführung bei den militärischen und zivilen *blockheads* durchgesetzt hatte. Erst im Sommer des vorletzten Kriegsjahres hatte man ihm grünes Licht gegeben. Ich war von der Front südlich Florenz zu einer Vorstellung bei ihm abkommandiert worden, weil er meinen Namen aus irgendeiner Liste herausgepickt oder ihn von irgendwelchen Bekannten in London gehört hatte. Ja, hier auf dieser Bank, an einem sehr heißen Sommertag, ungefähr zwei Monate nach der Befreiung Roms, begann meine journalistische Karriere. Ich erinnere mich gut, daß ich mir den Daumen hielt, es möge klappen, damit ich von der Front wegkäme. Ich war zweimal leicht verwundet worden, ich hatte das dumpfe Gefühl, daß es beim drittenmal schiefgehen würde, und ich wollte von der Front weg; ich wollte nicht mit vierundzwanzig sterben. Damals sah ich die Bettlerin zum erstenmal; sie bewegte sich auf dem gleichen Schattenstück des Platzes, zwischen der Kirche und der Straßenecke, und sie sah genau so aus wie heute, um keine Spur jünger, so, wie sie heute um keine Spur älter aussieht. Ich glaube, sie ist so alt wie der ewige Jude. Ihr verwüstetes Gesicht fiel mir auf, und obwohl ich damals noch nichts vom *mal'occhio* wußte, empfand ich das Böse und Tragische ihres Blickes, als ich mich ihr über den Platz hin näherte. Damals sprach sie mich an, – während sie heute keinen Menschen mehr anspricht –, sie muß damals sehr hungrig gewesen sein, und ich gab ihr die Reste einer C-Ration, die ich in der Brusttasche meiner Uniformjacke bei mir trug. Ich glaube heute noch, daß der Segenswunsch, den mir die *iettatora* dafür gespendet hat, einigen Einfluß auf das Ergebnis meiner Besprechung mit Keir hatte. Aberglauben ist eine heruntergekommene Form des Glaubens an das Schicksal, und obwohl ich nicht schicksalsgläubig bin, bin ich doch abergläubisch. Ich wollte sagen: *weil* ich nicht schicksalsgläubig bin. Beim Anblick des ungemein schönen Sterbens von Captain Evans habe ich noch angenommen, Worte wie *Fügung* oder *Los* besäßen irgendeinen Sinn; später, als ich erfuhr, wie meine Eltern umgekommen sind, gab ich diese lächerliche Annahme auf, gleichzeitig mit den letzten Resten meines Glaubens an ein höheres Wesen. Angesichts von Auschwitz will ich zur Ehre Gottes annehmen, daß es ihn nicht gibt, und zur Ehrenrettung jener Götter, die es sicherlich einmal gegeben hat und die vielleicht noch in irgendeinem vergessenen Winkel von Zeit und Raum dahinvegetieren, daß nichts mehr in ihrem Schoß verborgen liegt. Das Leben des Menschen ist ein wüstes Durcheinander aus biologischen Funktionen und dem Spiel des Zufalls, und nur die Wirkung des roten römischen Lichts auf mich, die Art, wie es imstande ist, meine Stimmung zu verändern, kann mich in dieser Überzeugung gelegentlich beirren.

Hier muß ich mich unterbrechen, um nachträglich einfügen zu können, daß es mir, indem ich begonnen hatte die alte Bettlerin zu betrachten, an jenem Sonntag in Rom tatsächlich gelungen ist, mich abzulenken. Ich saß wirklich da und dachte über meine erste Begegnung mit Keir Horne nach; ich hatte wirklich den Wunsch vergessen, der mich in die Nähe des Circolo della

Stampa Estera trieb, so daß ich mich in meine Erinnerungen vertiefen konnte. Natürlich habe ich damit den Ausbruch meiner Gefühle nur aufgeschoben; aber meine Niederschrift folgt doch sehr genau der Kurve, die meine Spannung genommen hat.

Es muß ungefähr elf Uhr gewesen sein, als ich, – nach dem Intermezzo mit der Bettlerin –, zu Keir hinaufging, den ich ganz allein am Ende einer Flucht von leeren Räumen hinter einem Schreibtisch sitzend vorfand, eine Pfeife rauchend und offenkundig an akuter Beschäftigungslosigkeit leidend. (Ich wußte damals noch nicht, daß die meisten Journalisten sorgfältig bemüht sind, den Eindruck zu erwecken, als arbeiteten sie nie. Auch Keir, der in Wirklichkeit ein Arbeitstier ist, hält sich an diese Spielregel.) In den ersten zehn Minuten unserer Bekanntschaft gab er sich das Air soldatischer Knappheit. Was mir gleich zu Anfang an ihm auffiel, waren seine dreckigen Fingernägel. Sie widerten mich an, und außerdem fand ich den ganzen Mann ziemlich lächerlich: ein Zivilist zwischen Vierzig und Fünfzig, – was mir damals als ziemlich alt erschien –, ein typischer Etappenhengst, der eine militärische Chuzpe abzog und sich zu diesem Zweck bei irgendeiner Stabskleiderkammer eine Offiziersjacke ohne Rangabzeichen besorgt hatte, die er, der römischen Hitze wegen, aufgeknöpft trug. Natürlich war das alles nicht Unsicherheit, sondern beabsichtigtes Theater, wie ich erst später begriff, als ich Keir genauer kennenlernte: teils Freude an einer Rolle, teils ein Versuch, mich zu testen, denn er hätte mich für die Arbeit, für die er Leute suchte, ja nicht brauchen können, wenn ich einer gewesen wäre, der zackig reagiert hätte. Ich ging von vornherein nicht auf diesen Ton ein, sondern setzte mich, ohne ihn zu fragen, und zündete mir eine Zigarette an. Daraufhin ließ er die *army*-Maske fallen, stülpte sich jedoch sogleich eine andere über: die des *Cambridgedon*. Auf einmal war er brillant und versnobt, erkundigte sich im charakteristischen Ton eines *College Fellow* nach meinen Studien und machte eine kollegiale Anspielung auf seine eigene akademische Laufbahn. Ich mußte ihn enttäuschen, indem ich ihm berichtete, daß ich 1938 gerade noch die Public School absolvieren konnte, mich hingegen gleich danach, 1939, ohne Widerspruch in die Armee hatte einziehen lassen, obwohl ich damals noch nicht einmal die britische Staatsangehörigkeit besaß. (Ich bekam sie schließlich, 1940, auf einem Truppenübungsplatz in Wales, zugleich mit meiner Ernennung zum *Corporal*.) Er war betroffen und wurde von da an Keir, ein entspannter Mann, der intelligente Fragen stellte und sich in wenigen Minuten ein sachliches Bild von mir verschaffte. Wahrscheinlich um in Erfahrung zu bringen, ob ich meine Muttersprache überhaupt noch genügend beherrschte (*im Griff hatte*, wie man sich heutzutage dort, wo man sie spricht, so zupackend ausdrückt: eine Formel, in der sich die Neigung meiner früheren Landsmänner verriet, – die Frauen bedienen sich solcher Redewendungen kaum –, Probleme *ein für allemal zu erledigen*. Man *bekommt* ein Problem *in den Griff* heißt soviel wie: man packt es im Genick, welches man dann mit einem schnellen Ruck umdreht – schon liegt es *ein für allemal erledigt* am Boden. Man muß Probleme nur zu behandeln wissen. Auf keinen Fall darf man sie in der Schwebe lassen. Ich bin ungerecht. Mindestens übertreibe ich. Wie sagte der Kriminalrat von Cantz in Berlin zu mir? »Wissen Sie, ich glaube nicht an Nationaleigenschaften.«) – wo war ich?, ach ja, bei Keir, der plötzlich deutsch zu reden anfing, um festzustellen, ob ich einer von diesen Emigranten geworden war, die ihre alte Sprache nur noch mit englischem Akzent sprechen können und sich manchmal auf einen Ausdruck besinnen müssen. Er selbst sprach ein so gut wie akzentfreies Deutsch, das manchmal etwas künstlich wirkte, weil sein Wortschatz fast zu groß war. Er fragte mich, ob ich nach dem Krieg studieren wolle, und ich erwiderte nein. Was ich denn beabsichtige? »Schreiben«, sagte ich. Ob ich schon etwas geschrieben habe. Ich hielt es nicht für nötig, ihm von meinen literarischen Versuchen in der Mansarde von Onkel Basils Wohnung, Clanricarde Gardens, zu erzählen. Manchmal, wenn ich die Farben von Clanricarde Gardens nicht mehr aushielt, ging ich fort, setzte mich in einen Tea Room am Notting Hill Gate und schrieb dort. Keir glaubte mir natürlich nicht und erriet alles.

»Als Sie zum erstenmal schrieben, ich meine natürlich nicht Ihre Schulaufsätze, schrieben Sie da englisch oder deutsch?« fragte er.

Ich wich aus. Wann ich denn hätte schreiben sollen, log ich, ich befände mich seit fünf Jahren in der Armee. Und ich wies auf meine Korporals-Winkel hin, die mich stempelten: ein Soldat. Meine Tarnung war fast vollkommen; in Wirklichkeit habe ich auch in den Baracken immer wieder Anläufe zum Schreiben unternommen; erst im November 1943, als wir auf die Schiffe nach Afrika gingen, habe ich das ganze Zeugs weggeschmissen.

Wenn ich von meinem Nachrichten-Umrühren in Keirs wahrheitsliebender psychologischer Kriegsküche absehe, so habe ich zweimal in meinem Leben in deutscher Sprache geschrieben:

von meinem Abiturjahr in London, – ich bin eitel genug, zu bemerken, daß ich das Higher School Certificate in der Upper Sixth meiner londoner Schule *with distinction* bestand –, bis zu meinem Aufbruch nach Afrika, und nun wieder seit Sonntag, dem 28. Oktober 1962, bis heute. In der Zeit dazwischen war ich englischer Journalist.

Keir, da er keine Antwort auf seine Frage erhielt, katechisierte mich in einem anderen Kapitel des gleichen Themas.

»Aber wenn Sie schreiben könnten, was würden Sie dann schreiben? Romane?«

Damals hielt ich den Roman für eine erledigte Form, und ich teilte Keir diese Ansicht mit. Er schien enttäuscht.

»Aber was dann? Biographien? Reisebücher? Essais? Gedichte?«

»Irgend etwas dazwischen«, erwiderte ich. »Eine Mischung aus allem, vielleicht, oder etwas, das mit all dem gar nichts zu tun hat. Etwas ganz Neues. Ich weiß noch nicht was.«

»Wenn es sich dabei um Menschen handeln sollte«, sagte er, »um Beziehungen zwischen Menschen, meine ich, wird das Ding ein Roman sein, wie neu es sich auch ansehen wird. Ich habe übrigens einen ganz altmodischen Geschmack. Kennen Sie Trollope?«

Ich schüttelte den Kopf. Ich spürte wenig Lust, literarische Konversation zu machen. Schließlich saß ich nicht hier, um über Literatur zu reden, sondern um meinen Kopf zu retten. Während des ganzen Krieges hatte ich ziemlich viel Glück gehabt, ich war erst in Sizilien ins Feuer geraten, und nach den ersten Gefechten hatte ich mich daran gewöhnt, und zwar bis zu einem Punkt, wo ich mich für völlig abgebrüht hielt. Aber seit ein paar Wochen hatte ich, wenn wir Zunder bekamen, plötzlich wieder Anfälle von Todesangst. Keir schien zu spüren, daß mir an der Unterhaltung nicht viel lag; er wechselte das Thema und begann, von seiner berliner Zeit zu erzählen. Routiniert, wie er das machte! Ich merkte gar nicht, daß er das Gespräch endlich dort hatte, wo er es haben wollte; bei dem Gegenstand, auf den es ihm ankam. Ich will ihn nicht verdächtigen, daß er mich nur deswegen nach Rom hat kommen lassen; er hatte sicherlich die Absicht, festzustellen, ob ich einen brauchbaren Mitarbeiter abgäbe, aber irgend etwas in meinen *files* oder irgendein Hinweis in den Gesprächen mit deutschen Emigranten in London, mit denen er aus beruflichen Gründen Kontakte zu pflegen hatte, – merkwürdig, daß wir nie darüber gesprochen haben, wie er eigentlich auf meinen Namen gestoßen ist! –, ein Zufall, bestimmt nichts weiter als ein Zufall also muß ihn auf die Idee gebracht haben, ich könne ihm vielleicht Nachrichten über gewisse Personen verschaffen, an denen ihm viel lag. Er fing an, mich nach allen möglichen Leuten in Berlin auszufragen. Ich war erstaunt darüber, wieviel gemeinsame Bekannte wir hatten. Offensichtlich kannte er sich in den berliner jüdischen Kreisen sehr gut aus. Er fragte mich, ob ich zu den Ephraims gehöre, die das schöne Barockpalais in der Stresemannstraße besäßen. Ich mußte es verneinen, sagte ihm, jene schrieben sich mit einem ph, während die Efraims mit dem f keine so alte und reiche Familie seien. Er nannte noch mehr Namen, tastete sich langsam an meine Kenntnisse der Leute heran, die auch er kannte, ließ schließlich scheinbar zufällig den Namen Bloch fallen; wir gingen, da der Name ziemlich häufig vorkommt, verschiedene Möglichkeiten durch, dann erinnerte ich mich an Frau Marion Bloch und erwähnte sie; meinen Eindruck, daß ich ihm damit das Stichwort gegeben hatte, auf das es ihm die ganze Zeit angekommen war, habe ich noch ganz sicher in meinem Gedächtnis. Er stellte hastige Fragen, mit einer Stimme, deren Ton nichts Beiläufiges mehr an sich hatte, und als ich auf Esther zu sprechen kam, erhob er sich, trat ans Fenster und sah lange auf die Piazza San Silvestro hinaus, um mir seine Aufregung zu verbergen. Er sog heftig an seiner Pfeife, schien sie aber schließlich zu vergessen. Damals hatte er noch nicht begonnen, Tabak zu schnupfen, sondern beschränkte sich auf Pfeifen, von denen an die zehn Stück auf seinem Schreibtisch herumlagen, malerisch um eine Chianti-Flasche gruppiert, die halb geleert war; ich erblickte jedoch kein Glas; entweder hatte er es versteckt, ehe ich kam, oder er trank aus der Flasche. Schon zu jener Zeit war er fett, nicht gerade unmäßig fett, aber immerhin quoll sein Fleisch schon über, das helle Fleisch eines Blonden, der, als ich ihn kennenlernte, zwar schon fett, aber noch locker war, der Typ des agilen Fetten, während er später schwer wurde, unbeweglich. Als er sich von der Betrachtung der römischen Piazza wieder abwandte, begann ich, weil sein Verhalten meine Neugier geweckt hatte, sein Gesicht zu studieren. Er besaß eine starke, ziemlich breite und gut geformte Nase und einen großen, charaktervollen, geschwungenen Mund, einen Mund, der zugleich etwas Genießerisches und etwas Verächtliches hatte. Seine Augen, – hinter den nicht sehr starken Gläsern einer schwarzen Hornbrille –, waren grau, aber nicht von kaltem Steingrau, sondern wie mit wehendem Staub überzogen und ganz erfüllt von dem Leben einer hohen und mitfühlenden Intelligenz. Sie lagen unter starken Brauen, hinter runden Gläsern, aufmerksam, leicht bereit, zu weinen oder zu lachen, insoferne unenglisch. In späteren Jahren hatten sie öfters einen abwesenden Ausdruck. Ich glaube, Keirs Augen lassen am ehesten erraten, warum er ein Mann für Frauen ist. Seine blonden weichen Haare, die früh weiß wurden, waren leicht gewellt, er trug sie gescheitelt; sie wirkten unvollkommen, denn über dieses durch das Fett mächtig gewordene, von breiten Backen und einem Doppelkinn umrahmte Gesicht, das voller sensitiver Züge, sorgfältig verborgener Geheimnisse und kritischer Klugheit war, hätte als Abschluß und Krönung eine Barockperücke gehört, – eine Idee, auf die ich erst später kam, als ich Keirs Vorliebe für Dr. Samuel Johnson und seine Zeit kennenlernte. Ich hätte Meg gerne angeregt, einmal eine Foto-Montage aus Keirs Kopf und einer Allonge-Perücke zu machen, um Keir zu zeigen, daß er eigentlich im falschen Jahrhundert lebt, aber von einem gewissen Zeitpunkt an waren harmlose Späße zwischen Keir, Meg und mir nicht mehr möglich, und so unterließ ich den Vorschlag. Wahrscheinlich wäre seine Perücke voller Flöhe gewesen, so wie seine Fingernägel schmutzig, sein Schreibtisch voller Tabakasche und Weinflecken war; der Schmutz, der ihn damals umgab und immer umgibt, hat mich wohl am stärksten daran gehindert, sofort auf eine intime Beziehung zwischen ihm und Marion Bloch zu schließen, obwohl seine Aufregung an diesem Punkt unseres Gesprächs mich stutzig machte; ich konnte mir einfach nicht vorstellen, daß eine so gepflegte Dame, eine wahre Lady, die selbst meinem konservativen Vater zu etepetete war, sich mit einem Mann eingelassen haben sollte, der ständig einen Bodensatz aus schierem Dreck um sich schuf. Allerdings weiß ich nicht, wie Keir als junger Mann war, als Sechsundzwanzigjähriger in Berlin, im Berlin des Jahres 1925; vielleicht hielt er damals noch auf sich, reinigte sogar seine Fingernägel?

Ich weiß es nicht und ich kann es mir nicht vorstellen, wie ich es mir schon damals nicht vorstellen konnte und ihn infolgedessen sprachlos und ungläubig anstarrte, als er mir mitteilte, er sei Esther Blochs Vater. Er zögerte mit dieser Information nicht lange, sondern gab sie mir bereits beim Mittagessen, zu dem er mich einlud, nachdem er mich als Mitarbeiter angenommen und erklärt hatte, er würde alles mit der Truppe regeln. Wir saßen vor einem Restaurant in einer Seitenstraße des Corso, an einem der auf die Straße gestellten Tische, und aßen Spaghetti, und ich hörte auf zu essen und beobachtete ihn, während er weiteraß; ich versuchte, die Erscheinung dieses Mannes mit meinen Erinnerungen an Esther zu verbinden, aber es gelang mir nicht; dieser schon fett gewordene, mächtige, kluge und unsaubere Mann schien mir als Vater eines Mädchens, dessen blasses, erhitztes und eigensinniges Gesicht von harten Haarwellen umrahmt gewesen war, undenkbar. Esther ist für mich immer eine Halbwaise gewesen; ich habe über die Tatsache, daß sie keinen Vater besaß, niemals groß nachgedacht, nichteinmal, als ich zum erstenmal das Wort *unehelich* hörte, während jenes Gesprächs meiner Eltern über Frau Bloch. Die Art, in der sie es aussprachen, ließ mich nicht vermuten, in ihm könne ein Problem verborgen sein, geschweige denn ein Kasten-Teufel von Vater, der plötzlich herausspränge, wenn man das Wort öffnete, und der nun tatsächlich herausgesprungen war, aber keine grinsende, sondern eine traurige Maske herzeigte. Denn was mich schließlich dafür gewann, Keir zu glauben, war der Ausdruck von Angst in seinen Augen, während er von Esther sprach, obgleich er dabei weiteraß (wie ja auch ich mir angewöhnt habe weiterzuessen, selbst wenn ich die schauderhaftesten Nachrichten lese oder höre): es war die Angst eines Vaters um sein Kind. Und auch einen Schatten von Keirs Schuldbewußtsein nahm ich schon wahr, in der Art, in der er mir achselzuckend berichtete, er habe das letztemal im Jahre 1936 mit Marion Bloch korrespondiert.

Bei jenem Mittagessen erfuhr ich zum erstenmal quellenmäßig Belegtes über die Technik der Verfolgungen in Deutschland; als Spezialist für psychologische Kriegführung gehörte Keir Horne zu dem kleinen Kreis der Mitarbeiter des *Political Intelligence Department* des *Foreign Office*, der Zugang zu dem authentischen Nachrichten-Material hatte. Während er es mir darbot, schob sich die Furcht um meine Eltern zwischen die Bilder einer Gasse in Roma Vecchia, zwischen die konisch behauenen, fast schwarzen Steine der Mauer eines Palastes gegenüber dem Restaurant, zwischen das felsengelbe Licht des Castelli-Weins in den Gläsern, aus denen wir tranken, über die grünen Sonnenschirme der Trattoria, die mit einer Cynar-Reklame bedruckt waren, in die abgerissenen italienischen Sprachlaute hinein, die uns umgaben, ein *allora*, ein *si*, *ma certo!*, ein *comunque*, die sich in Keirs vom Gedanken an Esthers mögliches Schicksal entsetzten Augen auflösten, während sein Blick zusammen mit dem meinen unwillkürlich einer Gruppe von Nonnen folgte, deren weiße Hauben-Trapeze plötzlich in ein grelles Lichtsegment gerieten. Ich war mir im klaren darüber gewesen, daß es meinen Eltern schlecht ging, daß sie wahrscheinlich deportiert worden waren, daß sie das Leben in den Lagern vielleicht nicht überstehen würden, aber nicht an das hatte ich gedacht, was Keir mir nun referierte, nicht an das. Er sagte:

»Sie töten euch nicht, wie man Feinde tötet. Sie rotten euch aus wie Ungeziefer.«

Und er fragte mich, ob ich unter diesen Umständen wirklich an Sendungen für Deutschland mitarbeiten wolle. Aber das Wort *Ungeziefer* hatte mich bereits getroffen wie ein Blitzstrahl. In der Sekunde, die Keir brauchte, um es auszusprechen, und die vielleicht mit dem unerträglichen Weiß jener Nonnenhauben zusammenfiel, welche gerade eine Sonnenpfütze in einer römischen Schattengasse durchsegelten, – ein Partikel des gregorianischen Kalenders und eine Farbe, ein Bruchteil Zeit und ein Fetzen Raum fanden sich da, durchdrangen sich und erloschen wieder –, fiel das Wort in mich ein wie ein altertümliches Signal, wie eine Trophäe und wie ein Stoßgebet, und so trat ich in einem Augenblick und ohne zu zögern in den geheimen Orden des Ungeziefers ein.

Das war damals. Wie pathetisch ich zu jener Zeit war! *Geheimer Orden des Ungeziefers* – was für eine poetische Metapher für eine simple Trotzreaktion! Überhaupt ist der ganze vorige Absatz eine ziemlich genaue Rekonstruktion meines Primaner- und Barackenstils, über den ich also, wie ich bei dieser Niederschrift mit Erstaunen bemerke, immer noch verfüge, besonders dann, wenn ich mir die Zeiten ins Gedächtnis rufe, zu denen er gehört. Denn heute *rufe* ich mir nur noch sehr selten etwas *ins Gedächtnis*, sondern ich erinnere mich höchstens, denke an Vergangenes, eine alte Sache fällt mir ein; von den Ausdrücken, die ich im *Dornseiff*, im *Wehrle-Eggers*, im *Küpper* unter dem einschlägigen Stichwort finde, kann ich höchstens ein Drittel gebrauchen. (Ich habe mir in Berlin, sogleich nachdem ich mit diesen Aufzeichnungen begonnen hatte, die wichtigsten deutschen Synonymen-Wörterbücher besorgt; sie erleichtern mir die Wiederentdeckung meiner früheren Sprache doch sehr.)

Was ist zwischen damals und heute mit mir geschehen, frage ich mich, während ich die Wartebank auf der Piazza San Silvestro verlasse und zum Presseclub hinübergehe, daß ich gewisse Metaphern, die ich einst *(einst!)* mit einem heftigen Genuß gebrauchte, heute nicht mehr ertrage? Die Antwort darauf ist einfach: das, was mit allen geschehen ist, deren Sprache gelitten hat.

Denn wenn man anfängt, Menschen zu vernichten wie Ungeziefer, wenn man nicht Feinde töten, sondern einen Samen ausrotten will, dann vernichtet man nicht nur sechs Millionen Seelen, sondern, ganz nebenbei, auch die Sprache der Überlebenden. Ich beobachte, wie die Übriggebliebenen, – von einigen Politikern abgesehen –, fortwährend damit beschäftigt sind, sich auf die Zunge zu beißen, und wie die Literatur versucht, ohne Metaphern auszukommen. Die Sprache hat den bösen Blick bekommen, während die Bettlerin, an der ich wieder einmal vorbeigehe, ihn verloren hat; sie ist nichts weiter als eine Frau, die man mit ein paar Adjektiven definieren kann: elend, tragisch, alt. Wir sehen uns freundlich an, sie und ich, und ich lasse ein Hundert-Lire-Stück in ihre Hand gleiten, weil sie an diesem stillen Sonntagnachmittag auf dem kaum belebten Platz wahrscheinlich wenig Einnahmen hat. Wenn ich es recht bedenke, so habe ich ihren Zaubersprüchen, seinerzeit, als ich zu Keir hinaufging, nichts zu verdanken; ich widerrufe meinen Aberglauben, sie habe auf Keirs Entscheidung, mich von der Front abrufen zu lassen, magisch eingewirkt. Nicht jene Bettlerin, sondern Esther war es, die mir möglicherweise das Leben gerettet hat, denn was Keir bewog, mich in seine Redaktion zu holen, war sein Wunsch, einen Jugendfreund seiner Tochter um sich zu haben, jemanden, mit dem er über Esther sprechen konnte. Nichts sonst. Sachlich war ich ja so gut wie gar nicht für einen solchen *job* qualifiziert. Meine hochgestochenen literarischen Versuche, – die ich noch dazu verschwieg –, wären so ungefähr das letzte gewesen, mir den Anspruch auf einen so hervorragenden Druckposten zu gewähren. Nicht, daß ich sie geschrieben, sondern höchstens, daß ich sie eines Abends in den Ofen einer Truppenbaracke in Wales gesteckt hatte, erlaubte es mir, in dieser Hinsicht und insgeheim einen winzigen Pluspunkt für mich zu buchen. Nein, ich überschritt die Grenze ins Reich des Journalismus ohne Ausweispapiere und ausschließlich mit Hilfe von Protektion. Ein einflußreicher Mann wünschte, in den Anfällen von Angst, die er um sein Kind ausstand, nicht gänzlich allein zu sein – das war's, was mir einen sogenannten Beruf verschaffte.

Die Räume des Presseclubs sind von den Kollegen des Berufs, der im Moment noch der meine ist, gänzlich verlassen. Der schöne römische Herbstsonntag und die gegenwärtig herrschende Nachrichtenflaute, – ein neues Kabinett ist seit ein paar Wochen im Amt, eine weitere Regierungskrise zeichnet sich noch nicht ab –, das erlaubt uns Ausflüge in die Umgebung,

Museumsbesuche, stille Studien, Weibergeschichten, ein Privatleben. Ich habe den Presseclub ganz für mich allein. Auch vom Personal läßt sich keine Seele blicken. Der Barmann ist nicht anwesend; die Flaschen hinter der Bar stehen aufgeräumt in Reih und Glied. Die Sessel in den verschiedensten Formen und Farben, die Rauchtische, auf denen Zeitschriften liegen und leere Aschenbecher stehen, lagern verstummt im rötlichen Nachmittagslicht, das durch die Fenster hereinfällt, die auf die Piazza blicken. Still ruht der See. Warum bin ich eigentlich hierher gekommen? Ich habe keinen Bericht, kein *feature* an unsere *News Telephones* durchzugeben. Was tue ich also hier? Nun, ich weiß recht genau, was ich jetzt, in diesem Augenblick und an diesem Ort tun möchte. Gleich nachdem ich das Hotel verließ, habe ich gespürt, was mit mir los ist, nein, nicht sofort, zuerst habe ich nur ein paar Frauen bemerkt, die mir begegneten, aber ich habe mir noch nicht viel bei ihrem Anblick gedacht, doch dann traf mich jenes große Kinoplakat in der Via del Gambero wie ein Schlag. Um erst einmal Zeit zu gewinnen, zünde ich mir eine Zigarette an. Räume wie dieser hier haben mich immer verrückt machen können, große, verlassene Räume, in denen sonst lange künstliche Gespräche geführt werden, ein Gespinst sogenannter sachlicher, in Wirklichkeit ganz abstrakter Beziehungen sich herstellt; auf bequemen Sesseln, über kleine Tische hinweg tastet man sich ab, streckt Fühler aus – und dann findet man einen solchen Raum plötzlich leer vor, kann in sein innerstes Geheimnis eindringen, sein Tabu brechen, auf einem dieser Sessel sitzend, im rötlichen Licht, im Schweigen, von niemandes und von hundert Augen beobachtet. Nach aller Wichtigtuerei, die hier sonst herrscht und die man mitgemacht hat, kann man endlich den Raum und sich selbst erniedrigen. Ich habe mich so lange unten auf dem Platz aufgehalten, weil ich schon wußte, was mir hier oben blühen würde, wenn ich den Club leer vorfände, und ich bin schließlich die Treppen zu ihm hinaufgegangen, an diesem Sonntagnachmittag und unaufhaltsam, weil ich natürlich ganz genau gewußt habe, daß er leer sein würde. Denn nach dem Kinoplakat kam noch der Zeitungsstand, an dem ich keines der ausgestellten Blätter gekauft habe, aber nicht, weil ich, wie ich schrieb, in gewisser Beziehung geizig bin, sondern weil die Titelblätter einiger Illustrierten wieder einmal so waren, daß es in den Sekunden, in denen sie die Netzhaut meiner Augen erreichten, nichts anderes gab als sie. Zwar bin ich wirklich oft an den komischsten Ecken geizig, aber wenn ich mir vorhin nicht den *Espresso* gekauft habe, obwohl ich ihn noch nicht gelesen hatte, dann nicht aus Geiz, sondern nur, weil ich mir verlogen und feige vorgekommen wäre, hätte ich etwas anderes gekauft als eines jener Bilder. Stattdessen bin ich weitergegangen, habe mich auf eine Bank gesetzt, in Erinnerungen gewühlt, den Augenblick meines Eintritts in den Club hinausgeschoben, aber ich habe keinen der bereitstehenden Omnibusse benützt, um irgendwohin zu fahren, weil der Gedanke an die wahrscheinlich leeren Club-Räume, in denen ich überdies die zunächst abgewiesenen Bilder wiederfinden würde, mächtiger war als alles andere. Jetzt wühle ich mir sie aus den Zeitschriftenstapeln hervor, die auf den Tischen liegen, ziehe sie zu mir heran, betrachte sie, wobei übrigens meine Spannung ein wenig nachläßt. Und nun werde ich auch gestört, denn ich höre auf einmal jemand sprechen, ich bin also doch nicht allein, der Klang der Stimme, – es ist nur eine einzige –, ist so leise, daß ich kein Wort verstehen, noch erkennen kann, in welcher Sprache gesprochen wird. Ich habe den Eindruck, als stiege sie aus einem tiefen Wasser herauf, undeutlich glockenhaft und wie erstickt. Ihre Anwesenheit erbittert mich. Ich breite rasch die Sonntagsausgabe der *New York Herald Tribune* über das Titelblatt von *Le Ore* und gehe nachsehen, wer da spricht. In der Eingangshalle des Clubs entdecke ich John, einen deutschen Journalisten, den ich oberflächlich kenne, mit dem ich mich schon hin und wieder unterhalten habe; er steht in einer der Telefonzellen und telefoniert, daher die Unter-Wasser-Stimme. (Ich habe noch nie jemand unter Wasser oder aus dem Wasser herauf an die Oberfläche sprechen hören, aber es fällt mir kein anderer Vergleich ein; wahrscheinlich spielen Erinnerungen an deutsche Märchen bei dieser Vorstellung eine Rolle.) John muß gleich nach mir gekommen und direkt in die Zelle gegangen sein. Er sieht mich, nickt mir zu, ich ziehe mich zurück, setze mich wieder auf meinen Ledersessel und warte ungeduldig, ob er hereinkommen oder gleich, wenn er sein Telefonat beendet hat, verschwinden wird. Natürlich kommt er herein, fragt, ob er sich einen Augenblick, *just a moment*, zu mir setzen dürfe, es bleibt mir nichts anderes übrig, als höflich zuzustimmen, das Wort *moment* läßt mich nur geringe Hoffnung schöpfen, daß ich bald wieder allein sein werde. John ist erregt, – auch er!, aber natürlich aus sogenannten sachlichen Gründen –, er scheint noch ganz mit dem Gespräch beschäftigt zu sein, das er gerade geführt hat. Die üblichen Eröffnungsfloskeln; er spricht tadellos englisch, wenn auch mit starkem deutschem, oder besser gesagt, mit rheinischem Akzent. Ich entschließe mich, in seiner Sprache mit ihm zu sprechen. Als ich auf deutsch zu ihm sage, ich käme gerade aus Berlin, sieht er mich überrascht an, so daß ich, als müsse ich mich für den Gebrauch deutscher Worte bei ihm entschuldigen, hinzufüge, ich hätte in Berlin meine Kenntnisse wieder ein bißchen polieren können. Er ist zu taktvoll, um zu erwähnen, daß mein Deutsch noch immer vom Tonfall meiner berliner Jugend gefärbt ist, wahrscheinlich weiß er, daß ich deutscher Abstammung bin, schließlich bin ich im Journalismus so bekannt wie ein bunter Hund, man kennt meine Personalia. John hat schnell geschaltet, und obwohl er mit seinen Gedanken offensichtlich ganz woanders ist, nimmt er, höflich wie er ist, erst einmal mein Stichwort auf und meint, wenn ich in Berlin gewesen sei, dann hätte ich die Scheiße ja einmal mit eigenen Augen gesehen. Ich nehme zu diesem Satz keine Stellung, erstens einmal, weil ich jetzt kein politisches Gespräch beginnen will, das sich, wie ich aus Erfahrung weiß, lange hinziehen und den Augenblick, an dem ich endlich das Titelblatt von *Le Ore* aufdecken kann, zu lange verzögern würde, und zweitens, weil mir das, was er als *Scheiße* bezeichnet, – die Mauer, die Teilung einer Großstadt, die Abgesperrtheit West-Berlins –, nicht so unerträglich erscheint, als daß ich es mit diesem Wort bezeichnen könnte. Es ist noch nicht lange her, daß es ganz andere Formen von Ghettos gegeben hat, und wer weiß, ob John nicht an ihnen mitgearbeitet hat, er, der jetzt über die Zustände in Berlin empört ist? Er hat nicht, er wohnt seit 1937 in Rom, als deutscher Journalist zwar, aber er hat unter seinem Regime relativ anständig überwintert, keine Schweinereien geschrieben, ich habe mich informiert. Als ihm sein Regime schließlich doch zu sehr auf die Nerven ging, hat er sich eine Weile aus dem Journalismus zurückgezogen und ein Buch über Stiltendenzen des römischen Barocks geschrieben, das außerordentlich sein soll. Was es nicht alles gab! Wir rauchen. Ich lasse mir nicht anmerken, daß ich ihn zum Teufel wünsche. Er ist einen halben Kopf kleiner als ich, also, – da ich eher klein als groß bin –, ein ausgesprochen kleiner Mann, was man aber nicht merkt, wenn er sitzt, denn er ist eine Sitzgröße, ein sehr bewußter kleiner Herr, grauhaarig, schlank, fest, mit schnellen, straffen Bewegungen, kalt, alterslos, Rheinländer, er spricht die Vokale rund und voll aus, ähnlich wie Goebbels, sein langer Aufenthalt in Italien hat ihn dazu erzogen, sich würdevoll zu geben, *signorile*. Was für Leute einen oft von den wichtigsten Beschäftigungen abhalten! Ich muß lachen, was mir hilft die

Situation zu ertragen, aber diesen Wichtigtuer erst einmal aus dem Konzept bringt. Er sieht mich irritiert an, ich lege meine Mundwinkel wieder zurecht, und es gelingt mir ihm zuzuhören, wie er sich beklagt. Es handelt sich um eine Lappalie. John hat, ganz brav, wie er sagt, über eine Thomas-Mann-Ausstellung berichtet, die von der westdeutschen Kulturpropaganda gerade in Rom aufgezogen worden ist. Nur am Schluß seines Berichtes habe er sich einen frechen Schnörkel erlaubt, den man ihm dann auch prompt herausgestrichen hat, wie er aus seinem Blatt ersehen konnte, das er heute vormittag bekam. Er hat deswegen soeben den Sonntagsfrieden seines Chefredakteurs gestört. Voller Ärger beobachte ich, daß John aus der Brusttasche seines dünnen seidenen Sommerjacketts ein Manuskript zieht, aber ich kann nicht verhindern, daß er mir die Stelle vorliest, die seine Zeitung zensuriert hat. Es heißt darin, – ich zitiere dem Sinne nach –, es sei ein kleines Ereignis gewesen, als auf dem Empfang beim westdeutschen Botschafter (»denn so hoch schlug die Thomas-Mann-Woge, daß sogar der Herr Botschafter einen Empfang gab« – hat John hinzugefügt, was natürlich boshaft ist), der Conte B. erschien. Denn der Graf B. sei nicht nur der größte Kenner der toskanischen Kultur, den es in Italien gäbe, sondern auch Mitglied des Zentralkomitees der Kommunistischen Partei Italiens. Wer um Himmels willen habe ihn eingeladen, frägt John in seinem Artikel scheinheilig, und warum sei er gekommen? Ein Raunen wäre durch die Schar der Gäste gegangen, und sehr kluge Leute hätten gemeint, man wolle ja schließlich nicht hinter den Amerikanern zurückbleiben und es sei die Zeit gewisser Kontakte gekommen. Allgemein sei man überrascht gewesen von den Wirkungen Thomas Manns in der Gegenwart. Und John schließt diese Betrachtung mit dem prädikatlosen und beziehungsreichen Sätzchen: In der Gegenwart Roms. Ich bin ihm dankbar dafür, daß er sich auf ein kurzes Zitat beschränkt hat, und mache ihm ein Kompliment in bezug auf seinen charmanten Stil, das er begierig aufnimmt. Die Schmeichelei erlaubt es ihm, schnell wieder zur Sache zu kommen, – womit sich meine Chancen erhöhen, ihn bald loszuwerden –, und mir entrüstet weiterzugeben, was sein *boss* ihm gerade am Telefon erzählt hat: daß die Zeitung wegen dieser Stelle in der Umgebung des Botschafters vorsichtig angefragt habe und ihr bedeutet worden sei, es wäre doch wohl besser usw. usw. »Dabei habe ich nichts weiter als eine interessante kulturpolitische Nachricht gegeben«, sagt John und räsonniert hinzu: »Wissen Sie, es macht bald keinen

Spaß mehr. Immer diese Rücksichten!« Aber er ist, da er sich aussprechen konnte, schon nicht mehr so aufgeregt wie zu Beginn unseres Gesprächs, und außerdem hat es sein Chef, der ein kluger Bursche sein muß, bereits verstanden ihn abzulenken, indem er ihn seine höhere Informiertheit spüren ließ: die ganze Sache mit dem Conte B. sei nicht so wichtig, wußte er, der Graf habe mit allen deutschen Regierungen gut gestanden, erst seit dem Kriegsende sei er Kommunist, aber in seine Vergangenheit gehöre auch, daß er sich von Mussolini den Auftrag habe geben lassen, Hitler in Florenz herumzuführen, es gebe köstliche Hitler-Anekdoten aus dem Mund des Conte, und John will mir eine erzählen, die er offensichtlich gerade von seinem Brötchengeber gehört hat, aber da falle ich ihm nun doch ins Wort und erkläre grob, ich wolle keine köstliche Hitler-Anekdote hören. Es ensteht eine peinliche Situation, die John taktvoll überspielt, um sich kurz danach zu verabschieden. Seinen Abgang gestaltet er sogar zu einem Punktsieg, indem er sich ganz offen für seinen Lapsus entschuldigt. Ein kleiner, straffer Mann, – wenn auch einer, der es sich gefallen lassen muß, daß man die Nachrichten, die er gibt, manchmal unterdrückt –, geht er mit viel Würde durch den Raum zur Türe. Ob er mir meine Unhöflichkeit wirklich verziehen hat?

Diesem Ganeff ist es doch wahrhaftig gelungen, mich zu stören!

Die John'sche Mischung aus Stiltendenzen des Barock und unterdrückten Nachrichten hat für mich etwas unwiderstehlich Komisches. Ich mußte innerlich grinsen, und der verbissene Zwang zum Lachen hat die Begierde zersetzt, die mich in die Sonntagnachmittags-Stille des Circolo getrieben hatte. Die spöttischen Stimmungen verjagen die erotischen. Geblieben ist mir nur der Wunsch, mein Ziel zu erreichen. Ich versuche, mich ihm auf dem Umweg über ein sachliches Thema zu nähern, das mir die Heiterkeit vertreiben könnte. Zum Beispiel wäre zu prüfen, ob Johns Satz *Es macht bald keinen Spaß mehr* auch für mich zutrifft. Will ich den journalistischen Dienst quittieren, weil er mir keinen Spaß mehr macht? Ich weiß es nicht recht, nein, eigentlich nicht; ich sitze ganz bestürzt da, weil ich auf einmal nicht mehr weiß, warum ich nicht mehr Journalist sein möchte. Habe ich es überhaupt je gewußt? Auf einmal entdecke ich, daß ich noch nicht den geringsten Versuch unternommen habe, mir über die Gründe meines Entschlusses klar zu werden. Er ist gefaßt, basta! Das heißt, sich eine Sache einfach machen! Soviel weiß ich, daß ich nicht die Gründe anzuführen hätte, die John bewegen könnten, seinen Beruf aufzugeben. Keine Nachricht, die ich gebe, wird unterdrückt, und ich brauche keine Rücksichten zu nehmen. Ich bin ein englischer Journalist. Die Schlüsse, zu denen meine Reportagen führen, – ob ich sie nun ausspreche oder nicht (und so gut wie nie spreche ich sie aus) –, haben meinem *conservative paper* oft gar nicht ins Konzept gepaßt. Zum Beispiel schildere ich, seitdem ich in Rom bin, die neue italienische Politik als den Ausdruck des intelligenten Instinkts dieses Volkes, überleben zu wollen. Keir hat ein paarmal protestiert; einmal hat er mir am Telefon gesagt, ich schriebe so, als schriebe ich für den *New Statesman*; aber geringfügige stilistische Änderungen haben wir dann quasi augenzwinkernd vereinbart. In England wünschen gerade die konservativen Leser, informiert zu werden. Ein Journalist, der *wishful thinking* an die Stelle von *facts* setzt, ist bei uns schnell unten durch. (Deswegen findet man sich auch so leicht mit den Tatsachen ab. Wie lange haben die Engländer gebraucht, bis sie einsahen, daß man sich mit Hitler nicht abfinden durfte!) Nein, verletzte Berufsehre ist nicht das Motiv für meinen Wunsch, das Gewerbe, das ich ausübe, aufzugeben. Und nicht einmal den Spaß an ihm scheine ich verloren zu haben. Wenn ich bedenke, was für ein leidenschaftlicher, ja geradezu manischer Zeitungsleser ich bin, und wie gierig ich jeden Tag auf mein Blatt warte, um mich auf die Lektüre meiner eigenen Artikel zu stürzen, zu kontrollieren, wie Keir sie aufgemacht hat, damit ich über das Ergebnis entweder verärgert oder entzückt sein kann! Ich brauche das – den Ärger sowohl wie das Entzücken. Warum also will ich mit der Zeitung Schluß machen? Wirklich, wie Keir meint, der Literatur wegen? Er hat nicht daneben getippt, obwohl er von der Existenz dieser Niederschrift nichts ahnen konnte. Sie war ja noch nichteinmal begonnen, als er mich schon verdächtigte, *Literatur zu machen*. Aber es ist wahr, daß diese Blätter, an denen ich nun seit Berlin sitze und mit denen ich auch literarische Absichten verfolge, – durchaus sollen sie ja ein Buch ergeben, jedenfalls irgend etwas Zusammenhängendes, mit dem ich mich entweder frei oder leer schreibe –, es ist wahr, meine ich, daß sie mir den Geschmack an jenem einfachen Spaß, den mir der Journalismus bisher bereitet hat, allmählich verderben. Statt mir Spaß zu verschaffen, haben sie mich in etwas gestürzt, was ich als quälendes Vergnügen bezeichnen möchte. Aber ich habe den Entschluß, meinen *job* aufzugeben und irgend etwas anderes zu tun als Zeitungsarbeit, schon gefaßt, längst ehe ich mit meinen Aufzeichnungen begann. Habe ich vielleicht die alles andere vernichtende, die traurige Lust der Literatur vorausgeahnt? Ich finde auf solche Fragen keine Antwort.

Jedenfalls nicht jetzt, und nicht hier in London, eine Stunde, nachdem ich in Heathrow gelandet bin, drei Tage, nachdem ich mich, als John gegangen war, im leeren Circolo della Stampa Estera in Rom einem quälenden Vergnügen, einer traurigen Lust ganz anderer Art hingegeben habe. Das Wetter in London ist regnerisch, aber nicht kalt, obwohl wir nun schon den 14. November schreiben. In Rom habe ich noch dies und jenes gekritzelt, Reflexionen zumeist (vor denen ich mich eigentlich hüten sollte), bis ich begriff, daß ich mich mit allem, was ich schrieb, vor dem, was eigentlich zu schreiben war, drücken wollte: vor dem Protokoll meiner privatesten Dinge. Am Dienstag habe ich dann den Flug nach London für den nächsten Tag gebucht, und hier bin ich. Einer Eingebung oder einer Hemmung folgend, bin ich nicht gleich in die Wohnung gefahren, die als *unsere* zu bezeichnen ich mich weigere, obwohl sie noch immer Meg und mir gehört; Meg hat mir keinen Anlaß gegeben, diese Wohnung in der Malet Street in Bloomsbury nicht immer noch als die meine zu betrachten, denn sie hat, seitdem ich mich von ihr getrennt habe, kein Verhältnis mit einem anderen Mann begonnen, wenigstens kein länger dauerndes. Ich muß sogar noch irgendwo einen Schlüssel für diese Wohnung besitzen, aber ich weiß nicht, wo er sich befindet. Außerdem sind wir ja schließlich immer noch verheiratet, Meg und ich. Aber statt in die Malet Street zu fahren, habe ich meinen Koffer im Air Terminal gelassen und bin, vielleicht verführt durch die Lage der Station in Kensington, gar nicht weit von Onkel Basils Wohnung, in der ich meine ersten londoner Jahre verbrachte, ins Schlendern geraten. In Barkers Warenhaus in der High Street habe ich mir einen dicken Schreibblock, Oktavformat, liniert, mit einem hellblauen Deckblatt gekauft, dann bin ich Palace Gardens entlang gegangen, in einem leichten *drizzle*, in dem die riesigen weißen Villen wie verwaschene Handtücher hingen. Ich habe sie betrachtet wie alte Bekannte, unter dem schwarzen Dach meines Regenschirms hin und wieder stehenbleibend. Ich bin über ein Jahr nicht in London gewesen und in diesem Viertel schon jahrelang nicht mehr. So zögere ich mein Wiedersehen mit Meg hinaus. Es ist übrigens möglich, daß sie gar nicht da ist, ich habe ihr nicht telegrafiert, daß ich käme. Wenn sie nicht in London ist, werde ich in einem Hotel wohnen. Auf die Platanen von Kensington Palace Gardens habe ich einmal ein Gedicht gemacht. Sie sind sehr alte Ungeheuer von Bäumen. Ich habe sie, viel später einmal, Meg gezeigt, und sie hat mich auf das Gelb aufmerksam gemacht, das unter den Aquarellflächen ihrer Stämme vorkommt; tatsächlich habe ich nie wieder an Platanen ein solches Gelb bemerkt, das Meg dann auch fotografiert hat; mongolisch, von grauen und mandelgrünen Teichen umflossen, leuchtete es im dunklen Labor in der Malet Street auf, in dem Meg es für mich projizierte. Im Widerschein der Lampe des Projektionsapparates, über den sie sich beugte, nahm ich in ihrem Gesicht einen Ausdruck von Triumph wahr, in dem sie mich vergessen hatte. Es war ihr gelungen, aus diesem Viertel der mit weißen Ölfarben angestrichenen Gesandtschaften, der glänzend schwarz lackierten Türen, der Reserviertheit in grauen Regengärten, in dem ich die lyrischen Stunden meiner Jugend verbracht hatte, eine hunnische Farbe zu lösen, ein Steppensignal, von dem sie sicherlich schon als Kind geträumt hatte, nachts in einem Reihenhaus irgendwo in der Tiefe der Potteries, wo sie herkommt, aus einer Familie von Töpfern. Verglichen mit diesen Lichtbildern muß mein Schülergedicht, an das ich mich nicht mehr erinnere, blaß gewesen sein. An dem Pförtner von Palace Gardens vorbei, der sich, groß im langen schwarzen Mantel, Zylinder über dem würdigen roten Beefeater-Gesicht, so wenig verändert zu haben scheint wie die Bettlerin mit dem bösen Blick auf der Piazza San Silvestro, gerate ich unvermittelt in das flache, fließende Rauschen der Bayswater Road, eine breite Stromschnelle aus Autos jeglicher Observanz, die von niedrigen, höchstens zweistöckigen Häuserufern begleitet wird. Ich überquere sie nicht, ich will mich jetzt nicht in die Betrachtung von Clanricarde Gardens verlieren, es genügt mir, von dem Trottoir aus, auf dem ich mich nach links in Richtung des Tea Rooms meiner Schülerzeit bewege, mit einem Blick festzustellen, daß es die Straße noch gibt, daß ihre Farben sich nicht verändert haben. Hingegen gelingt es mir nicht, jenen Tea Room wiederzufinden; er ist spurlos verschwunden, man hat ihn durch eine italienische Espresso-Bar ersetzt, deren breite Glasfront in nichts mehr an die mit gerafften Vorhängen verhängten Fenster einer alten Teestube in Kensington erinnert. Hier sitze ich, an einem Tisch gleich hinter den Glasscheiben, eine leere Kaffeetasse vor mir, und lasse den Schreibblock mit dem blauen Deckblatt, den ich mir vorhin bei Barker's gekauft habe, unberührt. Habe ich diesen Spaziergang unternommen, um spazierenzugehen, oder um mein Wiedersehen mit Meg aufzuschieben? Irgendwie hatte ich, als ich den Air Terminal verließ, die Vorstellung, ich müßte mir, – und zwar schreibend! –, über mein Verhältnis zu Meg klar werden, ehe ich sie treffe; ich wollte mir noch, sozusagen in letzter Minute, einen festen Standpunkt ihr gegenüber zulegen, verhindern, daß ich mich meiner Leidenschaft für sie hingäbe. Im Grunde hasse ich sie ja ... Natürlich war das eine absurde, von vornherein zum Scheitern verurteilte Absicht. Erst sehr viel später, während des langen kühlen Winters, den ich in Rom verbracht habe, war ich endlich fähig, ein Memorial zu Papier zu bringen, aus dem ich zitiere: Es ist mir damals, im Presseclub, gelungen, das quälende Vergnügen, das ich mir bereitete, abzubrechen, ehe ich fertig wurde. Ich weiß heute nicht mehr, wie ich es zustande brachte, aufzuhören, aber jedenfalls hörte ich plötzlich auf; ich schob die Bilder, die ich nach Johns Abgang wieder aufgedeckt hatte, zurück, stand auf und ging fort. Schauderhafte Angst, ich würde wieder in dieses Laster verfallen, wie in den Jahren nach meiner Trennung von Meg. Ich versuchte es damals mit anderen Frauen, habe aber jedesmal versagt. Für meinen rasenden Wunsch, mit Meg in Kontakt zu bleiben, gab es nur diesen Ersatz. Ich war schon über Dreißig, als ich Meg kennenlernte, und sie ist die erste Frau gewesen, bei der ich mich der Freude überlassen habe. Eigentlich mag ich ja den Geschlechtsverkehr nicht. Meg hat mich von dieser Abneigung befreit. Ihr stets gebräunter, warmer Körper mit seinem trockenen Duft! Als ich gezwungen war, mich von ihr zu trennen, – sie wird diese Definition der Gründe unseres Auseinandergehns natürlich ablehnen, wird immer darauf hinweisen, daß sie gewünscht hätte, ich wäre bei ihr geblieben –, war ich nicht darauf gefaßt gewesen, daß mich gewisse Erinnerungen heimsuchen würden. Es war natürlich dumm von mir, nicht damit zu rechnen, daß der Mechanismus der Hörigkeit weiter funktionieren würde, als sei nichts geschehen. Ich konnte nicht davon ablassen, ihn immer und immer wieder in Gang zu setzen. Es war so einfach, ganz ohne Meg das Uhrwerk meines Verhältnisses zu ihr aufzuziehen; ich vertiefte mich in eine automatische und künstliche Beziehung zu ihr und schwächte dabei meinen Körper wie ein Verrückter, so daß ich in den Stunden zwischen den Orgasmen wie betäubt und ganz leer war, unfähig zu jeglicher Arbeit. Zum Glück hatte ich nicht viel zu tun; Keir hat mich seinerzeit, als er hörte, daß ich mit Meg Schluß gemacht hatte, – sie wird es ihm wohl selbst erzählt haben –, sofort auf den Druckposten Stockholm abgeschoben, von wo es kaum etwas zu berichten gibt, jedenfalls nicht für unser Blatt. Schließlich wurde ich krank, eine ganz leichte Grippe nur, aber sie warf mich um; als sie vorbei war, war es Winter, und der schwedische Arzt, der mich behandelt hatte, schickte mich ein paar Wochen in die Wälder. Mit Ski-Bindungen, mit Wachsmethoden und mit exzessiven Langläufen beschäftigt, richtete ich mich auf die Zeit der großen Langeweile ein, überlegte mir eine Technik des Abfangens von sexuellen Attacken, die im großen und ganzen auch funktioniert hat. Der Dezember in Dalarne hat mich älter gemacht. Soweit dieser Zettel, dessen Text ich nachträglich in mein Manuskript eingeschoben habe. Ich sitze aber noch immer in dem italienischen Café in Notting Hill Gate, ein wenig ratlos, weil ich in einer Stunde Meg wiedersehen werde. Ich habe sie zuletzt vor einem Jahr gesehen und wir sind damals sofort wieder aufeinander geflogen. Für Meg ist das gar kein Problem, wohl aber für mich. Ich möchte nicht, daß mein Gefühl, oder wie man dergleichen nennen mag, wieder mit mir durchgeht. Ich möchte keine Unordnung. Es müßte mir gelingen, was mir am vergangenen Sonntag in Rom gelang: aufzuhören. Die Welt muß doch noch etwas anderes sein als ein aus Zufällen zusammengesetztes Chaos. Die Zigarettenstummel häufen sich im Aschenbecher, meine Tischplatte zeigt ein Arrangement aus einer leergetrunkenen Kaffeetasse, einem Aschenbecher, einer Zuckerstreudose, einem Bakelitbecher, in dem sich Papierservietten befinden, einem Schreibblock. Ich notiere die Ladenreihe auf der anderen Seite von Notting Hill Gate, die ich von meinem Platz aus übersehen kann: eine Filiale von Barclays Bank, dann Venngard & Son, Jewellers, Established 1874, weiter Davis The Cleaners, Seward Bros., ein Spirituosengeschäft, ferner Reven St. John O'Brady (was für ein pompöser Name für ein lizenziertes Wettbüro!), schließlich Frank Swan, Estate Agent. Der Autostrom schiebt sich an diesen Namen vorbei, die roten zweistöckigen Omnibusse, jetzt gerade ein großes dunkelgrünes Lieferauto mit goldenen Buchstaben: Mann's. Wer sind Mann's? Gleichviel, das Dunkelgrün und das Gold gleitet schön durch den amorphen Nachmittag. Dies einerseits, andererseits vor ein paar Stunden noch die Tibermündung ins Meer, olivgrau ins Stahlblaue, die Insel Elba, präzis wie ein Atlasblatt, das Gewitter über Finale Ligure, die Po-Ebene, der Mäander ein Trompetenmotiv, dann die Walliser Viertausender über den Kumulusgletschern.

Fast bis zum Kanal hatten wir wunderbares Flugwetter. Als ich den Presseclub verließ, habe ich mir fest vorgenommen, in diesen Aufzeichnungen über meine privatesten Dinge zu schweigen. Ich bedaure es, diesen Entschluß nicht durchhalten zu können. Als ich durch die Via del Babuino ging, die vor dem Abendkorso ziemlich leer war, schien mir der Vorsatz, ein diskreter Schriftsteller sein zu wollen, leicht. Ich fühlte mich als Sieger über eine Begierde. Der Silen am Brunnen bei Sant'Atanasio, neben dem geschlossenen Zeitungsstand, lächelte mir zu. Er ist nackt, aber sein Körper ist von grauen und grünen Feuchtigkeitsflecken übersponnen, und er lächelt undurchdringlich. Das römische Abendlicht floß über die alten Paläste der Via del Babuino. Der Silen spielte lächelnd mit dem Gedanken des Geschlechts. Aber hier geht eben ein vornehmer, verhungerter Gentleman an der Scheibe vorbei, hinter der ich sitze, er trägt einen langen grauen Mantel, zweireihig, der bessere Tage gesehen hat, er benutzt einen Stock, weil er einen Klumpfuß hat, sein schmales Gesicht würde in einen Rolls Royce passen, aber er sieht ausgehungert aus, heruntergekommen. Dann zwei Inderinnen, die eine trägt noch einen dunkelroten Sari unter ihrem schäbigen Selfridge-Mantel. Noch im Flugzeug dachte ich, man könne die Welt von oben sehen. Zwar als Chaos auch von oben, doch immerhin so, als sei sie in ein Atlasblatt zu bannen und als feines, gestochenes Relief zu überschauen. Stattdessen in diesem Café ein Gewirr aus englischen und italienischen Lauten, der Geruch nach Kaffee, minderwertigem Fett und Toaströstern, und von draußen das an- und abschwellende Rauschen des Autostroms. Mir gegenüber sitzt der typische ältere Engländer, die Zeitung lesend, gütig, graue Haare, grauer Bart, graue Wollweste, vier Bleistifte in der Brusttasche des Jacketts sorgfältig gespitzt und ausgerichtet. Ein sehr hübsches Mädchen kommt herein, grazil, zierlich, aber nicht zu klein, Mantel aus seidigem Regenstoff, Kopftuch über braunen Haaren, angenehme Beine, neugierige Augen, ein leises Lächeln, gefolgt von einem Inder, etwa fünfunddreißig, schwarze, dichte Haare, dunkelbraunes, geschlossenes Gesicht, überhaupt macht er einen sehr geschlossenen Eindruck. Links von mir sitzt ein *spinster*, eine Halbintellektuelle in einem dunkelblauen Mantel, schwarze schwere Hornbrille, ein blaues Buch lesend. Dazu, wie gesagt, die leergetrunkene Kaffeetasse, der Aschenbecher mit den Resten meiner Zigaretten, die Zuckerstreudose, der Bakelitbecher mit den Papierservietten, der Schreibblock. Ich erhebe mich entmutigt in einer Welt aus

Klumpfüßen und der Tibermündung, Selfridge-Inderinnen und Lieferautos aus Grün und Gold. Ich werde verwirrt und gänzlich unvorbereitet zu Meg kommen. So unvorbereitet, wie ich an gewisse Passagen in diesen Blättern geriet. ›Ich möchte keine Unordnung‹ ist leicht gesagt. Da helfen mir weder vier gütig gespitzte englische Bleistifte noch ein etruskisches Lächeln. Wenn es alles gibt, muß man sagen, daß es alles gibt.

Nachdem ich das Café verlassen habe, überschreite ich nun doch Notting Hill Gate, denn ich möchte aus diesem Viertel nicht fortgehen, ohne meine Erinnerung an Clanricarde Gardens aufzufrischen. Ich werde diesen nördlichen Teil von Kensington sicherlich jahrelang nicht mehr wiedersehen, nur ein Zufall hat mich ja heute hierher geführt, vielleicht ist es heute überhaupt das letztemal, daß ich hier bin; aber, als wolle ich mich hier niederlassen, bleibe ich vor dem Schaukasten einer Wohnungsagentur stehen und lese die Anzeigen. Das ist eine meiner Angewohnheiten; in den wildfremdesten Städten kann ich vor solchen Kästen lange verweilen und mir vorstellen, ich machte mich hier seßhaft, schlüpfte in eine fremde Existenz, in ein anderes Leben. Dieser Makler hier hat auch eine Wohnung in Clanricarde Gardens ausgeschrieben: First Floor, Unfurnished Flat, Accom. 1 Bedroom, 1 Rec. Room, Kitchen and Bathroom, small Dining Hall, Const. hot Water, Central Heating, Balcony, Rent £ 400 per annum. Das ist genau die gleiche Wohnung, die Onkel Basil hatte, nur die Hausnummer ist eine andere, Acht, wir wohnten in Siebzehn, und Onkel Basil verfügte außerdem noch über zwei Zimmer im Mansardenstock, in einem wohnte der Diener, das andere bekam ich, als er mich zu sich holte. Aber er wohnte im ersten Stock, dem einzigen Stockwerk, das in unserer Straße einen Balkon besitzt, der von den Säulen über dem Eingang getragen wird. Die Wohnung war genau auf die Bedürfnisse eines Junggesellen zugeschnitten. Es muß ein großes Opfer für Onkel Basil gewesen sein, mich aufzunehmen, nicht aus finanziellen Gründen, denn er war ein angesehener Arzt, leitender Chirurg im St. Bartholomew-Hospital, sondern weil ich seine einsamen Lebensgewohnheiten empfindlich gestört haben muß. Eigentlich war er kein Bruder, sondern ein Vetter meines Vaters, entstammte einem holländischen Zweig unserer Familie, hatte jedoch in England Medizin studiert und war hier hängengeblieben; aber seine Wohnung war angefüllt mit holländischen Bildern und Möbeln. Er hat die ganzen Sachen mir hinterlassen; sein Testament war sorgfältig vorbereitet und hinterlegt, als er bei einem Luftangriff auf London, 1940, in der Nähe des Hospitals schwer verletzt wurde und ein paar Tage später starb – ein außerordentlich unpassender Tod für einen so leisen und stillen Mann. Ich trug an seinem Grabe schon die Uniform und habe damals die niederländischen Erbstücke nicht verkauft, sondern magazinieren lassen, auf Anraten von Mr. Spencer, Onkel Basils Anwalt, dem gleichen, der später auch die Restitution unseres berliner Hauses betrieb. Sie stehen immer noch im Möbellager einer londoner Speditionsfirma. Als ich mit Meg ein Heim gründete, habe ich mich nie entschließen können, sie dort aufzustellen; sie hätten einfach nicht zu Meg gepaßt. Onkel Basil unterhielt keinerlei Beziehungen zu Frauen, und ich habe auch nicht das geringste Zeichen einer homosexuellen Veranlagung bei ihm bemerkt; sein Diener William, den ich übrigens hartnäckig Mr. Collingwood nannte, worüber er sich ebenso hartnäckig ärgerte, war ein betagter Herr. Er erbte ein Viertel von Onkel Basils Barvermögen, womit er sich auf dem Lande zur Ruhe setzte, irgendwo in Dorset, wo er zuhause ist und heute noch, zweifellos uralt, lebt. Die restlichen drei Viertel seines kleinen Vermögens hat Onkel Basil der jüdischen Gemeinde Londons vermacht, denn er war orthodoxer Jude. Ich muß das Wort *orthodox* sogleich einschränken; eigentlich war Onkel Basil gar nicht strenggläubig, sondern ein pantheistischer Jude, aber er besuchte doch manchmal den Gottesdienst in der Synagoge in Portland Place und operierte am Sabbat nicht. Er sprach mit mir viel über Spinoza, über Menasseh ben Israel, über Rembrandt, und erzählte mir Stücke aus der spanischen und niederländischen Geschichte der Juden. Offensichtlich machte er aus der Not, sich mit mir abgeben zu müssen, eine Tugend, indem er mir eine Vergangenheit gab, von der ich bis dahin nichts gewußt hatte und die mich faszinierte. Mein Vater hat pünktlich seine Steuern für die jüdische Gemeinde gezahlt, aber die Synagoge hat er nur noch am Versöhnungstag und zur sogenannten *Jahrzeit*, an den Todestagen seiner Eltern, betreten. Politisch eher konservativ, fühlte er sich, was die Religion betraf, als aufgeklärter Liberaler. Mir selbst ist von vereinzelten kindlichen Besuchen der Synagoge nichts übrig geblieben als eine vage Erinnerung an den Lichterglanz der *Menora*. Onkel Basil mißbilligte solche Indifferenz, aber er sprach von meinen Eltern nicht abfällig und hat keinen Versuch gemacht, mich für das Judentum zurückzugewinnen. Es lag ihm wohl überhaupt nicht, irgendjemand von irgendetwas überzeugen zu wollen, sondern es genügte ihm, mir nach dem Abendessen, wenn Mr. Collingwood den Tisch abgeräumt hatte, Geschichten zu erzählen, die mich faszinierten, weil er sie gelassen mit einer hohen, etwas dünnen Stimme erzählte, wobei sein Gesicht wie eine gelbe Lampe vor dem dunklen holländischen Interieur schwebte. Danach beschäftigte er sich noch bis Mitternacht mit seinen Studien über das sephardische Judentum. Seine einzige Erholung bestand darin, am Nachmittag, wenn er aus der Chirurgie kam, eine Stunde in den Kensington-Gärten spazierenzugehen, zu jeder Jahreszeit und bei jedem Wetter. Sein Lieblingsschriftsteller war Henry James. Mr. Spencer und ich fanden in seinem Nachlaß ein umfangreiches, wenn auch leider unvollendetes Manuskript über das Auftauchen des Ewigen Juden unter dem Namen Juan Espera en Dios bei den Marannen, 1644 in Cordoba, sowie eine Anzahl Gedichte, die alle an einen Vorfahren unserer Familie gerichtet sind, einen gewissen Balthazar Efraim, der ein Schüler von Grotius war und von einer Reise nach Java nicht zurückkehrte. Sein Porträt, von einem unbekannten amsterdamer Porträtisten gemalt, hing in Onkel Basils Schlafzimmer. Eines dieser Gedichte lautet, in meiner unvollkommenen Übersetzung:

zweifellos balthazar sind jene gedanken in geschälte rote ziegel
eingeschlossen ein mann mittleren alters der nicht mehr spricht
und wenn dann nur gelbe worte die substrate von spiegelungen
spiegel sind unfrei spiegel verdoppeln den zufall von alkmaar
gegenübergestellte spiegel lassen das gesetz der unendlichen serie
ahnen die herkunft von coras blond aus grauen geschliffenen tiefen
die möglichkeit der konstruktion vertikaler grachten die dann
vis-à-vis angelegt werden können wirst du noch erproben balthazar
denn es liegt dir alles daran ein gewisses blond in einem spiegel
verschwinden zu lassen zuzusehen wie cora das gesetz der unendlichen serie
aufhebt und in einem der spiegel untergeht
die möglichkeit der konstruktion nicht fallenden wassers muß sich lösen lassen
aber du kommst nicht über die tatsache weg daß die wasserwand gegenüber
vorausgesetzt ihre oberfläche sei klar genug was sie ja sein muß
damit cora sich vor ihrem untergang in ihr spiegeln konnte
auch ihren untergang spiegelt ein wehendes blond in einem wehenden blond
also finde dich ab balthazar hinter roten geschälten ziegeln

murmle noch weniger gelbe worte erst in der tiefe der serie
löschen die spiegel den zufall von alkmaar aus

Ich möchte wissen, wer diese Cora, von der mein Onkel in mehreren seiner Gedichte spricht, ist oder war. Irgendwann muß es also doch einmal eine Frau, eine Blondine gegeben haben, von der er touchiert wurde. Aber er hat mit ihr nichts getrieben als esoterische Spiegel-Spiele. Ich glaube heute, daß er die gleiche Aversion gegen den Geschlechtsverkehr gehabt hat wie ich, ehe ich Meg kennenlernte, und seitdem ich den Umgang mit ihr aufgab, aber bei ihm mag dabei auch sein Beruf eine Rolle gespielt haben, dieses tägliche Abschneiden von Fleisch, Zersägen von Knochen, der unaufhörliche Blutgeruch, in dem er lebte, der kleine feine Herr.

Himmel, welchen Abschweifungen ich mich hingegeben habe! Die Erinnerungen überwuchern die Gegenwart und werden sie noch ersticken, wenn ich nicht aufpasse. Natürlich habe ich in diesem Teil meiner Aufzeichnungen auch deshalb einen ganzen Souvenir-Laden aufgebaut, weil ich gehofft habe, ich könnte unter den Andenken das verstecken, was ich eigentlich zu zeigen hatte. Trotz des recht unbürgerlichen Lebens, das ich geführt habe, beherrscht mich eben noch immer das bürgerliche Schamgefühl, zu dem mich meine Eltern erzogen haben. Es kostet mich einige Überwindung, gewisse Dinge auch nur anzudeuten. (Diese Sätze und der unwillkürliche Gebrauch von Wörtern wie *verstecken*, *zeigen* oder *andeuten* lassen mich erkennen, daß meine Schreiberei endgültig ihren privaten Charakter verloren hat. Sie ist für andere bestimmt.)

Schnell noch Clanricarde Gardens, die viktorianische Hölle, in die ich an der nächsten Ecke einbiege. Heute erschrecke ich nicht mehr, wie an jenem Nachmittag im Jahre 1935, an dem ich, begleitet von Mr. Collingwood, der mich am Bahnhof abgeholt hatte, weil Onkel Basil um diese Stunde im OP-Saal beschäftigt war, zum erstenmal die Straße betrat. Des Namens wegen hatte ich natürlich irgend etwas mit Gärten erwartet, eine wenigstens entfernte Ähnlichkeit mit der in ihre alten Bäume eingebetteten Bismarckstraße in Wannsee, die ich dreißig Stunden zuvor verlassen hatte (ohne zu ahnen, daß ich sie erst siebenundzwanzig Jahre später wiedersehen würde). Stattdessen erblickte ich zwei geschlossene Reihen dreistöckiger Häuser, alle mit dem gleichen Säuleneingang, den gleichen Stucco-Einfassungen der Fenster, die in Wänden aus grau gebrannten *bricks* eingelassen waren, den gleichen *basement*-Gittern, hinter denen Treppen in Keller mündeten, deren staubige Unbewohntheit sich ausnahm wie die Asche von Kriminalromanen. Aber nicht diese Häuser eigentlich, – obwohl ich sofort eine instinktive Abneigung gegen sie empfand –, suggerierten mir den Eindruck, ich käme an einen Ort, wo sich Gespenster aufhielten. Eher schon die hohe und völlig schwarze Wand, welche die Straße abschloß, denn Clanricarde Gardens ist eine Sackgasse. Es waren vielmehr die durch ihre Tiefe schwelenden Farben, bei deren Anblick mich ein Grauen überkam. Bis zur Höhe des ersten Stockwerks nämlich hat man die Ziegelwände, aber auch die Säulen, die Gesimse und die Fenster-Einrahmungen der Häuser von Clanricarde Gardens mit Oelfarben überzogen. Während des Krieges und in der Nachkriegszeit sind diese Farben verblaßt, aber man hat sie in den letzten Jahren sorgfältig restauriert, wie ich heute bemerke, und sich dabei Mühe gegeben, die spätviktorianische Chromatik genau zu treffen. Heute kann ich über den Satanismus dieser Palette lächeln, mein Verstand sagt mir, daß der Geschmack von Snobs diese Farben gewählt hat, aber damals habe ich mich vor ihnen gefürchtet. Denn da hatte man für Weiß den Ton bläulichen Schimmels oder ein fahles Bleiweiß gewählt, für Grün die Farben von Absinth oder Vitriol, für Rot das Inkarnat von Geschwüren, Entzündungsrändern oder gestocktem Blut, für Gelb das Gelb von Galle oder krankem Henna, und Schwarz oder Blau verweste in Tinten, als habe man, ehe man sie mischte, die Tiefe von Cobra-Pupillen oder den Schatten studiert, den Vampir-Flügel werfen. Oben wuchsen aus dieser kalten Tiefsee von Farben die grauen Türme der *bricks* in den londoner Nebelnachmittag, – wie sie heute rauchig und verwischt im November-*drizzle* stehen –, und ich erinnere mich noch, wie ich, als der Diener mich im Empfangszimmer allein gelassen hatte, entgeistert hinter den Fensterscheiben stand und auf die Straße hinausspähte, bis endlich Onkel Basil kam. Er war befangen und gehemmt wie ich, und wir aßen einsilbig unser erstes gemeinsames Abendessen. Erst später, auf dem Umweg über einen schwierigen Denkprozeß, gelang es ihm, mir Gelegenheit zu geben, ihn liebzugewinnen. Mr. Collingwood führte mich in die Mansarde, die ich dann bis zum Kriegsausbruch bewohnte und aus der ich jede Nacht vor dem Schlafengehen in die Straße hinabblickte, die sich zum künstlichen Inferno geschminkt hatte. Oder zum künstlichen Paradies. Denn wie eine infernalische Hure phosphoreszierte sie in den Nächten unter ihren Schminken, unter Nebelstaub und unter dem Elmsfeuer ihrer Laternen, so daß ich manchmal noch spät in der Nacht und heimlich das Haus verließ und mich auf Wanderungen durch London begab. Aber ich fand nicht, was ich suchte, und wenn ich es fand, war meine Abneigung stärker als der Wunsch, der mich auf die Straßen getrieben hatte.

Es wird nun rasch dunkel, ich verlasse Clanricarde Gardens, gehe Bayswater Road entlang und betrete Queensway Underground Station. Nirgends fühle ich mich so zuhause wie auf den Rolltreppen der londoner Untergrundbahnhöfe. Gewisse Bezirke Londons sind meine Heimat geworden: Bayswater, Kensington, Holborn, Bloomsbury. In Bayswater habe ich als Knabe und auch noch später gelebt, in Kensington bin ich zur Schule gegangen, in Holborn habe ich meinen Beruf erlernt, in Bloomsbury mit Meg gewohnt. Ich habe die Straßen riesiger Areale von London systematisch durchforscht und kenne die meisten Verkehrsverbindungen, ohne mich einen Augenblick besinnen zu müssen. Ich weiß, wie man London benützt. In Berlin mußte ich mir manches rekonstruieren, und nicht nur, weil die Stadt sich verändert hat, weil große Teile von ihr ausgelöscht wurden. Aber selbst das Haus in der Bismarckstraße kam mir fremd vor, ich betrachtete es, als wäre es ein Foto in einem Album, während ich auf der Rolltreppe von Queensway Station in die Tiefe der *tube* schwebe als in ein vertrautes Element, in dem ich mich vollständig auskenne. Erleichtert zünde ich mir eine Zigarette an. Die kleinen Plakate für Theater- und Kino-Aufführungen, für Strümpfe und Zigaretten gleiten an mir vorbei. Oder ich an ihnen. Die Rolltreppe gegenüber, welche die Menschen, die aus der City kommen, nach oben trägt, ist überfüllt; es ist *rush hour.* Unten faucht der warme Wind der Ventilation über die Bahnsteige. In Tottenham Court Road Station stehen die Menschen in Massen, Kopf an Kopf, ich bahne mir mit Mühe einen Weg zum Ausgang. Lautlosigkeit; wer spricht, spricht leise. Draußen der Verkehrslärm von St. Giles Circus. Ich laviere über die große Kreuzung und biege schnell in die Stille von Bloomsbury ein. Die Bäume auf dem Bedford Square sind kahl, ihre Kronen verlieren sich in die Nacht, indessen die Lampen die braunen Backsteinfronten und die weißen Türen der Häuser beleuchten. Die Rückseite des Britischen Museums bildet eine dunkle Masse. Ich erinnere mich, wie Meg, als wir in einer Sommernacht ziemlich spät nach Hause kamen, stehengeblieben ist und, auf das Britische Museum deutend, gesagt hat: »Sieh mal, da liegt es, wie eine heilige Kuh, und kaut die Elgin Marbles wieder!« Meg haßt

Sehenswürdigkeiten. In den Universitätsinstituten in Malet Street sind nur noch wenige Fenster erleuchtet. Am Ende der Straße bilden die Schaufenster von Dillons Buchhandlung einen Lichtfleck, der sich in dem feuchten Pflaster spiegelt; ich nehme mir vor, morgen oder übermorgen in ihren Büchern zu stöbern. In unserer Wohnung im zweiten Stock von Malet Street No. 31 ist Licht, Meg ist also zu Hause, hoffentlich störe ich nicht. Ich freue mich darauf, sie wiederzusehen, bin aber nicht aufgeregt, während ich in dem Café in Notting Hill Gate noch aufgeregt und vor allem unsicher war. Meg hingegen ist ganz bestürzt, als sie mich erblickt, sie sagt, es sei ganz unmöglich von mir, kein Telegramm zu schicken, ehe ich käme; wenn sie es gewußt hätte, so hätte sie Cameron absagen können, der sie in einer halben Stunde zum Abendessen abhole, sie wollten beim Abendessen einmal in Ruhe über ihre, Megs Vorschläge zu dem Film reden, für den er sie als künstlerische Beraterin engagiert habe; sie zieht bei dem Ausdruck *artistic adviser* die Nase krumm, wir kennen uns gut, Meg und ich, und ich weiß, daß sie das Wort *künstlerisch* schauderhaft findet. Sie habe sich noch nicht einmal umgezogen, sagt sie, hält dann inne, denkt nach und meint, sie würde Cameron anrufen, vielleicht könnte sie ihn noch erreichen und ihm klarmachen, daß es heute abend nicht ginge, sie würde ihm mitteilen, ihr Mann wisse nicht, daß die drahtlose Telegrafie bereits erfunden sei. Und sie schimpft mit mir, leise, freundlich, in den Ausdrücken ihres heimatlichen Dialekts, in der Sprache der *Potteries*, in die sie manchmal zurückfällt, wenn sie erregt ist. »You slop«, sagt sie zum Beispiel zu mir, ein mildes Schimpfwort aus dem Wortschatz, den man an den *potbanks* verwendet, *slop* ist der rohe Lehm, den man in feinen verwandelt, in *slip*. Meg hat mir einmal Stoke-on-Trent gezeigt, wir waren auch in der Fabrik, in der ihr Vater beschäftigt ist, und sahen ihm zu, wie er an der Töpferscheibe arbeitete, er machte gerade eine Vase. Schon sein Vater und sein Großvater waren Töpfer, und Megs Bruder arbeitete in der gleichen Fabrik. »Now you're thinking this looks easy, aren't you, sir?« fragte er mich herausfordernd, während er die halbflüssige Erde preßte. Wegen der vertrackten Beziehung dieses *sir* zum fehlenden Unterschied zwischen Sie und Du in der englischen Anrede kann ich seine Frage in meinem deutschen Manuskript nicht übersetzt wiedergeben. Er sprach mich nämlich immer mit *sir* an, obwohl ich sein Schwiegersohn war, aber ohne Unterwürfigkeit. Als ich Meg bat, es ihm auszureden, zuckte sie nur die Achseln und meinte, ihr Vater gehöre eben zum Stand der Sir-Sager. Sie komme aus einer *working-class-family*, sagte sie, und ich solle das nie vergessen. Meg ist eigentlich unpolitisch, aber ihr Klassenbewußtsein ist hoch entwickelt, während Anna, die doch so links ist, überhaupt keines besitzt. Merkwürdig! Nach unserer Rückkehr aus Staffordshire übernahm Meg das *sir* in ihr erotisches Vokabular; sie redete mich manchmal im Bett damit an, spöttisch, und sie belustigte sich an meinem Ärger darüber, daß sie unser Verhältnis auf diese Weise ironisch umkehrte.

»Unter keinen Umständen sagst du ab«, widerspreche ich, »sonst gehe ich auf der Stelle wieder weg!«

Wir haben uns nicht geküßt, nicht berührt, nichteinmal die Hand gegeben, seitdem sie die Türe geöffnet hat. Als ich das letztemal von einer großen Auslandsreise zurückkam, ungefähr vor einem Jahr, habe ich sie heftig umarmt, und sie hat daraufhin sofort nachgegeben. Nach einer Woche bin ich dann in ein Hotel in Kensington gezogen und dort den ganzen Winter und das Frühjahr geblieben, bis Keir mich nach Rom schickte. Diesmal also nehmen wir uns zusammen.

»Vielleicht ist es auch besser, ich gehe ins Stanhope«, schlage ich vor, »ich habe sowieso noch meinen Koffer auf dem Flugbahnhof.«

»Ich werde Cameron bitten, daß er dort vorbeifährt und ihn herausholt«, erwidert sie, »und ich bringe ihn dir auf dem Rückweg mit.«

Sie hat meine Frage verstanden und ich ihre Antwort. Ich störe also nicht. Selbst wenn sie mit Cameron ein Verhältnis hat, ist es ihr nicht so wichtig, daß sie mich bitten würde, ins Hotel zu gehen. Denn das würde Meg ohne weiteres tun, wenn sie mit Cameron im Verlauf der Nacht in unsere Wohnung kommen wollte. Vielleicht haben sie eine andere Möglichkeit, ungestört beisammen zu sein; vielleicht ist Cameron Junggeselle.

»Gib mir den Gepäckschein!« sagt Meg, und ich entnehme ihn meinem Paß und gebe ihn ihr.

»Das ist aber ein ganzes Ende weit weg«, wende ich ein, »wo eßt ihr denn?«

»Im Kings Head«, sagt sie, »dahin ist es nur ein kleiner Umweg.«

Das ist eine kalte Dusche. Das Kings Head war eine Weile *unsere* Pub, besonders in den ersten Jahren. Ich habe Meg 1950 kennengelernt und 1951 geheiratet. Zwei Jahre später sind wir auseinandergegangen. In den Sommern jener gemeinsamen Jahre sind wir oft abends, wenn schönes Wetter war, zum Kings Head gefahren, haben uns ein Glas Bier gekauft, uns auf eine Bank in den Anlagen über der Straße gesetzt und die Themse betrachtet, wie sie gelb durch eine rauchige Dämmerung floß. Damals fing London an sich vom Krieg zu erholen. Ich besaß in jenen Jahren einen alten offenen Morgan, den ich anläßlich einer Reportage in einem gottverlassenen Kaff in Wales gefunden hatte, und es war eine Lust, mit Meg den Fluß entlang zu fahren, an den Brükken vorbei, um Westminster herum und wieder an den Fluß, bis der stumpfe graue Turm der Chelsea-Kirche auftauchte, oder vielmehr seine Ruine, denn er war im Krieg von einer Bombe getroffen worden und damals noch nicht wieder aufgebaut. Ich lasse mir nicht anmerken, daß ich enttäuscht bin. Meg spricht das Thema jedoch gelassen an.

»Wir haben nie im Kings Head gegessen«, sagt sie, »das Restaurant oben war uns damals zu teuer, erinnerst du dich noch?«

Wir sehen uns an, lächelnd. Wir haben es weit gebracht. Wir können jetzt jederzeit in allen möglichen Restaurants essen; Meg brauchte sich von Cameron gar nicht einladen zu lassen. Unsere ganze Unterhaltung hat sich bis jetzt auf dem Flur abgespielt, ich ziehe endlich meinen Mantel aus und wir gehen ins Wohnzimmer, das zur Straße hinaus liegt, ich bemerke keine Veränderungen, ich setze mich auf unsere alte Couch, die noch immer mit dem gleichen schwarzbraunen Stoff bespannt ist, mit dem wir sie gekauft haben, als wir die Wohnung einrichteten. Meg setzt sich zu mir, sie verbirgt, daß sie es eilig hat, und gibt mir einen Kuß, der weder flüchtig ist noch sinnlich, sondern freundlich, fast liebevoll. Einen Augenblick lang spüre ich dennoch die Nähe ihrer Haut, ihres Parfüms. Vor einem Jahr war es ganz anders, da habe ich sie schon draußen auf dem Flur umarmt und sie hat sich ohne weiteres mit mir auf die Couch gelegt. Diesmal nehmen wir uns zusammen, habe ich vorhin geschrieben, aber eigentlich stimmt das gar nicht; es ist – wenigstens in diesem Moment – nichts Gespanntes zwischen uns, nur herzliche Gefühle.

»Du mußt dich umziehen!« sage ich, weil sie einen grauen Pullover und schwarze Hosen trägt, und sie nickt und geht ins Schlafzimmer nebenan. Als sie weg ist, denke ich darüber nach, ob sie sich verändert hat, aber ich finde, daß sie aussieht wie immer. Als ich sie kennenlernte, 1950, war sie zwanzig, also noch jünger als Anna Krystek jetzt, Anna ist neunzehn Jahre jünger als ich, überlege ich, ein Grund mehr, die Finger von ihr zu lassen. Meg ist 1930 geboren, sie ist jetzt zweiunddreißig, und sie ist in den zwölf Jahren, seit denen ich sie kenne, nicht älter geworden. Allerdings war sie wohl nie jung in der Art, in der Anna jung ist, oder wenn, dann viel früher. Als ich Meg kennenlernte, war sie eine vollkommen fertige Frau mit sicheren Bewegungen und Gedanken. Ich höre, wie sie eine Schranktüre öffnet, später das Geräusch der Dusche im Badezimmer. Ich gehe im Zimmer umher, in dem wenig zu sehen ist. Es gibt darin nur die Couch, einen Tisch mit Stühlen, an dem gegessen wird, wenn wir Gäste haben, – *wir* denke ich immer noch! –, (wenn wir allein waren, aßen wir immer in der Küche), an der Seitenwand zum Flur die Regale, in denen Bücher und Schallplatten stehen, auch der Plattenspieler und der Lautsprecher sind darin untergebracht. Keine Bilder, Meg haßt Bilder. Sie hat auch keine ihrer Fotografien hier aufgehängt. Das Ganze wirkt kahl, viele Leute fanden unsere Wohnung kalt und abweisend. Zu Megs Geschmack hätten Onkel Basils schwere alte Möbel und Bilder nicht gepaßt, deshalb habe ich nichteinmal den Versuch gemacht, sie in unsere Ehe einzubringen. Unser alter dicker Teppich aus Ziegenhaaren.

Meg ist plötzlich wieder im Zimmer, sie braucht zum Umziehen nie länger als höchstens eine Viertelstunde, sie trägt kein Abendkleid, auch kein sogenanntes kleines, sondern ein Jackenkleid aus dunklem Tweed, sportlich geschnitten, das ihr gut steht. Sie hat nicht die rechte Figur für Abendkleider, deren Dekolletés mit Zartheit, mit Fragilität rechnen; dafür ist Megs Körper zu kraftvoll. Obwohl sie schlank und klein ist, hat sie etwas Athletisches. (Ich hingegen bin, obwohl nicht schwächlich, doch eher mager, sehnig, knochig, im ganzen ein Astheniker.) Die üblichen Frauenkleider wirken an Meg nicht, zwar eignet ihrer Gestalt nichts Männliches, ja nichteinmal Knabenhaftes, dennoch wirkt sie in ihnen immer wie schlecht verkleidet; am besten sieht sie in Slacks und Pullovern aus, wie vorhin, in ihrem Laborkittel oder im Trainingsanzug auf einem Sportplatz. Auch für raffinierte Dessous ist Meg nicht der Typ, sie hängen an ihr nur herum. Am schönsten, am aufreizendsten ist Meg völlig nackt.

»Spielst du diesen Winter wieder Hockey?« frage ich.

»Klar«, sagt sie, »am Samstag spielen wir gegen Coventry. Kommst du zuschauen?«

Es ist Mittwoch. »Ich glaube nicht, daß ich so lange in London bleibe«, erwidere ich, »ich möchte Freitag wieder nach Rom fliegen.«

»Ach, schade«, sagt sie, sichtlich enttäuscht, »wie dumm, daß uns dann auch noch dieser Abend verlorengeht.«

»Ich bin nur gekommen, um Keir etwas über Esther zu berichten«, erzähle ich, »ich war in Berlin.«

»Ach ja, richtig«, sagt sie, womit sie verrät, daß sie mit Keir in Verbindung ist, daß sie beide über mich sprechen. »Hast du etwas herausgebracht?«

Ich nicke. Sie blickt mich gespannt an, aber in diesem Augenblick hören wir das Geräusch eines vor dem Haus haltenden Autos. Die Malet Street ist um diese Stunde eine stille Straße, in der man die Geräusche der einzelnen Autos, die sie durchfahren, voneinander unterscheiden kann. Meg geht schnell zum Fenster.

»Es ist Cameron«, sagt sie, »ich gehe gleich hinunter, damit er nicht heraufzukommen braucht.«

Sie nimmt ihre Handtasche vom Tisch, auf dem sie vorhin in ihr gekramt hat, und fragt: »Wartest du auf mich?«

»Wenn du nicht zu spät nach Hause kommst«, sage ich, »sonst schlafe ich vielleicht schon.«

Sie geht hinaus, grußlos, wie es ihre Art ist. Sie will also vermeiden, daß Cameron mir begegnet. Oder ich Cameron. Ich trete zum Fenster und sehe zu, wie sie das Haus verläßt und auf das große silbergraue Auto, einen Bentley, zugeht. Eine Laterne wirft ihr Licht auf das regennasse Pflaster. Cameron ist nicht ausgestiegen, sondern öffnet ihr die Türe von innen. Ich sehe nur seine Hand, sein Handgelenk, eine weiße Manschette und ein Stück seines Jackenärmels. Als die Türe sich schließt, nachdem Meg sich neben ihn gesetzt hat, streift die Hand, nachdem sie sich vom Türgriff zurückzieht, einen Augenblick über Megs Oberschenkel. Ich kann nicht feststellen, ob sie Megs Körper tatsächlich berührt hat, es sieht aber von hier oben so aus. Cameron läßt den Wagen nicht sofort an, erst nach einer halben Minute, wahrscheinlich weil Meg zu ihm gesagt hat: »Bitte, fahren Sie sofort los!« Das Auto fährt in Richtung Bedford Square davon. Ich bleibe noch eine Weile am Fenster stehen, nachdem es verschwunden ist.

Das Kapitel nähert sich seinem Ende, und es wird Zeit, daß ich meine Karten aufdecke. Es ist sinnlos, so zu tun, als schriebe ich noch immer im Spätherbst 1962, unmittelbar nachdem ich in Berlin begonnen hatte, zu schreiben. In Wirklichkeit ist seitdem ein Jahr vergangen. Ich habe tatsächlich für die Niederschrift dieser beiden Kapitel und eines Teils des ihnen folgenden ein volles Jahr gebraucht. An ein paar Stellen habe ich immerhin schon angedeutet, daß ich mich auf eine zeitraubende Beschäftigung eingelassen hatte: als ich den eiligen Bericht darüber, wie es in Berlin dazu kam, daß ich zu schreiben anfing, als Rohfassung bezeichnete, ferner dort, wo ich von ›Eintragungen in eine Notizkladde‹, von ›flüchtigen Notizen‹ sprach, und schließlich, indem ich mitteilte, ich sei erst während des Winters, den ich in Rom verbrachte, fähig gewesen, ein Memorial zu Papier zu bringen – die erste Nachricht über mein Verhältnis zu Meg, an dessen Niederschrift mein bürgerliches Schamgefühl mich lange gehindert hat. Es ist richtig, daß ich noch immer im Hotel Byron sitze, an meiner Zeichenplatte in dem kleinen Dachzimmer, aber man schreibt längst nicht mehr den Herbst 1962, sondern den Beginn des Winters 63/64. Die Insel-Krise ist lange vorbei. Vor drei Tagen ist der amerikanische Präsident erschossen worden. Die Nachricht hat mich aufgestört, so daß ich nach langer Zeit wieder einmal den Presseclub aufgesucht habe. Meine früheren Kollegen saßen wie gelähmt herum. Ich habe ihren Gesprächen zugehört, dann bin ich wieder nach Hause, das heißt ins Byron gegangen, um an meinem Manuskript weiter zu bosseln. Allmählich fällt mir das Hotel auf die Nerven. Mein Zimmer ist mir zu klein geworden; ich möchte jetzt manchmal von einem Raum in einen anderen gehen. Ich habe angefangen, mich in Rom nach einer Wohnung umzusehen, obwohl ich noch unschlüssig bin, ob ich sie nicht besser in London oder irgendwo anders suchen sollte. Von den politischen Nachrichten abgesehen, unterscheidet sich der heurige Herbst kaum von dem vergangenen. Bei einem Spaziergang unlängst habe ich festgestellt, daß man auf der Piazza Navona schon daran geht, den Weihnachtsmarkt aufzubauen. Ich werde also wieder den Zuckerbäckern zusehen können, wie sie die Stränge aus giftgrüner oder rosa Bonbonmasse ziehen, kneten, walzen. Während ich dies schreibe, höre ich die Musik von zwei Dudelsackbläsern aus den Abruzzen, die durch die Via Borgognona gehen. Die Pifferari, die immer um die Weihnachtszeit nach Rom kommen, pfeifen hübsch, aber die londoner Straßenmusikanten sind mir doch lieber. Einmal, als Meg und ich in der Schlange vor einem Kino in der Regent Street standen, hörten wir einem Geiger und zwei Flötisten zu, die eine alte Motette spielten. Mit Hilfe von Taktveränderungen machten sie aus der Melodie einen langsamen Marsch, der mit der Dunkelheit über die Wartenden in der großen Straße fiel. Ich sollte hier abbrechen, dieses Kapitel ist, wenn ich von meinem Besuch bei Meg absehe, zu einer einzigen Abschweifung geworden; anstatt die Geschichte jener Tage im vergangenen Herbst, in denen sich für mich so vieles entschied, zügig weiterzuerzählen, habe ich mich in Erinnerungen verloren. Nun ja. Ich werde gleich wieder auf meine berliner Erlebnisse zu sprechen kommen, vielleicht nach Weihnachten. Ich habe ja schon angefangen damit, eine ganze Reihe Blätter sind schon mit der Schilderung meiner Bekanntschaft mit Anna Krystek bedeckt, doch dann habe ich sie liegen lassen, weil meine Vergangenheit mir plötzlich wichtiger wurde, vor allem aber, weil jene Episode im Circolo della Stampa Estera alles andere eine Weile auslöschte. Jener Rückfall, dem ich mit knapper Not entging.

Während die Dudelsack-Canzone noch immer zu hören ist, wende ich mich vom Fenster in der Malet Street ab und beginne, auf Meg zu warten. Ich gehe ins Schlafzimmer, das eigentlich keines ist, sondern nur ein Zimmer mit einem breiten Bett. Ich habe es früher als Arbeitszimmer benützt, und Meg hat es so unverändert gelassen wie das Wohnzimmer. Noch immer befindet sich der große Tisch, an dem ich meine Artikel schrieb, an seinem Platz neben dem Fenster, und sogar meine alte Remington-Schreibmaschine steht noch darauf. Meg hat nur die Wachstuchhaube darüber gestülpt, um sie vor Staub zu schützen. Ich ziehe die Schublade des Tisches auf: sie ist mit Schreibpapier gefüllt. An diesem Tisch habe ich immer gut arbeiten können; die Anwesenheit Megs in der Wohnung hat mich nie gestört. Ihr Labor befindet sich nebenan, und ich konnte die geringen Geräusche hören, die sie bei der Arbeit machte: das Einstellen des Vergrößerungsapparates, den Laut fallender Wassertropfen, wenn sie die Bilder aus dem Entwickler nahm und im Rotlicht betrachtete. Ich öffne die Türe zum Labor und knipse das Licht an, nicht die roten Laborleuchten, sondern die helle Deckenlampe. Meg besitzt nur diesen kleinen Arbeitsraum für die Negativ- und Positivtechnik; sie lehnt es ab, Atelierfotos zu machen, und braucht daher keinen Aufnahmeraum. Das Labor ist immer im Zustand peinlicher Aufgeräumtheit. Die beiden Vergrößerungsgeräte, das Regal mit den Kameras, das Negativ- und das Diapositiv-Archiv, der Projektor, der Materialschrank, die Wannen für die Entwicklung und Fixierung von Papierbildern, die Hochglanztrommel und die Lampen bilden eine klar organisierte Arbeitseinheit. Neben einem der Vergrößerungsapparate liegt ein Stapel Bilder; ich sehe sie mir an, es sind Aufnahmen aus einer Schule, Kinder beim Unterricht und in den Pausen, äußerst lebendig bei ausgefeilter Technik. Meg hat nur Verachtung für jene modernen

Fotografen, die unscharfe und grobkörnige Bilder herstellen, weil sie glauben, damit den Ausdruck von Leben und Bewegung zu erzielen. Die Schärfe und Brillanz von Megs Bildern ist berühmt; in dieser Hinsicht sagt man ihr den Besitz technischer Geheimnisse nach, einer speziell von ihr ausgearbeiteten Kombination von Film-Entwicklung und Aufnahmeoptik. Ich lege die Bilder wieder sorgfältig auf ihren Platz. Natürlich habe ich nicht diesen Raum betreten, um Megs Ordnungsliebe zu bewundern, sondern um mich daran zu erinnern, daß sie für mich immer bereit war, ihre berufliche Pedanterie zu vergessen. Zwar rief sie immer »Bitte, mach schnell die Türe zu!«, wenn ich in die Dunkelkammer eindrang, weil der Gedanke, daß Meg unter ihrem Laborkittel nichts oder so gut wie nichts anhatte, mich verfolgte, – es konnte also doch geschehen, daß ihre Anwesenheit in der Wohnung mich in der Arbeit störte –, und sie brachte es auch noch fertig, die Vergrößerung, deren Erscheinen auf dem Papier sie gerade beobachtete, zu Ende zu entwickeln und ins Fixierbad zu werfen, während ich ihr bereits den Kittel auszog, aber danach war sie durchaus bei der Sache. Ich glaube, die rubinrote Dunkelheit dieses Raumes hat uns immer sehr erregt. Ich schalte das Licht aus, verlasse ihn und gehe wieder ins Wohnzimmer. Wie soll ich die Zeit hinbringen, bis Meg zurückkommt? Ich sehe nach, ob sie neue Schallplatten besitzt, und stelle fest, daß sie sich ein paar Klaviersonaten von Beethoven gekauft hat. Ich lege eine Platte auf, nehme den Tonarm aber gleich wieder ab, weil ich bemerke, daß ich kaum zuhöre; ich bin nicht in Stimmung heute abend, die leere Wohnung setzt mir zu, macht mich unruhig. Soll ich in irgendeine Pub gehen, bis Meg wiederkommt?

Schließlich habe ich mir die Zeit damit verkürzt, daß ich in der Küche Kaffee gekocht und mich dann an meine alte Schreibmaschine gesetzt habe, um meine Begegnung mit Cella aufzuschreiben. Wenn Meg schon mit einem Filmregisseur ausgehen muß, bitte sehr, das kann ich auch. Es ist zum Lachen, welche Rolle diese Atelier-Götter vergangenen Herbst in meinem Leben gespielt haben, – erst Lampe in Berlin, dann Cella in Rom, und jetzt dieser Cameron, von dem ich allerdings nicht mehr zu sehen bekam als eine Hand, ein Handgelenk, eine weiße Manschette und ein Stück seines Ärmels! Collaudi wäre mit mir zufrieden, wenn er's wüßte. Ob ich ihn morgen einmal anrufe, um ihm meine Unterhaltung mit Cella zu erzählen? Ich habe ja seine londoner Adresse. Vielleicht weiß er auch, was man in den einschlägigen Kreisen über das Verhältnis von Cameron und Meg spricht – er weiß es sicher, die Kenntnis von Privatangelegenheiten gehört in dieser Branche zum Geschäft.

Ich erkannte Cella sogleich nach den Fotos, die ich von ihm gesehen hatte, habe ich also geschrieben, – und ordne diese in der Malet Street geschriebene Erinnerung ein Jahr später in Rom in mein Buch ein –, ich konnte ihn schon von weitem ausmachen, zwischen den Autos, die auf der Piazza del Popolo geparkt hatten oder über sie kurvten, die Tische vor dem Rosati waren in der kühlen Dämmerung nicht sehr besetzt; Cella saß in einem schwarzen, flauschigen Mantel, hutlos, gleich neben dem Eingang und hörte einem Mann zu, der auf ihn einsprach. Ich trat auf ihn zu, nannte meinen Namen, er stand auf, zwang sich zu einem Lächeln und setzte sich wieder. Der Mann, der mit ihm gesprochen hatte, ging ins Café. Ich ließ mich nieder, bestellte einen Wermut und begann sofort, mit ihm über seinen nächsten Film zu reden. Er verriet nicht, wie überrascht er war, daß ich sein Projekt so genau kannte. Allerdings trug er, obwohl es nun fast Nacht war, eine dunkle Brille, so daß ich den Ausdruck seiner Augen nicht erkennen konnte. Aber er stellte keine Fragen nach der Herkunft meines Wissens, sondern redete mit mir wie ich mit ihm: als führten wir seit Jahren miteinander Arbeitsbesprechungen. Er war klein, höchstens fünfunddreißig, und wirkte eulenhaft. Wahrscheinlich trug er die dunkle Brille zum Schutz gegen die Lichter auf der Piazza, gegen das Licht der hohen Lampen um den Obelisk und gegen die Scheinwerfer, die den Brunnen unter der Pincio-Terrasse anstrahlten, obwohl alle diese Beleuchtungen nicht sehr grell waren, sondern nur harte oder sanfte Kreise von allgemeiner Helligkeit aus der blauen Schwärze der Novembernacht lösten. Ich habe so schnell zur Sache geredet, weil ich fürchtete, Cella würde mir ansehen, was ich vor zwei Stunden im Circolo della Stampa Estera mit mir getrieben hatte. Wie alle Leute, die sich selbst befriedigen, beherrscht mich ein starkes Schuldgefühl. Ich bin fast sicher, daß Cella es mir tatsächlich angesehen hat. Er ist ein ebenso introvertierter Typ wie ich. Immerhin hatte ich mich ja noch im letzten Moment beherrscht. Den Kern von Cellas Film bildet die folgende story, die er Hebbels Tagebüchern entnommen hat: Ein Lehrjunge in Hamburg träumt, er werde auf dem Wege nach Bergedorf ermordet, und erzählt seinem Meister den Traum. ›Sonderbar ist es‹, sagt dieser, ›daß du eben heute mit Geld nach Bergedorf mußt.‹ Der Junge hat die größte Angst, aber er muß fort. Als er auf der Straße nach Bergedorf an eine berüchtigte einsame Stelle kommt, kehrt er um, geht ins nächste Dorf und bittet den Schulzen, ihm doch bis über diese Strecke hinaus einen Begleiter mitzugeben. Der Schulze läßt seinen Knecht mitgehen. Sobald der Knecht den Jungen wieder verlassen hat, packt ihn noch einmal die Angst, er kehrt ins nämliche Dorf zu dem nämlichen Schulzen zurück und bittet ihn, ihm einen Begleiter bis ganz nach Bergedorf mitzugeben. Der Knecht muß abermals mitgehen. Nun erzählt der Junge diesem unterwegs den Traum, und der Knecht ermordet ihn. Cella selbst nannte mir diese Quelle; ein Germanist der Villa Sciarra, mit dem er befreundet sei, habe ihn vor Jahren einmal auf den Stoff aufmerksam gemacht. Weil Cella mich für einen Engländer hielt (dem Paß nach bin ich ja einer), nahm er an, ich hätte den Namen Hebbel nie gehört.

Ich klärte ihn nicht über meine Herkunft auf. Aber ich wußte jetzt, warum mir die Handlung seines Films so bekannt vorgekommen war, als ich Collaudis Brief las: als Sextaner hatte ich im Dahlemer Gymnasium die Ballade ›Der Haideknabe‹ auswendig lernen müssen. Allerdings war mir neu, daß Hebbel in der Ballade eine Notiz seiner Tagebücher ausgewertet hatte; ich habe erst durch Cella erfahren, daß es diese Tagebücher überhaupt gibt. (Um Cellas Quelle zu verifizieren, suchte ich gestern das von ihm genannte Institut auf, das in einem um diese Zeit verschlafenen Park am Abhang des Gianicolo liegt. Während mir ein ungemein melancholischer alter Bibliothekar, – es gibt eine Art von italienischer Melancholie, die aus purer Hoffnungslosigkeit besteht –, das Gewünschte heraussuchte, sah ich von einem Fenster in den dunkel getäfelten Räumen der alten Villa, die eine vorzügliche Sammlung deutscher Bücher enthält, über den Tiber hinweg auf die Paläste und Kirchen des Aventin und auf die tiburtinischen Berge in der Ferne. Eine Bibliothek wie diese wird mir den Aufenthalt in Rom erleichtern, falls ich mich endgültig entschließe, hier zu bleiben. Ins Byron zurückgekehrt, habe ich mich dann in den Tagebüchern dieses merkwürdigen Norddeutschen festgelesen. Die Juden sind zu bescheiden, um Christen zu werden, schreibt er. Das trifft genau auf Onkel Basil zu. Oder: Wenn eine Maschine dadurch lebendig würde, daß sie Menschen zerquetschte, wer wollte sie schelten? Solche Maschinen haben wir kennengelernt, und sie wurden wirklich zu lebendigen Wesen, während die Menschen, die sie bedienten, immer toter wirkten. Charlotte Cordays Haupt errötete sichtbar nach der Enthauptung, als der Henker ihm einen Backenstreich gab, notiert Hebbel. Wenn ich Cella jemals wiedersehe, werde ich ihm vorschlagen, er solle einen Farbfilm drehen, um festzustellen, ob diese Behauptung stimmt. Voraussetzung dafür wäre allerdings, daß er eine Darstellerin der Charlotte Corday findet, die sich am Ende des Films guillotinieren läßt, sozusagen als Exempel höchster Identifikation einer Schauspielerin mit ihrer Rolle. Ich fand dann auch die Erzählung von dem hamburger Lehrjungen und setzte sie als Zitat in den Bericht von meinem Gespräch mit Cella ein, weil ich den Text in der Malet Street noch gar nicht im Wortlaut gelesen, geschweige denn bei mir hatte. Cellas Film ist inzwischen herausgekommen, ich habe ihn mir vor ein paar Wochen angesehen; er ist leider nicht so stark wie sein erster, *Il coltello.*) Er referierte mir die von Hebbel aufgezeichnete Anekdote, um mich auf das zentrale Motiv des Films aufmerksam zu machen, dessen Projektion auf einen modernen Hintergrund ich schon aus Collaudis Brief kannte. Aus dem hamburger Lehrjungen hat Cella einen in Turin reich gewordenen Sizilianer gemacht, der sich, mit einem wertvollen Schmuckstück in der Tasche, auf dem Wege zu einem Mädchen in seiner Heimat befindet. Der Traum wird schon in Turin geträumt (Rückblende aufs turiner Milieu, in dem der Sizilianer sein Vermögen auf kapitalistische Weise erworben hat, plus Vorausblende auf den geträumten Mord), während die eigentliche Geschichte sich in einem Gasthaus im tiefsten Südwest-Sizilien abspielen sollte, in dem der ›Held‹ infolge einer Autopanne zu übernachten gezwungen ist. Cella entwickelte mir glänzende Ideen für die allmähliche filmische Verwandlung des geträumten in den wirklichen Mord am Ende des Films, ihm schwebte da eine Art serieller Technik von Sequenzen der gleichen Szene vor, die sich durch den ganzen Film ziehen sollte. Hier hakte ich ein, indem ich meinte: »Es wäre aber auch ganz witzig, wenn der unablässig geträumte und vorgestellte Mord am Ende eben *nicht* stattfände.« Ich verschwieg ihm, daß ich ihm damit den Wunsch Collaudis und der Produzenten vortrug, denen die ganze Geschichte zu düster war. Sie rechneten sich ein besseres Einspielergebnis aus, wenn der Film ein happy end, einen positiven Schluß bekam. Ich hatte weiß Gott nicht vorgehabt, mich zum Sprecher dieser Leute zu machen, aber plötzlich schien es mir selber ganz plausibel, den armen Kerl entkommen zu lassen, obwohl ich natürlich genau wußte, daß ich damit Cellas ganze Konzeption verdarb. Er richtete denn auch seine dunklen Gläser, in denen sich die Piazza del Popolo auf eine merkwürdig schwarze und scharf geschnittene Weise spiegelte, auf mich, und ich spürte, wie ich in seinen Augen an Wert verlor. »Er muß sterben«, sagte er kurz, »er hat sein Schicksal geträumt.« Also auch einer, der ans Schicksal glaubte, wie Keir. Oder wie Hebbel. Die gescheitesten Leute – wenn sie an nichts mehr sonst glaubten, *daran* glaubten sie! Wir unterhielten uns noch eine Weile hochgestochen über die mythischen, die psychoanalytischen und die sozialkritischen Aspekte von Hebbels Stoff. (Weil Cella sie nicht gänzlich zur Deckung gebracht hat, ist sein Film nicht so gut geworden, wie ich es gehofft habe.) Ich bekam genug Material zusammen, um einen Artikel über ihn für unsere *Weekly Review* zu schreiben, den ich dann auch tatsächlich geschrieben habe. Gegen sieben Uhr entschuldigte er sich und ging fort, sogleich von einer Gruppe von Männern umgeben, die auf unser Händeschütteln wie auf ein Stichwort aus dem Rosati drängten. Ich sah ihm nach, wie er in ihrer Mitte über den Platz ging, klein, eulenhaft und unbewegt, in einem gestikulierenden Klumpen elegant gekleideter Figuren. Es muß schwer sein für einen Künstler, es allen recht zu machen. Sie verschwanden unter dem Torbogen der Porta del Popolo.

Die Niederschrift dieser Erinnerung hat mich wirklich ein paar Stunden abgelenkt. Ein paarmal bin ich vor der Maschine in Nachdenken versunken. Einmal bin ich in die Küche gegangen und habe mir etwas zum Essen gemacht; ich fand im Eisschrank Butter und Käse, und Brot in der Brotbüchse. Meg hat auch an der Kücheneinrichtung nichts verändert; sogar die Whiskyflasche steht noch dort, wo sie immer stand. Es ist elf Uhr vorbei, aber ich bin nicht müde, der Whisky hält mich wach; dennoch beschließe ich, mir auf der Couch im Wohnzimmer mein Bett zu richten, um eine vollendete Tatsache geschaffen zu haben, wenn Meg nach Hause kommt. Ich kenne sie zu genau, um nicht zu wissen, daß sie, als sie fortging, nicht etwa vergessen hat, mich zu fragen, wo ich heute nacht schlafen will. Sie hat mich absichtlich nicht gefragt. In dieser Hinsicht war es immer ihre Taktik, alle Initiativen mir zu überlassen, schreibe ich, ein Jahr später, in Rom, und überlege mir, ob ich hier fortfahren soll, aber ich entschließe mich dann doch, erst einmal die Notizen über meine Bekanntschaft mit Anna weiter auszuspinnen, weil ich schließlich aus Besorgnis darüber, Anna könne inzwischen in Rom eingetroffen sein, meinen londoner Aufenthalt im vergangenen Herbst so kurz bemessen habe. Ich will mich selbst also noch weiter auf Meg warten lassen, obwohl es mir schwerfällt. Wahrscheinlich werde ich mich schlafend stellen, wenn sie nach Hause kommt.

3

Anna Krystek hat mir in der Nacht vom Samstag zum Sonntag, ehe wir uns trennten, ihre Adresse und ihre Telefonnummer gegeben. Am Montag morgen krame ich den Zettel, auf dem ich mir die Angaben notiert habe, unter einem Wust von anderen Notizen hervor, die auf dem Tisch neben der Schreibmaschine in meinem berliner Hotel liegen. Sie wohnt in Neukölln, Treptower Str. 21, 4. Stock. Bin ich, als Junge, je in Neukölln gewesen? Ich erinnere mich nicht. Neukölln galt damals als roter Bezirk, als kommunistische Hochburg; das stieß mich nicht ab, wenn ich mich recht besinne, aber man kam einfach nicht dorthin, wenn man im Westen wohnte wie ich. Meine Eltern wären nie auf die Idee gekommen, mir diesen Teil Berlins zu zeigen, der sich ziemlich abgelegen im Südosten, jenseits des Flughafens Tempelhof befindet und als häßlich gilt; ich glaube, mein Vater ist selber niemals dort gewesen. Gegen Ende hat man viele wohlhabende Juden dort untergebracht, als man sie aus ihren Häusern und Wohnungen im alten Westen wies; meine Eltern und Frau Bloch haben Glück gehabt, draußen am Wannsee; sie konnten bis zuletzt in der Bismarckstraße wohnen bleiben. Juden, memoriere ich einen Augenblick, deutsche Juden, jüdische Deutsche, Deutsche, aber das in der Wortkombination verborgene Problem interessiert mich nicht weiter; es ist überholt.

Heute morgen herrscht auf dem Frachthof unten reger Werktagsbetrieb. Ich zähle, während ich im Pyjama am Fenster stehe, ein Dutzend Lieferautos, von denen Waren abgeladen werden, die in den Rückfronten der Kurfürstendamm-Häuser verschwinden; dazu an die fünfzig geparkte Personenwagen. Regenwetter. Kein Platzregen, wie der, von dem ich in der Nacht zum Sonntag aufgewacht bin, sondern dünner Fisselregen, der still aus der nebligen Materie rinnt, die alles umhüllt, auch den Interzonen-Zug, der pünktlich von links aufkreuzt, seinen Gleisbogen ausfährt und in der Halle des Bahnhofs Zoo verschwindet. Mein Lieblingswetter – sanfter Tiefdruck, kühl, aber nicht zu kalt, und *drizzle*, der nicht vom Blech der Autos abspringt, sondern sie nur mit einer Haut aus ins Schwarze oxydiertem Silber überzieht. Ich lege den Zettel mit Annas Adresse, den ich noch immer in der Hand halte, vorläufig weg und gehe ins Badezimmer, putze die Zähne, rasiere und dusche mich, betrachte mein Gesicht und meinen Körper, bis er im Heißwasserdampf verschwindet, der den Spiegel und meine Brillengläser beschlägt, – diese Viertelstunde jeden Morgen ist übrigens die einzige Zeitspanne am Tage, während der ich das Bedürfnis nach Spiegeln verspüre –, ziehe meinen Pyjama wieder an und setze mich unschlüssig aufs Bett. Ich bin, nach meinem gestrigen Schreibexzess, sehr ernüchtert, fast in Katerstimmung. Es ist Unsinn, ein Buch schreiben zu wollen. Ich habe Lust auf einfache journalistische Arbeit. Ich möchte ein Stück klarer Zeitungsprosa schreiben, nicht dieses subjektive Zeug, mit dem ich mich gestern abgegeben habe. Besonders widerlich finde ich, daß mir der Begriff Buch nicht aus dem Kopf geht, obwohl ich nichts weiter getan habe, als mit rein persönlichen Aufzeichnungen zu beginnen. Das Schielende, welches mein Text angenommen haben muß, weil ich vom ersten Satz an zugleich auf mich und auf ein anderes Wesen geblickt habe, das mir spöttisch zusah! Ekelhaft! Um mich zu vergewissern, daß es das beste wäre, den Versuch abzubrechen, gehe ich zum Tisch, ergreife die Blätter, die ich beschrieben habe, gerate jedoch in den Sog der Worte, finde einiges gar nicht so schlecht, erinnere mich auch an die Stimmung, in der ich schrieb, an das Gefühl, als bewegte ich mich über ein galvanisches Feld, etwas, was ich niemals vorher empfunden habe, nicht einmal bei meinen geglücktesten Reportagen. Irritiert blicke ich von den Blättern auf, weil ich mich weigere zu glauben, mein Katzenjammer sei verschwunden; vielleicht ist es nur das mir sympatische Wetter, das mich in bessere Laune versetzt hat, sowie der Umstand, daß ich wieder an Anna denken kann und daß mich die Erinnerung an sie verliebt stimmt, während ich sie doch gestern nachmittag vergessen hatte. Heute früh setzt dieser Prozeß der Verliebtheit plötzlich wieder ein, als sei nichts geschehen. Gleichzeitig mit so angenehmen Regungen, – das Wetter, Anna! –, fühle ich, wie meine Depression mich nicht verläßt, ja es ist grade der Wechsel heller und dunkler Farben in meinem Kopf, der mir heute morgen zusagt. (Ich habe hier zuerst geschrieben ›in meinem Inneren‹, um Formulierungen wie ›in meinem Herz‹ oder ›in meiner Seele‹ zu vermeiden; zuletzt habe ich mich entschlossen, meinen Kopf zum Sitz auch meiner Gefühle zu erklären.) Ich lasse mich über die Hotelzentrale mit Anna verbinden, nicht ohne Berechnung zu einer so unmöglichen Zeit, wie es halb acht Uhr morgens ist; die scheinbare Unhöflichkeit läßt den Anruf in Wirklichkeit ungewöhnlich und dringend erscheinen; ein Telefonat zu ausgefallener Stunde ist für eine Frau immer amüsant und schmeichelhaft; ich setze also doch den Mechanismus der Werbung in Bewegung, den ich eigentlich nicht mag. Andererseits gebe ich ihr damit die Gelegenheit, – für den Fall, daß sie mein Ausbleiben gestern nachmittag unmöglich findet und nicht weiter an mir interessiert ist –, mich kühl auf eine andere Tageszeit zu verweisen; ich wüßte dann, woran ich wäre. Wirklich muß ich sie aus dem Schlaf gerissen haben, denn sie bleibt stumm, nachdem sie den Hörer abgenommen hat, sie kann sich nichteinmal zu einem Hallo aufraffen, und erst, nachdem ich meinen Namen genannt habe, sammelt sie verschlafen ein Bündel einsilbiger Wörter auf: »Oh, ja, ach so, Sie sind's«, um schließlich bei einem zweisilbigen anzulangen, über das sie sich einen Augenblick bückt, ehe sie es ergreift: »Georg.« Wieder überrascht mich die deutsche Fassung meines Vornamens; wie viele Jahre ist es her, daß man ihn in einen einzigen Gaumen-Vokal verwandelt hat, der zwischen zwei Zungen-Laute eingebettet ist, was eine sehr weiche, wolkige, lyrische Laut-Konstellation ergibt, während er mir aus Annas Mund plötzlich wieder mit zwei genau getrennten Vokalen und drei präzis bezeichneten Konsonant-Werten entgegenkommt. Da Anna mich mit meinem Vornamen anredet, wie sie es zuletzt vorgestern nacht getan hat, – sie fing damit an, als wir in der Wohnung ihres Freundes Werner Hornbostel angekommen waren, auf einmal hörte sie auf, Mr. Efraim zu mir zu sagen, und ich machte von der mir damit erteilten Lizenz Gebrauch und nannte sie Anna, es war beinahe wie in England, aber Anna ist nie in England gewesen, und außerdem wechselten wir die Anredeform nicht so freundlich-unverbindlich, wie dies unter Engländern geschieht –, weil sie auch heute morgen also Georg zu mir sagt, begreife ich, daß ich mir nicht alles verscherzt habe, als ich sie gestern versetzte. Sie scheint nach wenigen Augenblicken hellwach geworden zu sein, denn als ich beginne, mich zu entschuldigen, unterbricht sie mich schon nach den ersten Worten.

»Es war gut, daß Sie nicht gekommen sind«, sagt sie, »ich war nicht in Stimmung, und es wäre sicher alles schiefgegangen. Ich habe nur zehn Minuten gewartet, dann schob ich ab. Ich bin gleich um die Ecke in die Schlüterstraße getürmt, damit Sie mir nicht noch über den Weg laufen würden, falls Sie sich nur verspätet hätten.« Sie hält inne und fragt: »Sind Sie mir böse, weil ich Ihnen das so offen sage?«

»Nein«, erwidere ich, »natürlich nicht.«

Ich denke darüber nach, was sie meint, wenn sie davon redet, es wäre sicher alles schiefgegangen. Aber ich weiß, daß ich ihr eine diesbezügliche Frage nicht stellen darf – sie käme zu früh. Übrigens spricht Anna, obwohl sie Berlinerin ist und Wörter wie *abgeschoben* und *getürmt* gebraucht, nicht den berliner Dialekt, sondern ein ganz reines Deutsch. Als ich sie deswegen befragte, meinte sie, es habe sie auch Jahre harter Arbeit auf der Schauspielschule gekostet, ihren neuköllner Tonfall loszuwerden. Das erleichtert mir den Umgang mit ihr, denn obwohl ich Berliner bin, war ich schon als Junge allergisch gegen das Berlinische, das ja eigentlich kein Dialekt ist, sondern ein Jargon. Meine Eltern machten nur mit Maßen von ihm Gebrauch, auch wenn mein Vater in Gesellschaft gerne Liebermann-Anekdoten erzählte. Doch Fontane lobte er, indem er sagte, er sei zwar sehr berlinisch, aber gottseidank nicht keß. Und meine Mutter war unfähig, sich dessen zu bedienen, was man in Berlin als Mutterwitz bezeichnet; sie war auch sprachlich von zarterer Konstitution. Nichteinmal das Treffende, das man dem Jargon Berlins nachrühmt, mag ich so recht; immer schneidet das Treffende ja das Wort ab. Jedenfalls kann ich mir Anna Krystek nicht vorstellen, mit dem begabt, was man in Berlin Schnauze nennt, obwohl sie, wie sie behauptet, einmal den waschechtesten neuköllner Slang gesprochen hat und ihn bei Bedarf in kritischen Situationen immer noch anwendet. Vielleicht täusche ich mich. So will es jedenfalls meine Verliebtheit in ihrem gegenwärtigen Stadium. Unter gar keinen Umständen ist Anna keß. Oder ist sie es vielleicht doch? Waren ihre Bemerkungen auf Lampes Party, die ein so amüsiertes und komplizenhaftes Einvernehmen zwischen uns herstellten, eben doch Zeichen einer in feine Charakterisierungskunst gewendeten Keßheit? Ist sie möglicherweise ein Biest? Ihrem Äußeren nach ist sie es nicht. Sie ist mittelgroß, mager, blaß und aschblond. Das besagt natürlich gar nichts. Frauen, die so aussehen, können durchaus versnobte Ohrenbläserinnen sein, richtige Party-Ziegen. Aber bei Anna bedeuten Wörter wie mittelgroß, mager, blaß und aschblond, daß sie wirklich das ist, was diese Wörter bedeuten: mittelgroß, mager, blaß, aschblond. Zum Beispiel spannt sich über ihr Gesicht, das beinahe flach wirkt, weil die Backenknochen in ihm sehr hoch sitzen, fast unmittelbar unter den Augen, eine durchsichtig dünne, glatte und blutarme Haut. Als ich Anna erblickte, habe ich mich gefragt, ob zu dieser Blässe nicht vielleicht tiefschwarzes Haar besser passen würde, entschied mich dann aber doch gegen eine solche hypothetische

Kontrastwirkung und für das von ihr getragene und sicherlich natürliche Blond, eine Farbe wie von schwachem Tee. Es war glatt wie ihre Haut und sie trug es in einer lockeren Welle nach hinten gekämmt, wo es, noch oberhalb ihres Nackens, zu einem Knoten zusammengefaßt war, der so aussah, als würde er sich jeden Augenblick auflösen. Während dieses Telefonats wird er aufgelöst sein, und ihre Haare werden offen auf dem Kopfkissen ihres Bettes liegen, falls Anna ein Kopfkissen benützt. Ich gehe davon aus, daß sie den Apparat neben ihrem Bett stehen hat. Spricht man deswegen von aschblond, weil man an Asche denkt, die doch in Wirklichkeit hellgrau ist, oder will man damit sagen, daß es sich um ein Blond handle, welches erloschen ist? Die Farblosigkeit von Annas Haut und Haaren verleiht ihrem Gesicht wirklich etwas Ausgelöschtes, das in apartem Gegensatz zu ihrem Mund und ihren Augen steht. Ihr Mund ist nicht sehr klein, sondern mittelgroß, wie ihr Körper; Anna ist eine Spur größer als ich, also ungefähr eins siebzig, was sie noch schlanker macht, als sie sowieso schon ist. Frauen, die größer sind als ich, haben mich immer angezogen, doch ist Meg zwei Zentimeter kleiner, eins fünfundsechzig. Annas Mund also ist mittelgroß und schlank und spricht gerne und viel in dem, wie gesagt, reinen Deutsch der Bühnenhochsprache, jedoch ganz unaffektiert. Ich habe das gern. Frauen, die sich lebhaft mit mir unterhalten, sind mir lieber als sogenannte schweigsame Frauen, von denen Unerfahrene immer annehmen, sie enthüllten in horizontaler Stellung ein Geheimnis, das sie in vertikaler sorgfältig hüten. Ob eine Frau Temperament besitzt, das verrät sich schon in ihrem Gespräch, und Frauen, die in Gesellschaft nichts zu sagen haben, langweilen auch im Bett. Es gibt sicherlich Ausnahmen. Ich bin ja alles andere als ein Frauenkenner. Ich habe in meinem Leben, das nun schon dreiundvierzig Jahre dauert, höchstens mit einem Dutzend Frauen geschlafen. Das genügt mir übrigens; ich habe nicht das Gefühl, viel versäumt zu haben. Annas Augen sind von hellem Braun und außerordentlich wandlungsfähig; sie können sowohl kühl beobachten, wie sich zu dunkler Wärme hin verändern; außerdem sind sie, leicht vertieft über den hohen Backenknochen liegend, sehr groß, was für eine Schauspielerin wichtig ist: Annas Augen machen ihr Gesicht fotogen. (Meg hat mir einmal beschrieben, wie ein Gesicht beschaffen sein muß, wenn es für die fotografische Reproduktion geeignet sein soll.) Sie machen einen ganz eigenartigen Effekt: obwohl sie doch eine ausgesprochene Farbe besitzen, ein zwar helles Braun, das aber objektiv dunkler ist als die Farben ihrer Haut und ihrer Haare, wirken sie dennoch heller als jene, und zwar infolge ihrer lichten Durchsichtigkeit. Nicht eine nächtliche, sondern eine morgendlich-klare Iris bildet also den Kontrast, den das fast Bleichsüchtige ihrer Haut, die Achromasie ihrer Haare braucht, um Anna nicht ins Schattenhafte, ins beinahe Fadenscheinige verschwinden zu lassen. Kurz gesagt: Anna ist ein blasses Mädchen mit hellen Augen und einem schlanken, beweglichen Mund. Sie bringt den Eindruck von noch nicht Entfaltetem, von noch Verborgenem hervor, ein Gefühl der Ahnung.

Allerdings sind diese Mittel, die Anna einzusetzen hat, so unauffällig, so wenig spektakulär, daß sie es in ihrem Beruf schwer haben wird. Zum Beispiel gelang es ihr während des Abends bei Lampe nicht, zwei berühmten Film-Beautés die Schau zu stehlen. Nur Lampe selbst, – er hat ja gelegentlich immer noch Einfälle –, begann sie zu umkreisen und entführte sie mir schließlich, indem er an sie herantrat und sagte: »Ein bißchen groß sind Sie ja, Fräulein Krystek! Es wird gar nicht so leicht sein, für Sie einen passenden Partner zu finden.« Gegen zwei so fette Köder-Sätze ist eine junge Schauspielerin natürlich wehrlos. Darum war es besonders nett von ihr, daß sie, als ich mich ungefähr eine Stunde später wegen eines peinlichen Vorfalls, den ich verursacht hatte, zum Gehen wenden mußte, plötzlich neben mir stand und ihren Arm unter den meinen schob. Wir gingen schnell in den Vorraum, wühlten unsere Mäntel aus dem Haufen von Überkleidungen heraus, der auf einem Tisch lag, und verließen Lampes Haus wie Verschwörer.

Zurück zu meinem Telefonat! Noch während Anna so sympathisch offen auf meine Entschuldigungen reagiert, ihnen alles Peinliche nimmt, indem sie selbst sich in die Rolle einer teilweise Schuldigen versetzt, eines Mädchens, das nicht gerne gekommen und dann lieber *abgeschoben* und *getürmt* ist, frage ich mich bereits, ob sie sich vielleicht nur deswegen so nachsichtig und höflich zeigt, weil ich Jude bin. Eine miese Idee, ich weiß, aber sie geht mir eben durch den Kopf. Sie schlagen ja immer gleich einen anderen Ton an, meine früheren Landsleute, wenn sie sich klar darüber werden, wer ich bin; sie schalten dann ganz schnell, wie John neulich, der mich bei meiner einsamen Beschäftigung im Circolo della Stampa Estera störte, und der noch auf eine gezielte Unhöflichkeit von mir mit ausgesuchtem Takt reagierte. Ich sollte mich darüber beklagen, aber es stört mich doch. Um wenigstens Anna gegenüber diesen Gedanken loszuwerden, spreche ich ihn aus. Wieder überrascht mich ihre Antwort.

»Komisch«, sagt sie, »ich habe grad dasselbe gedacht: ob ich mich Ihnen gegenüber anders verhalte als zu anderen, weil Sie Jude sind. Und es stimmt! Auch wenn Sie mich überhaupt nicht interessieren würden, wäre ich tatsächlich etwas netter zu Ihnen, als zu jemand, der kein Jude ist.«

Das ist wenigstens ehrlich. Es fällt mir besonders angenehm auf, daß Anna das Wort Jude ganz natürlich ausspricht. Ich habe herausgefunden, daß es von Deutschen meistens ganz falsch ausgesprochen wird: mit etwas belegter Stimme, als handle es sich um Ungehöriges. So, als müßten sie sich einen kleinen Ruck geben, ehe sie das Wort aussprechen. Es klingt immer so, wie wenn ein Prüder das Wort *nackt* in den Mund nimmt. Das Verhältnis dieser Leute zu uns hat ja auch wirklich etwas Obszönes angenommen. Ich entschließe mich, die Prämisse von Annas letztem Satz unbesehen hinzunehmen, jedoch nach ihrem Grund zu forschen.

»Vielleicht interessiere ich Sie nur«, frage ich, »weil ich Jude bin?«

»Auch das ist möglich«, gibt sie sofort zu. »Sicher spielt es eine Rolle. Aber die Hauptsache ist doch, daß Sie mich überhaupt interessieren, und daß ich Sie sympathisch finde. Meinen Sie nicht, daß es die Hauptsache ist?« Sie wartet keine Antwort ab, – was sollte ich darauf auch antworten? –, sondern fügt gleich hinzu: »Mehr ist übrigens nicht drin, Georg.«

Daß in einer Sache, einer Situation, einer Idee etwas drin sei, gehört zu den gebräuchlichsten Formeln des neuen deutschen Slang. Auf Lampes Party waren die meisten Leute der Ansicht, in der Insel-Krise sei nichts, in der Affäre um die *Zeitschrift* aber alles drin. Jedermann verstand, was damit gemeint war. Auch ich finde diese Redensart gelungen, glücklicher jedenfalls als die Behauptung, man habe etwas in den Griff bekommen. (Als ich gestern früh mit Keir telefonierte, und später, in meinem Brief-Entwurf an ihn, habe ich sie schon ganz selbstverständlich verwendet.) In Annas Satz stört mich, daß die Redensart das Kunststück, das in ihr steckt, nämlich eine deutliche Andeutung zu liefern, aufgegeben und etwas Endgültiges angenommen hat. Wenn sie gesagt hätte »mehr ist, glaube ich, nicht drin« oder auch nur »mehr ist nicht drin«, so hätte sie dem Satz die Pointe und mir die Chance gelassen, die er und ich brauchen, um unseren Spaß an ihm zu finden. Stattdessen hat sie ihm gerade durch das scheinbar so beiläufig dazwischen geschobene »übrigens« den Ausdruck absoluter Gewißheit gegeben, der seinem Wesen eigentlich widerspricht. Während ihre naive Äußerung, die Hauptsache sei doch, daß ich sie überhaupt interessiere und sie mich sympathisch fände, nichts weiter ist als ein Zeichen des schönen Selbstbewußtseins, von dem Mädchen ihres Alters nun einmal erfüllt sind, – weshalb ich darauf auch nichts zu sagen hatte –, gehört das »mehr ist übrigens nicht drin, Georg« zu dem Komplex ihrer Überzeugungen. Auch ohne Sandbergs Hilfe hätte ich schnell herausgefunden, daß Anna Verschiedenes, hauptsächlich die Politik Betreffendes, genau zu wissen glaubt. Deswegen haben wir uns am Samstag sogar schon gestritten, in der halben Stunde, in der wir im Grunewald ein Taxi suchten, nachdem wir Lampes Villa verlassen hatten. Wir stritten uns da über ihre Art, apodiktische Sätze aufzustellen, Sätze wie »C. ist ein Verräter«. Auch den Satz, mit dem sie erklärt, in unserem Verhältnis sei, – und noch dazu »übrigens«! –, nicht mehr drin als Sympathie und Interesse, finde ich reichlich apodiktisch. Er steht auch im Gegensatz zu ihrer im Anfang unserer telefonischen Unterhaltung geäußerten Bemerkung, daß »sicher alles schiefgegangen« wäre, wenn ich unser Rendezvous gestern nachmittag eingehalten hätte. Was denn *alles* kann schiefgehen, wenn *nicht mehr* drin ist? Als ich ihr den Widerspruch vorhalte, fragt sie in allem Ernst, ob denn Interesse und Sympathie nicht sehr viel seien.

»Sogar das kann doch kaputt gehen«, sagt sie, mit einer Stimme, als wolle sie irgend jemand dafür anklagen, »wenn es fad ist, an einem faden Sonntag nachmittag in einem faden Café!«

Damit hat sie mich natürlich gänzlich gewonnen. Außerdem beweist mir dieser Satz, daß niemand neben ihr im Bett liegt. Ich habe während der ganzen Zeit, in der ich mit ihr telefonierte, auf ein Geräusch gelauscht, ein Atmen vielleicht nur, das mir verraten hätte, sie sei nicht allein. Ich habe keinen Laut gehört, aber die intime Klage dieses Satzes beweist mir stärker als das Schweigen, das ihn umgibt, daß unser Gespräch keinen Zeugen hat. Selbst Werner Hornbostel, der doch fast immer geistesabwesend ist, weil er sich mit irgendwelchen musikalischen Vorgängen beschäftigt, und dem es außerdem wahrscheinlich gänzlich gleichgültig wäre, ob Anna mit mir ein Verhältnis anfängt oder nicht, würde von dem Ton betroffen sein, in dem Anna ihre Besorgnis ausdrückte, es könne irgend etwas zwischen ihr und mir kaputtgehen. Gerade weil er selten zuhört, wacht er bei den entscheidenden Stellen einer Unterhaltung auf; so unterbrach er Samstag nacht plötzlich sein tönendes Puzzlespiel und hörte mir gespannt zu, als ich begann von Esther und meiner sie betreffenden Mission in Berlin zu erzählen. Nein, einen solchen Satz könnte Anna nicht in seiner Anwesenheit aussprechen. Es bleibt also zu besprechen, wo man sich, falls man sich wiedersehen möchte, treffen kann, ohne Gefahr zu laufen, daß etwas kaputt geht, doch fällt mir nichts ein als wieder ein Café, heute nachmittag vielleicht?

Ich spüre Annas Widerstreben. Als ich darüber nachdenke, warum ich sie nicht zum Abendessen einlade, fällt mir ein, daß ich für heute abend das ostberliner Theaterbillett gekauft habe. Am Samstag habe ich, nach allem, was ich von Sandberg über Anna gehört habe und was sie mir selbst von sich erzählt hat, nicht die Rede darauf gebracht, aber jetzt erzähle ich es ihr und frage sie gedankenlos, ob sie mich nicht begleiten will.

»Glauben Sie, daß ich noch eine Karte auftreiben kann?« frage ich.

»Nein!« sagt sie schnell.

»Na schön«, erwidere ich, »dann lasse ich es eben auch bleiben. Ich bin sowieso kein Theaternarr. Gehen wir lieber zusammen essen und nachher bummeln!«

Sie hat etwas Wütendes in der Stimme, als sie sagt: »Hören Sie, Georg, Sie werden unter allen Umständen heute abend in dieses Theater gehen!«

Das ist ein Befehl. »Aber warum wollen Sie denn nicht, daß ich wenigstens einen Versuch mache, noch eine Karte zu besorgen«, frage ich verwundert. »Wir ausländischen Journalisten haben allerlei Möglichkeiten...«

Aber sie unterbricht mich. »Sie haben nicht die Möglichkeit«, sagt sie schroff, »eine Deutsche, die ihren Wohnsitz in Westberlin hat, durch die Mauer nach Ostberlin mitzunehmen.«

Wie dumm von mir, daß ich nicht daran gedacht habe! Natürlich weiß ich über die seltsamen Verhältnisse in der Stadt, in der ich geboren wurde, genau Bescheid, aber vier Tage sind eben zu kurz, als daß ich mich schon an sie gewöhnt haben könnte. Ein Neuling wie ich kann die absurden Fakten nicht ständig präsent haben. Doch ist es unverzeihlich, daß ich nicht wenigstens an Annas ganz besondere Situation in diesen seltsamen Verhältnissen gedacht habe. »Bitte, das macht doch gar nichts«, sagt Anna, als ich mich entschuldige. Der Umstand, daß sie nicht hinüber kann, ist also der Grund, warum ihre Stimme plötzlich etwas

Atemloses und Wütendes annahm. Andererseits ist es, nach allem, was ich über sie weiß, klar, warum sie darauf besteht, daß wenigstens ich mir das Theaterstück jenseits der Mauer ansehe. Ich mache nocheinmal den Versuch, ihr zu erklären, daß ich wirklich nicht scharf darauf bin, es zu sehen, daß es mir viel lieber wäre, den Abend mit ihr zu verbringen, aber sie läßt nichts, was ich sage, gelten.

»Sie werden es sich ansehen und mir hinterher genau erzählen, wie es war«, sagt sie. »Ich habe die *Tage der Commune* nicht mehr mitgekriegt. Die Inszenierung lief erst nach der Mauer an. Kennen Sie das Stück?« Ich muß verneinen. Anna wird eifrig und im Eifer sogar eine Spur berlinisch. »Na, Mensch«, sagt sie, – Mensch, nicht Georg! –, »da steht Ihnen was bevor! Es ist ein neuer junger Schauspieler drin, Thate, er soll phantastisch sein. Und Flörchinger spielt den Thiers und den Bismarck – Sie werden weg sein!«

Ich wundere mich, wie genau sie Bescheid weiß, aber vermutlich hängt es mit ihrem Beruf zusammen, daß sie so informiert ist.

»Wissen Sie was«, sagt sie plötzlich, »kommen Sie doch morgen mittag zu mir, wenn Sie nichts Besseres vorhaben. Ich zeige Ihnen zuerst unseren neuköllner Wochenmarkt und dann koche ich Ihnen was, während Sie mir erzählen, wie es war und ob Ihnen das Stück gefallen hat.«

Wir vereinbaren, daß sie mich morgen um halb zwölf am U-Bahnhof Neukölln abholen wird. Anna hat ein viel besseres Rendezvous zustande gebracht, als ich es mit meinen Café-Vorschlägen gekonnt hätte. Eine freundliche und lustige Einladung, harmlos wie die Vormittagsstunde, die sie gewählt hat, die Fortsetzung einer Freundschaft. Mehr ist nicht drin. Mir ist das sehr recht. Es ist mir lieber als eine Einladung zum Tee am Nachmittag, die ja heutzutage als die klassische Aufforderung zur Intimität gilt. Ich sage »Also dann auf morgen, Anna«, – ich habe es während des ganzen Gesprächs vermieden, sie mit ihrem Vornamen anzureden, während sie mich ein paarmal mit dem meinen angeredet hat –, aber ehe sie einhängt, sagt sie noch rasch: »Vergessen Sie auch nicht, sich in Esthers Schule zu erkundigen!« »Nein«, sage ich, »ich hätte es nicht vergessen.«

Nachdem die Verbindung unterbrochen ist, behalte ich in Gedanken den Hörer in der Hand, so daß sich nach einiger Zeit die Hotelzentrale meldet. Ich besinne mich und bestelle das Frühstück. Dann ziehe ich mich an. Beim Frühstück ärgere ich mich darüber, daß ich mir keine Morgenzeitung heraufschicken ließ. Ich kaufe sie mir unten in der Halle, ehe ich das Hotel verlasse. *Moskau zieht Raketen von Cuba ab.* Na, dann hat Keir ja keinen Grund mehr, mich hier festzuhalten. *Aktion gegen Spiegel erregt größtes Aufsehen.* Dafür bin ich nicht zuständig; deutsche Innenpolitik wird von unserem bonner Büro bearbeitet. Erleichtert trete ich auf die Straße. Nur noch die Recherche bei Esthers Schule, dann werde ich mich schleunigst empfehlen, falls es nicht Anna Krystek gelingt, mich noch eine Weile festzuhalten. Ich habe meinen Regenschirm mitgenommen und spanne ihn auf, obwohl nur ein ganz leichter Regen fällt, weil ich es nicht leiden kann, wenn es mir auf den Kopf regnet. Heute ist es auf dem Kurfürstendamm nicht so still wie gestern, am Sonntag vormittag; der übliche Werktagsverkehr rollt. Auf dem AP-Büro ist Hochbetrieb, alle sind da, Bud Collins, immer auf Draht, bestätigt mir, daß die Krise wegen der Insel beendet ist. Die deutschen Kollegen sprechen ausschließlich über die Verfolgung der *Zeitschrift*; ihr berliner Vertreter zeigt mir ein Foto von der Verhaftung des Herausgebers, der, nach dem Bild zu schließen, ein Mann ungefähr meines Alters und meiner Statur sein muß. Auch er ist eher mager und klein, hat glatte, kurzgeschnittene, am Kopf anliegende Haare und eine gebogene Nase. Er trägt eine dunkle Hornbrille. Jüdisch wie ich sieht er nicht aus. Er sieht aus wie ein Musterknabe, dem man es nicht erlaubt hat, einer zu sein. Ratlos und verächtlich blickt er in die Kamera – ein tadellos angezogener junger Bürger, der des Glaubens ist, er habe es mit einem Minister zu tun, nicht mit einem System. Aber es ist ja schon viel, wenn einer nervös und empfindlich genug ist, das Gesicht dieses Ministers nicht ertragen zu können. Ich wünsche ihm im Geiste Glück und verziehe mich wieder auf die Straße. Die Lust zu Zeitungsarbeit, die ich heute früh hatte, ist mir da oben vergangen. Ich laufe eine Weile auf dem Kurfürstendamm und in seinen Seitenstraßen umher, auf der Suche nach etwas, was mich ebenso interessieren könnte wie das junge Paar gestern, mit seinen zwei afghanischen Windhunden, entdecke aber nichts. Erst kurz vor dem Hotel fällt mir ein kleiner athletischer Mann mittleren Alters auf, der vor dem Schaufenster des Ausstattungsgeschäftes für Herren steht, das sich nur wenige Schritte neben dem Hoteleingang befindet. Er trägt einen englischen Tweedmantel neuesten Modells, zu kurz für seine bullige Figur, unter dem die Hosenbeine eines grau karierten Anzugs zum Vorschein kommen, die in modischer Faltung auf spitzen italienischen Schuhen stehen. Unter seinen schwarzen Brauenwülsten blickt er angestrengt in die Auslage, so gierig wie ich gestern auf meinen Teller mit Eisbein, ein muskulöser kleiner Fresser und Stößer, gänzlich verloren an den Gedanken der Eleganz. Ich sehe ihm lange zu, vom Anblick dieser wehrlosen Gier gefesselt, muß mich dann aber abwenden, weil er sich scheu und mißtrauisch umsieht, ehe er in dem Laden verschwindet. Der fängt die Woche gut an!

In mein Zimmer zurückgekehrt, entschließe ich mich, an meinen Aufzeichnungen weiterzuarbeiten, obwohl ich mich nicht, wie gestern nachmittag, in jenem Zustand lockerer Spannung befinde, in dem mir das Schreiben leicht fällt. Ich entdecke vielmehr, daß ich mich an die Schreibmaschine setze wie vor eine Pflichtaufgabe. Soll ich unter diesen Umständen das Begonnene überhaupt fortsetzen? Jetzt wäre noch Zeit, es abzubrechen. Die wenigen Blätter, die ich bis jetzt beschrieben habe, besagen nichts; ich kann sie zerreißen, in den Papierkorb werfen und mich wieder dem Journalismus zuwenden oder irgend etwas anderes anfangen, einen *job*, mit dem ich mein Leben dahinbringen kann. Stattdessen schreibe ich doch weiter, ich beginne an der Schilderung meines Telefonats mit Keir zu bosseln, wobei ich spüre, daß irgend etwas nicht stimmt, erst später entdecke ich ja, daß es der Gebrauch der dritten Person war, der mich störte; ich begann meinen Bericht sogleich, als hätte ich einen Roman zu schreiben, erst nach ein paar Wochen begriff ich, daß die List des Romans sich der Wahrheit des Berichts unterzuordnen hat, wenigstens in meinem Fall, aber trotz meines leichten Unbehagens also schreibe ich weiter, gerate auch wieder in Stimmung, vermutlich als Folge des stillen Regenwetters draußen vor dem Fenster, das mich einspinnt. Und ich habe ausgehalten, denn diese Erinnerung an den ersten Vormittag, an dem ich das Buch, – wie ich es seither in meiner Vorstellung nenne –, als Pflichtpensum auf mich nahm, schreibe ich nach meiner Rückkehr aus London, ein paar Tage nach jenem Abend in der Malet Street, wieder an meiner Zeichenplatte im Albergo Byron sitzend (an der ich, – ich füge diese in Klammern gesetzte Notiz ein Jahr später ein –, auch ein Jahr später noch über meinem Manuskript ausharre, wenn auch nun schon ungeduldiger, und von dem Wunsch erfüllt, dieses enge Hotelzimmer, das nicht viel mehr ist als eine Dachkammer, endlich wechseln zu können), wobei ich manchmal einen Blick auf die Dachgärten gegenüber werfe, deren Wein- oder Glyzinienlaub so gut wie gänzlich abgefallen ist. Leeres Rankenwerk spinnt sich zwischen den Ton- oder

Holzkübeln, in denen die Pflanzen wurzeln, hin und her. Der Himmel darüber ist, im Gegensatz zu dem Himmel des berliner Fisselregens, so blau wie in den Tagen, ehe ich nach London flog, aber ich lasse mich durch das schöne Wetter nicht in meiner Arbeit beirren, sondern sitze jeden Tag von Morgen bis Mittag an diesen Blättern. Auch Anna Krystek könnte mich nicht davon abbringen, wenn sie gekommen wäre. Sie ist aber nicht gekommen. An den Nachmittagen erledige ich das Nötigste für die Zeitung und telefoniere manchmal mit unserem *News Service*; Keir zuliebe spiele ich die Rolle des Journalisten noch eine Weile weiter, trotz des Debakels in London mit meinem Papst-Artikel. Keir hat am Telefon getobt, nachdem er ihn gelesen hatte. Er wollte mich immediat feuern; dann hat er sich's wieder anders überlegt. Ich bringe es nicht über mich, Keir jetzt im Stich zu lassen, zumal in diesen Wochen nur die übliche Routine-Arbeit anfällt, für die zwei Stunden am Nachmittag genügen. Die politische Flaute hält an und auch die Gerüchte von einem bevorstehenden Tod des Papstes haben sich wieder verflüchtigt; der ausgezeichnete *stringer*, den wir im Vatikan haben, versichert mir, daß man den Magenkrebs des alten Herrn vorübergehend zum Stillstand gebracht hat. So hindert mich nichts daran, meine Vormittage regelmäßig in Berlin zu verbringen. Gegen halb eins überfällt mich Müdigkeit, Hunger, und das Gefühl, daß ich heute nichts mehr von der Rolle abspulen kann. Mit Hilfe der zwei Telefonistinnen, die unten in der Halle in einem Glaskasten sitzen, gelingt es mir, Esthers frühere Schule zu ermitteln. Ich weiß ja nur noch, daß sie eine von katholischen Schwestern geleitete Schule in Steglitz besucht hat. Frau Bloch war nicht katholisch, aber sie hat ihre Tochter Ende 1933 aus der öffentlichen Schule herausgenommen und in eine katholische Privatschule gegeben, weil sie vermutete, Esther würde dort vor antisemitischen Kundgebungen sicherer sein als in der staatlichen Schule. Ich glaube, sie hatte einige Schwierigkeiten, aber schließlich wurde das Kind aufgenommen; die Schule erzog nicht nur katholische Kinder. Esther, 1925 geboren und, wie ich, nicht getauft, hat in ihr die vierte Volksschulklasse besucht und danach, in dem Jahr, in dem ich Berlin verließ, mit der höheren Schule begonnen. Die Schwestern hatten die Erlaubnis, eine Elementarschule und ein Realgymnasium zu führen. Ich kann mich nicht an den Namen des Ordens erinnern, aber eine der Telefonistinnen erhält von der berliner Schulverwaltung die Auskunft, daß es in Steglitz eine seit Jahrzehnten bestehende

Schule der Karmelitinnen gibt. Wenn ich mich recht erinnere, so war das der Ordensname, den ich manchmal von Esther hörte. Ich lasse mich verbinden und trete in eine der Telefonzellen, die sich gleich neben dem Glaskasten in der Hotelhalle befinden. Die Schule meldet sich und ich bitte darum, die Schulleiterin sprechen zu dürfen. »Sie können Mutter Ludmilla jetzt nicht sprechen«, sagt die weibliche Stimme, die sich gemeldet hat, »sie ist bis zwei Uhr in der Klausur.« Was ist eine Klausur? Natürlich kann ich das nicht fragen. Ich wollte höflich sein und nicht während der Unterrichtsstunden anrufen, aber vermutlich kann man eine Nonne eher im Unterricht stören als in ihrer Klausur. Ich stelle mir vor, daß sie sich allein in einer Zelle befindet, – und das wird einem ganz offen mitgeteilt, als Grund dafür, daß man sie nicht sprechen kann! Es ist phantastisch. Ich erkundige mich nach der Sprechstundenzeit der Schulleitung, und die Stimme sagt, eine feste Sprechstundenzeit gäbe es nicht, aber um vier Uhr sei Mutter Ludmilla immer am sichersten zu erreichen. Die Stimme hört sich an, als käme sie aus einem großen, verlassenen, mit Steinfliesen gepflasterten Raum. Ich würde um vier Uhr nocheinmal anrufen, sage ich und bedanke mich, aber während ich aufhänge und die Telefonzelle verlasse, habe ich mich schon entschlossen, am Nachmittag nach Steglitz hinauszufahren und diese Mutter Ludmilla persönlich aufzusuchen. Falls sie Esther gekannt hat, bekomme ich aus ihr in einer solchen Angelegenheit am Telefon bestimmt nichts heraus; und ich will die Sache nun schnell hinter mich bringen; ich möchte nicht länger als unbedingt nötig in Berlin bleiben. Wenn ich wüßte, daß mein Besuch bei Anna Krystek morgen mittag weiter nichts ergibt als das Fortspinnen einer Bekanntschaft, könnte ich den Interzonen-Zug morgen abend benützen, um die Stadt zu verlassen. Ich überlege, ob ich den Hotelportier beauftragen soll, mir einen Schlafwagenplatz zu besorgen, schiebe die Entscheidung jedoch auf und gehe über die Straße, wieder wie gestern mittag, ins Restaurant Schultheiß, wo ich diesmal kein Eisbein bestelle, sondern Königsberger Klopse. Alles mal wieder durchprobieren! Ich versuche mir darüber klar zu werden, was ich eigentlich meine, wenn ich mich frage, ob ich mit Anna mehr als nur bekannt sein werde. Ich war heute nach dem Aufwachen in sie verliebt, bin es aber im Auenblick nicht mehr und habe keine Ahnung, ob ich es in einer Stunde, heute abend oder morgen vormittag, wieder sein werde. Aber nichteinmal heute morgen, als ich doch in sie verliebt war, besonders während meines

Telefonats mit ihr, habe ich mir vorstellen können, wie das weitergehen soll. Ich breche meine Spekulationen ab und vertiefe mich in die Zeitung.

Der Wirt selbst bringt mir die Cannelloni, deretwegen ich häufig, wenn ich meine vormittägliche Schreibarbeit beendet habe, die Trattoria da Corrado aufsuche. Da Anna Krystek nicht gekommen ist und vielleicht auch nicht mehr kommen wird, könnte ich, wenn ich das Bedürfnis hätte, ein Verhältnis anzufangen, versuchen, mit dem amerikanischen Mädchen anzubändeln, das mit seiner Mutter in diese kleine Trattoria in der Via Bocca di Leone geraten ist, in der ich in der Regel zu Mittag esse, weil sie nicht teuer ist, sich in der Nähe des Byron befindet und weil der Koch es versteht, Cannelloni so zuzubereiten, wie ich sie gern habe. Ich streue, – ein Verstoß gegen alle Cannelloni-Regeln –, noch etwas Parmesan über die genau berechnete Mischung aus Milde und Hitze und beobachte über den *Messaggero* hinweg Mutter und Tochter, die an einem Tisch gleich neben dem meinen sitzen und ziemlich ratlos die Speisekarte studieren. Eine Bekanntschaft wäre also sehr leicht zu bewerkstelligen. Die Tochter ist Mitte Zwanzig und aschblond, wie Anna, doch auf ganz andere Art: sie hat etwas Strahlendes. Sie ist ein großes, hübsches, amerikanisches Mädchen. Die Mutter dürfte um die Fünfzig herum sein und ist keine von diesen Blumenhut- und Schleier-Scheuchen, die einen so wichtigen Beitrag Amerikas zur Zivilisation des 20. Jahrhunderts bilden, sondern der Typ der fortschrittlichen reichen Frau; sie ist nicht geschminkt, trägt ein einfaches, kostbares Jackenkleid und, als einziges Zugeständnis an den Geschmack von Providence, Rhode Island, die obligate Perlenkette. Die Damen sind neu in Rom und in Italien, wie ihr Verhalten vor der Speisekarte und im Verkehr mit dem Kellner zeigt. Es wäre eigentlich meine Pflicht einzugreifen und dafür zu sorgen, daß sie richtig zu essen bekommen und daß die Tochter im Verlauf ihres römischen Aufenthalts nicht unter die Räder kommt. Zweifellos ist sie zu klug, zu spöttisch und zu fröhlich, um auf den ersten besten *papparazzo* aus Tor Marancia oder Pietralata hereinzufallen, aber von irgendeinem Parioli-Beau, der sich im Excelsior oder bei Doneys an sie heranmachen wird, wird sie sich, schon aus purer Neugier, vernaschen lassen. Ich bin überheblich genug, mir einzubilden, daß sie sich bei mir in besseren Händen befinden würde, streiche aber diese kitschige Vermutung sogleich wieder aus meinem Kopf, indem ich mir sage, daß ich nicht im entferntesten mit dem Charme, der Hin-

…be, dem vollendeten und exotischen Minnedienst konkurrieren kann, der diesem Mädchen von einem guten *cicisbeo* geboten werden wird. Nein, es soll seinen römischen Flirt haben und auch seinen römischen Ekel, eines Morgens, in einer Wohnung in der Via Archimede, vom Bett aus einen Liebhaber beobachtend, der plötzlich gelangweilt ist, ungeniert und gelangweilt, kein schuldbewußter und sentimentaler *boyfriend*, sondern ein italienischer Mann, der sie verachtet und allein sein möchte. So nähre ich mich mit Cannelloni und Klischee-Vorstellungen, um hinter dem *Messaggero* in Lektüre und Nichtstun versinken zu können. Nichteinmal hinsichtlich des Essens wird mein Beistand benötigt, denn inzwischen hat sich der Wirt an den Tisch der beiden Damen begeben und berät sie tadellos, wenn auch in gebrochenstem Englisch. Immerhin hätte ich es leicht gehabt die Bekanntschaft zu schließen, eine sicherlich nicht unangenehme Bekanntschaft, denn das Mädchen wirkt anziehend und sogar ungewöhnlich, es strahlt Frische und Klugheit aus, wahrscheinlich hätte ich mich gut mit ihr unterhalten können. Meine Beziehung zu ihr hätte sich genauso zufällig ergeben wie mein Kontakt mit Anna auf Lampes Party, denn wie ich vielleicht an jenem Samstag abend in Berlin ebensogut auf einer ganz anderen Party ein ganz anderes Mädchen kennengelernt hätte, so könnte ich jetzt in einem ganz anderen römischen Restaurant sitzen, einer ganz anderen Frau gegenüber, die mich vielleicht ebenso interessieren würde wie diese junge Amerikanerin. Oder wie Anna mich interessiert. Ich rekapituliere im Geist einige Situationen, in denen ich Verbindungen mit Frauen angeknüpft habe: keine einzige, die sich nicht rein zufällig ergeben hätte. Mein Zusammentreffen mit Meg bildet keine Ausnahme; es war doch reiner Zufall, daß ich gerade in London war, als Keir sie einmal ganz gegen seine Gewohnheit in die Redaktion bestellt hatte, und ich sie in seinem Büro kennenlernte, während sie mit ihm die Verwendung einiger ihrer Fotos in der nächsten Ausgabe unserer *Weekly Review* besprach. Er holte sie äußerst selten auf die Redaktion, traf sie in der Regel in seiner Wohnung oder mittags in den *Three Tuns*, er war bestrebt, Meg vor uns zu verstecken, so daß ich, wäre ich nicht zufällig in London gewesen und gerade während dieser halben Stunde in Keirs Büro gekommen, Meg vielleicht nie kennengelernt hätte. Keir freilich würde eine solche Ansicht nicht gelten lassen; für ihn gibt es keinen Zufall – noch in der beiläufigsten Episode spiegelt sich für ihn ein Reflex dessen, was er als *destiny* bezeichnet, nicht als *fate*, als Bestimmung also, nicht eigentlich als Schicksal, wie ich zu Anfang dieser Aufzeichnungen ungenau behauptet habe. Aber nichteinmal dieser milden Form des Glaubens an ein Fatum kann ich zustimmen. Ich glaube nicht, daß wir für irgend etwas bestimmt sind. Wenn ich bedenke, wie absurd es ist, daß ich Deutscher war und danach Engländer wurde, während ich immer noch Jude bin, kommt es mir vor, als könnte ich ebenso gut Russe oder Massai-Neger oder ein Wolf oder ein Auto sein. Mein ehrfürchtigster Gruß gilt den Damen und Herren Sinn-Findern! Diese Dummköpfe, – zu denen Keir übrigens nicht gehört, weil er zwar an das Schicksal, jedoch nicht an die Erlösung glaubt –, haben noch keinen Gedanken daran verschwendet, daß, wenn mein Leben einen Sinn haben soll, auch der Umstand, daß meine Mutter in einer Gaskammer in Auschwitz getötet wurde, sinnvoll sein müßte. Ich weigere mich jedoch, an den Sinn von Zyklon B zu glauben! Nein, wir sind ein Zufall, weiter nichts. Nichteinmal gewürfelt sind wir worden, es sei denn, die Hand, der wir aleatorisch entrollten, wäre die Hand eines Ganoven gewesen. Es gibt keine solche Hand. Es gibt keine Ursache für uns und kein Ziel. Wir existieren. Schluß. Aus. Mehr ist nicht drin.

Der Zufall, dem ich es verdanke, Anna kennengelernt zu haben, begann also am Samstag abend auf Lampes Party, oder eigentlich schon am Nachmittag um sieben Uhr, als ich in der Hotel-Bar auf Sandberg stieß. Er hat mich zu Lampe mitgeschleppt. Ich hatte Sandberg seit Jahren nicht mehr gesehen. Wir blieben allein, weil die anderen, die alle für Tageszeitungen arbeiten, wegen der Insel-Krise von ihren Redaktionen noch in Trab gehalten wurden. Journalisten wie Sandberg und ich, die für die großen *Weeklies* arbeiten, haben es besser. Sandberg erzählte mir, daß er jetzt auch wieder für deutsche Zeitungen schreibe. Er hat vor zwei Jahren eine politische Schwenkung vollzogen, über die viel geredet worden ist. Vorher war er einer der enragiertesten Kommunistenfresser und kalten Krieger gewesen, die es bei uns gab, dann plötzlich trat er für Koexistenz und für eine Verständigung zwischen dem Westen und dem Osten ein. Er ist, wie ich, vor dem Krieg aus Deutschland emigriert und englischer Journalist geworden, aber um 1950 ging er zurück und blieb in Berlin hängen. Von dort berichtete er zuerst für unser *conservative paper*. Ich traf ihn manchmal auf Redaktionskonferenzen in London, wo er, zu Keirs stillem Mißvergnügen, hartnäckig aber brillant in Anti-Kommunismus machte. Seit seiner Schwenkung schreibt er für unsere linksliberale Konkurrenz. Keir behauptet von ihm, er sei ein unsicherer Kantonist; er mag Sandberg nicht, während ich ihn eigentlich immer ganz gern mochte. Er hat sich wenig verändert; er ist ein paar Jahre älter als ich, ein kleiner, breitgebauter Mann mit blauen Augen in einem empfindlichen Gesicht, Augen von ebenso freundlicher wie eigensinniger Intelligenz. Da wir allein waren, sprachen wir miteinander deutsch. Sandberg sah mich an und sagte mit seiner leisen Stimme: »Na, Efraim, Sie schwimmen wohl langsam ab?« Er wartete keine Antwort ab, sondern fragte: »Wie geht es Horne? Er scheint auch nicht mehr so recht bei der Sache zu sein.« Ich konnte ihm keine Auskunft über Keir geben; ich hatte ihn seit dem Frühjahr nicht mehr gesehen, hatte nur ein paarmal mit ihm telefoniert, wobei es mir darauf angekommen war, zu erfahren, ob er in seinem Schaukelstuhl saß, warum er das *Times*-Kreuzworträtsel löste, wieviel er trank, ob er Meg gesehen hatte, – lauter Dinge, die Sandberg kaum interessieren konnten, der ein politischer Mensch ist. Immerhin hatte er, der gar nicht mehr so recht zur Fleet Street gehörte, gemerkt, daß mit Keir irgend etwas nicht mehr stimmte. Daß ich im Begriff stand, *abzuschwimmen*, wie er sich ausdrückte, war nicht schwer festzustellen, man brauchte dazu nur meine lahmen Artikel zu lesen, und Sandberg las sein altes Blatt sicher immer noch aufmerksam. Aber Keirs Unlust war bis jetzt noch nicht seiner Arbeit für die Zeitung anzumerken. Wußte Sandberg irgend etwas, was ich nicht wußte? War möglicherweise zwischen Keir und Meg etwas geschehen? Ich konnte Sandberg nicht danach fragen. Wenn es das war, so würde er mir nichts sagen. Ich wußte, daß die ganze story allen meinen Kollegen bekannt war, aber natürlich hat nie jemand mit mir darüber gesprochen. Wahrscheinlich sollte ich doch bald einmal nach London fahren, und nicht nur, um Keir von meiner Suche nach Esther zu berichten. Ich fand mich damit ab, daß Sandberg ein Mann war, der immer das Gras wachsen hörte, nicht nur in Sachen Politik. Er wechselte von selber das Thema.

»Hätten Sie keine Lust«, fragte er, »zur Abwechslung einmal für die deutsche Presse zu arbeiten?«

Ich muß ihn völlig konsterniert angesehen haben, denn er fügte hinzu, als wolle er sich entschuldigen: »Ich meine ja nur. Vielleicht würde es Sie auffrischen.«

»Ich wundere mich«, sagte ich, »daß Sie es fertigkriegen.«

»Das haben mir schon viele gesagt.« Es fiel ihm offensichtlich schwer, sich zu einer Erklärung aufzuraffen. Schließlich tat er es doch.

»Ich wollte nur ein paar Monate in Berlin bleiben«, sagte er. »Ich war neugierig, nichts weiter. Aber eines Nachts wachte ich auf und dachte: England braucht dich nicht, Deutschland braucht dich.« Er lachte verlegen. »Entschuldigen Sie, Efraim, daß ich solche großen Worte gebrauche.«

»Es ist wirklich ein bißchen stark«, sagte ich. »Niemand braucht irgend etwas.«

»Ist das nicht ein noch viel stärkeres Wort«, fragte er, in seiner leisen Art, »obwohl es sich so bescheiden anhört?«

Er hatte recht. Ich hätte mich nachträglich ohrfeigen können für diesen Satz. Ich zum Beispiel hätte einmal Meg gebraucht. Jetzt brauche ich sie nicht mehr, – obwohl ich mir dessen nicht ganz sicher bin –, aber es hat immerhin Zeiten gegeben, in denen ich geglaubt habe, nicht ohne sie leben zu können.

»Ich kann Sie verstehen«, sagte ich zu Sandberg, »nur ist es umgekehrt: Sie brauchen Deutschland.«

»Möglich«, erwiderte er. »Wahrscheinlich.«

»Wollen Sie nicht trotzdem lieber darauf verzichten?« fragte ich. »Es hat schließlich auf uns verzichtet.«

Er verstand zuerst nicht. »Ach so«, sagte er schließlich, nachdem er den Sinn meiner Frage begriffen hatte. »Sie glauben, ich sei Jude. Aber ich bin ein Goj, Efraim, wissen Sie das nicht?«

Aus irgendwelchen Gründen, die mir im gleichen Augenblick, in dem er mir sagte, daß er kein Jude sei, unerfindlich wurden, hatte ich immer geglaubt, er sei einer. Ich versuchte mit einem Scherz über die Situation hinwegzukommen, indem ich sagte: »Und dabei sehen Sie so jüdisch aus!« »Ich weiß«, sagte er und lächelte, aber so, als sei er auch ein wenig verzweifelt über die Tatsache, daß er jüdisch aussah, und außerdem darüber, daß sich nun trotz seines Aussehens eine dünne Wand zwischen uns geschoben hatte. Aber es war eben nichts daran zu ändern, daß er nun plötzlich ein deutscher Goj, der Deutschland brauchte, geworden war, während ich ein Jude blieb, auf den Deutschland verzichtet hatte. Er tat mir leid; nur damit er nicht den Eindruck gewann, ich hätte auf einmal etwas gegen ihn, ließ ich mich von ihm auf Lampes Party mitschleppen; er sagte, ich würde ein paar interessante Leute kennenlernen, aber obwohl mich die interessanten Leute überhaupt nicht interessierten, ging ich Sandberg zuliebe mit. Ich finde ihn persönlich sympathisch, er ist empfindlich und gescheit und ein großer Journalist, er hört das Gras wachsen, er sollte nicht denken, ich hätte was gegen ihn, weil er Deutschland liebt. Ich habe, obwohl ich Jude bin, nicht das geringste gegen Leute, die Deutschland lieben, solange sie nicht von mir verlangen, ich solle ihre Gefühle teilen. Die Liebe irgendwelcher Leute zu irgendwelchen Ländern oder Völkern ist mir vollkommen gleichgültig; wenn ich mir vorstelle, daß ihre ganze Beziehung zu dem, was sie Vaterland nennen, das Ergebnis einer Kette von Zufällen ist, – ebenso gut, wie sie Deutsche sind, könnten sie Franzosen oder Amerikaner oder sogar Neger oder Juden sein –, kann ich nur lachen. Oder gähnen. Soll ich die Juden lieben, nur weil ich zufällig Jude bin? Ich liebe meine Eltern, weil sie gute, nicht weil sie jüdische Eltern waren. Wären sie eines natürlichen Todes gestorben, so würde ich sie langsam, ganz unmerklich, vergessen. Ich kann sie nicht vergessen, weil sie ermordet wurden. Ich liebe die Juden, weil sie verfolgt werden. Wir nahmen ein Taxi und fuhren den Kurfürstendamm entlang, dessen Lichter in der trockenen Schwärze dieser Herbstnacht funkelten. Hinter dem Bahnhof Halensee wurde es dunkler, bis uns nur noch die Lampen der Königsallee begleiteten. Ein Villenviertel, und dann der nächtliche Grunewald, mit erleuchteten Fenstern zwischen Segmenten von Kiefernstämmen, die sich rötlich aus der Finsternis rissen. In einer Seitenstraße hielten wir vor einem neuen Haus, das flach und weiß war. Lampes Party, die schon um sechs Uhr begonnen hatte, stellte sich als eine Cocktailparty heraus, die der Produzent von Lampes nächstem Film veranstaltete, aus Anlaß des Vertragsabschlusses mit Lampe und mit dem Verfasser des Romans, der verfilmt werden sollte. Es gab auch ein kaltes Buffet. Da ich niemanden kannte, habe ich mich zuerst noch eine Weile an Sandberg gehalten, bis zu dem Moment, wo ich Anna in Beschlag legte. Sie befand sich in der Gruppe, auf die Sandberg gleich zuging als wir hereinkamen, und die in der Hauptsache aus deutschen Journalisten bestand. Er stellte mich ihnen und Anna flüchtig vor, und sie nahmen ihn politisch gleich ziemlich rücksichtslos hoch. Die Insel-Krise bot ihnen endlich Gelegenheit, über Sandbergs Schwenkung ins Lager der Verständigungsbereiten herzufallen. Ein englischer Star-Journalist, der gleichzeitig unerbittlicher Sowjetfeind war, – diese seltene Mischung hatte ihm seinerzeit, als er nach Berlin kam, alle Sympathien verschafft; um so enttäuschter war man, als er sich umstellte. Sandberg wies alle Anzapfungen geduldig zurück. »Man wird sich einigen«, hörte ich ihn sagen, »Sie werden sehen.« Und etwas später, auf spöttische

Repliken: »Sie vergessen, daß wir heute einen allgemeinen trend zur Vernunft haben.« Auf englisch fügte er hinzu: »We are on the winning side.« Ich frage mich, wen er mit ›wir‹ meinte, dann wurde mir plötzlich die Tiefe von Sandbergs Opportunismus klar. Er war auf der Seite der Vernunft, weil er sie die Partie gewinnen sah, so, wie er früher auf die Dummheit gesetzt hatte, weil ihre Karten günstiger lagen. Ich fand das nicht verabscheuenswert. Ich bin kein Moralist. Wäre ich einer, so hätte ich nicht viele Jahre an einer Zeitung mitarbeiten können, deren Politik ich soeben ohne Gemütsbewegung als Dummheit definiert habe. Warum habe ich es an ihr so lange ausgehalten? Noch in dem Augenblick, in dem ich dies schreibe, spüre ich eine sentimentale Anhänglichkeit an mein gutes altes dummes *conservative paper*. Die Ursachen meines Ausharrens sind allerdings ganz anderer Natur als Sandbergs Beweggründe für seinen Wechsel. Sandberg ist ein so ausgezeichneter politischer Journalist, weil er sich ganz kalt nur für Machtfragen interessiert. Er reflektiert den jeweiligen Standort der Macht, nichts weiter. Dennoch reizte mich seine Haltung zum Widerspruch. »Sie sind ein Optimist«, sagte ich, »und ich habe mir angewöhnt, Optimismus als eine Form der Dummheit zu betrachten.« Ich brachte diesen Einwand so höflich wie möglich vor, in zögerndem Ton, fast so, als wolle ich mich entschuldigen, aber natürlich war er eine Grobheit. Ich hatte Sandbergs Intelligenz angezweifelt, seinen Stolz auf sie verletzt. Er verbarg seinen Ärger hinter einem Lächeln, das nicht verlegen wirkte, sondern nachdenklich; ich glaube nichteinmal, daß er sich wirklich geärgert hat, er ist ein zu empfindlicher Mann, um ein Gefühl wie Ärger nicht sogleich unter Kontrolle zu bekommen; wahrscheinlich war er schon damit beschäftigt, mein Argument sachlich zu prüfen, als Anna bemerkte: »Sandberg hat sicher recht. Es wird keinen Krieg geben. C. ist ein Verräter.« Das war nun nicht gerade die Hilfe, die Sandberg sich wünschen konnte; alle sahen Anna erstaunt an, und auch ich betrachtete sie aufmerksam, obwohl ich nicht sagen kann, ich hätte sie nicht bereits bemerkt, ehe sie den Mund auftat. Annas Bemerkung wurde allgemein als peinlich empfunden. Sie äußerte sie ja nicht wie jemand, der sich in spöttischer Absicht in die Lage von Leuten versetzt, für die ein mögliches Nachgeben von C. in der Insel-Krise einen Akt des Verrats darstellen würde, sie bot keine ironische Parodie des Denkens solcher Leute dar; wenn überhaupt Ironie in dem Satz enthalten war, so richtete sie sich gegen ihre Zuhörer. Beruhigt euch, wollte sie sagen, er ist schon ein Verräter, ihr könnt euch auf ihn verlassen! Mit einem solchen Standpunkt wollte man sich nicht befassen, und so löste sich die Runde auf. Sandberg entfernte sich, um endlich Lampe zu begrüßen, mit dem er befreundet war, wie er mir noch an der Bar erzählt hatte, und auch die anderen wandten sich ab und bewegten sich auf neue Gruppen zu, was mir Gelegenheit bot, mit Anna, der es übrigens nichts auszumachen schien, daß man sie allein stehenließ, ins Gespräch zu kommen. Ich erzählte ihr, daß in Rom viele kluge Leute ihre Ansicht teilten, aber sie schien keines Trostes bedürftig zu sein. Wir unterhielten uns dann über Politik, über die Lage, die mir Anna von ihrem Standpunkt aus analysierte; sie hatte die Meldungen verfolgt, um die ich mich den ganzen Tag nicht mehr gekümmert hatte; dank ihrer Mitteilungen konnte ich Keir, als er mich am nächsten Morgen anrief, vortäuschen, ich sei orientiert.

Heute morgen ist wieder keine Nachricht von ihr gekommen, jedoch erhielt ich einen Brief des berliner Immobilienmaklers, mit dem ich mich über einen möglichen Verkauf des Hauses in der Bismarckstraße unterhalten habe. Er hat es sich inzwischen angesehen und bietet mir dafür eine Summe, deren Höhe mich erstaunt. Ich rechne und finde heraus, daß ich von dem Betrag einige Jahre leben könnte, ohne einen Brötchen-Job übernehmen zu müssen, falls das gegenwärtig im Umlauf befindliche Geld seinen Wert nicht gänzlich verliert. Es ist mir unangenehm, daran zu denken, daß ich Frau Heiß zugemutet habe, diesen Mann im Haus herumzuführen; ich hoffe, sie hat nicht den Eindruck, ich wolle sie hinausdrängen, sozusagen kurzen Prozeß mit ihr machen. Ich werde ihr schreiben, daß ich ihr jede Frist einräume, ja das Haus überhaupt nicht verkaufen werde, so lange sie darin wohnt, und das nicht aus Edelmut, sondern weil ich das Geld in absehbarer Zeit noch gar nicht brauche und es infolgedessen im Besitz eines Hauses viel besser angelegt ist als auf einem Bankkonto, von dem ich monatlich eine bestimmte Summe abhebe. Ich habe mich ja wirklich noch gar nicht endgültig entschlossen, das Leben eines sogenannten freien Schriftstellers zu beginnen, zu dessen Führung mir der Besitz eines kleinen Kapitals allerdings sehr zustatten käme. Wie jeden Morgen trete ich auf den schmalen, umlaufenden Balkon des Albergo Byron hinaus. Es ist kaltes, aber schönes Wetter. Das Haus gegenüber wird schon seit Wochen völlig renoviert und ich sehe vier Bauarbeitern zu, die damit beschäftigt sind, einen Travertin-Balken, der zu einer Fenstereinfassung gehört, an seinen Platz zu befördern. Der Stein muß ungeheuer schwer sein. Sie haben eine Bahn aus Brettern gebaut, auf der sie ihn über Rundhölzer bis zum Fenster rollen. Sie arbeiten langsam und methodisch. Die Ökonomie ihrer Bewegungen läuft in einem Ritus ab, der seit tausend Jahren, vielleicht seit zweitausend Jahren festgelegt ist. Da es sich um den Oberbalken handelt, – Basis- und Seitenbalken stehen bereits –, verlängern sie die Lauffläche, indem sie ein Brett nach oben auf eine Holzstütze führen. Von dort heben sie den Balken zu viert an und legen ihn lautlos auf die seitlichen *travi*, erst zur Rechten, dann zur Linken. Sie lüpfen ihn nur. Es sieht ganz einfach aus. Ich begreife, daß ich einen Vorgang betrachte, der gegen meine Zufalls-Theorie spricht. Diese Männer sind nicht zufällig, sondern seit tausend Jahren römische Maurer. Jetzt mischen sie etwas Zement in einem Blechtrog und schmieren kleine Portionen der Speis so vorsichtig zwischen die Schnittstellen der Travertin-Blöcke, daß sie unsichtbar bleibt. Man wird später nur die glatten Fugen sehen. So müssen die Maurer der Caracalla-Thermen mit Mörtel gearbeitet haben. Die Maurer mir gegenüber zünden sich jetzt Zigaretten an, und einer beginnt, die *Unità* zu lesen. Das haben die Arbeiter der Caracalla-Thermen nicht getan. Vermutlich haben sie sich in der Vormittagspause über die letzten Wagenrennen im Circus Maximus, über den Brotpreis und über die Weiber unterhalten. Die Stein-Einfassung des Fensters mir gegenüber sieht schön aus. Erst jetzt, da sie gelegt worden sind, werden die Travertin-Balken dem Zufall überantwortet. Wenn die Arbeit getan ist, werden sie gekauft und wieder verkauft, enteignet und wieder zurückgegeben, geschunden und wieder renoviert werden. Eines Tages wird man sie aus den Trümmern des Hauses klauben, unzerstört, und sie für ein neues Haus verwenden. Wie ein unzerstörbares Ornament zieht sich die Arbeit durch das Chaos. Ich gehe wieder ins Zimmer, stelle mir eine Tasse Kaffee neben die Schreibmaschine und beginne zu arbeiten. Ich habe mir vorgenommen, mich endlich dem Problem zu stellen, das die Methode der politischen Anspielungen aufwirft, die ich in meinen Aufzeichnungen praktiziere. Ich fühle, daß ich mir an dieser Stelle meines Manuskriptes darüber klar werden muß, ob ich sie beibehalten kann, ehe ich weiterschreibe. Warum rede ich beispielsweise immer von einer Insel-Krise, wo doch jeder halbwegs informierte Leser wissen wird, daß es sich um Cuba handelt? Warum spreche ich von einer Affäre um die *Zeitschrift*, deren wahrer Titel in aller Munde ist? Auch der Name des Ministers, der ihre Redakteure verhaften ließ, ist von trauriger, doch nur allzu verbreiteter Berühmtheit. Es ist sinnlos, daß ich ihn verschweige. Was soll das Gerede von einem gewissen C., eine Formel, die ich offensichtlich als Chiffre gebrauche, als ob es da noch irgend etwas zu dechiffrieren gäbe? Anna hat natürlich gar nicht von C. gesprochen, sondern gesagt: »Chrustschow ist ein Verräter.« Es sieht so aus, als wolle ich meinem Buch mit solchen Mätzchen eine Art Ewigkeitswert verleihen, es vor dem allzu schnellen Veralten retten, da doch vielleicht schon, wenn es einmal erscheint, niemand mehr recht wissen wird, um was es sich bei Cuba oder bei der *Spiegel*-Affäre eigentlich gehandelt hat. Weder bei dem Streit um die Raketenbasen auf Cuba, noch bei dem Zusammenstoß zwischen dem *Spiegel* und jenem Minister handelt es sich schließlich um säkulare Ereignisse. Es sind kleine, kurzatmige Bewegungen im Weltstoff. Ich gebe zu, daß mich einen Moment lang der Wunsch bewegt hat, ephemeren Dingen eine paradigmatische Bedeutung zu geben, aber ich habe diese Absicht gleich wieder fallenlassen: ich mache keinen Versuch, sie zu deuten; sie bilden nur eine Art Hintergrund, sie sind im Gerede. Auch glaube ich nicht an den Ewigkeitswert von Literatur; nichteinmal die größten Werke erreichen das Alter von Travertin-Blöcken, und meine literarischen Anstrengungen werden längst vergessen sein, wenn man die Fenstereinfassung, bei deren Errichtung ich heute zugesehen habe, aus den Trümmern des Hauses in der Via Borgognona klauben wird. Und wenn ich dann noch daran denke, daß wir alle, wir Worte und Steine, eines Tages gemeinsam als Gaswolke durch das nächste Sonnensystem treiben ... nein, es gibt keinen Grund, warum ich einem Gegenstand Dauer verleihen sollte, indem ich ihn notdürftig verhülle.

Dennoch werde ich an meiner Methode festhalten. Schuld daran ist Sandberg. Der Umstand, daß ich gestern für ihn, der nicht so heißt, einen falschen Namen gewählt habe, hat mich in diese Überlegungen gestürzt. In den politischen Kreisen Berlins und überall im deutschen und englischen Journalismus weiß man ja genau, wen ich meine. Der Mann, den ich Sandberg nenne, ist eine konkrete Figur, jeder kennt seinen wirklichen Namen. Man wird natürlich nichts dagegen einwenden, daß ich einen anderen Namen einsetze, ich schriebe ja einen Roman, wird man sagen, und man wird eilfertig von einem Schlüsselroman sprechen, dem man infolgedessen Methoden der Verschlüsselung konzediert. Um mich vor diesem Mißverständnis zu schützen, habe ich soeben für einen Augenblick die sowieso nur ganz notdürftigen Sperren, die vor den Namen liegen, aufgehoben. Man wird im Impressum meines Buches vergeblich den Satz suchen, keine der dargestellten Personen sei mit irgendeinem lebenden Wesen identisch. Das Auguren-Lächeln, das die Lektüre dieser Notiz begleiten würde, will ich gar nicht erst aufkommen lassen. Nachdem ich dies gesagt habe, erkläre ich, daß keine der von mir dargestellten Personen mit irgendeinem lebenden Wesen identisch ist und es sich bei keinem der öffentlichen Ereignisse, auf die ich anspiele, um die tatsächlichen Ereignisse handelt, wie sie stattgefunden haben. An dieser Erklärung ist, wie ich schon sagte, Sandberg schuld. Als ich gestern vormittag angefangen habe, ihn zu zeichnen, weil ich einen möglichst vollständigen Bericht dessen zu geben beabsichtige, was ich in den Tagen seit dem Beginn meiner Aufzeichnungen erlebt habe, weil das Gespräch, das ich mit ihm hatte, in der Tat ungefähr so verlaufen ist, wie ich es geschildert habe, und weil ich ihn als Figur des Übergangs zu meiner Bekanntschaft mit Anna brauche, dachte ich, es genüge, einfach jenen allgemein bekannten Journalisten zu skizzieren, und ihn, aus den üblichen Taktgründen, hinter einem falschen Namen zu verstecken. Je länger ich jedoch über diesen Mann nachdachte, je intensiver ich mich an ihn zu erinnern versuchte, um so stärker entzog er sich mir. Auf einmal begriff ich, daß ich nichts von ihm wußte. Ich habe ihn vielleicht zehnmal in meinem Leben getroffen, ich habe mit ihm ein paar Fachgespräche geführt, habe manches über sein Privatleben erfahren und kenne fast alles, was er geschrieben hat. Mit anderen Worten: ich weiß nichts über ihn. Als ich zu diesem Schluß gekommen war, begriff ich, warum ich ihn Sandberg genannt hatte: er war ein Fremder. Aus dem gleichen Grunde, so verstand ich plötzlich, hatte ich von einer Insel-Krise, von einer Affäre der *Zeitschrift*, einem Minister und von C. gesprochen – ich kenne die Leute, die Ereignisse und die Dinge, die sich hinter den mit bestimmten Namen bezeichneten Leuten, Ereignissen und Dingen verbergen, gar nicht. Es wäre also eine Anmaßung gewesen, von ihnen so zu sprechen, als wüßte ich, was sie bedeuten. (Fange ich endlich an, zu begreifen, warum ich nicht mehr Journalist sein will? Sind es Überlegungen, Vorbehalte, Hemmungen dieser Art, die sich zwischen die Tatsachen und mich geschoben haben, so daß ich ein schlechter Journalist geworden bin?) Ich weiß nicht, und ich fürchte, ich werde niemals wissen, wer jener Mensch ist, der mir den Anlaß zu einer Figur namens Sandberg bot. Ebensowenig weiß ich, wer sich hinter dem Namen jenes

Ministers oder eines gewissen C. verbirgt, und was sich unter der Oberfläche von Vorgängen abspielt, die man mit Cuba-Krise oder *Spiegel*-Affäre bezeichnet. Ich will aber sogleich hinzufügen, daß ich die Figur, die ich mit Sandberg bezeichne, genau kenne, daß ich genau weiß, wer jener von mir mit Minister bezeichnete Mann oder jener ominöse C. ist, und was ich von den Ereignissen zu halten habe, die ich auf die Worte Insel-Krise oder Affäre um die *Zeitschrift* getauft habe. Denn ich habe Sandberg erfunden. Die wirklichen Personen kann ich nicht erkennen. Aber die Figuren und Dinge, die ich erfunden habe, kenne ich sehr genau.

Deshalb habe ich die Worte Hitler und Auschwitz nicht chiffriert. Ich hätte sie nicht erfinden können, und ich weigere mich, auch nur einen Augenblick lang die Möglichkeit zu erörtern, man könne sie nicht erkennen. Ihre Bedeutung ist ein- für allemal festgelegt.

Ich sollte nun in der Schilderung von Lampes Party fortfahren, habe aber plötzlich nicht mehr die geringste Lust dazu. In meinen Überlegungen hat die Darstellung dieses Abends bisher eine große Rolle gespielt; ich hatte vor – eine rechte Romanciers-Idee! –, aus ihr ein sogenanntes Kabinettstück zu machen. Ich gestehe, daß ich mir nach meiner Rückkehr aus Berlin eines Abends in Rom einen Plan meines Buches zurechtgelegt und aufgeschrieben habe, so, als wäre ich ein echter Romancier. Aber eigentlich habe ich mich immer noch nicht entschieden, ob es ein Roman werden soll. Ich spreche manchmal von einer Niederschrift oder von einem Bericht, dann wieder, – was eine Verlegenheitslösung darstellt –, von einem Buch; zu dem Ausdruck Roman habe ich mich erst zweimal verstiegen: als ich schrieb, die List des Romans habe sich in meinem Falle der Wahrheit des Berichts zu beugen, und dann nocheinmal, als ich die Gefahr erwähnte, man könne diese Papiere für einen Schlüsselroman halten – in beiden Fällen habe ich mich also gegen den Ausdruck gewehrt. Dennoch kann ich Keirs Meinung, ein Ding sei ein Roman, wenn es sich um Menschen handle, um Beziehungen zwischen Menschen, nicht ganz abweisen. Von vornherein habe ich mich ja dazu entschlossen, etwas zu schreiben, was veröffentlicht werden soll; ich schriebe für Leser, habe ich erklärt, und vielleicht ist es den Lesern völlig gleichgültig, wie das Ding heißt, das ihre Lektüre bildet. Zuguterletzt spricht ein Kalauer dafür, daß meine Aufzeichnungen am Ende einem Roman so ähnlich wie möglich sehen könnten: der Umstand nämlich, daß ich sie in Rom niederschreibe. Schluß mit solchen Spekulationen!

Viel wichtiger ist, daß ich eben, als ich die Worte *eines Abends in Rom* hinschrieb, entdeckt habe, daß ich bisher gänzlich vergessen habe, mitzuteilen, was ich an den Abenden in Rom treibe. Ich habe ausführlich geschildert, wie ich meine Vormittage zubringe; auch über einen gewissen Sonntag nachmittag habe ich berichtet, und mein Gespräch mit Cella fand in dem schnellen römischen Wechsel von der Dämmerung zur Nacht statt; die Abende jedoch habe ich ausgespart. Es gibt über sie nicht viel mitzuteilen, ich verbringe sie, wie alle Leute sie verbringen. Ich esse, ich gehe manchmal ins Kino oder in ein Konzert, ich lese; ehe ich zu Bett gehe, sitze ich eine halbe Stunde in einem Café, – es ist jetzt doch zu kalt geworden, um noch draußen zu sitzen –, dann gehe ich ins Byron und lege mich schlafen, meistens ziemlich früh. Ich bin fast immer allein; zwar spiele ich noch immer den Journalisten, aber ich beschränke den Umgang mit meinen Berufsgenossen auf die notwendigsten Kontakte. Ich überlege mir, ob ich mir Freunde suchen soll, und wenn ja, in welchem Milieu, es ist ganz leicht, freundschaftliche Bekanntschaften zu schließen, man muß dazu nur ein Gespräch anfangen, fast alle Menschen sind irgendwie interessant, aber ich vertage das Problem einstweilen. Auch auf Lampes Party waren die meisten Leute sicherlich interessant, aber die Party selbst war nicht interessant, und deshalb werde ich sie nicht schildern. Anna, die von dem politischen Trost, den ich ihr gespendet hatte, keinen Gebrauch machte, wollte aber doch nett zu mir sein und erklärte mir einige der Anwesenden; auf diese Weise konnte ich einen Mann betrachten, der mein Kollege sein würde, falls ich es jemals bis zum Romanschriftsteller bringen sollte.

»Das ist der, dessen Buch verfilmt werden soll«, sagte Anna und wies mit einer Kopfbewegung auf einen großen Menschen, der für sein Alter, – das meine –, schon zu dick war. Damals wußte ich noch nicht, was ich heute weiß: daß es sich bei seiner Schwere um eine Berufskrankheit handelte. Dieser Beruf ist ja ausgesprochen ungesund: man sitzt zuviel, man raucht mehr, als man sollte, man trinkt ununterbrochen Kaffee oder Tee. Vielleicht wird mich meine Konstitution, meine Magerkeit, meine Kleinheit vor dem Schicksal der Schwere bewahren. Wir, Anna und ich, sahen uns gemeinsam ein paar Sekunden lang den deutschen Romanschriftsteller an, der keine Ahnung davon hatte, daß er uns als Katalysator eines ersten Einvernehmens diente, denn indem wir uns wortlos über ihn verständigten, erfuhren Anna und ich zum erstenmal, daß wir die Möglichkeit besaßen, uns zu verstehen. Es war uns nicht wichtig, daß Herr K. einen anständigen, aber unbeholfenen Anzug trug, der keinen Vergleich mit der Eleganz von Lampes Anzug aushielt, auch spielte es keine Rolle, daß er hochmütig und geschmeichelt über die Köpfe hinwegstarrte und offensichtlich gar nicht hörte, was irgend jemand gerade auf ihn einredete, er spielte nur ein Verständnis vor, indem er ein törichtes und geistesabwesendes Lächeln aufsetzte, während seine Augen hinter ihren Brillengläsern unstet von Eindruck zu Eindruck irrten, von einem ihm unbekannten Gesicht zu einem Detail des Lampe'schen Raum-Dekors, dieses unglaublichen Chi-Chis aus geschliffenen Gläsern, der Kopie eines Schinkel'schen Deckenfrieses, halbguten Bildern und Plastiken aus verschiedenen Epochen, Blumenvasen aus italienischer Majolika, schwarzen Eisenkonstruktionen, an denen irgendwelche Dinge hingen, Großfotos oder Puppen, die mit Spot-Lights angestrahlt waren, er wußte nicht, wohin er zuerst blicken sollte, auf irgendeine schöne Person, mit der er gerne ein gewandtes Gespräch begonnen hätte, – ohne daß er sich von der Trivialität, die da am Platze gewesen wäre, auch nur die geringste Vorstellung machen konnte, imaginierte er sich stattdessen eine übertrieben geistreiche Konversation, die ihn unter Umständen ins Bett der Dame tragen würde –, indessen sein Blick doch schon wieder über eine Flucht nach Ägypten huschte, deren niederländische Herkunft seinem Gastgeber garantiert worden war und die auch wirklich noch im Turban eines Reitknechts ein fremdes, sattes Rot herzeigte, so daß der immer noch blasiert lächelnde Romancier einen Augenblick lang den Satz bezweifelte, mit dem er zu Hause, vor seiner Frau und seinen Freunden, seinen Bericht einleiten würde, diesen schon stereotypen Satz hilfloser Kritik, daß es bei Lampe genau so aussähe, wie der kleine Moritz es sich vorstelle, – das alles, sage ich, war Anna und mir nicht so wichtig wie der Umstand, daß wir es gemeinsam sahen und es in der gleichen Weise erkannten, so daß ich sogleich verstand, was Anna meinte, als sie, unsere blitzschnellen Beobachtungen mit dem Satz abschloß: »Der hat keine Ahnung, was ihm blüht!«

Sie wollte damit sagen, daß der Autor sich der idiotischen Hoffnung hingab, er würde sein Buch wiedererkennen, nachdem Lampe es abgedreht hatte, obwohl doch sogar ich, ein gänzlich Fremder, wußte, daß alle Filme, die im Lande meiner Geburt gedreht wurden, sich bestenfalls bis zur Höhe jenes Geschmacks aufschwangen, von der das Chi-Chi in Lampes Grunewald-Villa

Zeugnis ablegte. Weil es eine Party von Leuten war, die schlechte Dinge herstellten, für viel Geld schlechte Arbeit leisteten, war der Abend so uninteressant, daß ich ihn nicht beschreiben werde. Es ist mir, auch wenn ich von dem Zwischenfall, den ich verursachte, absehe, kaum eine Erinnerung an ihn geblieben.

Schließlich trat Lampe auf uns zu und richtete jene zwei Sätze an Anna, mit denen es ihm gelang, sie mir so mühelos zu entführen. Ich blickte ihr nach, sah sie immer wieder auftauchen, in ihr Gespräch mit Lampe vertieft. Sie trug ein Kleid aus matter, grüner, ins Silbrige changierender Seide, das herrlich zu dem erloschenen Blond ihrer Haare paßte. Es lag ihr nicht an, sondern deutete, schmal fließend, in irgendeiner Bewegung, die in irgendeine Beleuchtung geriet, Details ihres Körpers an, eines mageren, etwas zu großen, wahrscheinlich blassen Körpers, der nur in Annas nackten Armen seine lange und schlanke Natur offen zeigte.

Ich fragte Sandberg, der gerade an mir vorbei kam, wer sie sei. Er folgte meinem Blick. »Anna Krystek«, sagte er, als er erkannte, wen ich meinte, und fügte lächelnd hinzu: »Eine Kommunistin!« Ich muß eine Grimasse geschnitten haben, denn er wurde fast eifrig. »Nein, keine Salon-Kommunistin, wie Sie vielleicht denken, hier, in diesem Milieu!« Er unterbrach sich. »Anna Krystek wäre eigentlich eine story für Sie«, sagte er dann, »eine junge Ost-Schauspielerin, na, Schauspielerin ist wohl schon zuviel gesagt, sie hat die Schauspielschule besucht, drüben«, – er machte eine vage Handbewegung –, »und sollte gerade ihre ersten kleinen Rollen bekommen, am Schiffbauerdamm glaub' ich, da kam die Mauer dazwischen. Die Krystek wohnt nämlich in Westberlin, bei ihren Eltern, und sie hat sich seit dem Mauerbau nicht entscheiden können, nach dem anderen Teil Berlins zu gehen. Das hätte nämlich bedeutet, drüben bleiben zu müssen.«

»Ist sie nur wegen ihrer Eltern hier geblieben«, fragte ich, »oder auch aus politischen Gründen? Weil bei ihr der Groschen fiel, als sie die Mauer sah?«

»Keine Ahnung«, erwiderte Sandberg. »In der Unterhaltung tönt sie ganz links. Fast chinesisch. Sie haben sie ja gehört, vorhin. Deswegen gehen ihr die Leute am liebsten aus dem Weg, obwohl sie doch ein apartes Mädchen ist. Sie soll begabt sein. Lampe hat ihr schon zweimal Rollen angeboten, aber sie hat jedesmal abgelehnt.«

»Warum?«

»Weil Lampe ein Idiot ist. Er will sie ins Fach Salondame schieben, während sie gerne in kitchen-sink-Stücken spielen würde. Aber Lampe interessiert sich überhaupt nicht für Stücke von Leuten wie Pinter oder Osborne.«

»Und andere Regisseure?«

»Woher soll ich das wissen?« Sandberg schüttelte lächelnd den Kopf. »Wissen Sie, Efraim, ich bin aus dem Alter heraus, in dem man junge Aktricen fördert. Und die Krystek ist eine Fanatikerin. Ich kann mit dem Typ nicht viel anfangen.« Er wurde wieder ernst. »Aber ich glaube wirklich, sie ergäbe eine story für Sie! Ich erinnere mich an ein paar Interviews, die Sie in Hanoi anstellten, kurz ehe die Franzosen aufgaben. So in der Art, dachte ich.«

Ich mag es nicht, wenn man mir Vorschläge macht. Ich bin da wie Meg, die jedesmal resolut die Kamera zuklappt, wenn man ihr ein ›Motiv‹ vorschlägt. »Sie mit Ihrem Scheiß-Motiv«, ist sie imstande, dem zu sagen, der es riskiert hat. Zwar übernehme ich Aufträge; wenn Keir mich losschickt, dann liefere ich ihm, was er sich wünscht (nicht immer, doch meistens), aber auf Tips von Kollegen, auch wenn sie noch so gut gemeint sind, reagiere ich sauer. Wenn ich je ein Anna-Krystek-Interview vorgehabt hätte, so wäre die Idee dazu im gleichen Augenblick geplatzt, in dem Sandberg sie mir vorschlug. (*Geplatzt – sauer reagieren* – ich bin ganz stolz auf meine Neuerwerbungen in den Wendungen der deutschen Umgangssprache!) Weder damals noch später habe ich an Anna als an ein Objekt journalistischer Ausbeutung gedacht. Während sie wieder einmal zum Vorschein kam, in kühler Haltung, Lampe neben sich, der auf sie einredete, – lehnte sie wieder einmal eine Rolle ab? –, dachte ich darüber nach, ob Sandberg recht hatte, wenn er sie eine Fanatikerin nannte. Heutzutage gilt ja als fanatisch, wer auch nur irgendeine Art von Überzeugung besitzt. Ein paar feste Ansichten haben, diskreditiert schon. Und der Kredit ist wiederhergestellt, wenn man erkennt, daß jemand seine Ansichten aus Berechnung geäußert hat. Sandberg war noch anständig, wenn er Anna für fanatisch hielt; von den übrigen Anwesenden nahmen sicherlich die meisten an, daß Anna nur ihren Preis hochtreiben wollte, wenn sie Rollen ablehnte. In ihren Augen setzte eine solche Taktik Annas Rang nicht herab, sondern erhöhte ihn.

Ich ging eine Weile von Gruppe zu Gruppe, hörte den Gesprächen zu und achtete auf das Erscheinen des grünsilbernen Kleides, wenn die Bewegungen der Gesellschaft den Blick darauf freigaben. Als ich schließlich gehen wollte, – ich hatte mich schon dafür entschieden, nicht länger auf die Möglichkeit zu warten, mich nocheinmal mit Anna unterhalten zu können –, kam es dann zu dem Zwischenfall, mit dem ich den Verlauf der Veranstaltung empfindlich gestört habe. Ich stand zuletzt in der Nähe einiger Männer, die miteinander vereinbarten, daß sie den angebrochenen Abend mit einem Zug durch berliner Nachtlokale sinnvoll ergänzen wollten. Als sie einen von ihnen, der, wie aus ihren Reden zu entnehmen war, schon die vergangene Nacht durchbummelt hatte, aufzogen und ihn fragten, ob er genug Standvermögen für eine zweite Nacht dieser Art habe, gab er lachend zur Antwort: »Bis zur Vergasung!«

Ich ging auf ihn zu, fragte: »Was haben Sie da gesagt?«, wartete aber keine Antwort ab, sondern schlug ihm mit der geballten Faust unters Kinn. Er war einen Kopf größer als ich, wenn auch vielleicht kein sportlicher Typ, und ich habe in der Armee etwas Boxen gelernt. Er taumelte zurück, aber einer von Lampes Rauchtischen, an den er stieß, verhinderte, daß er stürzte. Aschenbecher und Zeitschriften, die auf dem Tisch gelegen hatten, fielen zu Boden. Der Mann faßte, als könne er nicht recht glauben, was ihm da zugestoßen sei, an sein Kinn; dann wollte er sich auf mich stürzen, aber zwei seiner Freunde hielten ihn fest; es erstaunt mich nachträglich, wie schnell sie die Ursache meines Faustschlages begriffen hatten. Einen Augenblick lang war es fast still in dem großen Empfangsraum von Lampes Villa, das Chi-Chi schien zu vibrieren, die Party-Gäste drängten sich um den Schauplatz und gaben sich flüsternd Auskunft, bis aus dem Schweigen sich volltönend und drohend der Ausruf erhob, der die Meinung der Leute zusammenfaßte: »Unerhört!« Ich sah mich spöttisch um, bereit, auch diesem Rufer das Maul zu stopfen, in dessen Stimme sich für mich der freche Hochmut allen respektablen Gesindels auf der ganzen Welt darzustellen schien, als Sandberg mich beim Arm ergriff und freundlich zu mir sagte: »Kommen Sie, Efraim, gehen Sie jetzt!« Ich kam wieder zu mir und ging, und als ich die Türe erreichte, war Anna neben mir und schob ihren Arm unter den meinen, wobei sie mir nicht etwa gefühlvolles Verständnis bezeugte, sondern eher Spott. Sie sah mich an und sagte: »Sie haben wohl nicht mehr alle Tassen im Schrank!« Erst dann gingen wir hinaus und suchten unsere Mäntel.

Draußen, auf der nur von wenigen Lampen erhellten und stillen Grunewaldstraße, habe ich Anna gefragt, ob es sich bei der Redensart *bis zur Vergasung* wirklich und wahrhaftig um eine heute in Deutschland gebräuchliche Formel handle. »Um eine in Westdeutschland gebräuchliche«, erwiderte sie, fügte aber dann, als wolle sie *die Leute hier* entschuldigen, hinzu: »Die Leute hier haben eben kein politisches Bewußtsein.« Ich bemerkte, daß man kein kompliziertes politisches, sondern ein einfaches moralisches Bewußtsein brauche, um gewisse Wörter zu vermeiden, aber sie ließ meinen Einwand nicht gelten. »Die Moral steht in einem dialektischen Zusammenhang mit der Politik«, sagte sie in belehrendem Ton. Anna gebraucht Vokabeln wie *politisches Bewußtsein* oder *dialektischer Zusammenhang* ganz selbstverständlich, sie wirken bei ihr nicht wie eingelernt, obwohl sie ihr natürlich irgendwann einmal eingelernt worden sind. Ich begriff, warum Sandberg sich bei dem Gedanken an ein mögliches Interview der Anna Krystek an meine Unterredungen mit jungen asiatischen Marxisten in Indochina erinnert hatte, die als blasse und stählerne Geister aus dem Dschungel des Regenwaldes auftauchten und wieder verschwanden. In einem Französisch, dessen Laute sich nur eben in dem Raum zwischen ihren Zähnen und ihren Lippen zu bilden schienen, sprachen sie ungefähr dasselbe wie Anna Krystek in Berlin in ihrem sorgfältigen Deutsch der Bühnenhochsprache, in dessen Fluß nur ganz ferne Erinnerungen an das Deutsch von Neukölln trieben. Wir stritten uns intensiv ein ganzes Stück dunklen Grunewalds hindurch und die schon besser beleuchtete und von Autos befahrene Königsallee entlang über Politik und Moral.

»Jedenfalls«, sagte ich, um das Gespräch abzuschließen, weil wir den S-Bahnhof Halensee betraten, »denkt der Mann, den ich geschlagen habe, jetzt zum erstenmal über den Gebrauch eines Wortes nach.«

»Unsinn!« Annas Gesicht wirkte hart in der kalten Beleuchtung des Schalterraums. »Es gibt jetzt nur einen Antisemiten mehr auf der Welt.«

»Na schön«, sagte ich, »auf einen mehr oder weniger kommt es schon nicht mehr an.« Ich spürte, daß Anna mich in diesem Augenblick nicht mochte. Ich hatte jemanden geschlagen, bedauerte mich aber nun selbst. Um sie versöhnlich zu stimmen, nicht aus wirklichem Interesse, fragte ich: »Was schlagen Sie denn vor?«

»Aufklärung«, sagte sie, noch immer zornig, und dann, in ihre Rechthaberei zurückfallend: »Aufklärung und Gesetze!«

»Vielleicht sollten Sie Lehrerin werden«, sagte ich. »Lehrerin, nicht Schauspielerin.«

Sie nahm mir die Bemerkung nicht krumm, schien sogar einen Moment betroffen zu sein. Von den jungen asiatischen Marxisten, die ich kennengelernt hatte, unterschied sie sich insofern, als sie nichts dagegen hatte, daß unser Gespräch eine persönliche Färbung annahm. Außerdem wurden wir uns auf einmal dessen bewußt, daß wir unsere Situation zu klären hatten: wir waren durch ein Stück kühler Dunkelheit, an erleuchteten oder schlafenden Villen vorbei, über denen Kiefernkronen gerauscht hatten, auf einen Bahnhof zugegangen.

Ich stellte mich vor. »Mein Name ist George Efraim«, sagte ich. Frauen fällt es immer schwer, sich selber vorzustellen. Irgendeine uralte Regel hindert sie, ihren Namen auszusprechen. Er muß vermittelt werden. Ich nahm ihr die Peinlichkeit ab, indem ich erzählte, daß ich Sandberg über sie ausgefragt hatte. »Ich weiß alles über Sie, Fräulein Krystek«, sagte ich, halb scherzhaft, halb im Ernst. Sie sollte wissen, daß ich wußte, was man über sie redete. Ihr grün-silbernes Kleid war unter einem Mantel aus grauem Wollstoff verschwunden, der zwei Knopfreihen trug. Ein breiter Kragen mit zwei spitzen Ecken schloß ihn oben ab. Der Mantel machte ihren blassen Kopf unter den aschblonden Haaren, von denen sich Strähnen gelöst hatten, noch magerer, er machte Anna zu einer Schülerin, die mich aufmerksam ansah, als wolle sie etwas von meinen Lippen ablesen. Damit sie ebenso viel über mich wußte, wie ich über sie, erzählte ich ihr, daß ich aus Berlin sei undsoweiter. Es dauerte nicht länger als das Geräusch eines Zuges, der unter unseren Füßen in den Bahnhof einfuhr, hielt und wieder abfuhr.

»Ich hole meinen Freund ab«, sagte Anna, »wollen Sie mitkommen? Er spielt in einem Jazzkeller in Moabit Klavier.«

Ich nickte. Es war ungefähr zehn Uhr, ich wollte noch nicht ins Hotel zurück, und Anna hatte ihre Aufforderung so vorgebracht, daß es mir nicht ungewöhnlich erschien, mit ihr zusammen ihren Freund abzuholen. Ich mußte mich darauf besinnen, wo Moabit lag. Irgendwo nördlich des Tiergartens. Anna löste die Fahrkarten. Als wir auf dem Bahnsteig standen, lief ein Zug mit dem Schild *Wannsee* ein und erinnerte mich daran, daß ich immer noch nicht mein Elternhaus aufgesucht hatte, obwohl ich doch heute nachmittag im Potsdamer Forst spazierengegangen und bis zur Pfaueninsel vorgedrungen war. Aber dann hatte ich doch die Bismarckstraße vermieden und war stattdessen bis nach Kohlhasenbrück gegangen, wo ich ein Taxi gefunden hatte, das mich in die Stadt zurückbrachte. Ich nahm mir vor, morgen endlich in die Bismarckstraße zu gehen. Jetzt fuhr ich mit Anna in entgegengesetzter Richtung, nach Norden. In Westkreuz mußten wir umsteigen. Wir sprachen wenig miteinander. Ich erblickte die Synagoge in der Fasanenstraße, dann, von dem Bogen der Stadtbahngleise aus, die Rückseite meines Hotels, in der sich das Fenster befinden mußte, von dem aus ich am Morgen die Züge sah, die, den Gleisbogen ausfahrend, in der Halle des Bahnhofs Zoo verschwanden. Wir brauchten im Bahnhof Zoo nicht umzusteigen; der Zug, in dem wir saßen, fuhr bis Friedrichstraße. Ich erinnerte mich an Fahrten, die ich als Junge auf dieser Strecke unternommen hatte. Noch immer stand, ehe der Zug über den Landwehrkanal fuhr, ein Dromedar im Licht einer Straßenlaterne, noch immer lag neben der Schleuse ein rotes Boot. Die nächtliche Weite des Tiergartens, an dessen Horizont die Lichter der Stadt einen unruhigen Glanz verstreuten. Es tauchten dann zur Rechten die Türme von Hochhäusern auf, von riesigen Wohnmaschinen, die sich mit Hunderten von beleuchteten Fenstern illuminierten. Sie waren mir schon am Freitag vormittag aufgefallen, als ich auf der gleichen Strecke nach Ostberlin gefahren war, um mir ein Billett für eine Theatervorstellung zu kaufen, aber in der Nacht hatten sie sich entmaterialisiert, waren zu seriellen Anordnungen einer Summe von Lichtern geworden. Anna gab mir keine Erklärung für das Auftauchen dieses statistischen Lichtgitters aus der Metaphysik des Tiergartens; ich vermute, daß ihr der Anblick dieser neuen, weiträumigen, westlich-prosperierenden Stadt mit ihren Kirchen und Kinos ärgerlich war. Ist sie doch eine Fanatikerin, wie Sandberg behauptet? Wir stiegen an der Station Bellevue aus. Ich sah das Schloß in seinem Garten liegen, man strahlte es an, und gleich neben dem Bahnhof erhoben sich zwei der schönen Wohntürme glitzernd in die blaudunkle Nacht. Aber Anna schenkte ihnen und dem Schloß keinen Blick, sondern blieb stehen und sah dem Zug nach, in dem wir gesessen hatten.

»An der nächsten Station ist er schon drüben«, sagte sie.

Ich erzählte ihr, daß ich gestern vormittag bis Friedrichstraße gefahren und in der Nähe des Bahnhofs und Unter den Linden herumgelaufen sei. Sie hörte mir aufmerksam zu, wobei sie mich, – ich habe das schon erwähnt –, mit einem beinahe neidischen Ausdruck in ihren Augen ansah; offensichtlich erwartete sie ein Urteil von mir über das Gesehene und war enttäuscht, als es ausblieb. Obwohl ich mich kaum noch einen Journalisten nennen darf, habe ich die Angewohnheit beibehalten, mich auf *facts* zu beschränken. Sorgfältige Trennung von Nachricht und Meinung! Ich bin in unserem Beruf immer Reporter gewesen, nie Kommentator oder Leitartikler, wie Keir. Daß ich in diesen Aufzeichnungen immer wieder in Reflexionen und Analysen gerate, macht mir Kummer. Es ist ein Kunstfehler; als ehemaliger Journalist bin ich empfindlich für Fragen des Metiers. Nach allem, was Sandberg mir über Anna berichtet hatte, verschwieg ich ihr, daß ich mir eine Karte für Brechts *Tage der Commune* besorgt hatte; erst am Montag morgen habe ich es ihr gesagt, wobei ich gedankenlos handelte, weil ich sie am Sonntag nachmittag versetzt hatte, mir über meine Absichten ihr gegenüber unschlüssig war und ihre Probleme aus dem Auge verloren hatte. Aber hier, auf dem Bahnsteig der Station Bellevue, wo wir ein paar Minuten stehen blieben und uns unterhielten, weil die Weiterfahrt unseres Zuges in den Osten uns erregt hatte, war ich von Anna entzückt. Dieses lange, helläugige Vogelmädchen paßte in dem grauen Gefieder seines Mantels ausgezeichnet zu allem, was ich hier sah: zu dem Bretterverschlag der Bahnbeamten, dem Aushangkasten des, wie ich wußte, kläglich gemachten kommunistischen Blattes, den Plakaten der Reichsbahn, die Arbeiter suchten, und zu dem Geruch nach Armseligkeit und Desinfektion, nach feinem grauem Staub und Puritanismus, der einen hier anweht. Ich hatte Anna in ihrem grün-silbernen Kleid auf Lampes Party bewundert, aber hier gefiel sie mir noch besser. Wenn, wie ich geschrieben habe, die spröde Härte der berliner S-Bahnhöfe mich anzieht, dann vielleicht, weil sie in meiner Erinnerung mit dem Bild verschmolz, das mir Anna Krystek in jener Nacht auf dem Bahnsteig der Station Bellevue bot.

(Die Verwendung von Ausdrücken wie *entzückt sein*, *bewundern*, *gefallen*, die Feststellung, Anna habe in eine bestimmte Umgebung *gepaßt*, ist typisch für die Reaktion eines Zweiundvierzigjährigen auf ein um neunzehn Jahre jüngeres Mädchen. Als ich Meg kennenlernte, reagierte ich auf sie nicht mit ästhetischem Wohlgefallen, jedenfalls nicht bewußt. Es ist mir auch heute noch gleichgültig, ob Meg objektiv schön oder häßlich ist.)

»Hat Lampe Ihnen wieder eine Rolle angeboten?« fragte ich, um irgend etwas zu sagen, während wir, nachdem wir den Bahnhof verlassen hatten, eine Straße, die von alten Zinshäusern gebildet wurde, entlang gingen. Anna hatte sich nicht dem neuen, lichterglänzenden Areal, sondern dem dunklen Viertel auf der anderen Seite des S-Bahn-Dammes zugewandt.

»Sie wissen ja wirklich eine Menge über mich«, erwiderte sie. Schon im Grunewald war mir aufgefallen, daß sie einen schnellen, ausgreifenden Schritt hatte. Da ich selbst schnell gehen kann, machte es mir nichts aus, jedoch besteht meine Gangart, wie bei kleinen mageren Männern üblich, aus kurzen Schritten. Aus kurzen, schnellen Schritten, wie es sich für einen Journalisten gehört. Auch kann ich sehr leise gehen, wenn ich will; Meg hat manchmal zu mir gesagt: »Du schleichst dich 'ran wie ein Kater!« Jetzt ging ich nicht leise, sondern eher laut, schnell, kurz. Wir liefen also fast, Anna und ich, wenn auch schlecht synchronisiert, die Straße entlang, an Häusern, die schon schliefen, an kahlen Alleebäumen vorbei. Ein Mann führte einen Hund aus. Die Läden lagen in den Souterrains, ein paar Stufen führten zu ihnen hinab. Eine Molkerei, eine Drogerie, eine Schreibwarenhandlung. Ihre Schaufenster waren dunkel, nur ein Möbelgeschäft hielt seine Räume erleuchtet; ich sah auf ein mit weinrotem Stoff tapeziertes Sofa, auf ein Vertiko, das trostlos glänzte. Am Tage boten diese Häuser sicherlich den Anblick einer Skala von schmutzigen Grautönen, mit Fenstern, hinter denen alte, immer wieder gewaschene Gardinen hingen. Ich würde gerne hier wohnen. An einer Ecke las ich das Straßenschild: Kirchstraße. Ein schöner neutraler Name. Anna sagte mir, sie werde diesmal das Angebot Lampes annehmen.

»Immer ablehnen ist blöd«, meinte sie. Lampe inszenierte im Fernsehen Shaws ›Androklus und der Löwe‹; und er hatte ihr die Rolle der Lavinia angeboten. »Das ist ganz nett, finden Sie nicht?« fragte sie. »Eine kleine Rolle, aber man kann was aus ihr machen.«

»Wenn er Sie was daraus machen läßt«, wandte ich ein. Ich kenne das Stück gar nicht und mußte infolgedessen eine Antwort finden, die paßte. Inzwischen habe ich nachgesehen und festgestellt, daß die Rolle gar nicht so klein ist und daß Anna also, nach Shaws Regieanweisung, eine ›bezaubernde Christin‹ zu spielen hat. Lampe hat doch manchmal noch Einfälle.

»Ach, der läßt doch jeden machen, was er will«, sagte Anna, »dafür ist der doch bekannt.«

»Vielleicht sollten Sie nach Rom kommen«, sagte ich, »ich könnte Ihnen Entrée bei ein paar italienischen Filmregisseuren verschaffen...« Ich brach ab, von meinen Worten ebenso überrascht, wie Anna es war, die sie, – wie konnte es anders sein? –, falsch verstand. Sie blieb stehen, ihr Gesicht wurde von den Schaufenstern des ›Moabiter Möbelparadies‹ beleuchtet, und ich erkannte in ihren Augen den gleichen spöttischen Ausdruck wie vorhin, als sie, beim Verlassen von Lampes Villa, von den fehlenden Tassen in meinem Schrank gesprochen hatte.

»Junge, Junge«, sagte sie, »Sie gehen aber gleich scharf 'ran!«

Ich mußte lachen. »Quatsch«, sagte ich, »daran hab' ich gar nicht gedacht.« Aber ich war froh, daß mein Gesicht sich im Schatten befand, weil ich spürte, daß ich errötet war. Ich glaubte, wirklich nur an die Branche gedacht zu haben, an Collaudis Vorschlag, in sie einzutreten, an manche Pressekonferenzen, die ich in Rom besucht hatte, auf denen die Produzenten uns ihre Regie-Asse vorgeführt hatten. Cella hatte ich ja noch nicht kennengelernt; wenn ich an jenem Abend in Berlin gewußt hätte, daß ich vierzehn Tage später mit ihm im Rosati zusammensitzen würde, so hätte ich vielleicht mit ihm angegeben, so verlegen war ich. Ich machte einen ungeschickten Versuch, meinen Einfall zu begründen, indem ich von den Qualitäten der italienischen Regisseure sprach.

»Auf mich haben die bestimmt nicht gewartet«, sagte sie trocken. Zweifellos hatte sie recht. Wie war ich nur darauf gekommen, ihr einen solchen Vorschlag zu machen? Anna tat nichts, um mir meine Verlegenheit zu erleichtern.

»Woher wollen Sie überhaupt wissen, daß ich auch nur eine Spur Talent habe?« fragte sie, so inquisitorisch, wie man nur in ihrem Alter fragen kann.

»Man sagt es!«

»Was die Leute so reden! Keiner hat mich je spielen sehen. Wissen Sie eigentlich, daß wir da drüben ganz anders spielen lernen als die hier im Westen? Und ich kann mich nicht umstellen! Ich passe ganz sicher nicht in eine von Lampes Klamotten. Aber nichteinmal ein guter Regisseur könnte mich gebrauchen.«

Ich erinnerte mich an den englischen Enthusiasmus meiner Kollegen, der mich veranlaßt hatte, gestern vormittag nach Ostberlin zu fahren und mir ein Theaterbillett zu kaufen. »Sie müssen sich täuschen«, sagte ich, »man ist hier begeistert von der Art, wie man bei Ihnen Theater spielt.«

Ich gebrauchte den Ausdruck *bei Ihnen*, ohne mich zu besinnen. Anna Krystek hat mich von Anfang an gezwungen, sie als ein Geschöpf der anderen Seite zu betrachten.

»Man sieht sich unsere Inszenierungen an«, erwiderte sie, »also geschlossene Sachen, in denen alles zueinander stimmt. Aber wenn Sie einen von uns herausnehmen und in eine ganz andere Sache hineinstellen, dann ist er nur noch ein Fremdkörper.« Sie wandte sich ab und wir gingen weiter. »Das ist der Grund, warum ich Lampes Rollen-Angebote abgelehnt habe. Jetzt versuche ich es einmal, aber es wird bestimmt schiefgehen.«

Ich drang nicht weiter in sie. Ich hätte sie ausfragen können, über den Erfolg ihres Schauspielstudiums und ihre ersten kleinen Rollen in Ostberlin, aber ich war noch zu erstaunt über meine Aufforderung, sie solle nach Rom kommen, als daß ich mich auf ihre Probleme hätte konzentrieren können. Hatte ich mich so schnell und so heftig in sie verliebt? Ich fand sie anziehend, gewiß. Aber ich bereute es fast schon, daß ich mich hatte verleiten lassen, mit ihr durch ein mir unbekanntes berliner Mietshäuser-Revier ins Ungewisse zu gehen, in ein Lokal, das mich nicht interessierte, zu einem Menschen, der mich nichts anging. Ging mich Anna selbst irgend etwas an? Es war mir ziemlich gleichgültig, ob sie es als Schauspielerin zu etwas bringen würde oder nicht. Wenige Minuten vorher, auf dem Bahnsteig, war sie mir noch als sehr anziehend erschienen. Jetzt wäre ich lieber allein gewesen. Ich hatte große Lust, mich zu verabschieden. Dann hätte ich mich still und ungeschoren noch eine halbe Stunde in irgendeine berliner Eck-Kneipe setzen und ein Bier trinken können, ehe ich ins Bett gegangen wäre.

Gestern abend habe ich, ehe ich in mein Bett im Albergo Byron ging, bei einem Glas Weißwein, – ich trinke hier in Rom nichts lieber als diesen ganz gewöhnlichen Castelli-Wein –, endlich die Lösung dafür gefunden, warum ich Anna begleitet habe: ohne dieses Herumziehen mit ihr, ohne meine Verabredung für den nächsten Tag, und vor allem ohne den Umstand, daß ich unser Rendezvous dann versäumt habe, hätte ich an jenem nächsten Tag, der ein Sonntag war, nicht mit meinen Aufzeichnungen begonnen. Ich kann diese Behauptung natürlich nicht begründen, aber ich weiß genau, daß sie stimmt. Auf eine mir verborgene Weise ist meine nächtliche Begegnung mit Anna die Initialzündung zu meinem Buch gewesen. Damit will ich nicht sagen, ich hätte es überhaupt nicht begonnen, wäre ich Anna nicht begegnet. Irgendein anderes Ereignis hätte es irgendwann einmal ausgelöst, doch ist es mir angenehm, zu denken, daß gerade dieses große, schattenhafte Mädchen mich dazu disponiert hat, gewisse Zeichenanordnungen einzuleiten, mit deren Hilfe es mir hoffentlich möglich sein wird, meine Position auszumachen.

Aber ich habe auch gestern abend, – an einem jener römischen November-Abende nach meiner Rückkehr aus London –, nicht herausbekommen, warum ich ihr so rasch, so abrupt den Vorschlag machte, sie solle nach Rom kommen. Auf dem ganzen Weg von der Piazza Navona, wo ich meinen Schlafwein getrunken hatte, bis ins Hotel, habe ich vergeblich darüber nachgedacht. Ich kam an Sant'Agostino vorbei; die Fassade hing grauviolett über der Freitreppe, über dem engen Plätzchen, und ich wußte, daß in der geschlossenen Kirche die vielen Lichter von Kerzen und Exvoto-Lämpchen um die Madonna del Parto langsam ausbrannten. In der Biblioteca Angelica daneben habe ich einmal nach Manuskripten eines italienischen Autors aus dem 16. Jahrhundert gesucht, der über den Ewigen Juden geschrieben hat. Die Mönche besitzen eine Sammlung von dreitausend Manuskripten aus der Renaissance und dem Hochbarock. Hinter dem Galitzin-Palast entdeckte ich einen Brunnen, den ich noch nicht kannte; dann geriet ich an den Tiber, sah eine Weile auf den häßlichen Justizpalast gegenüber und die schöne Engelsburg, etwas weiter stromab, ehe ich wieder ins Labyrinth der Gassen schlüpfte. Die orangeroten und paramentengelben Häuser bewegten sich in dem Licht der an Schnüren schwankenden Lampen. Der Tag war klar gewesen und ich wußte, daß die Novembernacht sich über den Häusern in den ganz reinen Tiefen des Himmels verlor. In der Vorhalle von San Lorenzo in Lucina betrachtete ich mittelalterliche Marmorfragmente, die Inschriften und Symbole zeigten; zwei Löwen aus dem Jahre Tausend hockten neben dem Eingang. Ich stellte Betrachtungen darüber an, wie es wäre, mit Anna solche nächtlichen Spaziergänge durch das alte Rom zu machen: würde sie aus einer Kirchenfassade, einem Brunnen, einem Steinfragment, einem Stück roter Hauswand, das so oft verputzt worden war, daß seine Oberfläche sich bewegte wie ein Körper, aus dem Blick in eine von blaukaltem Licht erfüllte Bar, in der zwanzig Männer standen und sich leise unterhielten, die gleiche Befriedigung ziehen wie ich? Ich glaube es nicht. Bestenfalls würde sie Rom höflich bewundern. Ich bin mir nichteinmal dessen ganz sicher. Es war immer noch möglich, daß sie hier aufkreuzte; sie hatte mir noch nicht geschrieben, und schließlich war es noch keine vier Wochen her, daß wir uns kennengelernt hatten. Das Kino auf der Piazza in Lucina entließ ein paar Leute, und ich wechselte mit ihnen über den schon stillen Corso in die Via Frattina hinein. Ich blieb vor dem Tiergeschäft stehen, das sich im oberen Teil der Via Frattina befindet. In der Tiefe des Ladens brannte schwach ein Licht. Im dunklen Schaufenster lagen ein paar Hunde-Babies zusammengeknäult und schliefen. Nur ein kleiner Spaniel war wach und klopfte mit seinen Pfoten an die Scheibe. Ich gehe manchmal nur dieses Ladens wegen durch die Via Frattina. Seit einiger Zeit überlege ich mir, ob ich mir nicht einen Hund kaufen soll. Aber im Hotel kann ich mir keinen halten. Der kleine Spaniel erinnerte mich an Devil und Esther. Selbst wenn Esther noch am Leben sein sollte – Devil muß längst tot sein.

Ich gab meinen Wunsch, mich von Anna zu verabschieden, auf, als die Kirchstraße einhielt, ehe sie die Spree überquerte. Ja, es war die Spree, wie ich sogleich erkannte, als wir die Brücke betraten; dazu habe ich sie als Kind denn doch zu oft und an den verschiedensten Stellen gesehen. Anna schien es ganz in der Ordnung zu finden, daß ich mich an das Eisengeländer lehnte und den Fluß betrachtete, obwohl doch nicht mehr zu sehen war als sein schwarzes Wasser, eine alte Fabrik und ein Lastkahn, der am Kai neben ihr festgemacht hatte. Sie bildeten ein Schattenwerk aus ziehenden Nebeln, spackigen Teerflanken, Sparren und ein paar Flecken Ziegelrots. Auf der anderen Seite gab es eine Uferstraße, die mit einem flachen Grasdamm zum Wasser abfiel, auf dem im Licht der Lampenzeile Vögel zu sehen waren, viele Vögel, hundert schätzte ich, große Schwäne und alle Arten Enten und Möwen. Sie lagen oder standen auf dem Damm und schliefen; manchmal rührte ein Schwan sein Gefieder und schickte eine weiße Nachricht durch die Nacht. Wenn ich mich an Berlin erinnere, dann immer zuerst an diesen Augenblick auf der Moabiter Brücke, in der dritten Nacht, die ich in Berlin zubrachte, nachdem ich siebenundzwanzig Jahre lang nicht mehr dort gewesen war.

Irgend jemand war auf die Idee verfallen, eine aufgegebene Destille in der Turmstraße notdürftig als Jazzlokal einzurichten, aber man hatte sich keine Mühe mit den Dekorationen gemacht und auch das Mobiliar behalten, nur ein paar Fotos von bekannten Musikern hingen an den Wänden. Der Raum wirkte kalt und dürftig und war sogar am Samstag abend nur halb gefüllt, das Unternehmen konnte sich kaum rentieren, es spiegelte den allgemeinen Rückgang des Interesses am Jazz, den ich überall in diesen Jahren festgestellt habe, der auch mich erfaßt hat und mir zeigt, daß ich in langsamen und langweiligen Jahren lebe, in Jahren ohne *drive*. Auf den harten Stühlen saßen nur ein paar Spezialisten herum, die typischen *sound*-Scholastiker, die pokergesichtig jede Änderung in der Klangfarbe der auf einem niedrigen Podest spielenden Combo orteten. Hin und wieder mischte sich ein recht mäßiger Saxophonist in das ausgezeichnete Spiel der Rhythmusgruppe. Besonders der Bassist und der Pianist, – letzterer also Annas Freund –, waren sehr gut. Anna zögerte, den Whisky anzunehmen, den ich für uns bestellte; ich bemerkte, daß auf den meisten Tischen nur Coca-Cola-Flaschen standen. Sie hatte ihren Mantel zwar ausgezogen, sich ihn jedoch um die Schultern gehängt, so daß das grün-silberne Kleid nur einen Augenblick lang seinen Schein in die schäbige Umgebung geworfen hatte. Ihr Freund hatte ihr zugenickt. Ich stellte fest, daß er ein langer blonder Mensch war, der noch etwas jünger sein mußte als Anna. Er trug eine helle Hornbrille, – alles an ihm war hell –, und er wirkte nicht wie Annas Freund, sondern eher wie ihr um ein paar Jahre jüngerer Bruder. Er spielte cool jazz, aber hauptsächlich Blues, und er brachte es irgendwie fertig, melodische Linien durch sein sprödes Spiel zu ziehen. Ich beobachtete Anna. Sie schien sich zu langweilen. Ich halte es für ausgeschlossen, daß eine Frau sich für cool jazz wirklich interessieren könnte. In einer Pause kam Werner Hornbostel an unseren Tisch. Er war noch sehr jung, arglos freundlich, und nur ein Zug von Geistesabwesenheit machte ihn älter, als er war. Als er wieder spielte, fragte ich Anna, was er außerdem treibe. Sie erzählte mir, er studiere an der Musikhochschule Komposition. Beiläufig fügte sie hinzu, er sei in Hamburg zu Hause, halte sich aber in Berlin auf, weil er nicht ins westdeutsche Militär eingezogen werden wolle. Die Mitteilung weckte meine journalistische Neugier; ich ließ mich darüber unterrichten, daß viele junge Männer aus Westdeutschland in Berlin studierten und hier ihren Wohnsitz nahmen, weil die Einwohner Westberlins nicht zum Soldaten-Dienst gepreßt werden durften.

»Wir kommen noch auf einen Sprung zu dir«, sagte Anna zu Hornbostel, als er um Mitternacht Schluß machte, – ein anderer Klavierspieler ersetzte ihn –, und er zeigte über diese Mitteilung nicht die geringste Verwunderung, ließ nicht erkennen, daß es ihm vielleicht lieber gewesen wäre, mit Anna allein zu sein. Nichteinmal das *wir* in Annas Satz, das aus ihr und mir eine Einheit machte, die einer anderen, nur aus ihm bestehenden Einheit entgegengesetzt wurde, schien ihn zu stören.

»Er bleibt sowieso immer bis gegen Morgen auf und arbeitet«, sagte Anna zu mir, um mir die Situation zu erklären.

»Aber dann störe ich doch«, wandte ich ein, doch der junge Mann erwiderte: »Keineswegs.« »Den kann niemand stören, wenn er arbeitet«, sagte Anna. Sie schienen ein angenehm freies, ungezwungenes Verhältnis miteinander zu haben.

Hornbostel wohnte in der Nähe; wir gingen durch ein paar Straßen in Richtung Spree. Unterwegs machte Anna doch einen Anlauf, ihrem Freund meine Anwesenheit zu erklären, indem sie ihm die Geschichte meines Faustschlags auf Lampes Party erzählte. Er begriff, was sie ihm damit sagen wollte, denn er legte einen Augenblick lang seinen Arm um ihre Schulter.

Eine Weile später fragte er mich: »Warum haben Sie ihn geschlagen?«

»Ich habe eben rot gesehen«, antwortete ich etwas ungehalten, »ist das so schwer zu verstehen?«

»Nein, natürlich nicht«, sagte er. »Was ich gerne wissen möchte ist, ob Sie sich besser fühlten, nachdem Sie ihn geschlagen hatten.«

Er merkte, daß er eine Frage gestellt hatte, die mich hart traf. »Entschuldigen Sie meine Neugier«, sagte er, »ich frage nur, weil ich selber manchmal gern zuschlagen möchte. Aber ich tu's dann doch nicht, weil ich Angst habe, es würde mir danach furchtbar peinlich sein. Nicht leid tun, das ist es nicht, sondern einfach nur ein Gefühl von Peinlichkeit geben, so, als hätte man vor allen Leuten gebrüllt oder geweint ... ist es so?«

Ich weiß nicht, warum ich zugab, genau so hätte ich mich hinterher gefühlt, nicht sofort, aber doch schon, als ich mit Fräulein Krystek durch die kühle Nachtluft des Grunewald gegangen sei. Er war einer von diesen großen schlaksigen Blonden, die, so jung sie auch sein mögen, ganz aus einer Art zögernder Sachlichkeit zu bestehen scheinen, so daß man keine Bedenken trägt, ihnen Auskunft zu geben.

»Na schön«, sagte er, »reden wir nicht mehr darüber!« Irgend etwas war in diesem Satz, in dem Ton, in dem er ihn aussprach, was der Aggression, zu der ich mich hatte hinreißen lassen, die Würde eines Rätsels zurückgab. Hornbostel hatte nicht den Versuch gemacht, es zu lösen, sondern er hatte nur auf die rätselhafte Natur meiner Handlung hingewiesen, um sie danach auf sich beruhen zu lassen. Ich weiß nicht, ob er meine Ansicht teilt, Geheimnisse, vorausgesetzt, sie seien wirkliche und nicht scheinbare Geheimnisse, seien nicht dazu da, aufgeklärt zu werden, aber er verhielt sich jedenfalls so. Erst gegen Ende meines Besuchs bei ihm zeigte es sich, daß er doch, wie Keir, ein Rätsel-Löser war, einer, der Erklärungen suchte.

Er blieb stehen und schloß eine Türe auf, die in ein großes, eisernes Fabriktor eingelassen war. Über einen mit Ziegeln gepflasterten Hof gingen wir auf eine Halle zu; als Hornbostel das

Licht einschaltete, erwies sie sich als leer, nur in einer Ecke lag Zement- und Holz-Schutt. »Sie wohnen hier?« fragte ich verwundert. »Nicht hier«, antwortete er, »unten«. Wir betraten am Ende der Halle eine Kellertreppe. Anna erzählte mir, die Fabrik gehöre Hornbostels Vater, der in Hamburg Wellpappe mache; sie sei sein berliner Zweigbetrieb, doch schon seit Jahrzehnten stillgelegt. In dem langen Keller-Korridor, den wir, unten angelangt, betraten, erblickte ich merkwürdige Dinge: einen Fuß aus noch ungebranntem Ton in mindestens fünffacher Lebensgröße, der mich an den sogenannten Fuß des Konstantin auf dem Kapitol erinnerte, nur daß er nicht so brutal naturalistisch wie dieser, sondern eleganter, stilisierter ausgeführt war, so daß seine Zehen auch nicht so obszön wirkten wie die Zehen des Konstantin, ferner andere männliche Körperteile, die zum Teil, wie der Fuß, einfach auf dem Boden lagen oder aber in Lattenverschläge eingeschlossen waren. Es handele sich um die Hinterlassenschaft eines Monumental-Bildhauers der Hitlerzeit, dem Hornbostels Vater, der ein *begeisterter Mitläufer* gewesen sei, wie sein Sohn sich ausdrückte, die damals schon tote Fabrik zur Exekution seiner Arbeiten überlassen habe; während er mir so das Vorhandensein dieser Dinge erklärte, strich er mit seinen langen dünnen Fingern über die spitzen Brustwarzen eines Torso hin, faßte in das gekurvte Loch, als das der Bildhauer den Nabel zwischen die manieriert gespannten Bauchflanken eingetragen hatte. Der Plastiker, wie der junge Mann verächtlich meinte, indem er auf die überall im schmutzigen Licht der Kellerbeleuchtung herumstehenden Gipsformen hinwies, in denen die Brustwarzen und Nabel-Löcher als Negativ-Schablonen zu erblicken waren. Vielleicht hätte ich mit ihm ein Fachgespräch über die Differenz zwischen Bildhauerei und Plastik begonnen, wie ich es als Kind mit dem Bildhauer Rose in der Bismarckstraße geführt hatte, aber ich war überwältigt und stumm, weil ich begriff, daß ich hier, in seine Teile zerlegt und sorgfältig aufbewahrt, einen der Mörder meiner Eltern vor mir hatte. Ich vernahm auf einmal das eiserne Geräusch einer Schaufel. Auch Anna horchte auf. »Es ist nur Frau Wendt«, beruhigte uns Hornbostel, »sie heizt noch.« Er ging ans Ende des Korridors, und wir folgten ihm in einen Heizraum, in dem eine alte Frau stand, die Kohlen in den Ofen der Zentralheizung schaufelte. Sie trug einen grauen Kittel, ihre Haare fielen ihr in Strähnen über das Gesicht, und sie blickte uns kaum an. Hornbostel wechselte ein paar Worte mit ihr. Wir gingen, wieder an den Körperteilen des Mörders vorbei, in des

Musikers Wohnung, die sich an einem Seitengang des Fabrikkellers befand. Er hatte sich einen ziemlich großen, weiß gekälkten Lagerraum zum Wohnen eingerichtet, ein Klavier und ein Bett standen darin, ein Tisch und ein Regal mit Büchern und ein paar Stühle. Seine Kleider hingen an Haken. Auf dem Tisch lag Notenpapier ausgebreitet, das mit Zeichen bedeckt war, die ich nicht kannte. Wir zogen unsere Mäntel aus, Anna setzte Wasser auf einer elektrischen Kochplatte auf, richtete Kaffeetassen her. Ich ging ans Fenster, das ein großes Fabrikfenster war, und sah überrascht, daß zwei Meter darunter die Spree floß. Gegenüber erblickte ich wieder eine Uferstraße mit ihren Lampen, und die Vögel, die auf dem Grasdamm schliefen. Das helle Quadrat des Fensters lag auf dem stillen Wasser. Ich beneidete Hornbostel um seine Wohnung. Nach einer Weile sagte er zu mir: »Entschuldigen Sie, daß ich das Zeug dort draußen nicht längst zerschlagen habe. Ich wollte es einmal tun, aber da ging Frau Wendt mit dem Schüreisen auf mich los. Sie sagte, sie würde mich töten, wenn ich es wagte, die Sachen anzurühren. Ich glaube, sie wäre dazu fähig. Sie war nämlich seine Hausmeisterin« – er nannte den Namen des Bildhauers –, »und ich vermute, es war ihre große Zeit.« Ein Auto fuhr an dem jenseitigen Ufer der Spree entlang, aber es rief keine Bewegung unter den Vögeln hervor. »Mein Vater hat sie dann als Portier'sche behalten«, hörte ich meinen Gastgeber sagen. »Es muß ja jemand aufpassen auf die Fabrik. Aber sie ist natürlich nur geblieben, um den Schund bewachen zu können.« Ich dachte an die eiserne Schaufel der Hüterin des Schatzes.

»Mir ist es jetzt gleichgültig«, sagte Hornbostel. »Ich geh' sowieso bald fort von hier. In Westdeutschland kann ich mich nicht aufhalten. Aber Berlin halte ich auch nicht mehr lange aus. Es ist ein verdammter Naturschutzpark.«

Weil ich bemerkte, daß Anna aufhörte mit den Tassen zu klappern, drehte ich mich schnell zu ihr um. Wie ich es erwartet hatte, beobachtete sie ihren Freund aufmerksam.

»Wo kann man hingehen?« fragte Hornbostel mich. »Können Sie mir einen Rat geben?«

»Italien«, sagte ich, »aus Italien werden Sie nicht ausgewiesen, nichteinmal, wenn Sie arm sind.«

»Ist Italien nicht unerträglich schön?« fragte er.

»Es ist sehr schön«, sagte ich, »aber nicht unerträglich schön.«

Er sah mich aufmerksam an. Anna sagte: »Warum gehst du nicht nach Ostberlin? Das ist kein Naturschutzpark.«

Aber er schien ihren Vorschlag gar nicht gehört zu haben, sondern wandte sich ab und begann sich mit einem Tonbandgerät zu beschäftigen, das auf einem Pult neben dem Klavier stand, brachte auch Geräusche auf einem Tamburin und mit Hilfe aller möglichen Gegenstände hervor, die er aus einer Kiste kramte, stoppte das Band immer wieder, zerschnitt es und klebte es wieder zusammen. Er sagte, es störe ihn nicht, wenn Anna und ich miteinander sprächen. Anna legte sich grün-silbern auf sein Bett, ich zog mir einen Stuhl heran, und wir tranken Kaffee, wobei wir uns unterhielten. Wir rauchten. Sie redete mich zum erstenmal mit dem Namen Georg in der deutschen Fassung an, so, wie ich ihn zuletzt von meinen Eltern gehört hatte. Ich war ihr dankbar, daß sie mich hierher mitgenommen hatte. Wir unterhielten uns über dies und jenes. Als ich anfing, ihr von Esther zu erzählen, setzte sie sich auf und hörte mir gespannt zu. Auch Hornbostel unterbrach sich in seiner Beschäftigung und blickte zu mir herüber.

»Dann könnte sie noch am Leben sein«, sagte Anna. »Wann ist sie weg, sagten Sie?«

»1938.«

»1938 war noch kein Krieg, und es gab noch keine Transporte in den Osten. Damals hätte man die Mutter wohl noch benachrichtigt, wenn man Esther irgendwo aufgegriffen hätte.«

»Du tust, als wüßtest du Bescheid über die Zeit damals«, sagte ihr Freund, »dabei bist du erst ein Jahr später auf die Welt gekommen. Sie haben das Kind bestimmt umgebracht, wie sie alle umgebracht haben.«

»Nein«, sagte ich, »Fräulein Krystek hat recht. 1938 gab es sogar noch gewisse Möglichkeiten zur Auswanderung.«

»Wie alt wäre Esther jetzt, wenn sie noch leben würde?« fragte Anna.

»Sie ist fünf Jahre jünger als ich«, erwiderte ich, »also siebenunddreißig.«

Anna verbarg ihre Überraschung nicht. »Sie sind schon zweiundvierzig? Sie sehen jünger aus.«

Ich sehe nicht jünger aus als ich bin, sondern nur alterslos. Meg sagt immer, man könne mein Alter schwer schätzen, weil ich dieser eher kleine, magere Typ bin, mit schwarzen Haaren, die meinem Kopf glatt anliegen.

»Aber wenn die Kleine durchgekommen wäre, hätte sie sich doch später einmal gemeldet«, meinte Hornbostel.

»Weiß man eigentlich, warum sie weggelaufen ist?« fragte Anna.

Ich erzählte ihnen, was Frau Schlesinger von Marion Bloch erfahren hatte, im Viehwaggon auf der Reise nach Auschwitz. Am 16. November 1938 waren die letzten jüdischen Kinder von den deutschen Schulen in Berlin weggewiesen worden. Am Morgen des zweiten Tages danach habe sie Esther nicht mehr in ihrem Bett vorgefunden, hat Marion Bloch ihrer Reisegefährtin erzählt.

»Hat Esthers Mutter irgend etwas bei der Polizei unternommen?« fragte Anna nach einiger Zeit.

»Esther hatte ihren kleinen Hund mitgenommen«, berichtete ich, »und Frau Bloch hat daraus geschlossen, daß es sich um eine richtige Flucht handelte. Außerdem lag natürlich ein Brief des Kindes an seine Mutter auf dem Tisch. Da hat sie schließlich gefunden, man müsse den Dingen ihren Lauf lassen.«

»Was stand in dem Brief?« fragte Anna.

»Das wußte Frau Schlesinger nicht.« Wir konnten uns alle denken, was darin gestanden hatte: irgendeine kindliche, von Tränen verschmierte Bitte um Verzeihung, weil die damals Dreizehnjährige schon recht genau wußte, daß sie ihre Mutter im Stich ließ.

»Sie lebt noch«, sagte Anna. Und sogar Hornbostel ließ einen Augenblick lang die Möglichkeit dieses Gedankens zu, indem er bemerkte, es wäre toll, wenn Esther noch lebte. Wir schwiegen, weil uns die Vorstellung überwältigte, ein Kind könne jenem Mörder, der da draußen im Kellerflur lag und darauf wartete, wieder zusammengesetzt zu werden, ein Schnippchen geschlagen haben. Aber der Gedanke war zu schön, um wahr zu sein, und außerdem war es gleichgültig, ob Esther ihrem sogenannten Schicksal entgangen war oder nicht, weil ja Hunderttausende von Kindern ihrem sogenannten Schicksal nicht entgangen waren. Ich mag das Wort Schicksal nicht, ich weigere mich, in der Einrichtung von Gaskammern eine Fügung zu erkennen – nein, sie waren das Ergebnis verschiedener Zufälle. Wie ich schon anläßlich der Schilderung meines Besuches bei Frau Heiß geschrieben habe, war es purer Zufall, daß vor zwanzig Jahren Juden ausgerottet wurden, und nicht ganz andere Leute zwanzig Jahre früher oder später, jetzt zum Beispiel. Frau Heiß gegenüber habe ich diesen Gedanken nicht mehr ausgesprochen, weil ich wußte, daß sie mir genauso über den Mund fahren würde, wie Werner Hornbostel, der mich, als ich diese Ansicht äußerte, beinahe anschrie.

»Sie müssen verrückt sein!« fuhr er mich an. »Erst schlagen

Sie einen Menschen, weil er gedankenlos von Vergasung redet, und dann kommen Sie mit einer Theorie, mit der Sie den erhaben Gleichgültigen spielen können! Wissen Sie nicht, daß es nur in Deutschland geschehen konnte, nirgends sonst, und genau zu dem Zeitpunkt, an dem es geschah? Es ist gewollt worden, verstehen Sie: gewollt!«

Natürlich, das war die dritte Möglichkeit: wenn es sich weder um ein Schicksal, noch um den Zufall handelte, dann war das, was sich nicht mehr beschreiben ließ, die Wirkung eines Willens gewesen, was wiederum zur Folge hatte, daß man irgendeine Erklärung dafür finden konnte. Jedoch gibt es keine Erklärung für Auschwitz. *Mindestens einmal hat der SS-Mann Küttner, genannt Kiewe, ein Kind in die Luft geschleudert, das Franz dann mit zwei Schüssen getötet hat.* Niemand hat jemals Auschwitz erklären können. *Wir sahen ein riesiges Feuer und Menschen herumgehen, die irgend etwas hineinwarfen. Ich sah einen Mann, der hatte etwas in der Hand, das den Kopf bewegte. Ich sagte ›Um Gottes willen, Maruscha, der wirft ja einen lebenden Hund hinein.‹ Aber meine Begleiterin sagte: ›Das ist kein Hund, das ist ein Kind.‹* Wer mir Auschwitz erklären möchte, ist mir verdächtig. Werner Hornbostel war mir nicht verdächtig; ich sah, daß er noch ein Kind war, dessen Erklärungen kleine Kinderschreie des Protestes gegen das Unerklärliche waren.

Anna lenkte uns von unserem Streit ab, indem sie fragte: »Wissen Sie, welche Schule Esther zuletzt besucht hat?«

Ich dachte nach und entsann mich, daß Frau Bloch sie in eine katholische Privatschule in Steglitz geschickt hatte.

»Sie sollten sich dort einmal nach ihr erkundigen«, schlug Anna vor. »Vielleicht hat sie sich einer Lehrerin anvertraut, und vielleicht gibt es diese Lehrerin noch?«

Es war ein praktischer Rat, nicht sehr erfolgversprechend, aber da er gegeben worden war, mußte man ihn befolgen. Hornbostel war begeistert von Annas Einfall. Ich ließ mich ein bißchen anstecken von der Hoffnung, die ich bei Anna und ihrem Freund spürte, von ihrer hoffnungsvollen Anteilnahme an Esthers Geschichte; es schien ihnen viel zu bedeuten, daß vielleicht dieses eine Kind unter die Lebenden zurückkehren würde. So versprach ich, mich an Esthers Schule zu wenden; es ist Anna zu verdanken, daß ich einen nicht gänzlich unnützen Schritt unternommen habe, Mutter Ludmilla kennenlernte, und, – unsinnigerweise –, geglaubt habe, Keir einen Strohhalm von Hoffnung nach London mitbringen zu können, an den er sich klammern würde.

Ich wollte mich verabschieden, aber der junge Musiker bat mich, noch einen Augenblick zu bleiben, weil er mir ein Tonband vorspielen wolle.

»Ich habe da eben etwas fertig gemacht«, sagte er. Er ließ das Band laufen, – das Gerät hatte Kontakt mit einem Radioapparat –, aber ich hörte zunächst nichts weiter, als was ich die ganze Zeit über gehört hatte: einzelne Klavieranschläge, einzelne Geräusche eines Tamburins, eine Rassel, das Tappen von Fingern auf einem Gefäß, Pfeifen. Dann eine Pause, dann setzten die Geräusche von neuem ein, aber ich konnte nun ein Muster wahrnehmen, Hornbostel hatte sie durch sein fortwährendes Schneiden und Kleben des Bandes zu einem Klang-Gewebe geordnet, das sich an ein paar Stellen zu rhythmischen Figuren verdichtete. Er beobachtete seine Uhr, und als das Band abgelaufen war, sagte er: »Zwei Minuten genau.« Er ließ es zurücklaufen und spielte es nocheinmal ab, und jetzt konnte ich erkennen, wie er die einzelnen Töne in genau gemessene Zeiten geschnitten hatte, und wie sie nicht nur einen Rhythmus, sondern auch ein Thema bildeten. Sogar eine Füllstimme hatte er komponiert, denn unter der Laut-Sonate lag das Gespräch, das ich die ganze Zeit über mit Anna geführt hatte, zwar so leise, daß man es nicht verstehen konnte, aber doch erkennbar als Dialog zweier menschlicher Stimmen, einer dunklen und einer helleren. Ich hätte nicht sagen können, ob das Ganze tonal oder atonal war, – es sei *ekmelisch* gewesen, hat mir später einmal ein Fachmann erklärt, dem ich davon erzählte, denn mit diesem griechischen Wort bezeichne man die außermelodischen Töne der Naturskala, die nicht in unser Tonsystem passen –, doch fand ich Werner Hornbostels Stück durchaus melodisch, es gab keinen Zweifel, daß es sich hier um Musik handelte, deren Thema ein rhythmisches Gitter bildete, hinter dem sich ein Gespräch bewegte als etwas Eingeschlossenes. Seitdem ich es gehört habe, komme ich nicht von dem Gedanken los, dieses Kompositions-Prinzip müsse sich doch auch auf die Literatur anwenden lassen. Sollte ich meine Aufzeichnungen jemals bis zu ihrem Ende führen und mich danach endgültig entschließen, das Leben eines Schriftstellers zu führen, es ›der Literatur zu weihen‹, wie man früher sagte, so werde ich versuchen, ein Buch im ekmelischen Stil zu schreiben.

»Es gefällt mir«, sagte ich zu dem Komponisten, »es gefällt mir wirklich ausnehmend gut.«

»Ich habe sogar schon einen Titel für das Stück«, sagte er. »Ich werde es ›Efraims Besuch‹ nennen.«

Er stand groß, blond, dünn vor mir, seine Augen lächelten freundlich und geistesabwesend hinter den Gläsern seiner Brille aus hellem Horn. Von den vielen sympathischen Leuten, die ich in Berlin getroffen habe, ist Werner Hornbostel der sympathischste gewesen. Er brachte uns, – denn Anna ging mit mir zusammen weg –, nach oben und sah uns nach und wir winkten ihm vom Ende der Straße aus zu, ehe er im Fabriktor verschwand.

»Ist er nicht traurig, daß Sie fortgehen?« fragte ich Anna.

»Ach wo«, antwortete sie, »er will jetzt arbeiten.«

Wir gingen eine breite Straße entlang, die Alt-Moabit hieß, weil wir Aussicht hatten, hier zu so später Stunde noch einem Taxi zu begegnen.

»Wir schlafen nicht sehr häufig miteinander«, sagte Anna, als wolle sie sich dafür rechtfertigen, daß sie nicht bei ihrem Freund geblieben war. »Sex ist ja ziemlich wichtig«, erläuterte sie, »aber so wichtig, wie er heute genommen wird, ist er doch auch wieder nicht.«

Ich mußte lachen: dies war drollig, obwohl es so richtig war. Weil es so richtig war.

»Für Ihr Alter sind Sie ja sehr abgeklärt«, sagte ich.

»Aufgeklärt, meinen Sie wohl«, sagte sie. Aufklärung war anscheinend ihr Lieblingswort. Ich hatte vergessen, daß sie aufgeklärt worden war, *drüben*, wie man in Westberlin sagte, wobei man eine charakteristische Handbewegung machte, eine Geste aus Resignation, Mitleid und Antipathie.

Ihr Ton reizte mich dazu, herausfinden zu wollen, ob ich sie unsicher machen konnte.

»Haben Sie heute zum erstenmal gehört, daß Ihr Freund Berlin verlassen will?« fragte ich.

»Er hat es mir schon ein paarmal gesagt«, gab sie ohne weiteres zu. Ihre Stimme verriet nicht, was sie dabei dachte. »Aber erst heute abend hatte ich den Eindruck, daß er es wirklich will.« Nach einer Pause fügte sie dann hinzu: »Vielleicht unter Ihrem Einfluß!«

Ich protestierte, aber sie widersprach mir. »Nein, nein«, sagte sie, »Sie haben so eine Art, einen glauben zu machen, daß es ganz einfach ist, wegzugehen. Dabei ist es natürlich gar nicht einfach, auch für Sie nicht. Aber Sie können so tun, als ob's einfach wäre ... Sie, mit Ihren italienischen Regisseuren!« schloß sie spöttisch.

Da sie mir sehr gut gefiel, da ich mich in sie verliebt hatte, beschloß ich, sie auszuhorchen.

»Würde es Ihnen leid tun, wenn Hornbostel wegginge?« fragte ich.

Wir gingen nicht so schnell nebeneinander her wie zu Beginn des Abends, sondern schlenderten fast durch die leere Straße Alt-Moabit, durch das graue Licht der Nacht eines Arbeiterbezirks, so daß unsere Schritte auch besser zueinander paßten als vorhin.

»Sie wollen ja nur wissen, ob Werner mich aufgefordert hat, mit ihm zu gehen«, sagte Anna.

»Sie haben recht«, sagte ich, »wahrscheinlich möchte ich das wissen.«

»Nein, er hat mich nicht aufgefordert«, gab sie mir Auskunft.

»Sind Sie traurig darüber?«

»Ein bißchen schon.«

»Sie würden also gerne mit ihm gehen?«

»Nein, das würde ich ganz bestimmt nicht tun. Ich will auch gar nicht, daß er mich auffordert. Aber er könnte das Thema ja immerhin einmal anschneiden. Dann könnte ich ihm erklären, warum ich lieber hier bleibe.« Und sie fügte ihrer unbefangenen Beschwerde eine Erklärung hinzu: »Er gefällt mir nämlich nur hier, glaub' ich, in dieser Jazz-Kneipe, in seinem Keller. Können Sie das verstehen?«

Ich nickte. Ich verstand das sehr gut. Wieder stellte sich zwischen uns jenes Einvernehmen her, das wir auf Lampes Party im Anblick des schweren deutschen Romanschriftstellers empfunden hatten.

»Außerdem bringen mich keine zehn Pferde von Berlin weg!« verkündete Anna.

Es war ein Glaubenssatz. Wenn ich mich an den Ton erinnere, in dem sie ihn aussprach, wundere ich mich heute noch darüber, daß es mir drei Tage später gelang, sie zu einem Ausflug nach Rom zu überreden. Sie hat ihn schon in Frankfurt abgebrochen und ist wieder nach Berlin zurückgereist, gewiß, aber daran trage nicht ich die Schuld, wenigstens nicht die unmittelbare. – Ich wußte ja schon in jener ersten Nacht, in der ich sie kennengelernt hatte, einiges über die Gründe ihres Insistierens auf Berlin, hatte auch große Lust, sie sogleich in eine Unterhaltung darüber zu verwickeln, doch kam in dem Augenblick, in dem sie auf durchaus überzeugende Weise bekanntgegeben hatte, daß sie ihre Beziehung zu Berlin für wichtiger hielt als ihr Verhältnis mit Werner Hornbostel, ein Taxi aus einer Nebenstraße. Wir konnten es anhalten und stiegen ein, Anna wollte nicht, daß der Wagen sie bis Neukölln bringen sollte, sie meinte, sie bekäme am Zoo noch einen späten S-Bahn-Zug, aber ich sagte, das käme nicht in Frage, und so gaben wir dem Taxifahrer zuerst Neukölln als Ziel an, doch gelangten wir nicht bis dahin, weil Anna plötzlich erklärte, sie sei noch zum Tanzen aufgelegt, als wir in der Uhlandstraße an einem Nachtlokal vorbeifuhren, in dem es, wie sie behauptete, hübsch sei. Das Lokal, eine kleine Plattenbar, war um diese Stunde, obwohl es Samstag nacht war, schon fast leer; außer uns befanden sich nur noch zwei Paare auf der Tanzfläche. Da ich ein passabler Tänzer bin, konnte ich damit beginnen, den Minuspunkt, den ich mir während der Taxifahrt zugezogen hatte, wieder auszugleichen. Anna Krystek erwies sich als blendende Tänzerin, konzentriert, unsentimental, zuletzt von strahlender Ausgelassenheit. Wir tanzten sowohl offene wie geschlossene Formen. Bei den offenen konnte ich sehen, wie mühelos Anna von dem graziösen und lustigen Gebrauch ihrer Beine zu einer durchdachten, alles andere als harmlosen Bewegung ihres ganzen Körpers wechselte; während eines langen Baß-Solos schüttelte sie ihn nur gerade soviel, daß ihr grünsilbernes Kleid über ihn hinfließen konnte wie Wasser über einen Weidenast. Durch die glitzernde Geste hin, die sie auf solche Weise in den grün-goldenen Teich des Lokals warf, suchte ich das durchsichtige Braun ihrer Augen zu finden; und als ich sie gefunden hatte, wandte sie ihren Blick nicht ab. Legte ich dann wieder meinen Arm um ihre Schultern, so war ihr großer, magerer Körper federleicht, und die Haut ihres Gesichts und ihrer Arme fühlte sich trocken an. Auch Megs Haut ist immer trocken, aber trokken und heiß, sie scheint zu knistern, wenn man sie berührt; die Trockenheit von Annas Haut ist dagegen blaß, kühl, nicht marmorhaft natürlich, etwas weniger Klassisches als Anna kann man sich kaum vorstellen, eher denkt man an Glas, das helle Schatten spiegelt, an einen See unter einem Himmel aus aquarellweiß, an leicht Verletzliches also. Sie zog sich nicht zurück, als ich einmal ihre Wange, – eine Stelle neben ihrem rechten Ohr, von dem ich erst eine Strähne ihres allzu weichen, aschblonden Haares wegschieben mußte –, mit den Lippen berührte, – von Kuß konnte da wirklich nicht die Rede sein –, aber sie gab auch kein Zeichen weiteren Entgegenkommens; immerhin schien es ihr nicht unangenehm gewesen zu sein, was ich nachträglich auf die Wirkung des Tanzes und gewisser Oktaven der Gitarre von Charles Byrd schiebe, die dann leider aufhörte zu spielen, so daß uns nichts übrig blieb, als zu unseren Whisky-Gläsern an der Bar zurückzukehren.

Ich erzählte ihr, daß ich in London viel getanzt hätte, schilderte ihr Megs und meinen bevorzugten Tanzboden, eine riesige billige Jazz-Scheune in der Oxford Street, in der Mädchen und Männer aller Hautfarben miteinander tanzen. Sie stehen schweigsam im Dunklen, rauchend und Cola trinkend, und später, wenn die Musik begonnen hat, sieht man sie gegen das Licht des Orchester-Podiums als ein Gewimmel tanzender Schatten.

»Da bin ich immer mit meiner Frau zusammen hingegangen«, sagte ich. Ich kleidete den Satz absichtlich in eine Vergangenheitsform, – ich hätte ja auch sagen können *da gehe ich immer mit meiner Frau zusammen hin* –, aber Anna kümmerte sich nicht um den intransitiven Gebrauch eines Zeitworts im Perfekt, sondern fragte mich schlicht neugierig, ob meine Frau mit mir zusammen in Rom sei. Ich erzählte ihr, daß ich Meg schon längere Zeit nicht mehr zu Gesicht bekommen hätte. Wie lange nicht, wollte sie wissen, sichtlich interessiert, und ich erwiderte: »Ein Jahr oder so.«

»Und?« fragte sie gespannt. »Haben Sie da mit ihr geschlafen?«

Um Zeit zu gewinnen, sagte ich, der Kinsey-Report sei bereits erschienen, aber sie könne vielleicht noch eine Anstellung bei anderen Volksbefragungen finden. Sie ließ jedoch nicht locker, sondern wiederholte ihre Frage, und als ich sie bejahte, rief sie aus: »Dann lieben Sie also Ihre Frau! Warum leben Sie nicht mit ihr?«

Ich hätte Gründe dafür, bemerkte ich, und wechselte das Thema. Unter anderen Bedingungen würde ich ein solches Gespräch nicht geführt haben. Es war eine typische Zwei-Uhr-nachts-Barunterhaltung, in die man mit irgendeiner Zufallsbekanntschaft gerät. Übrigens hatte ich den Eindruck, daß Anna jetzt bereit gewesen wäre, mit mir ins Bett zu gehen, wenn ich darauf bestanden hätte. Mit der Musik, mit dem angedeuteten Kuß während unseres Tanzes und mit meiner Erwähnung Megs hatte ich den Prozeß ihrer Verführung schon recht weit getrieben, fast bis zu dem Punkt, von dem aus eine Frau, – Frauen sind viel entschiedenere und mutigere Wesen als Männer –, unbedingt und bedenkenlos den Vollzug der Liebe wünscht. Annas am Montag morgen dann telefonisch geäußerter Satz *Mehr ist nicht drin, Georg*! kann mich in dieser Überzeugung nicht beirren, auch wenn er für die Zeit nach jener späten Stunde in der Nacht vom Samstag zum Sonntag zutreffen mag. Ich kann mir etwas darauf einbilden, daß ich es fertiggebracht habe, Annas Haltung mir gegenüber in Sympathie zu verwandeln, wenn ich bedenke, wie falsch ich mich im Taxi benommen hatte. Denn deswegen hat Anna unsere Auto-Fahrt schon in der Uhlandstraße abgebrochen – nicht, weil sie plötzlich aufs Tanzen versessen gewesen wäre. Wir sprachen nicht mehr, nachdem wir in Moabit eingestiegen waren. Ich kann mich dem, was ein Auto-Fond, ein geschlossener Lift, eine Telefonkabine aus der Beziehung zwischen einer Frau und einem Mann machen, nicht entziehen. Wer kann es schon? Vielleicht hätte Anna sich nicht so in ihre Ecke zurückziehen dürfen, eingeknöpft in ihren grauen Mantel, vielleicht hätte sie unbefangen weiterplaudern sollen, über Hornbostel, über ihr Verhältnis zu Berlin oder ich weiß nicht was. Aber sie saß stumm da, auch sie ergriffen von der Macht alter Höhlen-Erinnerungen, die uns darauf reduzierten, nichts weiter zu sein als ein Mann und eine Frau. Ich konnte nur ihre Haarsträhnen sehen, von den vorbeigleitenden Lichtern durchflimmert; sie ließ es sich noch gefallen, daß ich ihren Hals berührte. Dann benahm ich mich wie die Axt im Walde, – ich zitiere die Wendung, mit der Anna sofort scharf und kühl protestierte. Sie stieß meine Hand zurück.

»Können Sie nicht fragen, ob ich das will?« flüsterte sie wütend.

Gegen eine solche Formulierung ihrer Abwehr war nicht anzukommen. Ich mußte lachen; die Szene verlor auf einmal alle Schwüle und Gewalt: natürlich, warum hatte ich nicht fragen können, ob sie *das* wollte? Danach kam auch schon die Uhlandstraße und ihr Vorwand, sie hätte Lust zum Tanzen, um aussteigen zu können, weil sie mir nun doch nicht mehr traute, für die lange Fahrt bis Neukölln. Und in der Bar hat sie den Vorfall so weit vergessen können, daß sie schließlich selber glaubte, sie habe ein Vergnügen geahnt.

Warum habe ich die Situation nicht ausgenutzt? Ich hatte eine viel zu frühe Aggression in einen Flirt verwandelt, den Flirt in die Präludien einer Verführung, die Sache lief günstig. Ich hatte Anna allerdings noch nicht gefragt, ob sie *das* wollte; ihre Aufforderung, sie gefälligst zu fragen, hatte mir ins Bewußtsein gerufen, daß ich nichteinmal genau wußte, ob ich selber es wollte; vielleicht habe ich es am wenigsten gewollt, als ich meine Hand in die weiche, seidige Beugung ihres Knies schob. In einem Auto-Fond, einer Lift- oder Telefonkabine tut ein Mann dergleichen, um sein Ansehen zu wahren: er vermutet, daß seine

Partnerin den Angriff erwartet, und tatsächlich erwartet sie ihn, insgeheim wäre sie enttäuscht, wenn er nicht wenigstens angedeutet würde; noch die täppischste Zudringlichkeit weckt da mehr Sympathie als kalte Neutralität. Aber ehe Anna meine Hand zurückstieß, hatte die Aussicht, sie würde es nicht tun und ich infolgedessen gezwungen sein, kurze Zeit danach in ihrem Bett in Neukölln zu liegen, weil ich mich dann nicht mehr hätte zurückziehen können ohne sie aufs empfindlichste zu verletzen, nichts Verlockendes für mich. In der Bar, während unserer Tänze und nachher, war mir die Vorstellung, sie zu besitzen, wie der Ausdruck lautet, wieder als möglich erschienen; ich war verliebt in ihren schlanken, beweglichen Mund, in die Haut ihrer Arme, die eigentlich bleichsüchtig wirkte, jedoch in dem gedämpften und warmen Licht sich in etwas blaß Goldenes verwandelte, das sich stengelhaft an dem grünsilbernen Kleid entlang bewegte; ich mußte an fließende grüne und goldene Pflanzen denken, während ich durch meine scharfen randlosen Gläser in die Iris ihrer Augen sah, die ich als sehr hell und morgendlich klar beschrieben habe. Während mir aber so ein komplettes und kostbares Bild erschien, das ich zu besitzen wünschte, wußte ich doch schon, daß ich nichts dergleichen erhalten würde, sondern stattdessen einen erhitzten, mir physisch vielleicht nichteinmal unbedingt sympathischen Körper, in dessen Umarmung ich kaum mehr erfassen würde als das, was mir meine kurzsichtigen und dann der Brille entkleideten Augen noch zu sehen erlauben würden: die Großaufnahme einiger Poren. Mit solchen Skrupeln bringt man es nicht zum *lady-killer*. Dabei habe ich während meiner Überlegungen in jenem Nachtklub noch nichteinmal in Rechnung gestellt, daß ich wahrscheinlich gar nicht ans Ziel kommen würde, nähme ich bei meinem Zusammensein mit Anna nicht das Bild Megs zu Hilfe, das ich noch jedesmal anzurufen gezwungen war, wenn ich, nach meiner Trennung von ihr, mich mit anderen Frauen vergnügte. Anna erschien mir als so reizend, so durchaus als eine von Meg verschiedene Möglichkeit, daß es mich schon gelockt hätte, auszuprobieren, ob ich bei ihr auch ohne die Erinnerung an Meg nicht versagen würde. Dennoch beschloß ich, die Liebelei nicht weiter zu treiben. Die Art der Gefühle, die Anna mir einflößte, war nicht gerade neu für mich, habe ich schon zu Beginn meiner Aufzeichnungen bemerkt, und hinzugefügt, der ganze Vorgang der Werbung erschiene mir lächerlich: geriete ich in ihn hinein, so hörte ich jedesmal seinen Mechanismus in den Gelenken knirschen. Davon kann ich nichts zurücknehmen, auch nicht um Annas willen, obwohl gerade sie die Fähigkeit zu besitzen scheint, meine Gedanken zu erraten und sie in etwas Gemeinsames zu verwandeln, denn genau in dem Augenblick, in dem ich begriff, daß ich mich nun entscheiden müsse, ob ich die von ihr vorgeschlagene Frage stellen wollte oder nicht, erklärte sie, sie wolle nach Hause. Und sie fügte hinzu, wobei ihre golden illuminierte Hand eine Zigarette ausdrückte: »Wenn es am schönsten ist, soll man aufhören.«

Ich machte einen schwachen Versuch sie umzustimmen, indem ich auf den winzigen Stummel wies, der noch einen Augenblick lang schwelte, – Anna hat, wie ich, die der Gesundheit schädliche Angewohnheit, von ihren Zigaretten höchstens einen Zentimeter Tabak übrigzulassen.

»Beim Rauchen hören Sie aber nicht so rechtzeitig auf!« sagte ich. Sie schüttelte nur den Kopf und erhob sich.

Es ist sehr freundlich von ihr gewesen, zu sagen, sie habe das Zusammensein mit mir in jener Bar schön gefunden. Wirklich hatten wir da eine Stunde des großen Einverständnisses. Aber wenn ich es recht bedenke, in Rom vor meinem Zeichenbrett im Albergo Byron brütend, nachdem ich aus London zurückgekehrt bin, kommt es mir so vor, als sei ihre Verkündigung des Gemeinplatzes, man solle aufhören, wenn es am schönsten wäre, doch nur eine ins Freundliche, eine ins Höfliche gewendete Fassung jenes Satzes gewesen, den sie dann am Montag morgen am Telefon in die Worte kleidete: »Mehr ist nicht drin, Georg!« Vielleicht hätte ich also die Situation gar nicht ausnützen können, auch wenn ich es gewollt hätte? Vielleicht, nein, ganz bestimmt sogar, waren die meiner Scheu vor der geschlechtlichen Berührung entspringenden Überlegungen höchst überflüssig, weil Anna Krystek mir, würde ich die von ihr insinuierte Frage gestellt haben, einen Korb gegeben hätte. Ich weiß es nicht ganz genau. Es hat am Dienstag, als ich sie in Neukölln besuchte, und bei unserem Abschied in Frankfurt immer wieder Einschübe von so großer Spannung gegeben, daß ich verführt wurde zu glauben, alles sei möglich. Noch heute, – wir schreiben Montag, den 26. November 1962, und es sind erst vier Wochen vergangen, seitdem ich Anna kennenlernte –, wäre es immerhin denkbar, daß der Portier anruft, um mir zu melden, eine Dame aus Deutschland sei unten in der Halle (das heißt: in jenem fensterlosen Zimmer mit seinen wackligen Goldstühlen und der Gravüre *Schmerzliche Erinnerung*, das im Byron als Halle fungiert), eine Signorina Krystek, die mich zu sprechen wünsche. Annas Name würde sich in dieser Zusammensetzung und in der Aussprache eines römischen Hotelportiers komisch ausnehmen. Vielleicht ahnt sie es und ist deshalb nicht gekommen? Nein – das wäre denn doch eine zu weit hergeholte Vermutung. Wenn sie nicht gekommen ist und sehr wahrscheinlich auch nicht mehr kommen wird, so wegen ihrer Einwände gegen eine Emigration aus Berlin, und schließlich aus dem gleichen Grund, aus dem sie mein Angebot ablehnte, sie nach Neukölln zu begleiten, nachdem der Türsteher des Nachtclubs ein Taxi herbeigewinkt hatte: weil sie den Mangel an Intensität gespürt haben muß, der in meinem Versuch lag, mich ihr zu nähern. Wir standen in der kühlen Nachtluft und ich fröstelte, weil ich nur meinen Regenmantel nach Berlin mitgenommen hatte. Als ich sagte, ich wolle sie nach Hause bringen, lächelte sie und meinte, das sei doch absurd, da mein Hotel sich gleich um die Ecke befände. Wir vereinbarten dann das Rendezvous für Sonntag nachmittag im Café Bristol, das ich versäumt habe. So kam es, daß ich in jener Nacht gegen vier Uhr am Morgen in meinem Hotelbett aufwachte, nicht in Annas Bett in Neukölln. Vielleicht wäre ich dort gar nicht aufgewacht, hätte den Regen nicht rauschen hören, der über Berlin niederging, keine Lampe angezündet und das Zifferblatt meiner Armbanduhr nicht nahe vor meine kurzsichtigen Augen gebracht? Wer weiß? Als ich ins Hotel ging, den glitzernden, doch leeren Kurfürstendamm entlang, habe ich noch in einem Anfall von Zynismus überlegt, daß ich mich nicht auf dem Weg nach Neukölln befände, weil ich an diesem Tag schon in Wannsee und in Moabit, im Grunewald und an der Spree gewesen sei, und ich mein Studium der Geografie von Berlin ja nicht zu übertreiben brauche. Ich nahm mir vor, ein paar Stunden zu schlafen, und nach dem Aufwachen nicht länger wie die Katze um den heißen Brei herumzulaufen, sondern endlich die Bismarckstraße aufzusuchen. Aber heute weiß ich, warum ich Anna Krystek in jener Nacht nicht mehr nach Hause gebracht habe. Wäre ich ihr nicht begegnet, so hätte ich in den Stunden des Sonntagnachmittags, in denen ich sie vergaß und versetzte, nicht mit diesen Aufzeichnungen, diesem Bericht begonnen. Soviel ist klar. Ebenso gewiß weiß ich aber auch, daß ich noch nicht ans Schreiben geraten wäre, sondern weiter vor mich hin gelebt hätte, ein verlorener Journalist, hätte ich mit ihr den Rest der Nacht auf die übliche Weise verbracht. Irgendwann einmal hätte ich wohl damit angefangen, aber nicht an jenem Sonntag vor vier Wochen, vor über einem Jahr – ich halte nun schon nicht mehr genau auseinander, wann ich diese, wann jene Figur auf dem galvanischen Feld ausführe, auf dem ich mich seither bewege.

Nein, das ist nicht wahr! Ich kenne den Text, an dem ich nun schon so lange arbeite, ganz genau, erinnere mich recht gut daran, wie ich, im Herbst nach meiner Rückkehr aus London, meine Absicht, die Geschichte meiner berliner Tage erst einmal herunterzuschreiben, aufgab und mich ganz anderen Reminiszenzen zuwandte, bis ich schließlich soweit war, mich wieder mit Anna beschäftigen zu können, woraus sich relativ zwanglos die Einteilung des bisher bewältigten Stoffes in drei Kapitel ergab. – Wörter wie *Stoff* und *Kapitel* gebrauchend, fühle ich mich schon ganz als Romancier, das heißt als ein Mensch, der mit Worten ein Zeit-Kontinuum herstellt. Wie schwierig das ist! Und wie degoutant! Es wird mir fast übel, wenn ich, beispielsweise, bedenke, daß ich mich im vorigen Absatz veranlaßt sah, zu behaupten, ich hätte einen Satz am 26. November 1962 geschrieben, obwohl ich ihn, – ich habe in meinen Aufzeichnungen nachgesehen, – erst am 3. Dezember 1963 geschrieben habe. Warum erst die Täuschung und nachher ihre Aufklärung? Warum diese ganzen Zeit-Spiele? Natürlich nur, weil dieser fatale Zwang, verschiedene grammatische Zeitformen in ein zusammenhängendes Stück Zeit zu verwandeln, mir an jener Stelle keine andere Wahl ließ, als das Präsens zu verwenden. Ein sozusagen gespiegeltes Präsens, das ich nun aus dem Spiegel zurückhole; es ist wieder seitenrichtig. Diese höchst schwierige Arbeit hat mich übrigens beruhigt: ich bin gottseidank doch kein richtiger Romancier! Ich kann nichts weiter beschreiben als die Wahrheit meiner Existenz.

Bereits vor ein paar Wochen habe ich ja meine Karten aufgedeckt und bekannt, daß ich nun schon länger als ein Jahr beinahe jeden Vormittag über diesen Papieren verbringe. Mein zweites römisches Weihnachten ist inzwischen vorübergegangen, wir schreiben den Januar des Jahres 1964, und ich habe ernsthaft angefangen, mir eine Wohnung zu suchen. An den Nachmittagen gehe ich in den verschiedensten Bezirken Roms umher und lasse mir von den *portieri* die eine oder andere Wohnung zeigen, nachdem ich das am Hauseingang hängende *affitto*-Schild studiert habe. Die meisten Wohnungen, die ich besichtige, sind zu groß, enthüllen sich als Suiten riesiger Zimmer, eigentlicher Säle, *ampi locali*, mit hallenden Tonziegel- oder gar Marmorböden, pantagruelischen Küchen und verzweigten Dienerschaftstrakten. Sie sind leer, den Heizkörpern merkt man an, daß man frösteln wird, aber solche Residenzen regen die Phantasie an, ich male mir ein Leben in altertümlichem Stil aus, mit hochmanieristischen Möbeln aus der Via dei Coronari (Onkel Basils alte niederländische Stücke würden merkwürdigerweise ebensowenig hierher passen wie zu einem von Meg bewohnten Interieur, sie sind zu bürgerlich für Rom einerseits, für Meg andererseits), mit einem neapolitanischen Diener, der mich zwar betrügt, sich jedoch in dem komplizierten unterirdischen Beziehungssystem des Quartiers, in dem wir wohnen, auskennt und mir hin und wieder eine junge Kurtisane zuführt, wenn ich dies wünsche, ferner mit einer Köchin aus der Romagna, die über die Kenntnis bolognesischer Geheimrezepte verfügt. Auch konzediere ich mir für meine fein stilisierte Einsamkeit den Besitz zweier Soldaten-Aras, die tempera-bunt und kreischend auf Messingstangen sitzen würden, an die sie mit goldenen Kettchen gefesselt wären, sowie eines schon ältlichen und melancholischen Schimpansen, der sich, stände ich am Fenster, lautlos neben mich schwänge und seine schwärzlichen Lederfinger auf meine Schulter legte, um gemeinsam mit mir das von Verwitterung verschüttete Karneol-Licht in der Via Funari zu betrachten, – ein nachdenklicher und tuberkulöser Zwerg. Ich habe besagtes Licht heute nachmittag gesehen, es würde zweihunderttausend Lire im Monat kosten, abgesehen von den Einrichtungskosten der Wohnung, die mindestens zweitausend Pfund verschlängen. So viel kann ich nicht ausgeben, selbst wenn ich das Haus in der Bismarckstraße verkauft haben werde, denn das kleine Kapital aus dem Verkauf meines Vaterhauses brauche ich ja gerade, um lange Zeit unabhängig leben zu können, wie es sich für einen Schriftsteller gehört. Ich habe also den Cinquecento-Palast in der Via Funari, den man, in ein paar Wohnungen geteilt, vermieten möchte, achselzuckend verlassen. Ich möchte natürlich am liebsten in *Roma vecchia* wohnen, eventuell auch auf dem Aventin oder in Trastevere, von den modernen Vierteln könnte mich höchstens der Südrand von Parioli reizen, die Häuser auf dem Kamm über der alten Valle Giulia, aus deren Fenstern man über die Wipfel des Borghese-Parks blickt. Aber die Wohnungen sind dort zu teuer und auf eine mir unangenehme Weise schick, – *schickissimo*, wie die Römer sagen –, ich suche etwas, was es in Rom vielleicht gar nicht gibt: ein einfaches Quartier, in dem man das führen kann, was man in England *a decent life* nennt, ein dezentes bürgerliches Leben in einem Viertel, das von Anwälten, Ärzten, Lehrern, gehobenen Angestellten und Beamten bewohnt wird. In Rom scheint es nur proletarische oder aristokratische oder neureiche Bezirke zu geben; Anwälte und Ärzte bewohnen Luxusappartements, halten sich Diener und Mägde, bei Tische wird serviert – ich durchschaue die italienische Soziologie nicht. Natürlich gibt diese Klasseneinteilung dem Leben einen grandiosen und unspießigen Zuschnitt, doch wirkt es auch unseriös, leichtfertig, man lebt offensichtlich auf Kredit, vergeudet Latifundien.

An einem Nachmittag während der Advent-Zeit bin ich in den Volksdistrikt am Südfuß des Aventin-Hügels geraten. Ich hatte, obwohl ich Atheist bin, eine Messe in Santa Sabina besucht, weil mir der gregorianische Gesang gerühmt worden war, der dort gepflegt wird, und wirklich hatte er sich als ausgezeichnet erwiesen; besonders gut hat mir die im cantus planus gesungene Antiphon gefallen, die sich wie ein strenger Tanz durch die Säulen der sehr reinen, silbernen Basilika wand; ich schlenderte danach an Klöstern und Gärten entlang, in die filigrane Abgeschiedenheit des Platzes der Malteser Ritter, über dessen Gartenmauern Piranesi ein Gespinst von Grabmälern geworfen hat, welche in der Dämmerung an Namen und Länder erinnerten, die niemals wiederkehren werden, ein bleiches Gerank aus Obelisken, Stelen und Gespenstern – ich ergab mich also den preziösesten Genüssen sowohl ästhetischer wie historischer Art, aus denen ich erst unten auf der breiten, von Autos überschwemmten und sogar von einer Straßenbahn durchklingelten Via Marmorata wieder in die sogenannte Wirklichkeit zurückfand. Ich nenne sie sogenannt, weil mir eine gregorianische Antiphon und eine Zeichnung von Piranesi das gleiche Recht darauf zu besitzen scheinen, für wirklich genommen zu werden, wie ein Knäuel aus zwei Dutzend hupenden Fiats. Nachdem ich in einer sehr belebten und leicht angeschmutzten Bar einen Espresso getrunken hatte, wobei ich Vitrinen voller billiger Süßigkeiten aus Creme, Zuckerguß und dünner Schokolade betrachtete, die in Massen gekauft wurden, erging ich mich in dem Viertel, das aus großen Kästen von Häusern in jenem Stil bestand, den man in Rom den emanuelesken nennt, rötlichen Zinskasernen, die aber von Leben überwuchert sind; ich spazierte an erleuchteten Läden und Werkstätten vorbei, geriet auch auf einen gedeckten Markt, der von Fischen, Fleisch und Gemüsen überquoll, belauschte eine Händlerin, die einer hübschen jungen Schwangeren den Bauch befühlte und ihr Komplimente machte, *che bella* sagte sie. In einem Haus war eine Wohnung zu vermieten, in diesem Viertel gibt es keine *portieri*, so fragte ich in einer Schneiderwerkstatt im Erdgeschoß, und der Schneider besaß selbst den Schlüssel zu der Wohnung, die sich im obersten Stockwerk befand. Er war ein noch junger Mann, er sprang vom Tisch, auf dem er mit gekreuzten Beinen gehockt hatte, und ging mit mir nach oben.

»Sie sind Ausländer?« fragte er, auf einem Treppenabsatz stehenbleibend. Ich bejahte.

»Deutscher?« fragte er weiter. Besaß er Erfahrungen in den Arten, in denen die verschiedenen Sorten Ausländer seine Sprache intonierten? Er war ein dunkelhaariger Mann, der mich unter buschigen Augenbrauen finster anstarrte. Übrigens schien er zu stottern.

Ich sagte, ich sei Engländer, und hatte den Eindruck, daß sich sein Blick nach dieser Auskunft um eine Spur aufhellte. Wir gingen weiter die Stiege hinauf, an Wohnungstüren vorbei, hinter denen Kinder schrieen, gesungen wurde, Radioapparate lärmten.

»Diese Wohnung ist nichts für Sie«, sagte der Schneider. Er stotterte nicht, er hatte nur Mühe, das erste Wort jedes Satzes auszusprechen. Wenn er dieses Hindernis genommen hatte, brachte er den Satz fließend zu Ende.

»Warum?« fragte ich.

»Es ist keine Wohnung für einen Herrn«, erwiderte er. Er sagte nicht *per un signore*, sondern er gebrauchte die adjektivische Wendung *signorile*. Die Wohnung sei nicht *signorile*, meinte er, die Zauber- und Wunschformel des italienischen Mannes anrufend, der ein *Signore* zu sein begehrt: nicht unbedingt reich, aber ein Herr, geschlossen, knapp, scharf, souverän – kurz und gut: ein Herr. Er, dieser Schneider, war keiner; er war finster, aber weich, ein dunkler Mensch mit einer Rede-Hemmung.

Die Wohnung erwies sich in der Tat als nicht herrschaftlich: ein paar große Zimmer, von deren Wänden billige Tapeten abblätterten (ich würde sie weiß kälken lassen), kein Badezimmer (ich könnte es einrichten, das ganze Haus würde staunend das Ereignis verfolgen), ein einziger Wasserhahn in der Küche, in der ein alter Gasherd stand, die Toilette ein Steh-Klosett mit einem Eimer als Spülgerät. Aber die Aussicht aus den Fenstern war zum Staunen. Ich erblickte im letzten Licht die Cestius-Pyramide, travertinweiß hinter den Bäumen des protestantischen Friedhofs, den ich einmal pflichtschuldig besucht hatte; dahinter aber das Gebirge zweier riesiger Gaskessel, Ballone aus Eisen, eingeschlossen in rostiges Gestänge, das von einem Schornstein überragt wurde, dem vitriolgrüner Dampf entwich, ein giftiger Absud. Links davon ein Hügel, wintertot, der Monte Testaccio, der Scherbenberg, eine Schutthalde aus dem Geröll des antiken Tiberhafens. Ich öffnete eines der Fenster. Die Welt roch nach Gas und Gift und Schutt und Verwesung.

»Scheußlich«, sagte ich, »scheußlich schön!«

»Wie eben die Welt ist«, sagte der Mann, der mich hier heraufgeführt hatte, *come è il mondo*, wobei er für das Wort *come* mehrere Anläufe benötigte. Und er fügte resignierend hinzu: »Ich wußte schon, daß es keine Wohnung für Sie ist.«

Halbwegs interessiert, erkundigte ich mich nach dem Preis.

»Vierzigtausend«, sagte er. Das war billig. Er nannte mir den Namen und die Adresse des Hausbesitzers, an den ich mich wenden müsse, irgendeines *pezzo grosso*, als welchen er ihn bezeichnete. Er gebrauchte den Ausdruck *großes Tier* voller Verachtung.

»Hier sind wohl alle in der Kommunistischen Partei?« fragte ich.

»Fast alle«, sagte er. »Ich zum Beispiel nicht.«

»Was haben Sie vorhin gemeint«, fragte ich, »als Sie sagten, die Welt sei eben so?«

Draußen war nun kaum noch Tageslicht, und wir unterhielten uns in einer fast finsteren Wohnung, im obersten Stockwerk dieser römischen Mietskaserne.

»Sie sagten, die Welt sei scheußlich schön. So ist sie.«

»Ich meinte nur diese Aussicht.«

»So ist die ganze Welt.« Nach heftigen Schwierigkeiten, sich wie ein Ertrinkender an das Holz des ersten Wortes klammernd, das ihm immer wieder zu entgleiten drohte, brachte er endlich den Satz fertig: »Bis der Messias kommt!«

Ich war überrascht. Ich wollte ganz sichergehen.

»Er ist doch schon gekommen«, sagte ich.

»Nein«, antwortete er heftig. »Wenn er gekommen wäre, wäre die Welt nur noch schön. Aber Sie sehen ja, wie sie ist!« Mit einer verzweifelten Gebärde wies er nach draußen.

»Sie sind Jude?« fragte ich.

Er nickte. Ich gab mich nicht zu erkennen. Er war ein gläubiger Jude, und wenn ich mich zu erkennen gegeben hätte, wäre ihm nach einer kurzen Wechselrede klar gewesen, daß ich kein gläubiger Jude bin, ja von der jüdischen Religion eigentlich so gut wie nichts weiß. Das hätte ihn verstimmt. Ich widersprach nur, als er sagte: »Ihr Christen täuscht euch. Er ist noch nicht gekommen.«

»Ich bin kein Christ«, sagte ich, »mich dürfen Sie nicht dazu rechnen.«

»Glauben Sie überhaupt nicht an Gott?« fragte er gespannt.

In was für ein Gespräch war ich da geraten? »Ich weiß es nicht«, sagte ich, um es zu beenden. Aber die Worte dieses jüdischen Schneiders, an den ich vor ein paar Wochen geraten bin, beschäftigen mich seither. Wenn man sich dazu überwinden könnte zu glauben, der Messias sei noch gar nicht gekommen, so wäre die Welt erklärt. Man könnte sich mit ihr abfinden, so, wie sie jetzt ist. Merkwürdig, daß mir Onkel Basil den jüdischen Glauben nie so einfach und überzeugend hat erklären können. Er war wohl zu gebildet dazu. Sicherlich hatte er skeptische Bedenken, weshalb er mit mir dort anfing, wo er selber schließlich angekommen war: bei Spinoza. Keir dagegen, der zweite große Lehrer in meinem Leben, würde an jenem Stotterer von Juden, der in einem römischen Volks- und Kommunistenviertel Kleider nähte, seinen Gefallen haben. Die Idee von einer noch unerlösten Welt war nahe verwandt mit seinem Glauben daran, alles Geschaffene sei böse, auf den er bei dem Studium der Doktrinen aller möglichen schottischen und englischen Sekten gestoßen war. Nur daß er den Gedanken des Heils ablehnte, – die Schöpfung war ein Werk des Teufels und Gott der große Abwesende, der sich nicht einen Augenblick lang für sie interessierte –, unterschied ihn von irgendeinem kleinen Sektenprediger aus Aberdeen oder Hull. Außerdem natürlich, daß er in Cambridge den *Classical Tripos* gemacht hatte und von da an zum *establishment* gehörte. Er promovierte mit einer Arbeit über Marcion und erhielt sogleich eine Dozentenstelle für antike Religionsgeschichte. Eine große gnostische Theologie mußte dazu herhalten, Keirs konservativen Snobismus zu rechtfertigen. Er hat sie mir oft erklärt, besonders in jenen ersten Jahren noch während des Krieges und kurz nachher, als ich ihn fast jeden Mittag in den *Three Tuns* zum Dienst abholte. Damals stand ich gänzlich unter seinem Einfluß, auch wenn ich schon ahnte, daß sein Teufelsglauben etwas mit Esther zu tun hatte; um sich nicht selber die Schuld daran geben zu müssen, daß sein Kind verlorengegangen war, sollte es vom Teufel geholt worden sein. Ich drücke drastisch aus, was Keir mit gelehrten und barocken Wendungen umschrieb, wobei er natürlich auch gar nicht von Esther sprach, sondern von der Einrichtung der Welt, die von einem feinen, jedoch abbadonischen Geist regiert werde, der unter anderem ihn, Keir Horne, erst zum *College Fellow* in Cambridge und später zu einem konservativen Politiker und Journalisten gemacht habe. Er habe volles Verständnis für die Linke, versicherte er mir, wenn ich auf irgendeine Nachricht, die gerade die *headlines* bestimmte, in einer Weise reagierte, die ihm zeigte, daß ich mit der Linken konform ging; er sagte, er teile die Meinung der Sozialisten, daß die Welt schlecht eingerichtet sei, aber es sei ihm unmöglich zu glauben, man könne sie gut einrichten. Alles, was man tun könne, wäre, die Macht einsehen zu lehren, daß sie von Natur aus böse sei. Dazu seien lange Traditionen nötig, jahrhundertealte Gesetze und Institutionen, alle kreisend um einen geheimen Kern: das Bewußtsein vom schlechten Gewissen der Macht, die man als solche jedoch nicht abschaffen dürfe, weil an ihre Stelle nur andere Mächte treten würden, die keine Tradition des Gewissens besäßen, sondern sich für gut hielten, und diese entfesselten Pädagogen wären das Schlimmste; der Terror der Weltverbesserer sei gräßlicher als die Schreckensherrschaft einzelner Großer, die, gequält vom Kerker des Gewissens, in dem sie lebten, aus ihm auszubrechen versuchten. War er bei dieser Idee angelangt, so verlor Keir sich meistens in Expektorationen über einzelne Stücke Shakespeares. »Und Hitler?« habe ich ihn einmal gefragt, um ihn wieder von Richard III. und Lady Macbeth zum Hauptthema zurückzubringen. »Aber das war doch so einer, der ein Rezept hatte, ein Rezept und keine Tradition, keine Bildung, keine alte Kultur«, rief er aus, »keine Erziehung, die ihm von frühester Jugend an eingebläut hätte, daß man die Macht nur ironisch ausüben darf.« Mit solchen Worten erinnerte Keir sich an das, was er am meisten liebte: seine eigene ironische Erziehung, seine Snobs-Jahre im Trinity College. Keir hat sich aus dem Journalismus immer nach Cambridge heimgesehnt, aber irgendein Drudenfuß verhinderte, daß er aus dem Zauberkreis von Redaktionsstuben und Druckerpressen wieder nach Hause fand. Das kann niemand begreifen, der nicht selber am Umbruchtisch gestanden hat. »Und Marx? Wie bringst du Marx in dein Konzept?« fuhr ich fort zu fragen. »Oh, der war natürlich gebildet«, erwiderte er vorsichtig, weil er wußte, daß er mich nicht mit Phrasen abspeisen durfte, »sehr gebildet, durchaus kultiviert. Ich glaube, er wollte eine neue Tradition begründen. Von Zeit zu Zeit gibt es Leute, die etwas Neues anfangen. Augustinus zum Beispiel. Nach ein paar Jahrhunderten wird das Neue ein Teil des Alten. Mit Marx wird es vielleicht sogar schneller gehen.« Ich habe auch später und eigentlich bis heute nicht den Einfluß von Keirs Anschauungen gänzlich abschütteln können. Zwar stehe ich in beinahe allen aktuellen politischen Fragen auf der Seite der Linken und bin infolgedessen ein höchst unbequemer Mitarbeiter des von Keir gelenkten *conservative paper*; doch habe ich leider die Erfahrung machen müssen, daß meine linken Kollegen versagten, wenn ich mit ihnen auf Auschwitz zu sprechen kam. Sie wollten mir Auschwitz *erklären*: soziologisch, historisch, medizinisch. Der Rationalismus ihrer Ansichten bestürzt mich, ihr flaches linkes Geschwätz ödet mich an. Da ist Keirs raffinierte spätantike Hypothese einer Existenz und Weltherrschaft Satans denn doch ein Gedanke von anderem Kaliber. Und auf wie wunderbare Weise setzt erst der naive Glauben jenes armen jüdischen Schneiders, der Messias sei noch gar nicht in die Welt gekommen, meine Phantasie in Gang! Warum hatte mir Onkel Basil, wenn er mir die Abbildung eines von Rembrandt gemalten Rabbiners zeigte, nicht den einfachsten Gedanken mitgeteilt, der sich hinter dieser von so vorzüglicher Malerei aus dem Dunkel ins Licht gehobenen Stirne bewegte? Natürlich, weil er keinen Messias erwartete; ihn interessierte, auch wenn er die Synagoge besuchte, keine Religion, sondern nur die Humanität und die Spiritualität dieses Hauptes und Rembrandts. Ich habe von ihm seinen prinzipiellen Unglauben übernommen; von seinem Humanismus nicht mehr als ein Gefühl der Trauer darüber, daß ich an nichts weiter glauben kann als an den Zufall und das Chaos.

Ich bin zu dem armen Stotterer nicht zurückgekehrt, habe die Wohnung, die er mir gezeigt hat, nicht genommen. Das Viertel ist mir zu folkloristisch; ich passe da nicht hinein. Natürlich stimmt das nicht. Das Viertel ist überhaupt nicht folkloristisch, es ist nur ungeheuer lebendig, vielleicht etwas grell, es ist farbig in dem Sinne, daß es mich gezwungen hätte, Farbe zu bekennen, davon abgesehen, hätte es meine Sonderlings-Existenz in sich aufgenommen, man hätte mich sicherlich respektiert; ich bin ein Narr, daß ich dieses Angebot nicht annehme, sondern nach einer neutraleren Umgebung suche, nach einem Mittelstandsmilieu, in dem ich gänzlich unbeachtet ein schattenhaftes Leben führen könnte, ich will nicht Farbe bekennen, nicht gezwungen sein, an fremdem Leben teilzunehmen, ich will meine Ruhe haben. Ich blicke starr auf die fünf Wörter, die ich soeben hingeschrieben habe, ohne daß es mir große Mühe gemacht hätte, sie auf das Papier zu setzen, wie selbstverständlich sind sie dahin gelangt. Ich will meine Ruhe haben. Für einen Mann meines Alters ist ein solcher Satz eine Bankerott-Erklärung. Mit zweiundvierzig Jahren habe ich diese Aufzeichnungen begonnen, und nachdem ich über ihnen vierundvierzig geworden bin, widerfährt es mir also, daß ich schreibe: Ich will meine Ruhe haben. Ich sollte diese Papiere schließen. Warum lege ich sie nicht fort und kehre zum Journalismus zurück, in dem ich schließlich und endlich meine Ruhe hatte, während ich sie verlor, als ich begann, mir dieses Labyrinth anzulegen, ein Maulwurf, der das Gekrümel von Wörtern und Sätzen aus einer finsteren festen Masse scharrt und hinter sich wirft?

Ich kann aber jetzt nicht damit aufhören. Ich bin hartnäckig. Stur – um ein in Berlin häufig gehörtes Wort zu zitieren. »You are an obstinate person«, hat Keir gelegentlich zu mir gesagt, wenn er mit meiner Arbeit zufrieden war, während Meg mich, wenn sie mich manchmal ärgerlich lachend *stubborn* schimpfte, meinen zähen Anspruch an sie charakterisieren wollte. Und Anna sagte zu mir, als ich sie schließlich dazu überredet hatte, mit mir nach Rom zu fliegen: »Sie sind ein sturer Hund!« Weil ich von Natur aus stur bin, bin ich ein brauchbarer Journalist gewesen. Ich begnügte mich niemals mit der Oberfläche der Dinge, die einem im Verlauf einer Reportage angeboten wird, mit den quicken und scheinbar so einleuchtenden Antworten, die man in vielen Interviews bekommt. Stets habe ich versucht, unter die Gegenstände und hinter die Worte zu schlüpfen, denn ich bin klein, dunkel, gewandt und stur. Auch meine Wohnungssuche in Rom werde ich noch eine Weile fortsetzen, obwohl ich schon daran zu zweifeln begonnen habe, daß ich hier etwas Passendes finden werde. Aber ich will es noch eine Weile probieren. Was meine Suche der äußersten, für sie nötigen Entschlossenheit beraubt, ist ein Gedanke, den ich nicht abweisen kann: daß mir nämlich viele und sehr verschiedene Orte als Wohnsitze für mich möglich erscheinen. So habe ich ja, als ich mit Anna in jener Nacht Ende Oktober 1962 die Kirchstraße in Berlin-Moabit entlangging, mit der Idee gespielt, – nein, mir durchaus gewünscht! –, in der Kirchstraße in Moabit zu wohnen. Oder London – ich kenne in London mehrere Quartiere, in denen ich mich gerne niederlassen würde. Was mich von London abhält, ist eigentlich nur die Überlegung, daß auch Meg dort wohnt – London ist zu klein für Meg und mich, wenigstens jetzt noch; noch wäre ich außerstande, angenommen ich wohnte in Chelsea oder Hampstead, auf die kurze Fahrt zu verzichten, die mich über fünf oder zehn grau vorbeileuchtende Stationen der *tube* ohne weiteres in die Malet Street versetzte. London scheidet also aus. Vielleicht fällt es mir so schwer, mich zu entscheiden, weil ich so viele Länder und Orte der Welt, nun, sagen wir besucht habe, denn das Wort kennenlernen möchte ich doch lieber nicht benützen. Zwar bin ich niemals in der Sowjetunion, in Südamerika und in Australien gewesen, auch von Afrika kenne ich nur den Kriegsschauplatz an seinem Nordrand, aber immerhin habe ich Reisen über große Teile Asiens unternommen, beinahe hatte ich mich schon zum Spezialisten für Südostasien entwickelt, als Keir mich in die arabischen Staaten und Israel, sowie auch einmal für ein halbes Jahr in den Süden der USA entsandte, um mich danach wieder nach Europa zu holen, weil Meg es so wollte und Keir ihr ja keinen Wunsch abschlug. Weil sie eingesehen hatte, daß ich anders nicht zu halten war, ließ Meg mich an der langen Leine laufen, aber ich sollte sie mir auch nicht gänzlich abgewöhnen, darum mußte ich auf einigen Umwegen wieder nach Europa zurück. Ich hätte mich dagegen wehren können; wenn ein Journalist es so weit gebracht hat wie ich, kann er sich sein Arbeitsgebiet selber aussuchen; ein Asien-Spezialist zum Beispiel kann selbst von einem so mächtigen Chefredakteur wie Keir nicht ohne weiteres abberufen werden, aber ich habe mich eben nicht gewehrt; ich hatte mich von Meg getrennt, aber ich konnte mich dem Wunsch, zu spüren, wie sie ihre lange Leine gelegentlich anzog, nicht entziehen; es war angenehm, zu fühlen, daß sie sich noch immer für mich interessierte. Jetzt endlich halte ich mich für unabhängig genug, frei verfügen zu können, wo ich leben möchte – vielleicht sogar in großer Entfernung von Meg. Israel übrigens kommt für mich überhaupt nicht in Frage; ich gedenke nicht, mich in dieses Super-Ghetto einsperren zu lassen, das wir uns da freiwillig einrichten. *Wir* schreibe ich, ohne recht zu wissen, ob ich einer von uns bin, weil ich mich in meiner Rolle als geborener Deutscher, naturalisierter Engländer und Angehöriger einer Minderheit eigentlich ganz wohl fühle, während ich mich, plötzlich aus einem Juden in einen Israeli verwandelt und womöglich zu nationalem Denken und Fühlen verpflichtet, eher komisch vorkäme. Ein Krieg gegen Israel freilich sähe mich sogleich als Kombattanten, ich war ein englischer Soldat, verfüge über ausreichende Kampferfahrung und bin gesund, könnte mich also für Israel nützlich machen, – als Journalist würde ich diesen Krieg nicht besichtigen. Aber sonst? Soweit ich Jude bin, bin ich es durch das Ende meiner Eltern und durch die Erziehung geworden, die Onkel Basil mir angedeihen ließ, einerseits also in der grellen Helligkeit eines Schreckens, für den es keine Erklärung gibt, andererseits in einem Halblicht von mystischer Toleranz, in dem transparenten Schatten Spinozas. Was soll ich mit diesem Erbe in Israel? Es ist ja möglich, daß Israel mir allmählich die Last dieses Erbes von den Schultern nehmen würde, man geht dorthin, um sie nicht mehr allein tragen zu müssen und um etwas gänzlich Neues beginnen zu können; merkwürdigerweise hat aber diese Aussicht nichts Verlockendes für mich, ich möchte lieber mein Erbe behalten, sowohl die Gedanken und Bilder einer abgestorbenen Kultur wie die Erinnerung an ihr Ende im Grauen. Wenn ich denn schon dazu verdammt sein soll, in einem Ghetto zu leben, dann wenigstens nicht in einem allgemeinen und öffentlichen, sondern in einem privaten und geschlossenen, dann baue ich mir lieber mein eigenes Ghetto, ein Jude allein unter den Gojim, geachtet oder verachtet, es ist mir gleich, es soll mir gleich sein, ob sie mich mögen oder nicht, ich will weder geliebt noch gehaßt sein, es genügt mir, wenn sie mir einen ihrer alten Schutzbriefe geben, ich kann ja verstehen, daß sie sich über mich ärgern, ich bin für sie einer von denen, die noch auf den Messias warten, das ärgert sie, weil sie glauben, ihren Messias schon gefunden zu haben, ich meine damit nicht den, der vielleicht wirklich der Messias war, es ist durchaus möglich, daß wir Juden uns irren, indem wir nicht glauben, daß er tatsächlich der Messias war, aber ihn meine ich nicht, ich meine alle die vielen Messiasse, an die sie sonst noch glauben, weil sie von dem Wunsch, an irgend etwas glauben zu dürfen, besessen sind, während wir an keinen und an nichts zu glauben vermögen, sondern lieber noch warten, ein jeder von uns kritisch und skeptisch wartend und wachend in seinem Exil.

Wohin bin ich geraten? Ich habe mein kleines Wohnungsproblem zu lösen, stattdessen beschäftige ich mich mit großen abstrakten Theorien. Ehe ich von der Israel-Idee Abschied nehme, spinne ich sie nocheinmal in ganz anderer Richtung fort. Sowohl Meg wie Anna Krystek, so überlege ich plötzlich, obwohl sie doch keine Jüdinnen sind, würden mir nach Israel folgen, gesetzt den Fall, ich könnte mich entschließen, dorthin zu gehen. Bei Meg käme da vieles zusammen: ihre Abneigung gegen alte, übervölkerte Kulturländer, gegen die Mischung aus Brighton und Canterbury, als welche sie England verächtlich bezeichnet, gegen das Gezähmte Englands; sie hat mich immer um meine Reisen nach Asien beneidet, Israel, das wäre für sie zunächst ein Teil Vorderasiens, es wäre die Wüste, sie war fasziniert, wenn ich ihr Beersheba beschrieb oder Sodom oder die Formen der Negev, Gegenden, in denen sie mit ihrer Kamera nicht mehr mühsam Steppensignale herauszulösen brauchte, hunnische Farben, wie aus den Platanenstämmen von Terrace Gardens, in denen vielmehr alles in Fülle da war, wovon sie als Kind geträumt hatte, nachts, in einem Reihenhaus, in der Tiefe der Potteries, das also würde sie reizen; dann aber auch das Moderne, Progressive, Experimentelle, die Emanzipation der Frau, in die sie dort aufgenommen wäre, – so jedenfalls stellte sie sich das vor, wenn wir über Israel sprachen –, sie würde dort nicht mehr zu einer Minderheit gehören wie in England, sondern zu denen, die das Bewußtsein bestimmten. Dafür, für diese Konstruktion aus hohem Bewußtsein und Wüste, als welche ihr Israel erschien, würde sie ihre erfolgreiche londoner Existenz ohne weiteres aufgeben, um nocheinmal anzufangen. Und Anna? Für sie wäre Israel der ganz ungeahnte Ausweg aus dem Zustand, in den sie in Berlin geraten ist, diese Lage, die sie zwingen will, zu wählen, obwohl sie mit jeder Wahl ihr Gewissen und ihre Überzeugungen verriete, so daß sie also ins Unentschiedene und Vorläufige gebannt bleibt, wie ein Vogel im Katzenblick. Auf einmal weiß ich ganz genau, wenn auch leider viel zu spät, daß sie an jenem 1. November 1962 in Frankfurt nicht umgekehrt, nicht nach Berlin zurückgeflogen wäre, hätten wir uns damals auf dem Wege nach Israel statt nach Rom befunden. Ein Land, in dem sie vielleicht in einen *kibbutz* aufgenommen worden wäre, ein Land der Jugend, des ganz und gar Neuen und der reichen Armut – das wäre für Anna eine unwiderstehliche Verlockung gewesen. Stattdessen wollte ich sie in eine Stadt bringen, die mit Speichergerümpel beladen ist wie keine andere. Wie dumm von mir! Nun, ich habe eben versäumt, ihr das für sie Passende anzubieten. Ich habe bei Rom nur an mich gedacht, an dieses alte rote Licht, von dem ich geschrieben habe, es ließe einen vermuten, auch das schärfste, das sinnloseste Leiden würde am Ende eingeschmolzen in eine Summe des Schmerzes, in eine Dämmerung aus Rot, so daß mir also Rom als Platz zum Leben noch immer möglich erscheint. Es wäre Unsinn gewesen, von Anna zu erwarten, sie hätte für dieses Problem eines um fast zwanzig Jahre älteren Mannes Verständnis aufbringen sollen. Es gibt eben doch Generationsbrüche. Meg hingegen versteht sehr wohl, warum ich mich seit einiger Zeit vom Journalismus löse und beinahe träge in Rom herumsitze, – seit meinem Besuch bei ihr weiß sie, welche Bedeutung eine ganz andere Arbeit für mich inzwischen eingenommen hat –, aber sie nimmt es nicht hin, sondern kritisiert mich deswegen. »Hör endlich auf, dich selbst zu bemitleiden!«

hat sie in London zu mir gesagt, und an den Rand einer ihrer letzten, Keir betreffenden Mitteilungen hat sie ganz abrupt hingeschrieben: »Du verkriechst dich zu sehr in dich selbst!« Für sie wäre der Vorschlag, mit mir nach Israel zu gehen, auch eine Chance, mit unserem Verhältnis ins reine zu kommen. Aber die reine Luft des Ostens, – es gibt sie, ich kenne sie –, reizt mich nicht genug. Ich habe die Negev und die arabischen Wüsten bewundert, und einmal, auf einer Insel im Golf von Siam, habe ich tatsächlich Kiplings berühmtes Mandalay-Gefühl empfunden. Aber *jener Tag, von China dämmernd, der wie Donnern durch die Bai schwoll*, war nicht für mich bestimmt, nein, nicht für mich.

London also muß aufgeschoben werden; hinter Israel, hinter Asien setze ich ein Fragezeichen. Bleiben Rom oder Berlin. Bleibt Berlin wirklich? Es wird höchste Zeit, daß ich mich wieder nach Berlin zurückversetze, in den Montag morgen zurück, an dem ich Anna Krystek angerufen habe. Der Kalender, den ich in meinem Zimmer im Byron aufgehängt habe und dessen Blätter ich gewissenhaft abreiße, zeigt den 11. Mai 1964. So kann es nicht weitergehen, ich schreibe immer langsamer, wann will ich denn fertigwerden, wenn ich für ein paar Seiten manchmal mehrere Wochen benötige, weil ich mich immer weiter in Reflexionen verliere? (Fertigwerden – das ist auch so ein Wort. Ist das, was ich begonnen habe, denn überhaupt dazu bestimmt, fertigzuwerden?) Ziemlich genau vor einem Jahr ist der Papst gestorben, nächsten Sonntag ist Pfingsten und Johannes XXIII. starb an einem Pfingstmontag. Der Abend, an dem der Tod des Papstes ausgerufen wurde, war ebenso grau und schwül wie der heutige, die Dämmerung eines Schirokko-Tags; der ganze Tag, der jenem Abend vorausging, war schon alt und krank gewesen, geradezu mürrisch vor Trauer darüber, daß er diese Minute vorbereiten mußte; die neunundvierzigste Minute der siebten Stunde am Nachmittag. Ich erinnere mich so genau an diesen Punkt in der Zeit, weil ich mit ihm meine Zeit als Journalist gestoppt habe. An jenem Abend schwor ich mir, aufzuhören. Wenn ich auch jetzt noch gelegentlich eine Meldung, einen Kommentar durchgebe, so nur wie ein Sprinter, der nach einem Tausend-Meter-Lauf noch ein paar Meter weiterläuft, um sein Herz zu schonen. Deswegen, und in Rücksicht auf Keir. Oft freilich bin ich entmutigt, nach Tagen, an denen ich ziellos über diesem Manuskript gebrütet, kaum mehr als zwei, drei Sätze zu Papier gebracht habe. Dann frage ich mich, ob ich nicht doch Journalist bleiben sollte; ich gehe in den Circolo della Stampa Estera, unterhalte mich mit meinen Kollegen und melde am späten Nachmittag ein Gespräch mit unseren *News Telephones* an. Wir haben gerade wieder eine Regierungskrise in Rom.

Jetzt jedoch gebe ich mir einen Ruck und bin wieder in Berlin, am Montag, den 29. Oktober 1962; ich habe früh um halb acht Uhr schon Anna Krystek angerufen, dann habe ich den ganzen Vormittag geschrieben, fortsetzend, was ich am Sonntag nachmittag begonnen hatte, – ich werde diese ersten Seiten später, in Rom, radikal umschreiben, von der dritten in die erste Person transponieren –, mittags habe ich im Restaurant Schultheiß Königsberger Klopse gegessen, und am Nachmittag habe ich der Karmeliter Nonne Mutter Ludmilla in Steglitz einen Besuch abgestattet und mit ihr über Esther gesprochen. Danach, es war schon dunkel, bin ich mit der S-Bahn nach Ost-Berlin gefahren, habe die Sperren im Bahnhof Friedrichstraße passiert und bin, die Spree überquerend, in das Theater am Schiffbauerdamm gegangen, in dem ich mir eine Vorstellung des Stückes *Die Tage der Commune* von Bertolt Brecht angesehen habe. Den Mechanismus der Sperren und auch den Weg ins Theater kannte ich schon, weil ich ja bereits am Freitag vormittag, dem Rat meiner englischen Presse-Kollegen folgend, in Ostberlin gewesen war, um mir ein Billett zu besorgen. Während am Freitag vormittag jedoch alles glatt gegangen war, geriet ich am Montag abend in eine Art Stoßverkehr und mußte in den Kellerräumen des Bahnhofs Friedrichstraße lange warten. Ich bin da eine Stunde gesessen, auf einer Holzbank, in kaltem Zigarettenrauch, unter Hunderten von Leuten aus dem westlichen Deutschland, die selten und vorsichtig miteinander sprachen, keine Zeitungen lasen, sie saßen nur da und rauchten, von gelbem Licht überspült. Polizisten und Polizistinnen in graugrünen Uniformen gingen hin und wieder an ihnen vorbei, sie wirkten nicht wie KZ-Wächter, sie wirkten überhaupt nicht, sie waren einfach da, taten irgend etwas, aber ich habe da unten in diesem Schweigen nicht mehr an feinen Staub und Puritanismus gedacht, wie noch am Freitag vormittag während meines Gangs durch ein paar Straßen Ostberlins, sondern nur noch an kalten Zigarettenrauch, Spülicht und Bürokratie. Wir wurden dann aufgerufen, mußten in einen anderen Raum gehen und bekamen unsere Pässe zurück, vor mir ging ein Mann durch die Sperre, der rauchte, und der Polizist, der seinen Paß nocheinmal durchsah, sagte zu ihm: »Nehmen Sie doch die Zigarette aus dem Mund, wie soll ich denn Ihr Paßbild kontrollieren können, wenn Sie eine Zigarette im Mund haben!« Er sagte es nicht unfreundlich, nicht drohend, er sagte es in ganz sachlichem Ton. Der Mann und ich, wir wurden weiß vor Wut, aber wir sagten nichts zueinander, auch nicht zwanzig Schritte hinter der Sperre, ich sah ihm nur zu, wie er die Zigarette wieder in den Mund steckte, aber nach einem Zug angewidert ausspie. Zu mir hatte der Polizist gesagt, meinen englischen Paß musternd, ich hätte mich am Ausländer-Schalter melden sollen, dann wäre ich schneller abgefertigt worden. Ich war noch immer stumm vor Zorn, darum habe ich nicht erwidert, es sei für mich als Engländer sehr interessant zu sehen, wie Deutsche durch Deutsche abgefertigt würden, aber ich weiß heute, daß dieser Satz eine Lüge gewesen wäre, denn ich bin in jenem Augenblick eben kein Engländer gewesen, sondern ein Deutscher.

Das Bewußtsein, in einem Lande zu sein, in dem man die Zigarette aus dem Mund nehmen muß, um sein Paßbild kontrollieren lassen zu können, hat mir den Geschmack an Brechts Stück zuerst verdorben. Das erste und zweite Bild saß ich abgelenkt und gereizt durch, dann endlich geriet ich in den großen alten Vogelschauplan von Paris hinein, der über den ganzen Hintergrund der Bühne hing, in die hellgrauen Versatzstücke für pariser Straßen und Innenräume, fast farblose Kulissen, weil sich in den Kostümen manchmal ein dunkles tiefes Blau oder Braun ausbreiten durfte. Ihre Träger gravierten das zu Kritik, Aufstand und Tod erwachende Volksleben zart und sorgfältig in den taubenfederfarbigen Grund; manche Szenen gerieten unmerklich von der Place Pigalle nach Schilda, ins Deutsch-Versponnene, ins Träumerische, ich mußte lächeln – nie habe ich eine lyrischere Revolution auf der Bühne gesehen. Man hatte Schwebezustände angestrebt, nicht nur beim Piano der Volksszenen, sondern auch beim Forte der Debatten im Zentralkomitee: das Durcheinanderreden als Kunststück war so gelungen, daß es mich hinriß und ich vergaß, wie in dem Lande, in dem diese Erinnerung an die Tage der Commune aufgeweckt wurde, niemand durcheinanderredete, und schon gar nicht kunstvoll. Anna Krysteks Hinweise auf Einzelheiten fand ich bestätigt: die Medaillons von Thiers und Bismarck, die der breite, bleiche, unheimliche, andererseits auch humoristische Schauspieler Martin Flörchinger in diesen Bilderbogen fügte, sind mir heute noch unvergeßlich, und der junge Hilmar Thate, von dem Anna gesprochen hatte, war als Jean Cabet ein kleiner Bursche von wahrhaft proletarischem Elan. Solch ein Jean Cabet wäre der richtige Mann für Anna, aber ich fürchte, es gibt ihn nur noch im Theater, wenigstens in Europa.

Was war Brechts Stück, – und die Art, wie man es inszenierte! –, denn anderes als ein Abgesang auf die Revolution?

Sein Paris besaß jedoch, was mich am Freitag vormittag, als ich zum erstenmal die unterirdischen Gänge im Bahnhof Friedrichstraße passiert hatte, so für Ostberlin einnahm: den bläulichen Schimmer und die Härte eines alten Stahlstichs. Während meiner Gänge durch Rom, die ich jetzt häufig dazu benütze mir Wohnungen anzusehen, sehe ich mich immer wieder einmal die Friedrichstraße entlanggehen, an einem kalten und trockenen Oktobertag, ich bin an der Theaterkasse gewesen und habe von der Weidendammbrücke auf die in der Vormittagskälte schwelende Haut der Spree geblickt, und jetzt stehe ich an der Ecke Friedrichstraße – Unter den Linden und betrachte die weiten, leeren, graublauen Prospekte mit den schütteren Fußgängerzeilen auf den Trottoirs und den wenigen Automobilen auf den Fahrbahnen. Sogar der Himmel erscheint mir leerer und härter als der Himmel jenseits des Brandenburger Tors, natürlich ist das Unsinn, es ist genau der gleiche Himmel aus trockenem, durchsichtigem Hellblau wie derjenige, den ich heute morgen, – an meinem ersten Morgen in Berlin seit 1935 –, von meinem Zimmer im Hotel am Zoo aus wahrgenommen habe. Ich gehe entzückt in den Stahlstich hinein, die Linden in Richtung zum Zeughaus entlang, es gibt das Schloß nicht mehr, das weiß ich schon, so biege ich rechts ab, gehe auf dem Opernplatz umher, den man schön restauriert hat, und später zum Gendarmenmarkt hinüber. Ich bin so gut wie allein. Es ist verrückt, aber ich bin in der Mitte Berlins, in deren dichtem Leben und Treiben ich mich als Kind oft bewegt habe, eine vereinzelte, seltene, streunende Figur. Ich betrete die Hedwigs-Kathedrale, ihr Inneres ist glänzend und geschmackvoll erneuert, und hier sitzen tatsächlich einige Beter, an einem der Seitenaltäre wird eine Messe gelesen. Draußen wieder die karge Abseitigkeit des Platzes, auf dem Gendarmenmarkt überhaupt keine Menschenseele, kein einziges Auto, und das in der Frühe eines Werktags. Die Kuppeltürme des Französischen und des Deutschen Doms ragen über den Ruinen ihrer Kirchen, und die Stufen der großen Freitreppe des Schauspielhauses sind geborsten. Hier, in dieser Leere, in diesem Schweigen würde ich gerne wohnen, noch lieber als in der Kirchstraße in Moabit. Keine Reklame, niemand bettelt mich schreiend an, ich möge ihm etwas abkaufen, stattdessen der Geruch nach Armseligkeit und Desinfektion, nach feinem grauem Staub und Puritanismus. Ich weiß sehr wohl, daß ich mich Illusionen hingebe, ich gehe nicht in einer puritanischen Stadt umher, sondern nur in einer dürftigen und zurückgebliebenen Stadt, sie wünschen sich hier ja den Reichtum, die Warenflut, die Auto-Herden, neidisch blicken sie auf die entfesselte Produktion, die Moden, die Schnelligkeit, den Witz, die Bücher und das nackte Fleisch. Was mir als ihr einziger und einzigartiger Vorzug erscheint, ist für sie nur etwas, was sie schnell loswerden wollen. Ohne es zu wissen und ohne es zu wollen, haben sie ein sehr altes, ein karges und silbernes Preußen an den Rand der großen slawischen Ebene gestellt – es ist ärgerlich, daß sie es nicht zu wissen scheinen. Ich könnte hier leben. Aber da ist diese Sache mit der Zigarette und dem Paß! Sogar Annas Augen wurden eng, als ich ihr den Vorfall an der Sperre schilderte, am Dienstag, als ich sie in Neukölln besuchte, obwohl sie nachher meinte, ich überschätzte seine Bedeutung, kleine Polizeiseelen gäbe es überall. Andererseits verstand sie mich nicht, als ich versuchte, ihr zu erklären, welche Gründe mich bewegen könnten, in der Nähe des Gendarmenmarktes und der Französischen Straße, am Hausvogteiplatz oder auf der südlichen Spree-Insel zu wohnen. Ich vermute, sie hat mir gar nicht recht zugehört, hielt mein Gerede über Stahlstiche und den Lyrismus Brechts sicherlich für bourgeoises Geschmäcklertum, bestenfalls für eine persönliche Spinnerei; was sie aufnahm und erregte, war einzig der Umstand, daß ich, ein westlicher Journalist, englischer Staatsangehöriger und deutscher Jude aus bürgerlicher, fast konservativer Familie, den Wunsch empfand und ernsthaft in Erwägung zog, mich in Ostberlin niederzulassen. Mein verantwortungsloses Gerede ist ihr, da es sie quälend an ihre eigene Unfähigkeit erinnerte, sich entscheiden zu können, mächtig auf den Wecker gefallen; denn dieser Redewendung bediente sie sich, als ich bemerkte, alles, was mir Ostberlin geben könne, fände ich vielleicht auch in der Kirchstraße in Moabit, oder hier bei ihr in Neukölln, also im Westen Berlins. »Sie fallen mir mächtig auf den Wecker, Mann«, hat sie gesagt, unwillig lachend. Und sie hat hinzugefügt: »Wenn Sie im Westen wohnen wollen, warum ziehen Sie dann nicht nach Wannsee, in Ihr Elternhaus? Besser können Sie's doch gar nicht haben!« Ich habe sie sprachlos angesehen, es war mir schleierhaft, wie jemand imstande war, sich vorzustellen, ich könnte dort nocheinmal wohnen. Wenn ich vorhin geschrieben habe, ich würde lieber mein Erbe behalten, so habe ich damit gewiß nicht das Haus in der Bismarckstraße gemeint, nicht dieses landgreifliche Stück vom Entsetzen. Ich habe mich dann daran erinnert, daß Anna am Ende des Krieges sieben Jahre alt gewesen ist; sie hatte gewisse Dinge nicht auffassen können. Es gibt eben tatsächlich Generationsbrüche. Daß Anna einer Generation angehört, die gewisse Dinge nicht mehr hatte auffassen können, wäre übrigens ein Grund mehr, mit ihr zusammenzuleben. Ich möchte wissen, was aus ihr geworden ist. Vielleicht schreibe ich einmal Sandberg und bitte ihn, sich nach Anna Krystek zu erkundigen. Auf dem frankfurter Flughafen, seinerzeit, haben Anna und ich abgemacht, uns nicht zu schreiben, niemals. Wir haben diese Abmachung eingehalten. Aber Sandberg, der jeden Menschen in Berlin kennt, könnte ich doch unter der Hand um eine Auskunft bitten. Ich sollte es gleich tun, ein paar Zeilen würden genügen, aber in diesem Augenblick, um die Mittagsstunde eines grau-schwülen Schirokkotags in Rom, in der ich schon müde geworden bin und mich in meinem Zimmer im Byron eingeschlossen fühle, unterbricht mich das Geräusch, das Megs Schlüssel in unserer Wohnungstüre in der Malet Street macht. Ich höre es so deutlich wie in jener ersten Nacht meines letzten Aufenthalts dort, in der ich mich angekleidet auf die Couch in unserem Wohnzimmer gelegt und mir vorgenommen hatte, mich schlafend zu stellen, wenn Meg nach Hause kommt. Warum sie gerade jetzt mit diesem Schlüsselklirren in meinen wohligen römischen Mittagsüberdruß einbricht? Vermutlich ist sie ungeduldig geworden; sie hat sich ja nie um meine Stimmungen und Gefühle gekümmert, wenn sie ungeduldig mit mir war. Wahrscheinlich will sie mich daran erinnern, daß ich nun genug Zeit damit zugebracht habe, ein Netz von Erinnerungen und Abschweifungen zu spinnen, nur um die Stunden totzuschlagen, die sie mich warten ließ, während sie einen Abend mit dem Regisseur Cameron in Chelsea verbrachte. »Du hast dir für diesen Abend eine Masse Zeit genommen, mein Lieber«, sagt sie, »vom November 1962 bis zum Mai 1964.« Jetzt zerreißt sie mein Netz. Sie sitzt auf meinem Bett im Albergo Byron, ich stehe vor dem Fenster, neben der Zeichenplatte, an der ich den ganzen Vormittag gearbeitet habe. Ja, sie ist schon eingetreten, in dieses Zimmer in Rom, während sie noch auf dem Treppenabsatz des Hauses Malet Street 31 verweilt. Ich höre, wie sich ihr Schlüssel im Schloß dreht. Hastig knipse ich das Licht der kleinen Lampe über der Couch an. Ich bringe das Zifferblatt meiner Armbanduhr nahe vor meine kurzsichtigen Augen. Es ist Viertel vor eins. Meg ist gekommen.

4

Ich hatte vor, das Licht gleich wieder zu löschen und mich schlafend zu stellen, aber aus der Art, wie Meg die Türe öffnet, verweilt und einen Gegenstand im Flur abstellt, kann ich hören, daß sie meinen Koffer mitgebracht hat, so daß ich doch aufstehe, – ich habe mich in meinen Kleidern hingelegt, nur meine Jacke und meine Schuhe hatte ich ausgezogen –, um ihr behilflich zu sein. Ich setze also meine Brille auf und gehe hinaus. Sie hat die Wohnungstüre schon wieder geschlossen und den Koffer, der mehr eine dicke, abgetragene Handtasche ist, neben die Garderobe gestellt.

»Danke«, sage ich, »ich habe das Auto nicht gehört, sonst wäre ich hinuntergekommen, um dir die Tasche abzunehmen. Ich muß geschlafen haben.«

Ich glaube ganz genau zu wissen, daß ich nicht geschlafen habe, sonst hätte ich ja das Geräusch ihres Schlüssels nicht sofort vernommen. Daraus, daß ich Camerons Auto nicht gehört habe, schließe ich nicht, ich könne vielleicht doch geschlafen haben, sondern nur, daß er auf Megs Bitte seinen Bentley so seidenweich und lautlos gestoppt hat, wie das eben mit einem solchen Auto möglich ist. Es kann auch sein, daß Meg ihn gezwungen hat, sie an der nächsten Ecke abzusetzen; sie ist dann die paar Schritte von dort zu Fuß gegangen – meine Handtasche ist nicht allzu schwer, ich will höchstens zwei bis drei Tage in London bleiben, habe daher nur das Nötigste mitgenommen, und Meg ist kräftig, es macht ihr nichts aus, immer mit ihren schweren Fotoapparaten umherzuziehen.

Meg lächelt mir zu.

»Schlaf nur weiter«, sagt sie, »aber jetzt zieh wenigstens vorher deinen Pyjama an!«

Sie deutet auf die Handtasche. Sie macht keinen Versuch, zu erklären, wie sie nach Hause gekommen ist. Da ich selbst gesagt habe, ich müsse geschlafen haben, braucht sie nicht weiter zu erklären, wie sie so lautlos vor die Türe von Malet Street No. 31 gelangt ist.

Ich bin völlig unlogisch; ich habe vergessen, daß sie es nicht nötig hätte, sich wie ein Dieb in unsere Wohnung zu schleichen. Sie braucht auf mich keine Rücksicht zu nehmen.

Ich helfe ihr, den Mantel abzulegen, er ist naß vom Regen.

Wir gehen ins Wohnzimmer. Ich blicke auf ihr Jackenkleid aus dunklem Tweed, auf ihre Strümpfe. Obwohl ich keine Ahnung habe, ob sie aus Camerons Wohnung kommt, stelle ich mir vor, wie sie das Kleid vor einer halben Stunde in Camerons Wohnung wieder angezogen, wie sie ihre Strümpfe gerichtet, ihre Lippenfarbe nachgezogen und ihre Haare gekämmt hat. Sie nimmt mit einem beiläufigen Blick davon Kenntnis, daß ich mein Lager mit Decken und Kissen auf der Couch in diesem Zimmer aufgeschlagen habe.

»Ich muß dir noch zwei Leintücher geben«, sagt sie.

»Ist nicht nötig.«

»Es ist sehr nötig«, erwidert sie, »in Leintüchern schläft man viel besser.« Und sie geht nebenan ins Schlafzimmer und kommt mit den Tüchern zurück.

»Wie war es im Kings Head?« frage ich.

»Wir sind gar nicht im Kings Head gewesen«, antwortete sie. »Wir haben deinen Koffer geholt und dann haben wir nur rasch eine Kleinigkeit im Musketeer gegessen, weil Cameron da gleich um die Ecke wohnt, und dann sind wir zu ihm gegangen und haben über den Film geredet.«

»Ah«, sage ich, »das ist eine typische Meg-Auskunft!«

»Wie meinst du das?« fragt sie verwundert.

»Die echte Meg-Mischung aus Zuckerbrot und Peitsche«, sage ich.

»Aber ich verstehe dich wirklich nicht!«

»Das ist doch gar nicht schwer zu verstehen«, sage ich. »Erst gehst du mit ihm nicht ins Kings Head, weil ich dich daran erinnert habe, – du hattest es ja vergessen! –, daß das Kings Head *unser* Kings Head gewesen ist; das ist dein zartes Entgegenkommen für mich, ich soll es zu schätzen wissen, und ich schätz' es ja auch, Meg, wirklich, ich bin dir dankbar dafür, daß du mit Cameron wenigstens heute abend nicht im Kings Head warst, aber dafür verpaßt du mir dann, daß du mit ihm noch in seine Wohnung gezogen bist, denn zu weit willst du mir ja wieder nicht entgegenkommen, die Bäume sollen nicht in den Himmel wachsen, besonders meine Bäume nicht, Meg ...«

»George«, sagt sie, »du bist krank. Du bist einfach krank.«

Aber ich beachte ihren Einwurf nicht. »Nichteinmal, daß du mit ihm nicht im Kings Head warst, zeugt von besonderer Rücksicht auf mich«, sage ich, »ich kenne doch den Musketeer, wir haben immer sehr schöne Abende im Musketeer miteinander gehabt, erinnerst du dich nicht? Wir haben ihn zusammen entdeckt, auch der Musketeer war *unser* Musketeer«, und ich breche ab, weil mich die Erinnerung an das winzige dunkle Eßkabinett der alten und smarten Pub in Belgravia überwältigt. Der Musketeer ist alt und dunkel und *sophisticated* und *cosy*, und man geht mit einer Frau dorthin, weil man an einem Tisch im Musketeer nicht sitzen kann, ohne mit den eigenen Knien die Kniee der Frau zu berühren. Aber noch während ich mich darüber aufrege, daß Meg mit Cameron im Musketeer gewesen ist, weiß ich bereits, wie das Wort Musketeer in diesem Augenblick für mich nichts weiter ist, als der Name einer bestimmten Stelle in meinem Vorstellungsvermögen; ich benenne so einen winzigen Punkt in der grauen Landschaft meiner Gehirnsubstanz, den ich auch, – ich habe es unzählige Male getan –, mit einem x-beliebigen anderen Wort markieren könnte, denn selbst wenn Cameron meine Frau in ein anderes, mir vielleicht gänzlich unbekanntes Lokal geschleppt hätte, würde ich mich genau so gehenlassen, wie ich mich jetzt gehenlasse; gerade mit der Unbekanntheit des Lokals würde ich dann die Hysterie begründen, deren keineswegs unschuldiges Opfer ich heute nacht wieder einmal bin.

»Du kennst Cameron nicht«, sagt Meg und lacht. »Er ist Schotte. Er ist zwei Meter groß und knochig und sieht aus wie ein Gespenst. Und er redet nur über Filme. Er interessiert sich ausschließlich für Filme.«

»Also genau der Typ, den du gern hast«, sage ich, »ein Mann, der von seiner Arbeit besessen ist.« Ich setze Trümpfe: »Er muß ein elegantes Gespenst sein. Ich habe seinen Bentley gesehen. Und seine weißen Manschetten. Und wie er dir mit seiner rechten Hand über die Beine strich, nachdem er die Autotüre geschlossen hatte.«

»Er hat mir nicht über die Beine gestrichen«, sagt Meg wütend, »das bildest du dir nur ein.« Sie versucht es nocheinmal, auf die ruhige Tour. »Jetzt hör mal zu, George«, sagt sie, »hör mir mal bitte einen Augenblick ruhig zu: Camerons nächster Film, der, für den er mich geholt hat, spielt in den Docks von Liverpool. Ich war vor vierzehn Tagen in Liverpool und habe mir das Gelände angesehen und ein paar Aufnahmen gemacht. Heute, nach dem Essen, haben wir uns die Aufnahmen angesehen, es sind Farb-Dias, wenn du willst, zeig' ich sie dir auch, und ich habe ihm gesagt, daß ich bei seinem Film nur mitmache, wenn er sich an meine Farbauffassung hält, wenn er seinen Kameramann zwingt, die Docks so zu fotografieren, wie ich sie fotografiert habe; es wurde eine ziemlich harte Verhandlung daraus, aber schließlich hat er nachgegeben. Und dann hat er mich nach Hause gebracht und jetzt bin ich hier. Das ist alles, George, wirklich alles!«

Ihr Tonfall beweist mir nichts. Wenn sich Meg entschlossen hat, mich zu belügen, so wird sie dies so überzeugend und intensiv tun, wie wenn sie die Wahrheit spräche. Ebenso rücksichtslos, wie sie mir die Wahrheit sagt, wird sie mich beschwindeln, falls sie es aus irgendeinem Grund für richtiger hält. Zum Beispiel könnte es sein, daß ihre sexuelle Beziehung zu Cameron gerade erst begonnen hat, sich sozusagen noch im Versuchsstadium befindet, oder aber, daß sie sehr befriedigend verläuft, in harmonischen Spielen und mit großer Innigkeit danach; dann wird Meg mir nichts sagen. Oder vielleicht wünscht sie, aus beruflichen Gründen, den Schein eines sachlichen Arbeitsverhältnisses mit Cameron zu wahren, auch dann wird sie die Wahrheit verbergen, und zwar mit einer solchen Kraft, daß die Lüge die Stelle der Wahrheit vertritt, mit ihr identisch wird, daß sie in sich richtig wirkt und die höhere Wahrheit darstellt, denn wenn Meg und Cameron noch zögernd oder gerade in vollen Zügen die Liebe machen, oder auch wenn sie miteinander arbeiten und nur beiläufig, nur eben weil es sich gerade ergibt und weil es die Arbeitsbeziehung verbessert, miteinander ins Bett gehen, so haben sie ein Recht darauf, diese Sache geheimzuhalten, und die Lüge, die das Geheimnis schützt, ist gerechtfertigt und mithin wahr. Meg hat das immer gekonnt: aufrichtig lügen. Andererseits ist es möglich, daß sie jetzt eben nicht gelogen hat. Meg ist dazu fähig, eine Verbindung wie diese ganz gradlinig und nüchtern durchzuspielen, etwa wenn sie es sich in den Kopf gesetzt hat, auszuprobieren, ob sie es mit ihrer Arbeit und mit ihr allein schaffen wird, die Qualität von Camerons Film günstig zu beeinflussen. Das ist bei Meg mit drin, wie man in Berlin sagen würde. Vielleicht ist Cameron auch wirklich das schottische Gespenst, als das Meg ihn mir hinstellt. Ich werde morgen den Baron Collaudi anrufen; von ihm werde ich erfahren, was die Branche über Meg und Cameron weiß. Jedenfalls wäre es geradezu fahrlässig, anzunehmen, es bliebe bei Fachgesprächen, wenn Meg sich von zehn oder elf bis halb ein Uhr nachts in der Wohnung eines Mannes aufhält, der offenbar allein lebt, denn von einer Mrs. Cameron war ja nicht die Rede. Wieder drängt sich mir eine Redefigur auf, die ich in Berlin aufgeschnappt habe: Ich bin doch nicht bekloppt. Ich suche nach einem englischen Ersatz für diese deutsche Slangwendung, – was für einen grausigen Spaß er mir macht, dieser neue deutsche Umgangston! –, finde jedoch nichts als die ziemlich blasse Frage *what do you take me for*, die ich an Meg richte, wobei ich höhnisch hinzufüge, ich sähe weit und breit keinen der Kästen, in denen sie doch ihre Diapositive aufzubewahren und zu transportieren pflege – sie müsse ihn wohl bei Cameron vergessen haben. Sie sucht einen Augenblick in ihrer Handtasche, zieht ein Etui aus weichem Leder heraus, öffnet es und zeigt mir, daß sich darin ein paar in Gläser gefaßte Lichtbilder befinden.

»Es sind nur zehn Stück«, sagt sie. »Glaubst du, ich habe Cameron einen Lichtbildervortrag gehalten?«

»Nein, das glaub' ich allerdings nicht«, sage ich.

»Was für ein Verhör!« sagt Meg. Ohne die Stimme zu heben, eher senkt sie sie noch um eine Spur, fragt sie: »Findest du eigentlich, daß du das Recht hast, mir eine solche Szene zu machen?«

Beinahe jede andere Frau würde nun fortfahren und mir genau auseinandersetzen, warum ich das Recht, eine Szene zu machen, verwirkt habe. Man habe sich doch getrennt, auf meinen Wunsch, ich sei vor einem Jahr zuletzt auf der Bildfläche erschienen, man sei schließlich frei, und so weiter. Meg macht von dieser Lizenz keinen Gebrauch. Ihre Technik, Dialoge solcher Art abzukürzen, ist hoch entwickelt. Sie weiß, daß sie zu nichts taugen und daß es eine Art der logischen Beweisführung gibt, die unfair ist. Meg ist nämlich fair. Zwar gibt sie mir zu bedenken, daß ich nicht das Recht besäße, ihr eine Szene zu machen, aber sie bohrt nicht weiter, weil sie sich dessen bewußt ist, wie enttäuscht sie wäre, würde ich mich nicht so unlogisch verhalten, wie ich es eben getan habe. Ich bin selber über mich entsetzt. Ich hatte angenommen, ich sei über manches nun doch hinaus. Während Meg geschwind die Leintücher ausbreitet und die Couch in ein Bett verwandelt, stehe ich mit dem Rücken zu ihr am Fenster und blicke in die nächtlich verregnete Malet Street hinaus, weil mir der Anblick persönlicher Dienstleistungen unangenehm ist. Ich höre, wie sie ins Schlafzimmer geht. Sie läßt die Türe offen.

»Du hast gearbeitet!« ruft sie. Ihre Stimme klingt, als freue sie sich.

Ich gehe ihr nach. »Ich muß das Zeug noch aufräumen«, sage ich.

Sie sitzt vor dem Tisch, auf dem die Schreibmaschine steht, und blickt über die ausgebreiteten Blätter.

»Mein Gott«, sagt sie, »du schreibst ja deutsch!«

Ich nicke nur. Was soll ich darauf sagen?

»Dann schreibst du also ein Buch!« konstatiert sie. Meine Erwiderung, ich schriebe nur so für mich einiges auf, nimmt sie gar nicht zur Kenntnis.

»Keir hat mir schon erzählt, daß du jetzt schreibst«, sagt sie.

Dieser Satz ist für mich in zweierlei Hinsicht interessant. Erstens einmal erfahre ich durch ihn, daß sie mit Keir in Verbindung steht und mit ihm über mich spricht, was ich allerdings schon erraten habe, als sie sich über meine Reise nach Berlin informiert zeigte; zweitens aber bestätigt er mir, daß man, wenn man von jemandem sagt, er schreibe, immer meint, er schriebe ein Buch. So lange ich Journalist war, hat nie jemand von meinem Schreiben geredet, höchstens davon, ich schriebe gerade einen Artikel oder eine Reportage.

»Keir hat dich schon lange im Verdacht, du wolltest in die Literatur«, berichtet Meg weiter. Wir müssen beide lächeln, weil wir Keir kennen und wissen, daß er von Literatur gern im Tonfall grimmiger Ironie spricht, obwohl er andererseits ein Kenner von Literatur ist, mit ganz bestimmten Vorlieben, zum Beispiel für Trollope und Shakespeare.

»Er hat gemeint, es sei eine Berufskrankheit«, erzählt sie mir. »Beinahe jeder Journalist, so sagte er, liefe ja herum mit der geheimen Absicht zu schreiben.« Wieder verwendet sie das Wort *schreiben* so, als handle es sich dabei um etwas vom Schreiben der Journalisten total Verschiedenes, um eine geheimnisvolle Beschäftigung *an sich*. In diesem Sinne hat es also auch Keir gebraucht.

»Ich habe ihm aber gesagt«, fährt sie fort, »er solle sich nicht täuschen. Wenn du einmal damit anfingst, habe ich gesagt, würde es ernst.«

»So sehr ernst ist es mir aber gar nicht damit«, erwidere ich. In der Nacht vom 14. zum 15. November 1962 konnte ich noch die Behauptung aufstellen, es sei mir *damit* gar nicht so ernst. Schließlich war ich erst seit zwei Wochen und wie zufällig in diese Art, mich zu beschäftigen, hineingeraten. Inzwischen sind beinahe zwei Jahre verstrichen. Und auch zwei Jahre später gibt es Augenblicke, Stunden, Tage, an denen ich mich frage, ob ich meine Zeit nicht sinnlos vergeudet habe. Dann sitze ich wie gelähmt herum.

»Wie schade, daß ich es nicht lesen kann!« sagt Meg. Sie beugt sich über die Papiere, probiert einen Satz zu entziffern, gibt dieses Vorhaben aber sogleich wieder auf.

Ich bin froh, daß sie niemals den Versuch gemacht hat Deutsch zu lernen, sonst müßte ich ihr jetzt diese Bogen wegreißen, auf denen ich den Verdacht festhielt, Cella habe mir angesehen, *was ich vor zwei Stunden im Circolo della Stampa Estera mit mir getrieben hatte. Wie alle Leute, die sich selbst befriedigen, beherrscht mich ein starkes Schuldgefühl*, habe ich da geschrieben. Die Vorstellung, Meg könne dergleichen Sätze lesen, treibt mir die Schamröte ins Gesicht und läßt mich gleichzeitig ahnen, wie absurd es wäre, versuchte ich, aus meinen Aufzeichnungen ein Buch zu machen, etwas, was *erscheint*. Jeder auch nur halbgare Roman wird ja heutigentags in alle Sprachen übersetzt, Sätze wie diese, die ich vor ein paar Stunden auf meiner alten Schreibmaschine in unserer, – Megs und meiner –, Wohnung tippte, würden also in der englischen Ausgabe vor Megs Augen erscheinen – nein, es ist nicht auszudenken!

Meg hat den Kopf in beide Handflächen gestützt. »Jetzt bist du schon fast dreißig Jahre in England«, sagt sie nach einer Weile, »und du bist ein englischer Journalist geworden und hast eine englische Frau geheiratet und du sprichst ein vollkommenes Englisch mit nur ganz, ganz wenig Akzent. Aber dann gehst du ein paar Tage nach Berlin und fängst zu schreiben an und was tust du? Du schreibst deutsch!« Sie unterbricht sich, bleibt stumm, dann sagt sie: »Ach George, ich begreife auf einmal, daß du ein Fremder bist!«

Sie steht auf, kommt auf mich zu und legt ihre Arme auf meine Schultern.

»Du bist ein Fremder, George«, sagt sie, »und ich bin nicht immer gut zu dir gewesen. So freundlich und höflich, wie man zu einem Ausländer sein soll!«

Sie lächelt und sorgt, indem sie das Wort *stranger* durch das Wort *foreigner* ablöst, sowie auch dadurch, daß sie ihre Arme wieder sinken läßt, daß keine Verlegenheit zwischen uns entstehen kann. Natürlich ist jetzt das Problem, ob wir miteinander schlafen sollen, akut geworden. Wir möchten es beide. Aber stattdessen gehe ich zum Tisch, ordne die beschriebenen Bögen und stülpe die Wachstuchhaube über die Schreibmaschine, während Meg in ihr Labor verschwunden ist; ich höre sie dort noch einige Zeit herumkramen, während ich schon auf der Couch liege. Dann löscht sie das Licht und geht zu Bett. Sie hat die Türe zwischen uns nicht geschlossen, aber sie kommt nicht zu mir. Während wir zusammenlebten, hat es öfters Zeiten gegeben, in denen ich auf der Couch im Wohnzimmer geschlafen habe, und

Meg ist dann häufig zu mir gekommen, wenn ihr der Sinn danach stand, aber heute nacht weiß sie, daß sie einen schweren Fehler begehen würde, überließe sie die Initiative nicht mir. Ich soll kapitulieren, und die Kriegsregel schreibt vor, daß sie der Kapitulation nicht zuvorkommen darf. Die Zimmer sind so klein und so nahe beisammen, daß ich nach einer Weile Megs ruhige Atemzüge höre – sie ist eingeschlafen. Ich hätte doch in ein Hotel gehen sollen. Auch ich werde gleich einschlafen, ich bin müde, ich mußte heute morgen in Rom ziemlich früh aufstehen, um die Maschine nach London zu erreichen; selbst mit meinem schnellen kleinen Auto brauche ich doch fast eine Stunde bis zum Flughafen Fiumicino. Ich denke an dieses Auto, das jetzt auf dem Parkplatz in Fiumicino steht und auf mich wartet, es gehört mir, ich erinnere mich noch an einige andere Dinge, die leblos sind und auf die ich mich verlassen kann, dann schlafe ich ein.

Beim Frühstück kann ich nicht meiner Gewohnheit frönen, es allein einzunehmen und dabei die Zeitung zu lesen, weil Meg schon vor mir aufgestanden ist und es zubereitet hat, aber es stört mich heute früh nicht, ich finde es zur Abwechslung einmal ganz gemütlich, nicht allein zu frühstücken, zumal Meg so aufmerksam war, mir die Zeitung von der Türe zu holen und sie mir aufs Bett zu werfen, wo ich sie rasch überflogen habe. Wir sitzen an unserem Küchentisch, Meg in einem Trainingsanzug, sie trägt niemals Morgenröcke, Frisiermäntel und dergleichen, sondern kommt am Morgen immer frisch und sportlich zum Vorschein, ich hingegen befinde mich noch im Pyjama und sehe wahrscheinlich etwas ungepflegt aus, weil ich dem Grundsatz huldige, mich erst nach dem Frühstück zu waschen. In der Regel rasiere ich mich, frühstücke, danach dusche ich, heute muß ich auch das Rasieren auf nachher verschieben, Meg wirft meine Riten um, überhaupt muß ich meine Gewohnheiten häufig ändern, Menschen und Orte erzwingen immer wieder, daß ich sie abwandle, zum Beispiel muß ich mich in Rom vor dem Frühstück nicht nur rasieren, sondern auch waschen und anziehen, weil ich dort ja nie zu Hause, – will sagen: in meinem Zimmer im Byron –, frühstücke, sondern in einer Bar, meistens im Barraum des Caffè Greco. Beobachtungen wie diese bringen mich auf das Thema Gewohnheiten im allgemeinen; ich merke vor, daß ich mir in diesen Blättern einmal meine Gewohnheiten ausführlich selbst darstellen muß, sie nehmen ja den größten Teil meines Lebens ein, aber sie sind nicht nur quantitativ von Bedeutung, sondern besitzen auch eine Qualität für sich selbst, eine entweder angenehme oder unheimliche, auf jeden Fall das Leben fressende Macht. – Es ist natürlich Unsinn, wenn ich schreibe, meine Frühstücksregeln hätten mich auf dieses Thema gebracht, in erster Linie ist das Nachsinnen über meinen Umgang mit Lidia daran schuld. Ich habe den gestrigen Abend mit ihr verbracht, und während ich mir soeben, beim Schreiben an der Zeichenplatte im Byron das Stichwort *Gewohnheiten* gab, sind meine Gedanken von meinen Frühstücks- und Toilettenproblemen zu Lidia abgeirrt und haben sich mit der Natur meines Verhältnisses zu ihr beschäftigt. Auch sie gehört ja zu dem, was ich auf englisch als meinen *pattern of life* bezeichnen würde, ein Ausdruck, den ich mir mit dem Wort *Lebensmuster* nur ungenügend ins Deutsche übersetze, weil das Wort *Muster* nicht die Nebenbedeutung des Wortes *pattern* besitzt: Schablone. Einstweilen schließe ich diese Überlegungen, ehe ich sie auch nur begonnen habe – ich will weiter mit Meg frühstücken, es gibt Speck mit gebratenen Eiern, Toast, Butter, Jam, Orangensaft und Tee – nach Rom mit seiner Tasse Cappuccino und einem trockenen Hörnchen am Morgen eine ganz ungewohnte Sensation für mich; ich begrüße die Insignien Englands mit Dankbarkeit, ich fühle mich doch sehr zuhause in England. Meg bringt das Gespräch auf Esther. Sie erkundigt sich danach, was ich über Esther herausgebracht habe. Schon gestern, gleich nach meiner Ankunft, hat sie mich deswegen befragt, aber Camerons Erscheinen hat mir die Antwort abgeschnitten. Da ich ihr erzählt habe, daß ich gegen Mittag Keir aufsuchen werde, möchte sie wissen, was ich ihm über seine Tochter zu berichten habe. Ich teile ihr mit, was ich von Frau Schlesinger erfahren habe – daß Esther im November 1938 von zuhause weggelaufen und nicht wieder zum Vorschein gekommen ist.

»Mein Gott«, sagt Meg, »dann lebt Esther vielleicht noch! Hast du irgendeine Ahnung, wo man sie suchen könnte?«

Anna Krystek und ich, wir haben uns eine Hypothese darüber gebildet, wo Esther sich aufhalten könnte, aber Meg gegenüber erwähne ich Mutter Ludmilla nicht; was ich aus der Nonne herausbekommen habe, geht nur Keir etwas an; es ist fatal genug, daß ich zum Mitwisser von Dingen geworden bin, die einzig Keir etwas angehen. Wenn ich Anna davon erzählt habe, so nur, weil sie mich schließlich auf die Idee gebracht hatte, Esthers frühere Schule zu besuchen, und ich ihr die Genugtuung verschaffen wollte zu hören, daß sie keinen schlechten Einfall gehabt hat. Außerdem kennt sie Keir nicht, und es ist so gut wie ausgeschlossen, daß sie ihm jemals begegnen wird.

»Aber warum, wenn sie noch lebt, hat Esther sich nach dem Krieg nicht gemeldet?« fragt Meg. »Sie hat doch sicher gewußt, daß ihr Vater in England zu finden ist, sie war immerhin dreizehn, als sie weglief; ihre Mutter muß ihr doch von ihrem Vater erzählt haben!«

Weil ich Meg die Mutter-Ludmilla-story nicht erzählen will, wenigstens nicht, ehe ich mit Keir gesprochen habe, bleibt mir nichts anderes übrig, als ihre so naheliegende Frage mit einem Achselzucken zu beantworten. Um das Thema zu beenden, weiche ich in die Vermutung aus, Esther müsse eben doch tot sein, obwohl ich keineswegs dieser Ansicht bin. Meg ist sichtlich enttäuscht, daß ich die Sache scheinbar so gleichgültig abtue. Ich breche aber das Spiel mit den Vermutungen über Esthers Tod oder Weiterleben nicht nur ab, weil es mir nutzlos erscheint, sondern auch weil mich während unserer Unterhaltung ein ganz anderer Gedanke beschäftigt hat. Auf einmal habe ich mich gefragt, ob ich Meg nicht von Anna erzählen, ihr meine Bekanntschaft mit diesem berliner Mädchen schildern, ja vielleicht sogar erwähnen soll, daß ich den Versuch machen möchte, mit Anna zu leben. Zwar hat Anna sich im frankfurter Flughafen nicht entschließen können, mir weiter nach Rom zu folgen, aber das ist erst vierzehn Tage her, vielleicht hat sie es sich anders überlegt, vielleicht liegt bereits ein Telegramm im Byron, in dem sie mir mitteilt, sie komme nun doch, vielleicht ist sie gerade gestern, während ich mich auf dem Flug nach London befand, in Rom eingetroffen, ganz ohne Telegramm, einfach so, ich habe ihr in Frankfurt ausdrücklich auch diese Möglichkeit angeboten. Sie ist nicht gekommen, wie sich inzwischen herausgestellt hat, was ich aber noch nicht wissen konnte, als ich, vor beinahe zwei Jahren, mit Meg in unserer Wohnung in der Malet Street frühstückte; damals stand das Problem Anna für mich noch auf der Tagesordnung. Es wäre interessant für mich, festzustellen, wie Meg auf Mitteilungen über Anna reagieren würde und welchen Rat sie mir für mein Verhalten ihr gegenüber gäbe, denn ganz gleich, wie sie solche Nachrichten aufnehmen würde, so wäre ich mir doch ihres sachlichen und guten Rates gewiß. Obwohl Meg eifersüchtig sein kann, und zwar in heftiger, ja primitiver Weise, wie ich während unseres Zusammenlebens ein paarmal erfahren habe, – nicht in bezug auf mich freilich, denn ich habe ihr niemals Anlaß zur Eifersucht geboten –, ist sie doch außerstande, das

Verhältnis eines Mannes zu einer Frau nicht vollkommen richtig abzuschätzen, nicht zu wissen oder zu fühlen, ob es stimmt oder nicht stimmt, und ihr Urteil ohne Rücksicht auf ihre eigenen Interessen auszusprechen. Auch wäre es nur fair, wenn ich Meg von Anna berichtete, nachdem ich Anna von Meg erzählt habe. Aus irgendwelchen Gründen, über die ich mir keine Rechenschaft ablege, aus Feigheit wahrscheinlich, oder mindestens aus Bequemlichkeit, lasse ich es aber doch sein; anstatt von Anna und mir zu sprechen, gerate ich vielmehr ins genaue Gegenteil: in eine Unterhaltung über Keir und Meg. Meg liefert mir das Stichwort dazu, indem sie meint, für Keir würde es viel bedeuten, zu erfahren, seine Tochter sei vielleicht doch noch am Leben, und noch mehr, eröffnete man ihm die Aussicht, sie zu finden.

»Wie geht es Keir denn?« frage ich. Ich bilde mir ein, ich stellte diese Frage, um Megs Interesse endlich von Esther abzulenken; in Wirklichkeit kommt es mir darauf an, zu erfahren, ob Meg weiß, wie es Keir geht. Zwar weiß ich schon, daß sie es weiß, denn ich habe ja bereits herausgebracht, daß sie mit ihm Verbindung hält, sich von ihm auch darüber unterrichten läßt, wo ich mich gerade befinde, aber ich habe Keirs Namen noch nicht ausgesprochen, noch nicht mit Hilfe der direkten Frage danach, wie es ihm ginge, zu erkunden versucht, in welcher Weise Meg an Keirs Befinden Anteil nimmt. Aus den Nuancen des Tonfalls ihrer Antwort auf diese scheinbar so konventionelle Frage hoffe ich zu erfahren, wie ihre Beziehung zu Keir gerade beschaffen ist. Aber ich werde zunächst enttäuscht.

»Schlecht!« gibt Meg mir zur Antwort, in einem ratlosen Ton, und fügt hinzu: »Ich weiß nicht, was mit ihm los ist.«

Ich frage mich, ob sie es wirklich nicht weiß, doch ist ihre Stimme ganz in das Grau eingefärbt, das sie immer annimmt, wenn Meg sich über etwas beklagt. Es klingt fast so, als beschwere sie sich bei mir darüber, daß Keir ihr nicht anvertrauen will, was mit ihm los sei.

»Trinkt er wieder einmal zuviel?« frage ich.

»Ja, er trinkt eine Menge in den letzten Monaten«, erwidert Meg, »noch mehr als sonst.«

Sie ist also häufig mit Keir zusammen, schließe ich, wenn sie in der Lage ist zu beurteilen, ob er mehr trinkt als sein übliches gewaltiges Quantum. Sie ist so häufig mit ihm zusammen, daß sie imstande ist, seine Trinkgewohnheiten und ihre Wirkung zu beobachten. Da sie mit keinem von Keirs Mitarbeitern engeren Kontakt hat, – sie ist zwar in den Redaktionsräumen unserer

Zeitung allgemein bekannt, aber ihre Beziehung zu den Journalisten von Keirs Stab beschränkt sich auf die üblichen Grußformeln oder auf unverbindliche und sachliche Unterhaltungen dann und wann –, kann sie ihre Kenntnisse nicht aus dem Gerede der Redakteure und ihrer Sekretärinnen über den *editor* beziehen. Was zwischen ihr, mir und Keir vor sich geht, ist ein offenes Geheimnis, und so ist Meg zwar Gegenstand des Klatsches, kann aber nicht in ihn hereingezogen werden. Niemand hilft ihr dabei, Keirs Bier- und Gin-Pegel abzulesen. Ich behalte diese Überlegung natürlich für mich; sehr im Gegensatz zu meiner, – übrigens ein bißchen gespielten –, Aufregung über Cameron, schweige ich jetzt, wo es sich um Keir handelt; zum Thema Keir ist zwischen Meg und mir nichts mehr zu sagen, wir haben es häufig genug behandelt. Verglichen mit Keir ist Cameron ein kleiner Fisch – es war albern von mir, Camerons wegen Meg eine Szene zu machen.

»Aber das kann es nicht sein«, denkt sie laut weiter, »er hat oft hart getrunken und es hat ihm nicht geschadet. – Ich meine, es hat nicht seiner Arbeit geschadet«, fügt sie hinzu.

»Vielleicht kann man es einfach nicht endlos so weitertreiben«, gebe ich zu bedenken. »Keir ist jetzt Mitte Sechzig . . .« Ich breche ab, weil ich spüre, wie mich die Sprache an dieser Stelle ins Zweideutige geführt hat; mit dem Wort *weitertreiben* hat sie mich weiter getrieben, über die Grenzen einer Erörterung von Keirs Alkoholismus hinaus, ich denke an die gedachte Fortsetzung meines berliner Telefonats mit ihm, vor ungefähr zwei Wochen, als ich mir, wieder mein besseres Wissen, vorstellte, er würde mir mitteilen, daß er bereit sei, *aufzuhören. Dieser ganze imaginäre Dialog*, so habe ich inzwischen geschrieben, *entsprang meinem Wunschdenken; nur weil ich gewisse Gründe hatte, mir zu wünschen, Keir möge aufhören, ließ ich ihn in meiner Vorstellung Ansichten äußern, die nicht die seinen sind.* In Wirklichkeit denkt er gar nicht daran aufzuhören, sondern treibt es weiter.

Auch Meg hat begriffen, daß wir durch meine Bemerkung in gefährliches Gelände geraten sind. Sie knüpft deshalb dort wieder an, wo sie aufgehört hat.

»Die Zeitung hat nachgelassen«, sagt sie. »Aber das weißt du ja selbst am besten.«

Ich weiß es; Sandberg hätte es mir nicht zu sagen brauchen, mit dem Satz, Horne scheine auch nicht mehr so recht bei der Sache zu sein; ich kann selber die Zeitung lesen, aber Meg weist mich auf einen Umstand hin, der mir bisher entgangen ist.

»Merkwürdig«, meint sie, »daß ihr beide, du und Keir, fast gleichzeitig nachgelassen habt! Als ob ihr euch verabredet hättet!« Sie lacht und fragt: »Habt ihr euch verabredet?«

Ich schüttle den Kopf. Aber es ist wahr – über ihre Worte nachdenkend, finde ich heraus, daß sie recht hat. Ich habe vor ungefähr einem Jahr mein Interesse am Journalismus verloren, oder genauer gesagt, seit etwa einem Jahr bin ich mir im klaren darüber, daß ich es verloren habe. Solange ich meine Unlust noch nicht in mein Bewußtsein überführt hatte, habe ich mich noch beruflich angestrengt; erst als der Groschen gefallen war, der mir aus dem entleerten Automaten meines Berufs nichts mehr weiter lieferte als nur sich selbst, immer wieder sich selbst, bin ich, wie Collaudi sich ausgedrückt hat, als Journalist auf den absteigenden Ast geraten. Es ist tatsächlich merkwürdig, daß Keir um die gleiche Zeit nachgelassen hat, um mit Meg zu reden – nein, wenn ich mich recht erinnere, so hat sie gesagt, wir seien nicht mehr so ganz auf der Höhe, *up to the mark*, sie wollte wohl so höflich wie möglich sein –, ich weiß aber nicht, ob er meinen Überdruß am Journalismus teilt, auf jeden Fall muß er für eine Empfindung, die bei mir die ganze Skala von der einfachen Antipathie bis zum kompliziertesten Ekel durchläuft, ganz andere Gründe haben. Aber welche? Auch Meg kennt sie nicht.

»Bei dir ist es ja klar, warum du keine Lust mehr hast – du willst eben schreiben. Dein Buch ist dir wichtiger als alles andere«, sagt sie. »Aber was ist mit Keir los? Ich denke oft darüber nach, aber ich krieg's nicht heraus.«

Immer wieder in diesem Gespräch ist sie an ihre Frage *what's the matter with Keir?* geraten. Ich bin mit der Tatsache vertraut, daß sie oft über Keir nachdenkt; daß Megs Gedanken und Gefühle sich mit Keir beschäftigen, ist die Grundvoraussetzung meines Verhältnisses zu ihr, ich habe sie ein für allemal akzeptiert, eine Replik darauf ist nicht nötig. So sage ich nur: »Du solltest ihn einmal fragen. Vielleicht erzählt er's dir?«

Ich habe sorgfältig darauf geachtet, keine Spur von Ironie, geschweige denn Feindseligkeit in diese beiden Sätze zu legen, dennoch versteift Meg sich sofort, ihr Blick wird abweisend; den Ausdruck ihrer Augen beobachtend, erfahre ich, ohne daß sie etwas zu sagen brauchte, daß sie Keir längst befragt, aber keine Antwort erhalten hat. Ich lenke ab; meine Neugier, herauszufinden, was zwischen Meg und Keir vorgeht, ist zwar immer noch groß, aber doch nicht mehr so brennend wie früher.

»Daß wir zu gleicher Zeit flau geworden sind, Keir und ich«, bemerke ich, »ist aber reiner Zufall.«

Meg beschränkt sich darauf, zu antworten, trotzdem sei es komisch, zu sehen, wie wir ganz einträchtig lahme Enten geworden seien – *lame ducks*, ich kann ihre englische Metapher ohne weiteres ins Deutsche übertragen. Sie kennt meinen eigensinnigen Widerstand gegen alle Versuche, in irgendwelchen Geschehnissen Vorbestimmungen, tiefere Bedeutungen oder gar Schicksale zu wittern, sie weiß, daß ich nur an den Zufall glaube, und hat längst aufgehört, sich mit mir darüber zu streiten. Sie ist eine Frau – sie glaubt an das Schicksal, und zwar so sehr, daß sie philosophischen Debatten, die es in Frage stellen könnten, instinktiv ausweicht. Aber sie ist auch ein unglaublicher Dickkopf, und so kann sie nicht darauf verzichten, wenigstens in feststellender Form auf die Koinzidenz von Keirs und meinem Verhalten hinzuweisen. Sie will das letzte Wort behalten, auch wenn sie es nicht triumphierend ausspricht.

»Jedenfalls seid ihr nun keine großen Presse-Stars mehr«, sagt sie betrübt. »Weißt du eigentlich, daß du kein großer Star mehr bist, George?« Und als ich antworte, ich sei mir dessen durchaus bewußt, nickt sie und meint: »Entschuldige, aber ich wußte nicht, ob du es weißt, und ich wollte es dir sagen, bevor du in die Redaktion gehst, damit du dich nicht wunderst, wenn sie's dich vielleicht merken lassen.«

»Vielen Dank, Meg!« erwidere ich, »ich bin auf alles gefaßt.«

»Ach«, sagt sie, »sie werden schon nicht gemein sein. Und außerdem wissen sie alle, daß du jetzt schreibst, und das ist etwas, was sie respektieren.«

Jenes Gespräch, jenes Protokoll meiner vorläufig letzten Begegnung mit Meg aufzeichnend, beinahe zwei Jahre später, in meinem Schreib-Refugium im Albergo Byron in Rom, erinnere ich mich noch genau, wie ich erschrocken bin, als Meg mir diese Mitteilung machte. Wir sitzen am Küchentisch, der vor dem Fenster steht, aus dem man in schmale Gärten und auf die Rückfronten der Häuser einer Straße blickt, die mit der Malet Street parallel läuft, das Wetter ist grau, aber trocken, leichter Nebel, wir haben längst zu Ende gefrühstückt und uns Zigaretten angezündet, aber die freundliche, die fast familiäre Stimmung, – wenn es so etwas zwischen Meg und mir überhaupt geben kann –, ist auf einmal wie weggeblasen, weil Meg mir so beiläufig, als handle es sich um irgendeine Belanglosigkeit, mitgeteilt hat, alle – alle! – wüßten, daß ich schriebe. Im gleichen Augenblick, in dem sie diesen Satz ausgesprochen hat, weiß ich schon, daß ich ein Warnlicht wahrgenommen habe. Noch kann ich nicht ausmachen, welche Art von Gefahr mir da signalisiert worden ist, aber ich bin alarmiert.

»Wieso?« frage ich. »Woher wissen sie es?«

Meg sieht mich verwundert an; ich bin aufgestanden und drücke meine erst zur Hälfte gerauchte Zigarette aus.

»Von Keir natürlich«, erwidert sie und fühlt sich meiner Aufregung wegen veranlaßt, Keir sogleich zu entlasten: »Ich habe Keir angestiftet, es ihnen zu sagen. Er hat sich immer wieder bei mir über dich beschwert und gesagt, er könne dich nicht mehr lange halten, und da habe ich ihm geraten, er solle einmal in der Redaktionskonferenz durchblicken lassen, du schriebest jetzt, damit du wenigstens einen ehrenvollen Abgang hast, wenn er dich schon eines Tages entlassen muß. Es ist viel besser, als wenn er dich einfach nur feuert, weil du nicht mehr gut genug bist.«

Ich sehe sie ratlos an. »Himmel Herrgott, Meg«, sage ich schließlich, das heißt, ich sage *damn it*, *Meg*, und ich bringe den Fluch ganz angefüllt mit knirschendem und hilflosem Zorn heraus, »was habt ihr beiden Idioten nur mit meinem Schreiben! Immer dieses Gerede von meinem Schreiben, Schreiben, Schreiben!« Ich schreie das Wort *write* wirklich dreimal hintereinander in unsere Küche in der Malet Street, die jedoch so klein ist, daß sie meinen Schrei wegschluckt wie Wasser einen Steinwurf. Meg hält sich dennoch beide Ohren zu und lacht mich an, eine Gebärde, die mich in noch größere Wut versetzt; aber plötzlich bin ich wieder gefaßt und sage: »Keir hält mir schon seit Monaten vor, ich schriebe, bei jedem Telefonat macht er eine Anspielung darauf, aber Tatsache ist, daß ich erst vor vierzehn Tagen angefangen habe mir ein paar Notizen zu machen, und zwar nur so für mich, wirklich nur für mich allein. Ein schlechter Journalist bin ich geworden, längst ehe ich damit anfing.«

»Unsinn«, sagt Meg ganz ruhig, »das Buch hat eben schon lange in dir gesteckt. Und jetzt kommt es heraus.«

Wieder einmal will Meg über mein Leben bestimmen. Ich betrachte diese herrschsüchtige Person, mit der ich immer noch verheiratet bin, obwohl wir von unserer Ehe keinen Gebrauch mehr machen; ich überlege mir, ob sie recht hat, in gewisser Hinsicht hat sie natürlich recht, das Buch steckt in mir, aber es ist keineswegs erwiesen, daß es so unbedingt heraus muß, wie Meg meint. In vielen, vielleicht in allen Menschen steckt ein Buch, und sie leben ruhig weiter, ohne es herauszulassen. Noch jetzt, noch in diesen Wochen, in denen es schon wieder Herbst geworden ist, Herbst in Rom, die Sabiner Berge sind nach der weißen Sommerhitze wieder klar und schieferblau zu sehen, der Herbst 1964 verspricht schön zu werden, sanft und durchsichtig, zwei Jahre also, nach denen ich begann, zu *schreiben*, wie Meg sagt, kann ich ihr immer noch nicht zustimmen. Oberflächlich betrachtet hat sie recht behalten, – mein Manuskript ist inzwischen auf über zweihundert mit der Schreibmaschine beschriebene Blätter angewachsen, viele begonnene Bögen habe ich weggeworfen, und diejenigen, die ich in einem Ordner abgeheftet habe, sind unzählige Male umgeschrieben und korrigiert worden –, dennoch wage ich noch immer zu behaupten, dies alles, diese ganze Unternehmung hätte nicht unbedingt stattzufinden brauchen. Noch immer ist etwas Wahres an dem, was ich auf Megs wie mir scheint allzu fertige Meinung erwidere, auf diesen Versuch, mich ein- für allemal festzulegen.

»Du irrst dich«, sage ich, »ich werde vielleicht etwas ganz anderes machen als schreiben, wenn ich wirklich mit dem Journalismus aufhören sollte. Vielleicht gehe ich in die Industrie oder ins Advertising-Geschäft oder ich kaufe mir eine kleine Buchhandlung. Oder vielleicht bring' ich es fertig und studiere noch ein paar Semester, so alt, wie ich bin. Ja«, bekräftige ich, »ein paar Semester Philosophie und Mathematik könnten mich reizen!«

Eine ganze Masse Beschäftigungen fällt mir ein, ich sehe auf einmal, wie viele Start-Möglichkeiten ich noch besäße. Meg äußert sich dazu nicht; die Haltung, mit der sie noch immer am Küchentisch sitzt und ihre Zigarette zu Ende raucht, zeigt mir deutlich, daß sie mir ihrerseits keine Vorschläge zu machen gedenkt.

Ich treibe meinen Widerspruch gegen ihre gelassene Überzeugung auf die Spitze. »Vielleicht bleibe ich auch Journalist«, sage ich und glaube einen Moment lang selber daran. »Es ist durchaus möglich, daß ich weitermache. Wenn ich Journalist bleibe, werde ich wieder nach Asien gehen.« Und ich male mir im Geist bereits ein Leben in Singapore, Bangkok und Saigon aus.

»Keir würde sich darüber freuen«, höre ich Meg sagen, und ich kann, aus meiner fernöstlichen Phantasie aufgeschreckt, gerade noch wahrnehmen, daß ihre Bemerkung so klingt, als würde sie Keirs Freude über die Rückkehr des verlorenen Sohns nicht so recht teilen können. Seltsam! Aber ich achte doch nicht so recht darauf, sondern halte mich an die Bedeutung der Worte, nicht an ihren Klang; die Worte bedeuten, daß Meg ein Wort für Keir bei mir einlegt, während der Tonfall, in dem sie gesprochen werden, mir schon zeigen will, sie hielte nichts davon, gäbe ich Keir Anlaß, sich zu freuen.

»Wenn ich wieder anfangen würde für eine Zeitung zu arbeiten«, sage ich, »dann gewiß nicht für Keirs Zeitung. Ich habe den Laden satt.« Ich versuche, mich zu einer letzten und endgültigen Replik zu sammeln, aber während ich sie anbringe, weiß ich schon, daß es sich um nichts als ein kindisches Auftrumpfen handelt: »Und jetzt gehe ich zu Keir und kündige. Er braucht mich nicht zu halten. Ich habe ihm schon ein paarmal gesagt, er solle mich hinauswerfen.«

»Hör doch endlich auf, dich selbst zu bemitleiden!« erwidert sie.

Diese Antwort ist völlig unlogisch, oder jedenfalls kam sie mir damals unlogisch vor.

»Vor allem verzichte ich auf euer Mitleid!« sage ich wütend. »Ich will nicht, daß Keir weiter Rücksicht auf mich nimmt. Und ich will nicht, daß du ihm Tips gibst, wie er seine Rücksicht auf mich am besten cachiert.«

Wie immer, wenn Meg im Gespräch mit mir an einen toten Punkt kommt, muß sie irgend etwas mit ihren Händen tun, das ist eine alte Angewohnheit von ihr. Sie steht also auf und beginnt hastig den Frühstückstisch abzuräumen.

Ich fasse auf einmal ihren linken Oberarm an und halte ihn fest.

»Hör auf damit, die Hausfrau zu spielen!« sage ich. Sie hält wirklich still. Ich spüre das Spiel ihrer Armmuskeln unter dem Baumwollstoff ihres Trainingsanzugs. Mein Angriff kommt ihr unerwartet, ihr Interesse war gänzlich auf unser Gespräch konzentriert, aber sie stellt sich sofort um, sie kennt meine Neigung zu schnellen Szenenwechseln, die plötzliche Wirkung, die ihr Körper und seine Bewegungen auf mich ausüben kann, die ganze nervöse Struktur eines dunklen, kleinen, mageren Mannes. Ich habe sie anfassen müssen, und Meg weiß es. Ich ziehe sie an mich heran, lasse ihren Arm los und schiebe meine rechte Hand unter den elastischen Stoff der Jacke, lege sie an die Haut, an das Fleisch ihres Rückens und lasse sie die Flächen ihres Körpers hinabgleiten bis zu den Gesäßwölbungen. Meg fühlt sich an, wie sie sich immer angefühlt hat: warm, fest und seidenglatt. Ihr Fleisch ist trocken und von gutem Geruch, der sich mit den Spuren ihres Parfüms vermischt. Ich bin ein unbefriedigter Mann, ich bin so tief gesunken, daß ich am vergangenen Sonntag nachmittag in Rom versucht habe, mich selbst zu befriedigen, und hier ist nun der einzige Körper auf der Welt, mit dem ich völlig vertraut bin, der einzige Mensch, der mich von einer tief in mir sitzenden Abneigung gegen den Geschlechtsverkehr befreit hat, die einzige Frau, mit der ich es jederzeit tun kann, und die jederzeit damit einverstanden ist, es mit mir zu tun.

Übrigens ist sie es in diesem Moment nicht. Mit einer schnellen, geschickten Bewegung schlüpft sie aus meiner Umarmung.

»Jetzt nicht«, sagt sie. »Ich hab' jetzt keine Zeit. Ich muß um neun Uhr im Hyde Park sein, am Albert Gate, ein paar Modemädchen fotografieren, ich bin schon zu spät dran.«

Und sie verläßt schnell die Küche. Sie hat nicht gesagt, ich hätte ja die ganze Nacht Zeit gehabt, mich bei ihr zu melden – so billige Vorwürfe leistet Meg sich nicht. *Jetzt nicht*, hat sie nur gesagt, das heißt in Megs Sprache gar nichts weiter als: *sowie ich Zeit habe*. Ich sehe zum Fenster hinaus, in den leichten Nebel, und überlege mir, ob ich nachher meine Handtasche mitnehmen und stillschweigend abreisen soll, nachdem ich mit Keir gesprochen habe. Genau das war es, was ich nicht wollte: in eine Situation geraten, in der Meg zu mir sagen konnte: »Sowie ich Zeit habe!« Es hat sich herausgestellt, daß ich nicht so widerstandsfähig bin, wie ich gehofft hatte, es zu sein. Als sie wieder zum Vorschein kommt, gibt Meg mir unseren zweiten Wohnungsschlüssel, damit ich jederzeit herein kann, wenn sie nicht zu Hause ist. Auf meine Frage, wann sie denn zu Hause sein wird, teilt sie mir mit, sie würde sich natürlich den heutigen Abend ganz für mich freihalten. Sie trägt schwarze Hosen und einen schwarzen Pullover unter einem hellen Regenmantel und ist mit zwei Ledertaschen behängt, in denen sich Fotoapparate befinden.

»Bitte, George«, sagt sie, »laß Keir jetzt nicht im Stich! Ich kann ja verstehen, daß du Schluß machen möchtest, aber wenn es dir irgendwie möglich ist, dann bleib noch eine Weile bei ihm.«

»Du wirst dich noch verspäten«, sage ich. Ich blicke auf den Wecker, der in der Küche auf dem Bord für Töpfe steht. Es ist Viertel vor neun.

»Ich hab' dir nichts vorgemacht vorhin«, sagt sie, »es geht mir auch um dich, George, du sollst einen guten Abgang haben, wenn du schon gehen mußt. Aber für Keir sieht alles viel schlimmer aus.«

Sie ignoriert meinen Blick auf die Uhr und setzt sich sogar nocheinmal auf einen Küchenhocker. Sie wäre nicht Meg, würde sie das Thema, an dem ihr offensichtlich so viel liegt, nicht zu Ende bringen. Ich habe sie unterbrochen darin, vorhin, als ich nach ihrem Arm griff; sie hat sich die Störung gefallen lassen, weil sie sogleich begriffen hat, wie wichtig sie war, sie ist ihr ebenso wichtig wie das Thema Keir. Aber doch nicht wichtiger. Es handelt sich für sie um zwei gleichwertige Aufgaben, von denen man die eine aufschieben kann, die andere nicht. Sie begründet, warum sie sich für die Priorität von Keirs Interessen entschieden hat.

»Du hast ja jetzt dein Buch, du kannst auf die Zeitung verzichten, aber Keir . . . ! Er muß seine Fassade aufrecht erhalten«, erklärt sie mir, »ich fürchte sogar, er weiß gar nicht, daß es nur noch eine Fassade ist.«

Ich schüttle den Kopf, ungläubig lächelnd, weil ich in Gedanken noch bei Megs Bemerkung bin, ich hätte ja jetzt mein Buch, ich möchte den naiven Starrsinn ihres Glaubens an meine neue Berufung brechen, aber Meg faßt diese Geste als Ablehnung ihrer Bitte auf, ich solle Keir nicht im Stich lassen.

»Falls es dich interessiert«, sagt sie, »es macht mir kein Vergnügen mehr, Keir zu besuchen.«

Der Widerruf eines Satzes, der in unserer Ehe einmal eine entscheidende Rolle gespielt hat, wird von ihr so ruhig ausgesprochen, wie seinerzeit die Mitteilung, die sich von der heutigen nur dadurch unterschied, daß sie die Wörter *kein* und *mehr* nicht enthielt.

»Oh«, frage ich kaltschnäuzig, »kann Keir nicht mehr? Ist er in die Jahre gekommen?«

Meg sieht mich an, beinahe grüblerisch, ehe sie mir antwortet.

»Nein«, sagt sie, »er ist noch ganz gut in Form.« Sie schweigt, dann: »Das ist es doch, was du hören willst, George, oder? Es wäre dir gar nicht recht, wenn es anders wäre.«

Aus irgendeinem Grund muß ich an Frau Heiß denken, an ihren Unwillen darüber, daß ich unmerklich enttäuscht war, als ich in der Bismarckstraße nicht mehr die Leute vorfand, die meinen Eltern das Haus weggenommen hatten. Frau Heiß hat mich durchschaut. Auch Meg durchschaut mich, nur daß es für sie natürlich viel leichter ist.

»Aber darum handelt es sich gar nicht«, sagt sie. »Es handelt sich wirklich darum, daß ich nicht mehr mag.« Sie hält inne, um in eine Art Selbstgespräch zu verfallen. »Wenn ich nur wüßte, ob ich nicht mehr mag, weil ich einfach nicht mehr mag, oder weil irgend etwas bei Keir nicht mehr stimmt? Etwas ist los mit ihm, aber ich weiß nicht, was.«

Sie ist aufgestanden und steht schon in der Türe zum Flur.

»Du wirst es gleich merken, wenn du ihn siehst«, sagt sie. Scheinbar beiläufig fragt sie: »Gehst du zuerst zu ihm in die Wohnung oder gleich in die Redaktion?«

»Wenn ich mich nicht in der Stadt verbummle«, antworte ich ebenso beiläufig, »hole ich Keir in Chichester Rents ab.«

Wir wissen beide, was der Name der Straße, in der sich Keirs Wohnung befindet, für uns bedeutet. Eine zu große Rolle hat Keirs Wohnung in unserer Beziehung gespielt, als daß wir uns nicht bemühten, diese Adresse so unbetont wie möglich zu erwähnen.

Wie gestern abend, als ich ihr zusah, während sie in Camerons Bentley stieg, sehe ich ihr nach, wie sie heute morgen die Malet Street entlang geht, nein, sie geht nicht, sie läuft, so schnell es ihr die schweren Apparate-Taschen erlauben, sie eilt dahin, um möglichst rasch zu der Garage in der Gower Street zu gelangen, wo sie ihr winziges Auto untergestellt hat, das sie schnell und geschickt durch den londoner Verkehr steuern wird, bis zu ein paar schon am Albert Gate des Hyde Park wartenden Mannequins und ihren Managern; eigensinnig, in einem keinen Widerspruch duldenden Ton wird sie das Spiel der Marionetten unter den leeren, schwarzen, in dünnen Nebel gehüllten Bäumen dirigieren, sie kann es sich leisten, sie ist heute eine der gesuchtesten Fotografinnen Londons, aber sie hat es sich schon geleistet, keinen Widerspruch zu dulden, als sie noch gänzlich unbekannt war, und so ist sie eine der gesuchtesten Fotografinnen Londons geworden; sie wird jetzt ein paar Stunden hart arbeiten, genau so hart, wie sie gearbeitet hat, als sie noch gänzlich unbekannt war; besessen wird sie in den Suchern, auf den Mattscheiben ihrer Kameras die Stellung von Farben oder von Tonwerten zwischen Schwarz und Weiß zu anderen Farben oder Grauwerten in einem Bild prüfen, sie wird die Linien von fallendem Haar zu dem Schnitt eines Mantels, den Verlauf eines Lächelns zu dem Sepia-Gewölk eines Pelzes in Beziehung setzen und entscheiden, ob sie die äußerste Schärfe in einem Bild einem Knopf oder einem Auge verleihen soll. Sie hat keine Zeit, um zu dem Fenster hinaufzublicken, hinter dem ich stehe; wahrscheinlich kommt ihr gar nicht der Gedanke, daß ich ihr nachschaue, ich, der ich nun endlich gerührt und dankbar begreife, daß sie an etwas glaubt, was sie *dein Buch* genannt hat; zwar ist es zum Lachen, ich schreibe gar kein Buch, ich bin nur ein schlechter Journalist geworden, der sich die Zeit, bis er irgend etwas anderes anfängt, mit irgendwelchen Notationen vertreibt, dennoch sehe ich Meg beinahe zärtlich nach, bis der feine und helle Nebel sie endlich auflöst, am Ende der Malet Street.

Danach habe ich Collaudi in seinem Hotel angerufen und mich mit ihm für fünf Uhr am Nachmittag in einer Espresso-Stube in Soho verabredet, ich kenne das Lokal nicht, aber er beschreibt mir die Lage genau: Ecke Wardour- und Broadwick Street, er hat in der Nähe zu tun, sagt er, und ich entsinne mich, daß in der Wardour Street die Filmproduzenten ihre Büros haben. Sein Hotel befindet sich in Bayswater, wie ich vorhin im Telefonbuch festgestellt habe, in jenem Bezirk der preiswerten Hotels und trostlosen Boarding-Häuser, in denen man wohnt, wenn man sich ein Hotel in Mayfair oder Kensington nicht leisten kann; die verstaubte und ausgelebte Trauer von Bayswater ist mir wohlbekannt, denn Clanricarde Gardens, die Straße, in der ich aufgewachsen bin, gehört ebenfalls zu Bayswater, aber sie bildet mit ihren Höllenfarben eine Ausnahme, die sie betont, indem sie sich mit der schwarzen Teerwand einer Sackgasse gegen Bayswater abschließt, so daß man sie nur verlassen kann, indem man auf den Boulevard tritt, jenseits dessen von Autos rauschender Breite sich der Blick ins Graugrün des Kensington Parkes verliert. Es muß nicht zum besten stehen mit dem Baron, wenn er in einem billigen Hotel in Bayswater wohnt, wenn er, durch Vorhänge, die vom vielen Waschen gelb geworden sind, auf eine leblose Straße aus cremefarbenen Regency-Häusern blickt. Aber seine Stimme verrät nicht, ob es ihm gut oder schlecht geht. Sie bleibt auch unbewegt, als er mir, – weil ich ihn bitte, sie zu grüßen –, mitteilt, die Lorenza sei nicht mehr bei ihm. »Wissen'S«, sagt er, mit österreichischer Nonchalance im Ton, »sie hat's nicht ausgehalten in London. Es war ihr halt zu dunkel und zu trüb. Ich kann's ja verstehn.« Die Lorenza muß recht schnell aufgegeben haben, wenn sie bereits wieder abgereist ist; Collaudi hat vor knapp drei Wochen Rom verlassen, – was ist geschehen? Ich murmle ein paar Worte des Bedauerns, die Lorenza ist ein schönes Mädchen, sie ist nicht mein Typ, ich stehe immer hilflos vor Frauen, die nichts weiter als groß und etwas knallig schön sind, aber für den Baron muß es deprimierend sein, die attraktive Person verloren zu haben und in einem Zimmer in Bayswater zu leben. Jedenfalls bilde ich mir ein, er verstecke seine Niedergeschlagenheit hinter der Noblesse, mit der er über den Verlust der Lorenza wie über irgendein Mißgeschick spricht.

Ich dusche mich. Die Badewanne ist noch naß von Megs Dusche. Warum habe ich Meg nicht beim Duschen gestört?

Mein Gehör hat doch registriert, wie sie ins Badezimmer ging, da wäre noch Zeit gewesen, aber ich bin erst scharf geworden, als es zu spät war.

Es war neun Uhr vorbei, als ich unten auf der Malet Street stand. Ich hatte viel Zeit vor mir: vor zwei Uhr mittags ist auf der Redaktion nichts los, besonders nicht am Donnerstag in einem *Weekly*, zwar sind alle sehr beschäftigt, weil morgen vormittag die letzten Artikel in Satz gehen müssen, aber gerade deshalb ist es eher still, wir sind ja keine Tageszeitung, Keir hält am Donnerstag nur eine kurze Konferenz ab, erst am Freitag bricht der Sturm los, wenn der Umbruch beginnt, in den Nachmittagsstunden, und er dauert bis Mitternacht, bis die letzte der aktuellen Seiten umbrochen ist. Ich hatte mir mit Vorbedacht einen Tag ausgesucht, an dem Keir Zeit haben würde; gegen Mittag, wenn er ausgeschlafen war, wollte ich bei ihm aufkreuzen. In Rom war es trocken und sonnig gewesen, hier war es feucht und grau, wenn auch hellgrau, durchscheinend neblig, mein Lieblingswetter; entzückt ging ich durch das londoner Klima, an einem Vormittag im November 1962.

Ich betrat Dillons Universitätsbuchhandlung, die sich in einem mit Türmchen geschmückten Eckhaus der Malet Street befindet; – die Wohnung, die Meg und ich bezogen, als wir heirateten, liegt ja im Universitätsviertel; ich kann mich gar nicht mehr recht erinnern, warum wir uns damals zu Bloomsbury entschlossen, ich glaube, weil Meg seinerzeit ein Faible für die langen, gleichförmigen, kakaobraunen Straßenfronten dieses Teils von London empfand und mir die Nähe der großen Bibliotheken und des Britischen Museums passend erschien, obwohl meine Zeitungsarbeit es mir dann nur selten erlaubte, mich ihrer zu bedienen. Die Verkaufsräume der Buchhandlung, die sich über mehrere Stockwerke erstrecken, waren so früh am Tage fast leer, der Anblick der Regale und der Auslagetische faszinierte mich sogleich; wie immer, wenn ich eine Buchhandlung betrete, war ich mit hoher Spannung aufgeladen und nahm mir vor, die Bestände systematisch zu durchforschen, ein Vorsatz, der mir dann allerdings jedesmal mißglückt, wenn auch nicht häufig auf so katastrophale Weise wie an jenem Vormittag bei Dillon's. Versuche ich herauszufinden, warum ich im Anblick großer Büchersammlungen so gespannt werde, so fällt mir nichts anderes ein als ein weiterer elektro-physikalischer Begriff, nämlich der des Impulses. Ich spüre die Anwesenheit Tausender von Impulsen und weiß, – oder wenigstens hoffe ich es –, daß unter ihnen einer sich befindet, der auf die Regungen, die mein eigenes Nervensystem ständig produziert, zu antworten imstande ist. Ihn gilt es ausfindig zu machen. An dieser Stelle muß ich der von mir in Aussicht genommenen Schilderung meiner Gewohnheiten vorgreifen und wenigstens die eine Gewohnheit erwähnen, der ich einen sehr großen Teil meiner Zeit widme: ich bin ein Leser. Ich kann das Wort *Leser* in meinem Falle nicht durch ein Eigenschaftswort näher bestimmen; alle Epitheta, die ich zu diesem Zweck geprüft habe, – Wörter wie *exzessiv*, *intensiv*, *unaufhörlich*, *unermüdlich*, – kennzeichnen die Art meines Lesens nicht genau oder würden sie sogar verfälschen, denn ich betreibe das Lesen weder als Ausschweifung, noch vergesse ich mich in meiner Lektüre (was doch allgemein als höchste Form des Lesens gilt!), auch unterbreche ich mich gern, lasse mich ablenken, und ermüde schnell. Nichtsdestoweniger lese ich eigentlich immer. Jeder Raum, den ich bewohne, füllt sich binnen kürzester Frist mit Büchern und Zeitschriften, – ich spreche hier nicht von meiner Zeitungslektüre, dieser mechanischen Aufnahme von *news* –, sie bedecken alsbald die Tische, füllen die Schränke meiner Hotelzimmer, lagern am Ende auf dem Fußboden, und meistens muß ich den Concierge bitten, mir ein paar Bücherregale ins Zimmer zu stellen, wenn ich mich irgendwo für längere Zeit etabliere. Im Byron, wo ich nun schon länger als zwei Jahre wohne, bin ich in einen ganz hoffnungslosen Zustand geraten; mein winziges Dachzimmer dort ist längst zu dem geworden, was die Franzosen eine *cité de livres* nennen, und mehrere große Pakete mit Büchern habe ich dem Albergo in Aufbewahrung geben müssen. Solche Pakete lagern für mich an den verschiedensten Punkten der Erde, als wahrscheinlich einzige Erinnerungen, die ich bei Bekannten in Hongkong, Neu-Delhi, Tel Aviv und New York hinterlassen habe. Der Wunsch, meine in der halben Welt verstreuten Bücher endlich um mich zu versammeln, ist möglicherweise das stärkste aller Motive, aus denen ich mein Kabuff über der Via Borgognona endlich verlassen und eine Wohnung gründen möchte. Die Traurigkeit, die mich gestern abend, will sagen: an einem gestrigen Abend vor zwei Jahren, befiel, als ich meine Bücher in Megs Wohnung betrachtete, war Trauer über ihren Verlust; wenn eine Ehe sich auflöst, so ist das Zerreißen der gemeinsamen Bibliothek, das dem Entschluß zur Trennung folgt, ein nahezu unerträglicher Vorgang, vielleicht der einzige ganz und gar unerträgliche – die Vorstellung, Meg würde mir eines Tages ›meine‹ Bücher heraussuchen müssen, sie von den ›ihren‹

trennen und mir irgendwohin schicken, erscheint mir als so unmenschlich, erregt in mir ein solches Grauen, daß ich den bloßen Gedanken daran von mir stoße. Ich werde also meine Bücher bei Meg lassen, noch ganz andere Stücke meiner Existenz werden ja bei Meg zurückbleiben. Oder vorne bei Meg sein, während ich irgendwo zurückbleibe. Hingegen werde ich Onkel Basils Bücher dann wieder ans Licht ziehen und bei mir aufstellen, die schöne Sammlung von Judaica und von alten, wahrscheinlich unschätzbaren Gravüren-Werken nach Bildern Rembrandts, die immer bei einem londoner Spediteur lagert.

Ich läse eigentlich immer, habe ich behauptet, womit ich natürlich nichts weiter sagen will, als daß ich fortgesetzt lese, wenn ich nicht schreibe, spazierengehe oder schlafe. Gelegentlich sehe ich mir einen Film an oder besuche ein Konzert, aber hauptsächlich lese ich. Hätte ich eine Frau, würde ich nicht so ausschließlich lesen, sondern müßte mich mit ihr beschäftigen, mit ihr sprechen, diese oder jene Handlung mit ihr oder für sie ausführen; kämen dann Kinder, würde ich mich mit ihrer Erziehung befassen und so weiter. Stattdessen also lese ich. Ich lese überall, beim Essen, in den Caféhäusern, auf Spaziergänge nehme ich mir etwas zum Lesen mit, gestern zum Beispiel habe ich bei mildem, windstillem, nur einen gerade angenehmen Unterton von Kühle enthaltendem Wetter auf einer Bank im Pincio-Park eine von Pritchetts Erzählungen gelesen, die wie mir scheint meisterhaft diskrete Schilderung einer recht unsympathischen Dame der londoner Gesellschaft, einer gewissen Mrs. Barclay. Die mir eigentümliche Art des Lesens besteht nun aber darin, daß ich die Menschen, die sich während meiner Lektüre um mich herum bewegen, nicht etwa vergesse, sondern durchaus bemerke. Ich beobachte sie aus den Augenwinkeln; so habe ich beispielsweise gestern, zugleich mit einem Absatz von Pritchetts Novelle, den tappenden Gang eines gutgekleideten älteren Herrn aufgenommen, der sich mit Hilfe eines Blindenstocks an der Balustrade der Pincio-Terrasse entlang tastete. Unlängst glitt das traurige *Certo*! *Sicuro*! eines Mädchens, das einem Mann zuhörte, in einem Café an der Piazza Fiume, in das ich zufällig geraten war, zwischen die Zeilen einer kulturgeschichtlichen Abhandlung in einer mailänder Zeitschrift, die ich, an einem Zinktischchen in der Nähe des Eingangs sitzend, las. Das Mädchen, an der Theke stehend, rührte den Zucker in seiner Tasse Espresso herum und unterbrach den geflüsterten Redestrom des Mannes von Zeit zu Zeit mit einem klaren und hoffnungslosen *Certo*! *Sicuro*!, das die ungewöhnlichen Gedankengänge von Professor Mario Praz umspielte wie aleatorische Musik. Manchmal will es mir vorkommen, als dienten mir meine Bücher und Zeitschriften gleich Tarnkappen, sie machen mich unsichtbar und tragen mir Geschichten zu, denn ich habe die Erfahrung gemacht, daß die Leute sich in der Anwesenheit eines lesenden Menschen gehenlassen: er liest – also ist er nicht da.

Ich bin aber da, denn ich bin zwar ein Leser, doch bin ich kein Büchernarr. Auch verschlinge ich nicht wahllos Gedrucktes und unternehme keinen Parforce-Ritt durch die Weltliteratur. Ich wähle aus, pflege auch Spezialgebiete; meine Sammlung von Texten des frühen Mittelalters und von Büchern, die jene Zeit schildern, wird sich, so hoffe ich, einmal gut zu den Judaica von Onkel Basil fügen, insbesondere zu seinen Funden aus der Geschichte des Ewigen Juden. Daneben kaufe ich beinahe alles, was mir an sogenannten experimentellen Texten vor Augen kommt, ohne freilich sagen zu können, was mich an diesen Basteleien so anzieht; vielleicht macht sie mir nur das hochmütige Lächeln ihrer aufs Hergebrachte versessenen Gegner insgeheim sympathisch. Dieses bornierte Spießerlächeln beweist mir besser als die Versuche, gegen die es sich richtet, daß das Neue sich eben doch immer im Extravaganten findet. Allerdings habe ich unter solchen Novitäten nur wenig entdeckt, was mir so gut gefällt wie Werner Hornbostels ekmelische Musik! Mein persönlicher Geschmack ist freilich eher konservativ – was die schöne Literatur betrifft, so suche ich immer nach Erzählungen, in denen Menschen zu Menschen in Beziehungen gesetzt werden, wobei ich es schätze, wenn die Bemühung des Erzählers sich auf äußerste Klarheit richtet, da ja das Thema, eben jene Beziehungen, schon differenziert und geheimnisvoll genug ist.

Bei Dillon's sah ich sogleich nach, ob es etwas Neues von Samuel Beckett gäbe, den ich in Rom aus den Augen verloren hatte, weil man dort von ihm nur wie von einer Sage spricht. Er ist auch in England lange Zeit nur ein Gerücht gewesen, noch in den Jahren, in denen ich England zu immer ausgedehnteren Reisen verließ, so daß ich von ihm nichts kannte als sein erstes Stück, ein paar frühe Gedichte, und seinen Roman *Molloy*, den ich in einer französischen Ausgabe gelesen hatte. Ich stellte fest, daß nun eine große Anzahl seiner Werke erhältlich ist und daß sich immer neue dazu gesellen; in jenem Jahr war der Roman *Wie es ist* erschienen, in dem ich zu blättern begann. Ich verfiel sogleich wieder dem alten Zauber

wie es war vor Pim wie es war mit Pim wie es ist
vorliegende Fassung
wie es war mit Bom wie es ist wie es sein wird mit Pim
wie es ist wie es sein wird mit Bom wie es sein wird
vor Pim
wie es war mein Leben immer noch mit Pim
wie es ist wie es sein wird mit Bom

– solche Litaneien der Gleichgültigkeit aus einer Welt des Chaos und des Zufalls sagen mir außerordentlich zu. Ich ging dem leichten Gefühl des Unbehagens, das ich dennoch empfand, auf den Grund und fand ihn in jener Tiefe, in der man bedauert, daß eine Sage Wirklichkeit geworden ist. Irgendwie, – und es war natürlich töricht gewesen, dergleichen anzunehmen –, hatte ich, als ich die ersten Bruchstücke von Becketts Werk las, die Hoffnung gehegt, dieser Schriftsteller würde sich dem entziehen, was man *die Literatur* nennt; die unerhörte Formel, die dieser Mann für die absolute Sinnlosigkeit der Welt gefunden hatte, würde verhallen, in einem niemals schweigenden Echo aus einer Welt jenseits aller Literatur. Welcher Welt? Ich weiß es nicht. Stattdessen blätterte ich nun in einem *œuvre*. Beckett war *erschienen*, das heißt, er war ein Autor wie jeder andere geworden. Nein, natürlich nicht wie jeder andere, sie unterscheiden sich ja alle voneinander, es ist auch möglich, daß Beckett der größte von ihnen ist, obwohl mich die objektive Größe eines Autors nicht sonderlich interessiert, sondern nur die Frage, ob ich bei ihm auf Impulse stoße, die auf die Impulse meines eigenen Nervensystems antworten, und wenn ich sie in einem Kriminalroman finde, bei Goethe aber nicht, so ist mir der Kriminalroman eben wichtiger als Goethe. Doch ich will noch einen Augenblick bei Beckett verweilen, dessen Bücher ich mir vor zwei Jahren in Dillons Universitätsbuchhandlung gekauft habe und die ich seither immer wieder las, während zweier römischer Jahre. Ich werde den Eindruck nicht los, daß dieser Schriftsteller sehr nahe daran war . . . hier versagen meine Gedanken, ich bin unfähig, zu formulieren, woran Beckett so nahe war, und das Gerede vom Schweigen möchte ich mir doch lieber versagen. Die Festredner des Schweigens widern mich an. Die Literatur schweigt nicht. Sie spricht.

How I feel in my fingers the weight of every word. Ich habe mir vor zwei Jahren bei Dillon's auch noch die Tagebücher von Virginia Woolf gekauft, aber gelesen habe ich sie erst jetzt, eine Woche lang jeden Nachmittag in Babingtons Tea Room nahe der Spanischen Treppe, in dem ich mich manchmal von Rom erhole; ich sitze dann während der frühen Nachmittagsstunden, in denen der graue Raum fast leer ist, an einem der wackligen Tische, die ein kreischendes Geräusch auf dem Boden machen, auch wenn man sie noch so vorsichtig verschiebt, weil man sie verschieben muß, um hinter sie zu gelangen, damit man mit dem Rücken zur Wand sitzen und ruhig lesen kann, wozu man starken, vorzüglichen Tee trinkt, ein Getränk, das sonst in Rom unbekannt ist; vor den Fenstern erscheinen die Flaneure der Piazza di Spagna, von denen man zuerst nur die Beine sieht, denn Babingtons Tea Room liegt etwas unter dem Niveau des Platzes, wie versunken, und manchmal bückt sich einer und schaut hinab, eine Hand über die Augen haltend, aber er sieht nicht mehr als mich, lesend, und eine oder zwei Damen, ebenfalls lesend, und womöglich zwei Herren, Anhänger des griechischen Eros, die sich flüsternd und gelangweilt unterhalten, dazu die hochmütigen Kellnerinnen in altmodischen grünen Kostümen, englisch sprechende Italienerinnen, die den *cake* in der Glasvitrine neben dem Eingang ordnen. Hier also lese ich die verehrte Virginia Woolf, verfalle der Magie ihres Telegrammstils, sehe, aufblickend, *all the marsh water: in the sun deep blue: gulls caraway seeds: snowstorms: Atlantic floor: yellow islands: leafless trees: red cottage roofs*, die ganze Überschwemmung, und denke darüber nach, ob ich, wie Mrs. Woolf, die Passage mit dem Ausruf schließen würde: *Oh may the flood last for ever.* Ich würde gerne eine nicht gereinigte Fassung dieses Memorials lesen, eine, in der die Spuren von Virginias Wahnsinn leichter abzulesen wären, denn wahnsinnig ist sie nun einmal gewesen, mindestens in ihren letzten Lebensjahren, wie ich unlängst durch das *Times Literary Supplement* erfuhr. Muß man nicht verrückt werden, wenn man beim Schreiben schließlich soweit kommt, daß man in den Fingern das Gewicht jedes Wortes spürt? Sollte das Wort, das ich vorhin nicht fand, an dem ich sehr nahe daran war, an das ich Beckett so nahe herankommen ließ wie nur möglich – sollte es das Wort *Wahnsinn* sein?

Ich erinnere mich, wie ich, ehe ich die Buchhandlung verließ, gerade noch eine Neuausgabe der *English Hours* von Henry James erspähte und sie zu dem Packen Bücher legte, den ich dem Verkäufer übergab, mit der Bitte, sie mir nach Rom zu schicken. Ich bezahlte und verließ den Laden hastig, beinahe wie gejagt, obwohl mich doch niemand gejagt hat, im Gegenteil, ich hatte zwei Stunden ungestörten Stöberns und Schmökerns hinter mir, und dabei hatte ich die Bestände sozusagen erst angeritzt, gerade eben die schöne Literatur durchgesehen, die Abteilungen für Geschichte und andere Geisteswissenschaften nur knapp durchgangen, Titel lesend, nichts weiter, von ferne die Tische, auf denen die Bücher über Kunst und die illustrierten Werke lagen, mit einem Blick gestreift, das alles lag noch vor mir, ich hatte mich darauf gefreut, doch dann geschah, was mir immer geschieht, wenn ich eine gewisse Zeit in einer Buchhandlung, einer Bibliothek zugebracht habe: ein Gefühl tiefer Ermattung ergreift mich; plötzlich stehenbleibend und meine Augen von dem einzelnen Buch abwendend, das ich in Händen halte, gewahre ich die Massen von Büchern, die mich schweigend umstehen. Nein, sie schweigen nicht, sie sind tot, und ihr Tod erdrückt mich, sie rücken mir näher, ich atme den Modergeruch dieser Mauern ein, die mich sogleich einschließen werden, Ekel und Angst nehmen von mir Besitz, ich muß hinaus.

So enden fast stets meine Besuche in Buchhandlungen. Das ist merkwürdig, weil ich zu Hause, in meinen verschiedenen Hotelzimmern, die ich doch immer mit Literatur fülle, die Anwesenheit der Bücher ertrage, ja ohne ihr Dasein der Aufenthalt in ihnen mir kaum denkbar wäre. Vielleicht, weil sie mir dort vertraut werden? Weil ich in meinem Zimmer jederzeit einen der schönen Sätze Henry James' aufsuchen kann wie eine Heimat, um mir zu überlegen, ob auch ich *should grow less weary of the rugged black front of Exeter of the sweet perfection of Salisbury*, wobei ich vielleicht Henry James' Geschmack nicht zu folgen brauchte und mich doch für Salisbury entscheiden würde, das ich einmal mit Meg zusammen besucht habe? Ja, dieser Satz, zusammen mit meiner Erinnerung an Megs Entzücken, – denn sogar sie war in Salisbury ausnahmsweise entzückt von einer Sehenswürdigkeit, von dem lichten Grau der Kathedrale auf ihrem Wiesenplan –, könnte mich verlocken, meine Koffer zu packen, Rom zu verlassen und mir eine Wohnung in der süßen Vollkommenheit von Salisbury zu suchen.

Aber nicht der Bücher-Ekel allein hat mich am 15. November 1962, einem Donnerstag, wie ich aus dem Kalendarium ersehe, das ich mir schon vor langer Zeit angelegt habe, aus Dillons Universitätsbuchhandlung vertrieben. Ich verließ das Geschäft, bog nach rechts um die Ecke, um es so schnell wie möglich aus den Augen zu verlieren, und ging dann langsam in Richtung zur City. Es war etwas mit mir geschehen, zwischen den Regalen der Buchhandlung, und ich begriff es endgültig, während ich zwischen den Reihen der georgianischen Häuser entlangging. Von den Seiten eines Buches aufblickend, in dem ich gelesen hatte, die Tausende von Buchrücken gewahr werdend, die mich anstarrten, habe ich plötzlich und voller Schrecken erkannt, was Meg gemeint hatte mit ihrem *du schreibst ja jetzt* und ihrem *alle wissen ja, daß du schreibst.* Ich sollte ein Buch werden. Ich hatte in ihren Augen meine Bestimmung gefunden: ich war ein Wesen geworden, das einen Titel und einen Verfassernamen trug. Und das tot war. So tot wie irgendein Ding. So tot wie der hellblaue und schwarze Lampenpfahl im Nebel auf dem Russell Square, an dem ich gerade vorbeiging.

Ich schrieb ein Ding. Schreibend, wurde ich zum Ding. Wenn ich das Ding mache, bin ich das Ding. Das Ding, wie heißt es doch gleich? – ein Buch. Wie es war vor Ding, wie es war mit Ding wie es ist vorliegende Fassung wie es war mit Dong wie es ist wie es sein wird mit Ding wie es ist wie es sein wird mit Dong wie es sein wird vor Ding wie es war mein Leben immer noch mit Ding wie es ist wie es sein wird mit Dong der da hatte auch etwas anderes beabsichtigt als eine Reihe von Büchern zu werden Ding Dong diese Gleichgültigkeit anstatt eine Sage geblieben zu sein ein Gerücht ein Gerücht von Wörtern ein Geruch certo sicuro etwas Verwehendes in einem Redestrom das Klappern eines Blindenstocks keine Aussicht vom Pincio – und auch mir würde es nicht gelingen, etwas anderes zu werden als ein Buch. Ich, der ich mir vorstellen konnte, etwas anderes zu sein als ein Jude, Engländer, Deutscher, nämlich Italiener oder Neger oder ein Wolf, ein Auto, oder vielleicht Beckett oder Agatha Christie, denn es war purer Zufall, daß ich nicht Beckett oder Agatha Christie geworden war oder ein Travertin-Balken, eine Bierflasche oder ein Lampenpfahl...

Bei diesem Gedanken kam ich wieder zu mir, erholte ich mich. Es wäre gar nicht so schlecht, ein hellblauer und schwarzer Lampenpfahl auf dem Russell Square zu sein.

Und Meg hat es sicherlich gar nicht so gemeint. Zur Rede gestellt, würde sie mich überhaupt nicht verstehen, sondern sagen: »Aber du bist doch kein Buch! Du bist ein Schriftsteller!«

Natürlich, es gab Ursache und Wirkung! Wie hatte ich es nur vergessen können? Ein Schuster war nicht das Paar Schuhe, das er machte. Oder vielleicht doch? Sind die Maurer aller Jahrtausende vielleicht doch der Travertinbalken, der nun schon zwei Jahre lang ein Fenster in einem Haus gegenüber einfaßt? Ich weiß es nicht.

Jedenfalls werde ich mein Paar Schuhe machen. Endgültig aus

der Traum, ich schriebe nur für mich. Ich habe diese Erkenntnis, die mich auf dem Russell Square mit solcher Macht überfiel, daß ich stehenblieb, mich an besagten Lampenpfahl lehnte und mir eine Zigarette anzündete, während der Jahre des Schreibens häufig aus den Augen verloren, aber ich habe sie nur verdrängt, nicht vergessen. Heute weiß ich, daß ich dem Buch nicht entrinnen werde.

Ich hatte mir bis zuletzt eine List aufbewahrt, mit dem ich es am Ende betrügen wollte. Wenn ich die Wahrheit über mich und Meg aufdecken würde, so dachte ich, würde das Buch am Ende meines Spiels mit ihm besiegt vom Tisch aufstehen und seine Karten zurücklassen. Die Wahrheit über Meg und mich ist wirklich die Trumpfkarte der Partie, aber sie befindet sich leider nicht in meinen Händen, sondern in denen des Buches. Ohne Mitleid wird das Buch sie gegen mich ausspielen und gewinnen. Immer ist die Wahrheit im Besitz des Buches. Niemals kann der Schriftsteller mit der Wahrheit gegen das Buch spielen. Wenn es alles gibt, muß man sagen, daß es alles gibt.

Man kann natürlich ein unwahres Buch schreiben, wie man mit gezinkten Karten spielen kann. Oder man kann schweigen. Doch um falsch zu spielen oder um aufzuhören ist es zu spät geworden für mich, wie ich fürchte. Man wird müde, die Lampe brennt, man bekommt rotgeränderte Augen, während der Partner einen beobachtet, unablässig und gelassen, die Karte in der Hand, die stechen wird. Man gibt auf.

5

Zeit gewinnen, am besten mit Hilfe von Anna Krystek. Die Wahrheit über Meg aufschieben, indem ich mich Annas erinnere. Erwägen, ob Anna die Chance für mich gewesen wäre, gegen Meg mehr zu gewinnen als bloß Zeit. Zum Beispiel, wenn Anna nach Rom gekommen wäre. Schriebe ich einen Roman, so könnte ich jetzt noch, an dieser Stelle meiner Aufzeichnungen, frei darüber befinden, ob ich das Buch in ein *happy end* mit Anna münden lasse. Erlösung im Schatten des jungen Mädchens. Schön wär's! Leider bin ich kein Romancier. Anna ist nicht gekommen. Ich habe keine Wahl.

Ich habe einen kapitalen Fehler begangen, als ich sie ausgerechnet nach Rom einlud. Nach Israel wäre sie mir wahrscheinlich gefolgt, auch nach London; London hätte ihr politisch sehr zugesagt, aber London mit ihr und Meg zusammen, das hätte vielleicht einen Pallawatsch gegeben, mon dieu! Und ich zweifle daran, ob selbst an einem für Anna geeigneteren Platz, als es Rom gewesen wäre, die Sache zwischen uns *happy* geendet hätte – ich glaube, das war in ihr von vornherein nicht drin.

Ich kann das sagen, gerade weil ich an jenem Dienstag vormittag, als ich Anna wiedersah, einwandfrei entschlossen war, sie zu verführen. Ich hatte sie am Sonntag nachmittag versetzt, und am Montag hatte ich ohne sie ins Theater am Schiffbauerdamm gehen müssen, so daß ich einigermaßen ungeduldig auf sie war. Ungeduldig und scharf. Damit meine ich nicht, daß ich die Absicht hatte, womöglich schon mittags in ihrer Wohnung auszuprobieren, ob ich sie herumkriegen konnte, sondern nur, daß ich die Affäre ein wenig anheizen wollte. In der Nacht vom Samstag auf Sonntag, im Taxi, hatte ich mich, um mit Anna zu reden, benommen wie die Axt im Walde; das sollte mir nicht wieder passieren. Ich hatte gut geschlafen, sozusagen taubengrau und stählern nach meiner Rückkehr aus dem preußischen Paris, ich hatte geduscht und wieder einmal festgestellt, daß mein Körper mager ist, nicht mehr jung und noch nicht alt, und von einer blassen, doch nicht bleichen Haut überspannt, daß meine Brust und mein Geschlecht stark und dunkel behaart, meine Beine straff und kräftig sind. Danach habe ich meine Brille aufgesetzt, gefrühstückt und die Zeitungen gelesen. Als ich an dem frischen Oktober-Vormittag, – am Montag hatte es geregnet, aber am

Dienstag war die Luft wieder trocken und durchsichtig –, mit der S-Bahn über Papestraße nach Neukölln fuhr, habe ich mich darauf gefreut, dieses große, blasse Vogelmädchen zu treffen. Schlicht und einfach gefreut, mit dem Vorsatz, es zu verführen, und ohne meine sonstigen Skrupel, meine sorgsam gepflegten Vorbehalte gegen den Geschlechtsverkehr. Infolgedessen hat gleich eine gute Stimmung zwischen uns geherrscht, ich habe mich nicht, wie Samstag nacht, brutal und schwül benommen, sondern Anna, sorgfältig und ohne zu übertreiben, den Hof gemacht, ich habe ihr die sonderbare Wirkung ihrer Augen erklärt, wie sie das Hellste seien in ihrem Gesicht, heller als ihre Haut, die doch schon licht genug sei, und auf dem Wochenmarkt an der Treptower Straße habe ich sie darauf hingewiesen, daß ihre Haare fast die gleiche Farbe hätten wie das frische Leinöl in den großen durchsichtigen Flaschen aus der Neuköllner Ölmühle. Im Freien und am Tage wirkte das Blond von Annas Haaren nicht mehr so erloschen, wie ich es von Lampes Party in der Erinnerung hatte; es leuchtete beinahe, wenn auch gedämpft, gebrochen, wie jenes Öl, in dessen Transparenz sich die Farben des Häusergraus und des Oktoberhimmels mischten.

Ich war pünktlich um halb zwölf angekommen, aber sie wartete schon an der Bahnhofssperre, schmal und lang und schulmädchenhaft, die Hände in den Taschen ihres grauen Mantels, des Mantels mit dem breiten Kragen, in dem sie mir so gut gefiel, obwohl er ihr eigentlich nicht steht. Wir gingen eine breite Hauptstraße entlang und bogen dann rechts in einen kleinen trapezförmigen Platz ein, auf dem, zwischen den alten Zinshäusern, ein altes, violettgraues Licht lag. Die Straße hatte Karl-Marx-Straße geheißen, und der Platz hieß Karl-Marx-Platz; ich erinnerte mich daran, wie mein Vater von Neukölln als kommunistischer Hochburg gesprochen hatte, und daß er nie auf die Idee gekommen wäre, es mir zu zeigen.

»Neukölln ist also immer noch rot«, sagte ich und wies auf eines der Straßenschilder.

»Es war mal rot«, erwiderte Anna, zurechtweisend. »Als es noch rot war, hieß die Straße übrigens Berliner Straße. Und der Platz hieß auch anders. Muß mal Vater'n fragen, wie er hieß.« Sie dachte eine Weile nach, ehe sie es aufgab, sich an den Namen zu erinnern.

»Erst seitdem Rixdorf nicht mehr rot ist«, sagte sie stattdessen, »haben sie das alles in Karl Marx umbenannt.«

Sie brachte diese Behauptung in einem Ton heraus, der mir

wieder ins Bewußtsein brachte, daß sie ein Mädchen war, welches Marx gelesen hatte, *drüben*, wie man in Berlin mit einer verächtlichen und vagen Handbewegung in Richtung des durch eine Mauer abgeschlossenen Ostsektors der Stadt zu bemerken pflegt, einer Geste aus Resignation, Mitleid und Antipathie. Als die Mauer noch nicht errichtet war, hatte Anna *drüben* gelebt, *drüben* Marx gelesen, und jetzt war sie abgeschnitten von *drüben*, las vielleicht weiter Marx, aber allein, ging zornig in Straßen umher, die nach ihm hießen und in deren Häusern niemand mehr saß und ihn studierte. Da ich in Asien viele Frauen und Mädchen kennengelernt habe, die Marx gelesen hatten, bin ich nicht in Ehrfurcht vor der Marxistin Anna erstarrt. Ich selbst habe ein- oder zweimal den Versuch gemacht, *Das Kapital* zu lesen, bin aber über die ersten Seiten nie hinausgekommen. Aus der Sekundärliteratur glaube ich jedoch ungefähr erfahren zu haben, was drin steht. Aus der Sekundärliteratur und aus gewissen Erlebnissen in Ländern, in denen Marx nicht ängstlich hinter einer Mauer gehütet wird.

Ich bedaure nachträglich, daß ich Anna nicht erzählt habe, wie ich Marx manchmal im tropischen Regenwald gefunden habe, in Fieberhütten, in hungrigen Gesichtern, in der kalten Glut der Geister, die über die Chai-Tau-Berge huschten. Es hätte sie gefreut, aber ich habe es unterlassen, weil ich befürchtete, mit ihr in eine Diskussion zu geraten. Schon das Wort Diskussion widert mich an. Dieses Gequatsche zwischen Monaden! Dieses Geräusch, das die Überzeugungen machen! Ja, ich weiß schon, es muß den Austausch von Ansichten geben, das echte Gespräch, wie man neuerdings in Deutschland sagt, in dem es offenbar so viele falsche Gespräche gibt, daß man die echten besonders kennzeichnen oder vielleicht die falschen zu echten erklären muß. Der neue deutsche Slang reizt mich am meisten zum Lachen, wenn er hochgestochener Slang ist. In Rom lese ich jetzt immer zum Frühstück deutsche Zeitungen, um die Berührung mit diesem Sprachmilieu nur ja nicht zu verlieren. Es verschafft mir manchen Genuß. Zum Beispiel las ich heute, in Nachrichten über einen hohen Beamten, den man entlassen hatte, weil er homosexuell ist, der Mann gelte als *Geheimnisträger* und stände infolgedessen in bezug auf seine *Intimsphäre* in Gefahr, erpreßt zu werden. Das sind zwei Prachtexemplare von Wörtern, welche ich sogleich dem neo-gotischen *vocabolario* einverleibt habe, das ich seit einiger Zeit führe. Journalist, der ich noch immer bin, kann ich es nicht unterlassen, mich in diesem Augenblick zu unterbrechen und eine Überschrift zu basteln, etwa: *Geheimnisträger führen echtes Gespräch über Intimsphäre.* – Nein, da kehre ich doch lieber zu Anna zurück! Ich hatte keine Lust, mit ihr ein echtes Gespräch zu führen, nichteinmal über ihre *Intimsphäre*, geschweige denn über Karl Marx. Zwar wollte ich schon gern in ihre Geheimnisse eindringen, mich notfalls sogar zu ihrem *Geheimnisträger* machen, aber vorläufig genügte es mir, mich mit ihr zu unterhalten. Ich diskutiere nicht gern, ich unterhalte mich lieber. In Unterhaltungen erfährt man mehr als in Diskussionen. Ich meine damit: mehr über die Leute.

»Rixdorf?« fragte ich daher, um sie von Marx abzulenken. »Wieso Rixdorf?«

»Sie stammen eben vom Wannsee!« Sie erlaubte sich einen Verstoß gegen ihre Bühnenhochsprache, indem sie nicht *eben* sagte, sondern *ehmt*. »Bei uns in Neukölln heißt Neukölln Rixdorf. Haben Sie das Wort nie gehört?«

Ich entsann mich dunkel, es schon einmal gehört zu haben, aber ich habe wohl niemals irgendeine Vorstellung damit verbunden.

»Böhmisch-Rixdorf«, belehrte mich Anna, »so hieß es früher. Schau'n Sie, da!«

Sie war stehengeblieben, neben einem Tor aus Eisenstäben, das einen Gang zwischen zwei Häusern verschloß. Oben war in das Schmiedeeisen eine Tafel eingelassen: *Böhmischer Gottesacker* las ich. Ich trat an das Gitter heran und blickte hindurch. Am Ende des Ganges konnte ich ein paar Kreuze und Grabplatten erkennen.

»Warten Sie einen Augenblick!« sagte Anna. Sie verschwand in einem Tabakgeschäft, das sich neben dem Tor befand, ich dachte, sie wolle sich Zigaretten kaufen, aber sie kam mit einem Schlüssel in der Hand zurück, mit dem sie das Tor aufschloß.

»Kommen Sie!« sagte sie. »Ich zeig' Ihnen was.«

Hinter dem Torgang lag tatsächlich eine Gräberstätte still in dem milden Oktoberlicht. Sie war eingefriedet von den Mauern fünfstöckiger Arbeiterhäuser, von hohen Tafeln aus dunkelroten Ziegeln, von schwarzen Brandmauern, von schmutzigweißen Hinterhöfen. Doch die Ulmenstämme, die zwischen den Gräbern standen, erschienen mir noch höher als die Häuser. Wie mit Kohle gezeichnet, durchliefen ihre Vertikalen den ganzen Raum vom Grund bis zum Himmel.

Der Friedhof war gepflegt, wir gingen an sehr alten und neueren Gräbern entlang, und an einem Holzgerüst hingen dreißig bunte Gießkannen. Ich hatte angenommen, Anna wolle mir nur einfach den Anblick dieses Verstecks einer Nekropole bieten, und die Überraschung war ihr auch vollständig gelungen; verwundert betrachtete ich das fremde Toten-Idyll, in dem wir gänzlich allein waren, meine graublonde Führerin und ich; aber sie schien es damit nicht bewenden lassen zu wollen, sondern ging mit schnellen Schritten irgendeinem Ziel zu, das sich schließlich als eine Reihe dunkler Bronzeplatten erwies, die in eine Ziegelmauer eingelassen waren. Sie sagte nichts, zeigte nur darauf hin, und ich stellte fest, daß es sich um eine Sammlung slawischer Grabplatten aus dem 18. Jahrhundert handelte. Ludmilla Bedlichowa, las ich, 1708–1768, und dann andere Namen und ähnliche Jahreszahlen, in schönen Antiqua-Lettern gegossen: Marya Pechakowa, Katerina Jirechowa, Anna Slawikowa, Maria Salome Krystkowy, Jane Tauffala. Die Tafeln mit den Frauennamen hingen zur Linken der Tafeln mit den Männernamen: Johann Dani Prokesch, Jiri Prosk, Jan Vitman, Martin Mares. Und endlich: Adam Krystek, 1721–1785. Deshalb also hatte Anna mich hierher geführt. Sie sah mir gespannt zu, wie ich den Namen entdeckte.

»So«, sagte ich, »dann werde ich Sie von jetzt an Anna Krystekowa nennen!«

Ihre Augen waren in diesem Augenblick womöglich noch heller als sonst. »Nein«, sagte sie, »ich bin nur noch eine Krystek. Ich kann kein Wort Tschechisch mehr. Aber von ihm stamme ich ab.« Sie wies auf den Namen. »Er war ein böhmischer Weber, ein Protestant. Die böhmischen Weber haben sich in Rixdorf niederlassen dürfen, als sie aus ihrer Heimat von den Katholiken vertrieben wurden.«

Ich dachte noch über die erstaunliche Tatsache nach, daß Preußen also auch einmal ein Asyl für freie Geister gewesen war, noch dazu unter dem Soldatenkönig, diesem widerwärtigen Kerl, der seine Soldaten mit dem Stock prügelte und den besten Freund seines genialen Sohnes hinrichten ließ, aber dann wurden meine Gedanken abgelenkt, weil mein Blick, als ich mich von den alten Tafeln abwandte, auf ein neueres Grab fiel. Ich begann zu lachen. Ich lache selten laut, aber im Anblick des Grabes von Luise Zoufal überfiel mich der Zwang, laut, verständnisinnig und spöttisch zu lachen. Anna sah mich erstaunt und abweisend an, sie muß gedacht haben, ich belustige mich plötzlich über den Hinweis auf ihre Vorfahren, den sie mir gegeben hatte; deshalb zeigte ich schnell auf den Grabstein, den ich im Auge hatte.

Luise Zoufal hatte sie geheißen, die hier begraben lag, von 1878–1924 hatte sie gelebt, und unter ihren Namen und die Jahreszahlen waren die Worte eingemeißelt: DAS LOS IST MIR GEFALLEN AUFS LIEBLICHSTE.

Anna verstand natürlich nicht, warum ich noch immer lachte. Ich machte einen Versuch, ihr meine unvermutete Heiterkeit zu erklären.

»Sie hat an ihr Los geglaubt«, sagte ich, »daran daß es ihr Schicksal war, lieblich zu leben. Und dann heißt sie Zoufal! Zoufal! Und auch noch Luise!«

Da Anna meinen philosophischen Tick nicht kannte, muß sie meinen Kommentar zu dieser Grabinschrift zunächst für eine bloße Albernheit gehalten haben. Aber während wir auf den Ausgang des Böhmischen Gottesackers zugingen, an den Gräbern mit den tschechischen und den schlesischen und den hugenottischen Namen vorbei, der Totenruhe von Daniel Friedrich Barta und Anna Niemetz, Marie Handwerk und Marthe Vincent, Emil Schidlack und Willi Munk entlang, durch dieses preußische Asyl für Verfolgte aus so manchen Ländern, das mein Vater leider nicht gekannt hat, weil ihm Neukölln nichts weiter war als ein roter Bezirk, hat sie über meine Worte nachgedacht und sie in ihrem dialektisch geschulten Geist hinter ihrer von blasser Haut umspannten Stirne bewegt und begriffen.

»Ich fasse das ganz anders auf«, sagte sie zögernd, als wir schon beinahe wieder an dem Gittertor angelangt waren. »Es kommt mir vor, als habe sie sagen wollen: ich habe das große Los gezogen.« Und vor dem Tor stehen bleibend, fügte sie nachdenklich hinzu: »Möchte wissen, inwiefern sie ihr Leben lieblich fand. Komisches Wort: lieblich!«

Als wir schon wieder auf dem Karl-Marx-Platz standen und das Tor hinter uns abschlossen, versuchte ich Anna zu beweisen, daß es sich bei dem Satz auf Luise Zoufals Grab um ein Bibelzitat handle, und das Wort infolgedessen doch als Synonym des Wortes Schicksal gedeutet werden müsse.

»Schon möglich«, sagte sie, »aber sie läßt sich ihr Schicksal als Los ziehen, aus der Lotterie des Gottes, an den sie geglaubt hat. Ganz bestimmt hat sie's so gemeint. Sie hat gewußt, daß es ein Zufall war, aber gleichzeitig hat sie den Zufall als ihr Schicksal hingenommen. Das war für sie ein und dasselbe.«

In Berlin hat mein großes systematisches Gedankengebäude über den Zufall und das Chaos zweimal einen Stoß erlitten. Das eine Mal, als mir Mutter Ludmilla auf meine Zweifel an der Allmacht Gottes mit dem Satz geantwortet hatte: »Unsere Kirche ist der Ansicht, daß Gott allmächtig ist und daß er den Menschen den freien Willen verliehen hat.« Das war gestern nachmittag gewesen, und heute vormittag wollte mir ein scharfsinniges Mädchen nachweisen, daß ich überhaupt nur einem Scheinproblem nachjagte: die beiden Wörter, aus denen ich mir einen unauflöslichen Gegensatz zurechtgezimmert hatte, waren miteinander identisch, wenn Anna die Idee, die hinter Luise Zoufals lieblichem Leben gewirkt haben mochte, besser begriff als ich.

Sie sprach ihre Kritik auch aus. Nachdem sie den Schlüssel in das Tabakgeschäft zurückgebracht hatte, sagte sie tadelnd: »Mit was für einem kleinbürgerlichen subjektivistischen Problem geben Sie sich da nur ab, Georg!«

Mit diesen Worten hängte sie sich bei mir ein. Ich habe schon bei anderer Gelegenheit gesagt, daß Anna gewisse Vokabeln, Wortverbindungen wie *politisches Bewußtsein* oder *dialektischer Zusammenhang*, und jetzt also *kleinbürgerliches subjektivistisches Problem* ganz selbstverständlich gebraucht, daß sie bei ihr nicht eingelernt wirken, obwohl sie ihr natürlich irgendwann einmal eingelernt worden sind. *Drüben.* Es wäre nun an der Zeit gewesen, mich ernsthaft mir ihr herumzustreiten, schließlich und endlich war es ja eine Unverschämtheit, wie diese berliner Göre die Fragen eines beinahe zwanzig Jahre älteren Mannes abtat, aber stattdessen beschloß ich, mich wie ein subjektivistischer Kleinbürger zu benehmen und es, ungestört von jeglicher Diskussion, zu genießen, daß diese Ur-ur-ur-Enkelin eines protestantischen böhmischen Webers sich in mich eingehängt hatte. Arm in Arm schlenderten wir weiter, so daß wir an jenem Dienstag vormittag nicht so schlecht synchronisiert nebeneinander hergegangen sind wie am Sonnabend durch Moabit. Ich spürte den Stoff ihres grauen Schulmädchenmantels in meinem Arm, wußte, ohne daß ich sie anblickte, wie ihr flaches Gesicht, – flach, weil die Backenknochen in ihm sehr hoch sitzen –, sich nahe neben dem meinen befand, parallel zu meinem, denn Anna ist so groß wie ich, sogar eine Spur größer, und wenn ich meinen Kopf doch zu ihr hin wandte, konnte ich sehen, wie der Knoten, zu dem sie ihre allzu feinen Haare, Haare von der Farbe schwachen Tees, im Nacken zusammengefaßt hatte, in Gefahr schwebte sich aufzulösen. Auch habe ich auf eine Diskussion verzichtet, weil ich fürchtete, sie würde dann weniger oft die Anrede Georg in ihre Unterhaltung mit mir einflechten, denn es war angenehm, ihn einmal nicht mehr als englisch-weichen Gaumenvokal zu hören, sondern endlich wieder, nach fast dreißig Jahren, als Folge von zwei genau getrennten Vokalen, die in drei präzis bezeichnete Konsonanten eingelassen und von Annas Stimme illuminiert wurden wie von einer Laterna Magica, während sie mir auf unserem Spaziergang die braune, in sich versunkene Dorfschmiede und die weiß getünchte Feldsteinkirche auf dem Richardplatz zeigte, dessen neuköllnisches, beziehungsweise rixdorfer, beziehungsweise märkisches Herbst- und Proletarier-Licht jedesmal in stille Bewegung zu geraten schien, wenn Anna es mit dem Namen Georg skandierte, so daß mir in der Erinnerung der Richardplatz in Rixdorf als ebenso schön erscheint wie manche hochberühmten römischen Plätze, wenn nicht schöner.

Ich verfalle in Lyrik. Das kommt davon, daß ich an jenem Dienstag vormittag verliebt war, und zwar anhaltend, ohne zu schwanken, wie noch in der Nacht vom Samstag auf den Sonntag, in der meine Gefühle von einer Minute zur anderen gewechselt hatten. Ob auch Annas Stimmung sich verändert hatte, oder ob sie noch immer an ihrem gestern telefonisch übermittelten *mehr ist übrigens nicht drin* festhielt, das auf die Erklärung, ich interessiere sie immerhin und sei ihr sympathisch, gefolgt war? Ich weiß es nicht.

»Anna«, sagte ich, »Rixdorf gefällt mir. Ich könnte hier wohnen.«

»Wo Sie überall wohnen könnten!« erwiderte sie mißbilligend. Ich hatte ihr gerade von meinen Erlebnissen in Ostberlin erzählt, von dem mächtigen Eindruck, den der Gendarmenmarkt und der Hausvogteiplatz auf mich gemacht hatten; davon, daß ich mich in Ostberlin niederlassen könnte, wenn ich nicht das Erlebnis mit dem Paß und der Zigarette gehabt hätte.

»Sie fallen mir mächtig auf den Wecker, Mann«, sagte Anna. »Einmal wollen Sie im Osten wohnen, dann wieder im Westen.« Und sie ließ den Satz folgen, mit dem sie den Generationsbruch offenbarte, der zwischen uns lag.

»Wenn Sie im Westen wohnen wollen«, fragte sie allen Ernstes, »warum ziehen Sie dann nicht nach Wannsee, in Ihr Elternhaus? Besser können Sie's doch gar nicht haben.«

Ich zog es vor, auf diesen Vorschlag nicht einzugehen. Stattdessen stellte ich eine Frage an sie.

»Warum wohnen Sie eigentlich noch hier, Anna?« fragte ich. »Sie würden doch viel lieber in Ostberlin wohnen! Da hätten Sie viel bessere berufliche Chancen, von allem anderen ganz abgesehen.«

Sie verstand natürlich, was ich mit *allem anderen* meinte: ihre Weltanschauung, die sich durch solche Quisquilien wie die Geschichte vom Paß und der Zigarette nicht aus den Angeln heben ließ, auch wenn ihre Augen einen Moment lang eng geworden waren, als ich ihr den Vorfall an der Sperre geschildert hatte.

Sie hat meine Frage nicht beantwortet, vielleicht weil wir in diesem Augenblick vor der Holz- und Kohlenhandlung von Eduard Krystek anlangten. Wir waren um ein paar Ecken herum in einen sehr ländlichen Bezirk geraten, in eine Gegend aus Bretterzäunen, Gärten und den Giebeln dörflicher Fachwerkhäuser darüber. Am Ende der Straße stand in einem Winkel unter Bäumen ein Denkmal.

»Kommen Sie«, sagte Anna, »ich mach' Sie mit Vater'n bekannt!«

Aus Adam, dem böhmischen Weber, war also Eduard, ein berliner Kohlenhändler geworden. Ich fühlte mich wieder gestärkt in meiner Zufallstheorie, nachdem sie kurz zuvor so hart angeschlagen worden war, aber ich enthielt mich jeglichen Kommentars. Eduard Krystek handelte, wie ich feststellte, als wir in den von einem Bretterzaun und der Brandmauer eines Mietshauses an der Richardstraße eingeschlossenen Hof eintraten, hauptsächlich mit Briketts. Die Briketts nahmen in mächtigen Wänden eine ganze Front des Hofes ein, bildeten eine Fassade aus gleichmäßig geordneten Elementen, die unter dem Filter-Licht des hellblauen trockenen Himmels alle Valeurs von Schwarz enthielt, von ins Violette changierenden Tönungen bis zu matten Ebenholztafeln, von karmindunklen Lichtern bis zu Erinnerungen an die staubige Schmalte alter Braunkohlenbergwerke. Ich blieb bewundernd vor diesen sanft an- und abschwellenden Wänden stehen, die mir als Kunstwerk nicht geringer erschienen als die Fassade des Palazzo Farnese, war auch fasziniert von einer hohen, grünspanigen und rätselhaften Maschine, vermutete, daß es dieses Instrument aus Röhren und Greifarmen war, welches die schwarze serielle Brikettmusik hervorbrachte, aber Anna, der das alles wohl ein gewohnter Anblick war, zog mich weiter, zu einer Bretterbude, in der ihr Vater über Rechnungen und Lieferscheinen saß.

Als er sich erhob, weil Anna mich ihm vorstellte, erkannte ich, warum sie ein so langes Vogelmädchen war, denn Eduard Krystek reichte beinahe bis zur Decke seiner Holzbude; ein fast zwei Meter großer und magerer Kranich, so stand er über mir, der ich eher klein bin.

»Vater«, sagte Anna, »Herr Efraim kommt heute zu uns zum Essen.«

Ich war seltsamerweise nicht enttäuscht darüber, als ich auf diese Weise erfuhr, daß ich mit Anna also nicht allein sein würde. Bis dahin hatte ich angenommen, auf die übliche Junggesellinnen-Bude geführt zu werden, das international einheitliche sturmfreie Zimmer mit Kochnische; ich bin ein paarmal schon aus solchen Zimmern Hals über Kopf weggelaufen, habe mir bei ihren Bewohnerinnen den schimpflichen Ruf erworben, ein *séducteur jusqu'au bord du lit* zu sein, der ich nicht bin. Ich komme nur einfach nicht gegen die *tristesse* an, die in dergleichen Zimmern herrscht; ich bin ein konservativer Mensch; Frauen, besonders junge, sollten meiner Ansicht nach nicht allein leben, sondern von Familien umgeben sein, sie sollen im Elternhaus leben, bis sie heiraten, und Anna gewann in meinen Augen einen Pluspunkt mehr, als ich erfuhr, daß sie *zuhause* lebte. Und außerdem erinnerte mich ihre Einladung daran, daß ich mich in dem Lande befand, in dem man ohne weiteres in den Kreis der Familie zugelassen wird. Ich hatte diese Sitte in meinen englischen Jahren vergessen und fand sie überraschend sympathisch.

Annas Vater betrachtete mich aus seiner Höhe herab, und ich fand in seinem von der Arbeit ausgehöhlten Gesicht die flachen Backenknochen und die hellen Augen seiner Tochter wieder. Ich schätze ihn auf Anfang Sechzig, was Anna mir bestätigt hat: Eduard Krystek ist 1900 geboren; er hat seine Tochter als noch nicht ganz Vierzigjähriger gezeugt, Anna kam kurz vor dem Ausbruch des Zweiten Weltkrieges zur Welt.

»Sehr erfreut«, sagte der Kohlenhändler auf komisch-steife Weise, in einem unverkennbar berlinischen Tonfall. Und, zu Anna gewendet: »Jut, dat de mal wen zu Besuch bringst.«

»Aber Vater«, sagte Anna, »ich bring' doch oft genug Hornbostel mit.«

»Werner'n?« erwiderte er nachdenklich, wobei er seinen Blick wieder zu mir wandern ließ. »Der is doch man nur so 'ne jung'sche Karotte.«

Anna nahm ihren Freund in Schutz. »Werner Hornbostel ist kein Kind mehr«, sagte sie ärgerlich, aber ich merkte, daß ein großes Einvernehmen zwischen Vater und Tochter herrschte. Es schien Anna zu befriedigen, daß ihr Vater sich Gedanken machte, ob jemand, den sie mitbrachte, ein *Besuch* war oder bloß junges Gemüse.

»Du siehst nicht gut aus heute«, sagte Anna und sah ihren Vater an.

»Wie Braunbier mit Spucke, ick weess schon«, antwortete er. »Aber et jeht schon wieder besser. Ick hab' 'ne Tablette jeschluckt. Und wenn de mir Hackepeter mit viel Bolle machst und 'n Helles dazu stellst, bin ick wieder janz uff'n Damm.«

Wirklich hatte der große, magere Mann ein nicht nur von Arbeit, sondern auch von Leiden ausgehöhltes Gesicht. »Er hat angina pectoris«, erzählte mir Anna, nachdem wir ihn verlassen hatten. Wir gingen die Gasse zwischen den Bretterzäunen entlang. »Die hat er sich in Oranienburg geholt.«

»Weswegen war er denn im KZ?« fragte ich.

»Als Kommunist natürlich«, erwiderte sie. Es klang so, als könne sie sich einen anderen Grund gar nicht denken. »Er ist schon 33/34 im KZ gewesen«, erzählte sie, »dann haben sie ihn freigelassen, aber gegen Ende des Krieges haben sie ihn wieder eingesponnen.«

»Wieso ist er Kommunist«, fragte ich, »obwohl er Kohlenhändler ist? Unter dem Kommunismus würde ihm sein Geschäft doch gleich weggenommen werden.«

Sie sah mich an, beinahe gerührt von meiner Unwissenheit. »Man merkt, daß Sie von Berlin wirklich nichts weiter kennen als Ihren Wannsee«, sagte sie. »Mein Vater wäre der erste, der seine Klitsche dem sozialistischen Staat zur Verfügung stellen würde. Das war eben mal hier so, bei uns in Rixdorf, da waren auch die Kohlenhändler rot.«

Wir waren bei dem Denkmal angelangt, das ich schon vorher von weitem gesehen hatte. Es stand unter Bäumen neben einem ländlichen Fachwerkhaus und stellte den Soldatenkönig dar, wie ich aus der Inschrift ersah. Der Soldatenkönig blickte unter seinem Dreispitz auf die Häuser der Herrnhuter Brüdergemeine. Da ich mich für Abgelegenes interessiere, habe ich mir inzwischen durch die Herdersche Buchhandlung in Rom das *Losungsbuch* des Grafen Zinzendorf, sowie das Werk *Rixdorf-Neukölln, die geschichtliche Entwicklung eines berliner Bezirks, von Professor Dr. Johannes Schultze* besorgt. Die Herrnhuter Brüder haben dem ansonsten widerwärtigen Friedrich Wilhelm I. ein Denkmal gesetzt, weil er sie vor der Verfolgung rettete. Preußen hat einmal die Herrnhuter Brüder gerettet und die böhmischen Weber und die Hugenotten, und es war eines der ersten Länder, das die Juden befreit hat. Man solltes es nicht für möglich halten. Ich wollte Anna nicht fragen, ob sie die Herrnhuter auch für rot hielt, es hätte zu nichts geführt, mich mit ihr darüber zu streiten, bis wohin die Farbe rot reicht, am Ende wäre auch der Soldatenkönig ein Roter gewesen, ein Bruder des Marschalls Budjonny, ich bin nicht der Ansicht, daß es nur rote Geheimnisse auf der Welt gibt, es gibt auch blaue und schwarze Geheimnisse, und vor allem weiße, ja vielleicht nur weiße, aber für Rixdorf hätte Anna zweifellos recht behalten: Rixdorf war ein roter Bezirk. Jedenfalls war er es gewesen, solange er noch eine Bedeutung gehabt hatte. Hatte er sie noch? Ich zweifelte daran, während ich mit Anna an den pietistischen Gärten vorbei zu dem Wochenmarkt an der Treptower Straße ging.

»Lebt Ihre Mutter nicht mehr«, fragte ich, »weil Sie Ihrem Vater das Mittagessen machen?«

»Sie ist gestorben, als ich drei Jahre alt war«, sagte sie. »Umgekommen bei einem Bombenangriff.«

Ich habe mich, als ich diese Auskunft erhielt, sogleich gefragt, ob sich das Ende von Frau Krystek mit dem Tod meiner Mutter vergleichen ließe, und ebensogleich habe ich diesen Gedanken von mir gewiesen. Das Ende von Frau Krystek muß schrecklich gewesen sein, und es gibt überhaupt keine Entschuldigung dafür, daß wir Bomben auf Häuser geworfen haben, in denen Menschen wohnten, nichts weiter als wohnten. Aber wir haben Frau Krystek nicht getötet, wie man Ungeziefer ausrottet. Wir waren brutale Schweine, wir haben um uns geschlagen wie Verrückte, noch vergangenen Samstag habe ich einem Mann ins Gesicht geschlagen, weil er gedachte sich nächtlicherweise *bis zur Vergasung* zu amüsieren, es tut mir leid, nein, es tut mir eigentlich nicht leid, obwohl ich einen Antisemiten mehr erschaffen habe, mit einem einzigen Schlag den Haß wieder erschaffen habe, der eines Tages neue Gaskammern in Betrieb setzen wird, aber dennoch bedaure ich nicht, daß ich ihn geschlagen habe, daß ich mit einem winzigen Aufwand von Energie das Bewußtsein davon vermehrt habe, wie das, was in der Sprache geschieht, jederzeit Wirklichkeit werden kann, es tut mir nicht leid, sage ich, weil dieser Mann, wie seine Sprache beweist, kein Unschuldiger war. Frau Krystek tut mir sehr leid, sie war sicherlich eine Unschuldige, es ist schade, daß Anna mutterlos aufgewachsen ist, daß sie nicht nach Ostberlin gehen kann, wo sie hingehört, weil sie an ihren Vater gebunden ist, das Vogelmädchen, das allein ist auf dieser Welt mit seinem großen Kranich-Vater. Immerhin haben wir Annas Mutter nicht in einer Gaskammer getötet. Es ist ein Unterschied zwischen Zyklon B und einer Bombe, die vom Himmel fällt.

Nachträglich fällt mir auf, daß ich, wenn ich von diesem Kerl auf Lampes Party absehe, in Berlin lauter sympathische Leute kennengelernt habe. Frau Heiß, die darunter litt, daß sie in einem Hause wohnte, in das sie gewisse Leute, – mich zum Beispiel! –, nicht einladen konnte, den Kriminalrat von Cantz, der nicht an Nationaleigenschaften glaubte, Werner Hornbostel, der seinen Vater haßte, weil er ein *begeisterter Mitläufer* gewesen war, und der einen der Mörder meiner Eltern hatte zerschlagen wollen, Mutter Ludmilla, die möglicherweise doch Esther gerettet hat, Annas Vater, der sogar im KZ gewesen war, und Anna selbst, Anna, die sich nach meinem Fauxpas bei Lampe ganz selbstverständlich auf meine Seite gestellt hatte, spöttisch zwar, mit dem Satz *Sie haben wohl nicht mehr alle Tassen im Schrank*, aber doch immerhin, ohne sich einen Augenblick zu besinnen. Ich kann nicht behaupten, daß ich als Jude nicht in Berlin leben könnte. Vielleicht habe ich besonderes Glück gehabt, vielleicht bilden solche Leute nur eine winzige Minderheit in Berlin, aber wo auf der Welt leben sie eigentlich anders denn als Minderheit, diese mährischen Brüder, böhmischen Weber, Herrnhuter, Hugenotten und Juden?

Meine neue Freundin hatte sich längst wieder bei mir eingehängt und zeigte mir den hellen Wochenmarkt ihres Viertels, der unter Segeltuchdächern im märkischen Herbst lag. Vergessen waren unsere Mütter, die so gerne noch eine Weile gelebt hätten, um auf ihm einzukaufen. Es gab da grün-rote Bauernäpfel, und Birnen wie vom Baum des Herrn Ribbeck auf Ribbeck im Havelland, und Stände mit Astern und Dahlien oder Stände mit Stoffen aus Kunstseide und Kattun, und die großen durchsichtigen Flaschen mit Leinöl aus der Neuköllner Ölmühle leuchteten wie Anna Krysteks Haare. »Was möchten Sie denn gerne essen, heute mittag?« fragte Anna, und ich mochte schon allerlei essen von dem, was es da gab, von den Würsten und Fischen, zum Beispiel grobe Mettwurst mit Sauerkraut aus einem großen, sauberen Eichenholzfaß, oder vielleicht doch lieber Fisch, einen Bund fingerdicker Aale, oder geräucherte Fische mit komischen Namen, Seehase, Rogen und Steinbeißer. »Wozu woll'n Se se nehm'n? Zu Klopse?« fragte die Marktfrau, als ich stehenblieb und gierig auf die Aale blickte, und ich kaufte sie, aber wir haben sie dann nicht gegessen, weil in meinem Kopf immer noch die Wörter Hackepeter, Bolle und kleines Helles umgingen, der

Gedanke an sie war ganz unwiderstehlich, und als ich es Anna gestand, lachte sie und sagte, dafür habe sie alles zuhause.

Wir verließen den Markt und gingen zu dem Haus Treptower Straße 21 und in den vierten Stock hinauf. Ich war verliebt in Anna, verliebt und immer noch entschlossen, sie zu verführen, aber gleichzeitig war es mir außerordentlich angenehm, daß sie mich nicht in eine sturmfreie Bude führte, obwohl es sich herausstellte, daß sie in der väterlichen Wohnung doch ihr eigenes Zimmer besaß, in dem sie sicherlich tun und lassen konnte, was sie wollte, ein sogenanntes berliner Zimmer, einen jener langen Räume, die durch die ganze Breite eines Hauses reichen, mit Dachstockfenstern zwischen schrägen Wänden nach vorn und hinten. Wir lehnten uns eine Weile gemeinsam auf die Fensterbretter und sahen hinaus, nach vorne auf den Wochenmarkt hinab, auf das Gewimmel der Leute, nach hinten in einen Hinterhof mit Wäschestangen, der sich aber nach Südosten hin öffnete und den Blick auf ein Gelände aus Werkstätten und Autofriedhöfen freigab. Die Landschaft wirkte weit und frei und flach hingestrichen, obwohl in der Ferne die Stacheldrahtverhaue und die Mauer hinter einem der Kanäle klar zu erkennen waren.

»Schauen Sie, da links«, sagte Anna und zeigte es mir, »da ist ein Loch in der Mauer. Das ist der Grenzübergang Sonnenallee. – In fünf Minuten wär' ich drüben«, fügte sie hinzu, aber wir verfolgten den Gedanken nicht weiter.

In ihrem Zimmer hingen Fotos von Schauspielern in verschiedenen Rollen; aber im Wohnzimmer des alten Kommunisten Eduard Krystek hingen doch wahrhaftig über der Kredenz die Bilder von Marx und Lenin! Bis er kam, saßen wir zusammen in der Küche und unterhielten uns über alles mögliche, während ich zusah, wie Anna Hackepeter machte. Bereits auf unserem Spaziergang hatten wir ja über dies und jenes geredet, das erste, was Anna hat wissen wollen, war, ob ich in Esthers Schule etwas in Erfahrung habe bringen können, und sie hat gespannt zugehört, als ich ihr die Mutter-Ludmillastory erzählte. So, wie sie mir den Rat gegeben hatte, überhaupt dorthin zu gehen, hat sie auch diesesmal meine Aufmerksamkeit auf ein Detail gelenkt, dem ich keine Bedeutung beigemessen hatte, nämlich auf Mutter Ludmillas Bemerkung, sie, – die Karmelitinnen, zu denen sie gehörte –, seien schlesische Nonnen und man habe Mutter Klara in das Stammhaus des Ordens in Ratibor zurückgenommen, als sie sich Esthers wegen zu sehr exponiert hatte.

»Da haben sie auch das Kind versteckt«, rief Anna aus. »Ich bin ganz sicher, daß sie es dorthin gebracht haben!«

Ich bin dessen nicht so sicher, denn ich hatte von dem Beisammensein mit Mutter Ludmilla den Eindruck von Schuld und Hoffnungslosigkeit mitgenommen.

»Vielleicht ist Esther eine Nonne geworden?« erwog Anna. Und bedauernd fügte sie hinzu: »Das wäre schade!«

Ich fände es nicht schade; merkwürdigerweise kann ich mir meine kleine Jugendfreundin mit den harten Haarwellen und dem blassen erhitzten Gesicht gut als Nonne vorstellen, vorausgesetzt, man erlaubte ihr, sich auch im Kloster einen schwarzen Spaniel zu halten, der dann vielleicht nicht gerade *Devil* heißen dürfte, aber der Gedanke birgt nur ein winziges Gran von Wahrscheinlichkeit in sich. Immerhin sollte ich einmal das Ordenskapitel der Karmelitinnen, das sich doch sicher in Rom befindet, aufsuchen und feststellen, ob sie bereit sind, mir eine Auskunft zu geben; aber inzwischen lebe ich wieder in meiner großen römischen Gleichgültigkeit; das graue und blonde Licht der Hoffnung, das Anna für einen Augenblick in mein Leben geworfen hat, ist erloschen; was für einen Zweck hätte es schon, festzustellen, daß vielleicht eines von diesen Millionen Kindern, die man getötet hat, noch lebt? Auch die Erinnerung an Keirs hochmütiges Samuel-Johnson-Gesicht hält mich davon ab, weitere Recherchen anzustellen, seine Indifferenz, der es plötzlich genügte, zu ahnen, wie ich seine Schuld kannte. Anstatt mich nach seiner Tochter zu fragen, hat er mir einen banalen Traum erzählt und seine Schnupftabak-Prise zelebriert, der Barockmensch, der fette britische Snob mit den zitternden Händen, der am Sonntag morgen meines berliner Aufenthalts noch ins Telefon geweint hat und vierzehn Tage später nicht mehr hat wissen wollen, warum er mich eigentlich nach Berlin geschickt hat! Anna hingegen, die es doch gar nichts anging, hat sich für nichts so sehr interessiert wie für Esthers Schicksal, – um hier einmal das sinnlose Wort zu gebrauchen, das nichts weiter bezeichnet als einen Knäuel unordentlicher Ereignisse –, und so mußte ich ihr gleich beim Gang durch die Karl-Marx-Straße und auf dem Böhmischen Gottesacker berichten, wie mein gestriger Besuch in Steglitz verlaufen war.

Erst auf dem Richardplatz hat sie mich über meinen Theaterbesuch in Ostberlin ausgefragt, sich alle Einzelheiten der Aufführung schildern lassen, Nachrichten eingeholt, auf die sie brannte. Ich gab sie ihr, porträtierte ihr auch den jungen Thate;

sie verbarg nicht, daß sie ihn um seinen Aufstieg beneidete. In meinen Bericht fügte ich, wie beiläufig, mein Erlebnis an der Sperre ein, hatte die Genugtuung, zu sehen wie ihre Augen eng und dunkel wurden; nach der bitteren Pille habe ich ihr wieder Zucker gegeben, indem ich vor ihr, wie im Selbstgespräch, die Möglichkeit erwog, am Hausvogteiplatz Wohnung zu nehmen. Während wir die alte Dorfschmiede in Rixdorf betrachteten, hat sie schließlich meine ziellose, geschmäcklerische Art der Wohnungssuche kritisiert. »Wo Sie überall wohnen könnten!« hat sie, mißbilligend, gesagt.

In der Küche unterhielten wir uns weiter über Theaterfragen. Inzwischen hatte sich ein bedeutender Szenenwechsel vollzogen, denn wir hatten, in der Wohnung angekommen, unsere Mäntel abgelegt, und es hatte sich herausgestellt, daß Anna unter ihrem Mantel eine weiße Bluse und einen schwarzen Rock trug, gewiß eher konventionelle Kleidungsstücke, die sie aber doch alles Schulmädchenhaften beraubten. Bei ihrem grauen Mantel muß es sich doch um ein sehr altes Stück aus ihrer Garderobe handeln, vielleicht noch um ein Souvenir aus ihrer Backfischzeit. Besonders die weiße Bluse, die ich Muße hatte zu betrachten, während sie das gehackte Schweinefleisch in die Pfanne tat und es mit Zwiebelringen versetzte, hat einige Bedeutung für mich gewonnen, weil ich nämlich, nach dem Mittagessen, als der alte Krystek uns wieder alleingelassen hatte, um in sein Brikettgeschäft zurückzukehren, versucht habe ihre Knöpfe zu öffnen. Ich bin dabei nicht weiter gekommen als bis zum allerobersten Knopf; dennoch weht manchmal noch die Vorstellung von weißem preußischen Leinen in meine römischen Tage und Nächte wie eine kühle Verheißung.

Anna band sich eine Schürze um, ehe sie begann das Fleisch zu rösten. Während es briet, machte sie in einer Schüssel grünen Salat an.

»Es ist aber doch sehr schön«, sagte ich, »daß Lampe Ihnen diese Rolle gegeben hat, in dem Stück von Shaw. Wann beginnen denn die Proben?«

»Nächste Woche«, erwiderte sie.

»Sie scheinen keine große Lust darauf zu haben«, sagte ich. Und, einen Gedankensprung vollführend, klopfte ich auf den Busch: »Sie haben bei Lampe einen Stein im Brett.«

»Er ist mies«, sagte sie. »Ein richtig mieser Regisseur.«

»Aber ein einflußreicher. Und Sie sind gut mit ihm bekannt.«

»Sagen Sie, Sie glauben doch nicht, daß ich mit Lampe geschlafen habe?« fragte sie, noch leichthin.

»Was wäre denn schon dabei?«

Sie ließ das Salatbesteck sinken, drehte sich zu mir um und sah mich fassungslos an.

»Aber«, sagte sie, und strengte sich an, das richtige Wort zu finden, »aber das wäre doch Prostitution!«

Zuerst mußte ich lachen. Dann begriff ich, daß sie eine Puritanerin war, eine Puritanerin von *drüben*. Sie konnte leichthin davon reden, daß sie mit Werner Hornbostel nicht sehr häufig schlief und mit Lampe überhaupt nicht, das Vokabular der sexuellen Aufklärung glitt ihr leicht von den Lippen, aber in Wirklichkeit war sie streng erzogen, ein Mädchen, dem man beigebracht hatte, die Prostitution als die niedrigste Form der Ausbeutung des Menschen zu betrachten. Ich schäme mich vor Anna, wenn ich daran denke, daß ich mein sexuelles Problem inzwischen mit Hilfe einer römischen Prostituierten namens Lidia gelöst habe. Ich habe Lidia im vergangenen Sommer, dem Sommer des Jahres 63, kennengelernt, als ich eines Nachts mit dem Auto, – ich konnte in der Hitze nicht schlafen –, den Viale Tiziano entlang fuhr. Da stand sie, unweit des Ponte Milvio, im Licht einer Bogenlampe und glühte in einem roten Fetzen von Kleid wie die babylonische Hure persönlich. In Wirklichkeit ist sie ein nettes, vernünftiges Mädchen, mit dem ich gut auskomme. Manchmal gehe ich auch mit ihr zusammen aus, ohne es am Ende mit ihr zu tun, unterhalte mich nur mit ihr, über Rom, über ihre Familienverhältnisse, ihre calabrische Kindheit. Ich mußte ja schließlich irgend etwas anstellen, um zu verhindern, daß ich, wie seinerzeit im Circolo della Stampa Estera, in gewisse Gewohnheiten zurückfiel. Doch braucht mir nur Annas entsetzter Ausruf *aber das wäre doch Prostitution* einzufallen, so kommt es mir zum Bewußtsein, wie ich einen Menschen erniedrige und ausbeute, auch wenn Lidia nichts dergleichen empfindet und mir offensichtlich gern zu Diensten steht. Sie ahnt freilich nicht, daß ich mich nur deswegen bei ihr abonniert habe, weil die schweigsame, vernünftige Art, mit der sie die Liebe macht, es mir erlaubt, an Meg zu denken, während ich bei ihr liege.

Anläßlich Lidias verzichte ich nun doch auf den Plan, meine Gewohnheiten einmal zusammenfassend zu schildern. In dem Konvolut des bisher Geschilderten blätternd, stelle ich fest, daß ich nicht nur meine Leserei, sondern auch das meiste von dem, was als periodische Wiederkehr, als Bimbam und Ticktack mein

Leben skandiert, schon erwähnt habe, wie eben jetzt meine sexuellen Usancen. Bei den verschiedensten Gelegenheiten habe ich klargemacht, daß ich gerne esse, jedoch nur mäßig trinke. Ich habe die Angewohnheit, beim Essen zu lesen, schlafe nach dem Mittagessen, rauche täglich ein Päckchen Zigaretten, tanze gern und bin Autofahrer. Auch habe ich darauf hingewiesen, daß ich keine Familie besitze, pedantisch bis geizig bin, gern spazierengehe und mir manchmal einen Film ansehe oder ein Konzert anhöre. Soll ich noch hinzufügen, daß mein Stuhlgang regelmäßig ist und ich mich überhaupt in bester körperlicher Kondition befinde? Zu der Absicht, diese ganze Routine einmal ausführlich zu behandeln, bewegte mich der Gedanke, der Leser dieser Blätter, – vorausgesetzt, es wird je ein solches Wesen geben! –, könnte zu dem Schluß kommen, ich sei ein bedauernswerter Fall. Davon kann nicht die Rede sein. Ich bin beneidenswert unabhängig und weiß durchaus das Leben zu genießen. Ich bin alles andere als ein Roquentin, ein existentiell Angeekelter. Ich esse gern, liebe die Kunst, und mein Verhältnis zur Reinheit ist ein platonischer Tick, weiter nichts. Bin ich nicht, objektiv betrachtet, eher ein glücklicher als ein unglücklicher Mensch?

Noch ein anderer Umstand wollte mich veranlassen, diese Ornamente meines Alltags einmal gehörig auszuleuchten – eine Frage des schriftstellerischen Metiers, wenn ich so sagen darf. Beispielsweise bin ich Brillenträger, und ich hätte es gern geschafft, mein ganzes Buch hindurch Brillenträger zu sein. Ich bin gezwungen, Gläser in der hohen Schärfe von minus zehn Dioptrien zu tragen, was dazu führt, daß ich die Welt entweder sehr scharf, oder, wenn ich die Brille abnehme, sehr verschwommen, in vage Farb-Inseln sich auflösend, sehe. Ein Schriftsteller sollte es, so meine ich, fertigbringen, eine so wichtige Eigenschaft einer Figur dem Leser ständig präsent zu halten. Ich fürchte, das ist mir nicht gelungen, und es ist sicherlich zwecklos, das Versäumte nachzuholen, indem ich es irgendwo summarisch und isoliert darstelle.

Das Mittagessen zu dritt verlief zuerst ruhig, später nahm es eine aufregende Wendung, weil Eduard Krystek es nicht bei leichter Konversation bewenden ließ, sondern, als das Gespräch sich um seine Tochter zu drehen begann, sozusagen in die Vollen ging, um wieder einmal das neue deutsche Idiomatikon zu zitieren. Noch im Sitzen war er einen Kopf größer als ich. Annas Hackepeter war ausgezeichnet, körnig im Biß und fein gewürzt, und das helle Bier schmeckte kühl und bitter. Anna klärte ihren Vater über mich auf, über meine berliner Herkunft, meine britische Entwicklung, meinen internationalen Beruf.

»Herr Efraim ist Jude«, sagte sie, und wieder konstatierte ich erfreut, wie natürlich sie das Wort *Jude* aussprach, mit gänzlich unbelegter Stimme, und ohne daß es, wie im Munde der meisten Deutschen, etwas Obszönes annahm.

»Na ja, det seh' ick doch«, sagte Eduard Krystek. »Issen Ding für Sie, hierher zu kommen in det prima Land, wa'?«

Zu Beginn meiner Aufzeichnungen habe ich einiges gegen den berliner Jargon gesagt, behauptet, ich sei allergisch gegen die berühmte Schnauze, aber von dem alten Krystek ließ ich mir gerne mit dem Treffenden das Wort abschneiden. Es war tatsächlich ein Ding für mich, wieder hier zu sein, und mehr war darüber nicht zu sagen. So nickte ich nur.

»Immerhinque«, fuhr er fort. »Sie könn' sich ja wieder dünnemachen. Wehrn't wir hier bleib'n müssen.«

Mit jedem seiner lapidaren Sätze traf der Kohlenhändler einen Nagel auf den Kopf. Ich realisierte auf einmal, was es für einige Menschen bedeutete, in dem Nach-Auschwitz-Deutschland leben zu müssen. Und daß ich einer war, der sich dünnemachen konnte. Meine Wohnungslosigkeit hatte Vorteile für mich, aber sie ließ mich in den Augen von Leuten, die eine Heimat hatten, eine verworfene zwar, aber doch eine Heimat, in der zu wohnen sie verdammt waren, etwas dünn erscheinen.

»Herr Efraim überlegt sich grad, ob er nicht hierbleiben soll«, sagte Anna spöttisch.

Krystek sah mich zweifelnd an. »Machen Se keen Quatsch«, sagte er. »Sie hamm' ja jrade erst so rinjerochen.«

Und er verlor sich in einer Darstellung der politischen Verhältnisse in Deutschland, wie er sie sah. Vom journalistischen Standpunkt aus war es für mich interessant, in Eduard Krystek einen Kommunisten kennenzulernen, der sich auch von *drüben* nichts versprach. Marx und Lenin blickten von über der Kredenz auf uns herab. Es scheint in der Kommunistischen Partei einen Untergrund aus alten Revolutionären zu geben, aus den böhmischen Webern vieler Jahrhunderte. Sie sind Kommunisten, wie ich Jude bin, oder ein Neger ein Neger. Die Farbe eines Negers ist nicht abwaschbar. Darum glaubte ich es dem alten Krystek nicht, als er seine Rede mit dem Satz schloß: »Eejentlich bin ick bloß noch aus Daffke Kommunist. Et hat ja doch allens keen Sinn mehr. In nischt is mehr'n Sinn in.«

Irgend etwas in seiner Stimme schien Anna Sorgen zu machen. »Vater«, sagte sie, »du sollst dich nicht aufregen!«

»Schon jut«, erwiderte er und es war deutlich zu spüren, wie der bloße Klang von Annas Stimme ihn beruhigte. Aber zugleich führte ihre Intervention eine Wendung im Gespräch herbei, die ihr äußerst peinlich war, brachte sie doch ihren Vater auf einen Gedanken, den er, wie es seine Art war, aussprach, ohne lange Umstände zu machen.

»Unn' Sie, junger Mann aus Cottbus«, fragte er, scheinbar gemütlich, »wat hamm' Se nu mit meiner Tochter vor?«

»Vater!« rief Anna. Sie war schon aufgestanden, um abzuräumen, während ich mir eine Zigarette angezündet hatte. Jetzt hielt sie inne und sah ihren Vater empört an.

»Wat denn, wat denn«, fragte er, »man wird doch noch frajn dürf'n?«

Der Wechsel vom Politischen ins Private war etwas plötzlich gekommen, aber das kurze Wort- und Gefühlsgefecht zwischen Vater und Tochter ließ mir Zeit zu einer sekundenschnellen Überlegung.

»Ich hab' Anna nach Rom eingeladen«, sagte ich und sah dabei Anna an. »Ich möchte ihr gerne Rom zeigen.« Dann wandte ich mich wieder an ihren Vater. »Natürlich nur, wenn Sie nichts dagegen haben, Herr Krystek!«

Es war eine Eingebung gewesen. Ich hatte in einem Nu begriffen, daß es viel besser war, Anna meinen Vorschlag jetzt, in Anwesenheit ihres Vaters, zu machen, als nachher, wenn ich mit ihr allein war. Meine Werbung um sie bei ihrem Vater ließ mich, bei aller Frechheit, seriös erscheinen. Und zugleich konnte ich davon profitieren, daß er sie in eine Lage gebracht hatte, in der sie sich gegen seine Bevormundung wehren mußte.

»Siehst du«, sagte sie zu ihm, noch immer wütend, »das hast du jetzt von deiner Fragerei!«

Dann lachte sie. Sie besaß Witz genug, um zu fühlen, daß mir die Parodie auf einen Heiratsantrag gelungen war. Ich hatte bei Vater'n um ihre Hand angehalten. Eigentlich fehlte nur noch der Blumenstrauß.

Eduard Krystek hatte sich erhoben. »Wat sollte ick dajejen haben?« fragte er mißmutig. »Anna is mündig.« Er ging lang und mager und sichtlich leidend in der Stube hin und her.

»Bloß Rom«, dachte er laut vor sich hin, »ick weess nich, ob Rom det Richtije is für dich, Anna? Rom, det ist doch woll nischt wie Jejend.«

»Ich würd' es mir doch bloß ein paar Tage ansehen«, wandte Anna ein und fügte hinzu: »Ich meine, wenn überhaupt, Vater.«

»Wer weess?« erwiderte er, und fuhr fort, wieder in Gedanken und so, als sei er mit seiner Tochter allein. »Der da is nich so wat Unfertijes wie dein Werner Hornbostel«, sagte er, und ich existierte in diesem Augenblick nur noch im Deuten seiner Hand auf mich. »Er ist zwar man 'n bisken kleen für dich, Anna, aber er is doch keen abjebrochner Riese.«

»Vater«, sagte Anna verlegen, »was du dir gleich immer ausdenkst!«

Er ging zur Türe.

»Ick muß wieder in mein' Laden«, sagte er. »Bleib nich zu lange wech, Anna, wenn de wirklich wechjehst. Alleene jraul' ick mir.«

Er war so groß, daß er sich im Türrahmen bücken mußte, und ich beobachtete Anna, wie sie voller Kummer auf den Rücken ihres Vaters starrte, auch dann noch, als er schon eine Weile verschwunden war.

Vielleicht habe ich schon in diesem Augenblick mein Spiel um Anna verloren, nicht erst am Donnerstag nachmittag in Frankfurt. Im Grunde war es erstaunlich, daß sie überhaupt noch eingewilligt hat, mit mir nach Rom zu fliegen, daß sie am Ende der halben Stunde, die wir nach dem Mittagessen noch zusammen in ihrem berliner Zimmer verbracht haben, schließlich gesagt hat: »Meinetwegen. Dann komm' ich also mit Ihnen mit und schau' mir Rom an.« Ich habe diesen Entschluß gewiß nicht dem Umstand zu verdanken, daß ich einen Versuch gemacht habe, ihre Bluse aufzuknöpfen. Wir saßen in ihrem Zimmer, unter den Schauspieler-Fotos, Anna hatte noch Kaffee gekocht, sie lag auf ihrer Couch, während ich auf einem Stuhl saß; hier mußte sie gelegen haben, als ich sie gestern morgen zu früher Stunde angerufen hatte, wobei ich mir vorgestellt hatte, wie ihre feinen Haare aufgelöst und aschblond auf den Kissen lagen, und der Gedanke daran brachte mich dazu, mich zu ihr hinabzubeugen und sie zu küssen. Sie ließ es sich gefallen, die Berührung schien ihr nicht direkt unangenehm zu sein, aber als ich dann, so vorsichtig wie nur möglich, den obersten Knopf ihrer Bluse löste, fragte sie mit klarer Stimme und für einmal nicht in ihrer Bühnenhochsprache, sondern in reinstem Berlinisch: »Machen Se det öfta?«

Für Notfälle hielt sie offenbar einen *set* von Berlinismen bereit, von kalten sprachlichen Duschen. So hatte sie schon, als ich ihr am Samstag abend den Vorschlag gemacht hatte, sie mit einigen italienischen Filmregisseuren zusammen zu bringen, mit dem Satz reagiert: »Junge, Junge, Sie gehen aber gleich scharf 'ran!«, den sie allerdings noch nicht so deutlich mit Dialekt eingefärbt hatte wie ihr »Machen Se det öfta?« Im Taxi hatte sie mich mit großem Erfolg in meine Schranken verwiesen, indem sie mir kühl erklärte, ich benähme mich wie die Axt im Walde. Sie konnte schon keß sein, meine neue berliner Freundin, darüber gab es keine Täuschung. Immerhin hat sie ihre dritte Formel des Sträubens nicht derart mit dem Akzent der Endgültigkeit versehen wie ihre beiden ersten, sie klang eher freundlich und lustig, so daß ich mich zurückziehen konnte mit dem Eindruck, wenigstens keine endgültige Niederlage erlitten zu haben. Sie hatte mir zu verstehen gegeben, daß es noch zu früh war.

»Außerdem, Georg«, sagte sie, als das Intermezzo zu Ende war, »außerdem lieben Sie ja Ihre Frau. Das haben wir doch festgestellt, nicht wahr?«

»Sie haben es festgestellt«, erwiderte ich gereizt, »Sie, nicht ich!«

Ich weiß nicht, warum ich ihr dann von Meg erzählt habe. Nicht alles, nicht das Allerletzte, aber doch genug, um sie ins Bild zu setzen. Sie lag im Halblicht der Ecke, in der ihre Couch stand, und irgend etwas an dem Da-Sein dieses großen, blaßfarbigen und ein wenig schattenhaften Mädchens veranlaßte mich, ihr zu erzählen, was mir mit Meg widerfahren war. Ursprünglich habe ich wohl geglaubt, ich müsse es ihr erzählen, um ihr zu beweisen, daß ich Meg nicht mehr lieben könne, daß es aus sei zwischen Meg und mir, aus sein müsse. Später freilich habe ich eingesehen, daß etwas ganz anderes mich zum Sprechen bewogen hat, jener mir unerklärliche Bestandteil von Annas Wesen, der mich, – davon bin ich fest überzeugt, ohne es beweisen zu können –, dazu gebracht hat, an dem Tage, nachdem ich sie kennengelernt habe, mit diesen Aufzeichnungen zu beginnen. Anna hat mich ins Reden gebracht. Ins Reden und ins Schreiben.

Ich habe ihr nichts weiter erzählt als die Szene, die ich mit Meg am dritten Tag nach unserer Hochzeit gehabt habe. Ich habe ihr nicht den sanften londoner Tag geschildert, den grauen *drizzle*-Tag, der sich zu einem Regen-Abend neigte, zu jenem Abend, der sich so furchtbar in mein Gedächtnis eingetragen hat, an dem Meg nach dem Essen ins Zimmer kam, in dem ich saß und die Zeitung las. Sie hatte ihren hellen Trenchcoat angezogen. »Ich gehe nochmal fort«, sagte sie, »ich habe eine Verabredung mit Keir.«

»Mit Keir?« fragte ich und ließ die Zeitung sinken. »So spät noch? Du willst ihm doch nicht jetzt noch Bilder verkaufen?«

»Nein, das will ich auch nicht«, erwiderte sie. »Ich geh' zu ihm in die Wohnung.«

Ich fühlte, wie mein Körper sich zusammenzog vor Furcht.

»Meg«, sagte ich, »das kannst du doch nicht machen, Meg!«

»Warum kann ich es nicht machen?« fragte sie zurück, nicht hart, eher freundlich. Freundlich und sachlich. »Es macht mir Vergnügen, George.«

Nur diesen Wortwechsel habe ich Anna wiedergegeben, nicht mehr die schwarzen Regenstunden, in denen ich während jener Nacht durch die Straßen Londons gelaufen bin. Solche Umstände konnte sie sich ja dazudenken.

Sie verhörte mich. Sie ließ sich Keir schildern, dessen Namen sie schon im Zusammenhang mit Esther gehört hatte, Keir und Megs Verhältnis zu ihm.

»Hat Ihre Frau Ihnen schon vor der Heirat mitgeteilt, daß sie ihr Verhältnis mit diesem Mann fortsetzen würde?« fragte sie.

Ich mußte es zugeben. »Ich hab' es nur nicht geglaubt«, sagte ich. »Irgendwie hab' ich es nicht für möglich gehalten.«

»Und Sie hat es auch mit Ihnen gern getan?« fragte sie weiter. »Sie ist nicht zu Keir gegangen, weil sie's vielleicht nicht schön fand mit Ihnen? – Entschuldigen Sie«, fügte sie hinzu, »aber es ist wichtig.«

»Ich hatte den Eindruck, daß es ihr auch mit mir Vergnügen gemacht hat.«

»Dann ist sie eine großartige Frau«, sagte Anna. »Sie ist vollkommen ehrlich zu Ihnen gewesen. Sie ist eine Frau, die mit zwei und mehr Männern leben kann und will, und sie hat es Ihnen offen eingestanden. Sie liebt Sie ganz sicher, sonst würde sie es nicht so selbstverständlich mit Ihnen tun, jedesmal, wenn Sie nach London kommen. Das hat mit der Liebe, die sie für diesen Keir oder andere Männer empfindet, gar nichts zu tun. Warum haben Sie sich nicht damit abgefunden? Eine solche Frau muß man so nehmen, wie sie ist.«

Es war das Gleiche, was Meg selbst einmal zu mir gesagt hatte, kürzer, englischer, mit einem einzigen Satz. *You have to live up to it* hatte sie gesagt. Was für Schulmeisterinnen die Frauen doch sind!

»So hören Sie doch mit dem Gebrauch auf, den Sie von dem Wort Liebe machen!« sagte ich ungeduldig zu Anna.

»Sie haben recht«, gab sie sogleich zu, »es ist überholt. – Ich könnte es wahrscheinlich nicht«, sagte sie, angestrengt nachdenkend, »so leben wie Ihre Frau. Ich möchte es am liebsten nur mit einem einzigen Mann tun.«

Diese Behauptung stand, so wußte ich, in keinem Widerspruch zu ihrem Verhältnis mit Werner Hornbostel, als sie, ziemlich unvermittelt nach meiner Meg-Erzählung, meine Einladung nach Rom doch noch annahm. Erstens einmal würde es Hornbostel, im Gegensatz zu meinem Verhältnis mit Meg, gänzlich gleichgültig sein, ob Anna mit mir nach Rom führe oder nicht, denn er ist geistesabwesend und mit musikalischen Vorgängen beschäftigt, auch wenn er Anna auf eben diese Weise, in der Art eines an seine Spiele verlorenen Kindes außerordentlich liebt, und zweitens hatte er ihr am Samstag abend schon den Abschied gegeben, mit seiner Ankündigung, er wolle Berlin verlassen. Ich hatte dem Ende einer Kinderliebe beigewohnt. Auch nahm Anna meine Einladung ja nicht besonders begeistert an, eher so, wie man lästigem Drängen nachgibt, und unter Verwendung des Wortes *meinetwegen*. »Obwohl ich nicht weiß, was ich in Rom eigentlich soll«, sagte sie. Aber trotz solcher Bedenken lachte sie schließlich und sagte: »Sie sind ein sturer Hund, Georg!«

Wieder in meinem Hotel angelangt, war das erste, was ich tat, daß ich mich vor den Spiegel stellte, um nachzuprüfen, was Eduard Krystek gemeint haben mochte, als er gesagt hatte, ich sei kein abgebrochener Riese. Ich kam zu dem Schluß, daß er damit das In-sich-Geschlossene meines eher kleinen und dunklen Wesens hat bezeichnen wollen, den medaillonartigen Eindruck, den wir Semiten, Abkömmlinge einer Mittelmeerkultur, auf die Nordländer machen. Obwohl ich der Sohn eines berliner Juden bin, der ein kleiner, fester und dicker Mann war, wirke ich wie ein Lateiner; vielleicht schlägt die Konstitution meiner Mutter bei mir durch, die ebenfalls klein war, aber zartgliedrig. Jedenfalls gehöre ich nicht jener Rasse von überschlanken und nervösen Gelehrten und Musikern an, dem Destillat jahrhundertealter religiöser Spekulationen in den Ghettos von Cordoba und Kiew, die sich den Germanen und Slawen so vorzüglich assimiliert hat und darum den Haß eines gemeinen Bastards, einer bleichen Kröte von Mensch auf sich zog. Ich bin kein jüdischer Aristokrat wie mein Onkel Basil. Aber ich glaube, daß Annas Vater mich nicht genau genug erkannt hat. Hinter dem fertigen, abgeschlossenen Eindruck, den ich hervorrufe, cachiert von meinen schnellen, cleveren Journalisten-Bewegungen und der Schärfe meiner randlosen Gläser, die mich zum Intellektuellen machen, lebt etwas Offenes, Zielloses und Unreifes, ein Miko, wie man so sagt. Der alte Krystek hat mit seiner berliner Redensart mein Problem erkannt, aber die Konklusion, die er gezogen hat, stimmt nicht, ist zu schmeichelhaft: vielleicht hat etwas Riesenhaftes in mir wachsen wollen, eine riesige Gestalt, die eines Tages abbrach. – Meine englische Erziehung läßt mich diesen Ausbruch von *self-pity* im gleichen Moment beenden, in dem ich ihn beginne.

Die Rückkehr in mein Hotel war auch insofern deprimierend, als ich, allein in meinem Zimmer, plötzlich kein verliebtes Gefühl für Anna mehr aufbrachte. Was, um Himmels willen, hatte ich mir mit dieser Einladung nach Rom auf den Hals geladen? Im ersten Moment dachte ich daran, ihr ein Telegramm zu schikken, zu erklären, ich hätte plötzlich abreisen müssen und würde später von mir hören lassen. Ich überwand meine Panik, indem ich ausging, zwei Flugtickets nach Rom via Frankfurt für Donnerstag vormittag bestellte und Anna danach anrief, um mit ihr die Zeit und den Treffpunkt unserer Abreise zu vereinbaren. Weder sie noch ich haben während dieses Telefonats den Gedanken erwogen, uns nocheinmal im Laufe des Mittwoch zu sehen; wie in geheimer Konsonanz haben wir uns kühl für zehn Uhr dreißig am Donnerstag in Tempelhof verabredet. So fand ich Zeit, wenigstens einen Teil meiner Gefühle wiederzugewinnen, nicht mehr ausschließlich zu bedauern, daß ich den Mechanismus der Werbung, den ich lächerlich finde, in Bewegung gesetzt und mir etwas aufgeladen hatte, eine Beziehung, die mich vielleicht in kurzer Zeit stören würde, den Zwang, mich um ein Mädchen kümmern zu müssen, das ich wahrscheinlich gar nicht liebte.

Zu meiner Depression am Dienstag mag der Umstand beigetragen haben, daß mir gegen Abend, nach meiner Rückkehr aus dem Büro der Fluggesellschaft, ein Versuch, weiter an meinen Aufzeichnungen zu arbeiten, gänzlich mißglückte. Ich stellte fest, daß ich leer, ausgelaufen war, schob die Schuld daran meinem Besuch bei Anna zu und fragte mich beklommen, ob ihre Anwesenheit in Rom mich nicht aufs äußerste in meiner Arbeit stören würde. Am Mittwoch morgen habe ich jedoch gut gearbeitet, und ich erkannte, daß ich von jetzt an überhaupt zu keiner anderen Stunde mehr arbeiten würde. Ich geriet wieder in bessere Laune und hielt es für möglich, daß ich meine römischen Tageszeiten zwischen Anna und dem Buch teilen könnte. Mit Hilfe einer Anstrengung meiner Vernunft kam ich auch zu dem Schluß, es sei nur ein Zeichen meiner Verliebtheit, wenn ich von ihrer Höhe in ein Gefühl fader Abwehr gestürzt war, und schließlich suggerierte ich mir sogar wieder etwas wie Freude auf dieses Abenteuer, das mir bevorstand. Sie kehrte dann auch in Wirklichkeit zu mir zurück, weil Anna sich am Donnerstag, als wir uns trafen, mürrisch und mißtrauisch verhielt, sichtlich den Eindruck erweckend, daß sie das ganze Unternehmen am liebsten abgeblasen hätte. Genau wie ich, hatte sie unsere Abmachung nur aus Pflichtgefühl eingehalten. Fröstelnd und in sich zusammengekrümmt hockte sie auf einem der Sessel in der tristen Abgangshalle des Flughafens und reichte mir kaum die Hand, bestand jedoch darauf, mir das Geld für ihr Ticket auf der Stelle zurückzugeben. »Vater will es so«, sagte sie obstinat. Da gab es keinen Widerspruch.

An manchen Abenden, wenn ich allein im *Rosati* oder bei *Alfredo alla Scrofa* vor meinem Glas Wein sitze, oder auch mit Lidia in einer Trattoria ihres Viertels, jenseits des Ponte Milvio, wünsche ich mir, Anna wäre doch gekommen. Natürlich hätte ich sie in Frankfurt nicht um alles in der Welt hindern können, wieder nach Berlin zurückzufliegen, aber etwas später hätte sie sich doch einen Ruck gegeben und den Handkoffer aus abgewetztem Leder, den sie in Tempelhof mit sich trug, nocheinmal gepackt. Ich kann mir ganz deutlich vorstellen, wie sie in Fiumicino ankommt. Ich stehe dann oben auf der Terrasse und sehe zu, wie sie in der Türe der Maschine erscheint und die Treppe herunterkommt; da sie das römische Klima nicht kennt, trägt sie ihren grauen Mantel, und sie ist größer als alle anderen Damen, die mit dem Flugzeug angekommen sind. Der Tag ist schön und windig, die Levantina, ein Ostwind, steht über der römischen Campagna und zeichnet die Albanerberge klar und blau in den Horizont. Ich laufe hinunter in die Eingangshalle, wir winken uns durch das Gitter zu, während ich warte, bis sie mit dem Zoll fertig ist, schon bewegt sie sich im Kreuzfeuer der italienischen Männerblicke, und sie ist begeistert vom Fliegen, so begeistert, wie sie es schon auf dem Flug von Berlin nach Frankfurt war, als sie zum erstenmal in ihrem Leben flog. Wir gehen zu meinem dunkelgrünen kleinen Sportwagen, einem alten aber immer noch schnellen Ding, auf das ich mich verlassen kann, weil es leblos ist, und fahren in die Stadt. Zur Rechten der großen Kurve nach der Tiberbrücke erscheinen die Ruinen von Ostia Antica, mitten im Feld steht eine neue Ausgrabung: drei kleine korinthische Säulen über Ziegelwerk. Ich erkläre Anna nichts, ich habe mir vorgenommen, nicht den Fremdenführer zu spielen, so wenig wie Meg liebt Anna Sehenswürdigkeiten, dessen bin ich mir sicher. Stumm betrachtet sie das rötliche Licht, das die Ruinen überzieht. Von den großen Schirmpinien entlang der Via del Mare ist sie entzückt. Wir fahren durch Fabrik- und Kasernenviertel und geraten dann, da es schon spät am Nachmittag ist, in die Verkehrstumulte und Hupkonzerte zwischen den Palästen der Innenstadt. Ich habe Anna ein Zimmer im Byron reservieren lassen, auf dem gleichen Flur, auf dem ich wohne. Es scheint ihr zu gefallen, obwohl es alles andere als luxuriös ist. Sie tritt, genau wie ich es tun würde, sogleich auf die Balustrade hinaus, den schmalen Umgang, blickt über die Dächer hinweg, einige Bougainvilleas blühen noch in tiefem Violett auf den Dachterrassen, und zum erstenmal vernimmt Anna die melodischen Schreie aus dem Abgrund der Via Borgognona.

Wir werden dann ein bekanntes Paar in Rom, sitzen manchmal mit Regisseuren zusammen im Capriccio, wobei Anna ihr grünsilbernes Kleid von Lampes Party trägt, mit dem sie sich sogar in Rom sehen lassen kann. Ihren Mantel haben wir allerdings gewechselt; nach einigem Widerstand hat Anna sich von mir einen unwiderstehlich geschnittenen, anthrazitfarbenen Gabardine-Mantel, pelzgefüttert, schenken lassen, den wir in der Via Condotti fanden. Nur am Tage, bei Spaziergängen und Besorgungen, trägt sie noch den Schulmädchenmantel aus Rixdorf. Ich habe übrigens richtig getippt: da die italienischen Regisseure alle Brechtomanen sind, interessieren sie sich sehr für dieses Mädchen mit der Ausbildung vom Schiffbauerdamm. Auch ist sie, mit ihren hellen Augen und ihren langen Beinen, ein seltener Typ in Rom. Cella hat sie bereits zu Probeaufnahmen bestellt. Hinter seinen dunklen Gläsern hat er im Rosati einen Abend lang ihre Schattenhaftigkeit studiert. Sie staunt darüber, daß Leute wie er eingeschriebene Mitglieder der Kommunistischen Partei Italiens sind.

Nein, ich zeige ihr keine Sehenswürdigkeiten. Wir gehen natürlich überall herum, und manchmal lasse ich eine Bemerkung fallen, gebe ihr einen Hinweis. Ich habe ihr Reclams *Kunstführer von Rom* gekauft, für alle Fälle. Einmal, nachdem wir an den Trajansmärkten vorbeigegangen sind, kommt sie mit dem Buch auf mein Zimmer, empört.

»Hör dir das mal an!« sagt sie. Wir duzen uns seit einiger Zeit. Mit erhobener Stimme liest sie mir vor: »Die verwandelnde Kraft des griechischen Stadtplatzes, auf dem der Mensch dem Menschen in Freiheit begegnete, prägte auch die Selbstdarstellung des römischen Imperiums auf dem zentralen Platz seiner Aktion und Tradition.«

»Und dabei war da ein Sklavenmarkt!« ruft sie aus. »Du hast mir die Stelle gezeigt, wo der Sklavenmarkt war.« Erbittert wirft sie das Buch auf den Tisch. »Ich kann diesen bürgerlichen Schmus nicht ertragen«, erklärt sie.

Ich hüte mich, ihr zu sagen, daß ich gegen Sklavenmärkte im Prinzip nichts habe. Ich liebe die tiefe Farbe, welche die Sklaverei der Antike verliehen hat. Einen solchen Satz würde Anna gewiß als bürgerlichen Schmus bezeichnen. Sie hat kein Organ für die Ästhetik der Sklaverei.

Es gelingt mir nicht, sie mit dem schweren, sinnlichen Klang Roms zu tingieren. Sie reagiert dafür auf ganz andere Dinge, auf die ich noch nicht gekommen bin. Einmal treten wir in San Clemente ein, weil es mich interessiert, zu erfahren, wie sie das Mithras-Heiligtum unter der Kirche aufnehmen wird. Sie mag die Kirche sogleich sehr gern, erfreut sich an den Mosaiken der Kosmaten und an der Art, wie Masolino die heilige Katharina zu einem Fenster hinausschauen läßt. »Schön ist es hier«, sagt sie. Auch empfindet sie den Schauer, der einen anweht, wenn man in die Unterwelt von San Clemente hinabsteigt, in die immer tieferen Stockwerke, die Schichten von Rom.

»Was ist das?« fragt sie plötzlich. Sie ist stehengeblieben und lauscht, und ich begreife, daß sie den Klang des Wassers meint.

»Das sind die Flüsse«, sage ich.

»Was für Flüsse?« fragt sie.

Wir steigen tiefer hinab, und zum erstenmal schenke auch ich dem Rauschen des Wassers meine Aufmerksamkeit. Es beginnt in der Basilica Inferiore mit einem dünnen Klingen, wird in der Navata Mediana stärker, noch immer unsichtbar zwar, unterirdisch und fern, bis in den tieferen Gewölben die Flüsse aus Öffnungen im Gestein hervortreten, weiß schäumend und schnell in die von ein paar elektrischen Birnen nur schwach erhellte Dunkelheit der Jahrtausende.

Anna kniet sich hin und hält eine Hand in die Flut.

»Wo kommen sie her?« ruft sie laut, um das Rauschen des Wassers zu übertönen.

»Man weiß es nicht«, rufe ich zurück.

Man vermutet, daß die Flüsse unter San Clemente auf dem esquilinischen Hügel entspringen. Aber man weiß es noch heute, nach zwei Jahrtausenden, nicht genau.

»Das Wasser ist kalt«, ruft Anna, und sie erhebt sich und ist so hingerissen, daß sie mich umarmt. Danach betreten wir das Mithräum, aber sie nimmt kaum davon Kenntnis, hat nichts übrig für den Stier und die Schlange, die Phallus-Symbole des orientalischen Gottes, den ganzen Orgien-Kram. Sie will schnell wieder hinaus, in die Hallen der fließenden Wasser.

Alles Einbildung, wie gesagt, Szenen, die ich mir gelegentlich imaginiere, noch spät in der Nacht vor einem Café sitzend, nachdem ich im Kino war oder in einem Konzert oder nirgends. Der Sommer des Jahres 64 war heiß, auch noch nach *ferragosto*. Jetzt, da ich dies schreibe, zu Beginn des Jahres 65, kommt mir der vergangene Sommer lang, heiß und langweilig vor, eine Durststrecke, auf der ich *dein Buch*, – oh, Meg! –, aus den Augen verlor, es liegen ließ, höchstens einmal an den umständlichen Sätzen der Beschreibung meines Ganges nach Chichester Rents bosselte, wartete, wartete, wartete. Worauf? Ich könnte es nicht sagen. Bestimmt nicht mehr auf Anna. Es ist ein Jammer, daß wir uns nicht geliebt haben, Anna und ich.

Dabei ließ sich alles zuerst gut an. Die schlechte Laune fiel von ihr ab, als sie spürte, wie die vier Düsenaggregate die Maschine anschoben und das Flugzeug abhob. Ich hatte sie neben mich an ein Fenster gesetzt und sie sah die Stadt unten, danach die Seen und später nur noch die Kiefernwälder, während ich die Zeitung las. Ich habe nicht realisiert, daß ich Berlin verließ, daß ich acht Tage in Berlin gewesen war, nach siebenundzwanzig Jahren für die Spanne einer Woche zurückgekehrt war und Berlin nun verließ und es wahrscheinlich nie mehr wiedersehen würde. Ich war zum letztenmal in meinem Leben in mein Elternhaus eingetreten, und es hatte mir nichts mehr bedeutet. Einmal bemerkte Anna, sie könne die Grenze nicht sehen, – sie meinte die Grenze zwischen Ost- und Westdeutschland –, und kurz vor Frankfurt zog sie mich am Ärmel, um mir zu zeigen, daß wir über einer Wolkendecke flogen. Heftig berührt blickte sie auf die in der Sonne strahlenden Gletscher aus Wasserdampf, diese weiße Illusion der Ewigkeit.

Als ich, wie ich schon zu Beginn dieser Aufzeichnungen berichtet habe, den Versuch machte, ihr auseinanderzusetzen, daß ich sie in Rom manchmal allein lassen müsse, weil ich viel zu arbeiten hätte, hat sie kaum hingehört, so sehr war sie mit der Tatsache beschäftigt, daß sie flog.

Während in Tempelhof das Wetter noch klar gewesen war, lag der frankfurter Flugplatz unter einem grauen Himmel. Die Maschine nach Rom flog erst am Nachmittag, und ich überredete

Anna, mit mir in die Stadt zu fahren, obwohl sie wenig Lust dazu hatte.

»Ich will mir den Westen lieber erst in Rom ansehen«, sagte sie.

»Sie sehen ihn doch täglich in Berlin«, wandte ich ein, wußte aber schon im gleichen Augenblick, in dem ich diesen Satz aussprach, daß sie etwas Richtiges getroffen hatte. Westberlin ist nicht das gleiche wie der Westen.

Wir nahmen ein Taxi und ließen uns ins Zentrum Frankfurts befördern. Dort gerieten wir in eine Studenten-Demonstration. Etwa fünfzig Studenten standen oder saßen, von Straßenbahnen, Autos und Passanten umströmt, auf der Verkehrsinsel in der Mitte eines Platzes, und aus Plakaten, die sie bei sich trugen, ergab sich, daß sie gegen den Überfall auf die *Zeitschrift* protestierten. Schon in Berlin ist mehr über den Minister und seinen Überfall auf die Zeitschrift geredet worden als über die Insel vor der amerikanischen Küste. Die Aussicht, daß Deutschland demnächst einem Atomschlag ausgesetzt sein würde, falls das Pokerspiel zwischen C. und dem amerikanischen Präsidenten schiefging, hat die Leute viel weniger interessiert als die Verhaftung des Herausgebers der *Zeitschrift* und einiger seiner Redakteure. Ich bin übrigens ganz einverstanden damit, daß man auf die Möglichkeit der Bombe mit einem Achselzucken reagiert, sich hingegen erregt, wenn Journalisten eingesperrt werden. Hier also interessierten sich fünfzig Studenten für den Fall. Die Fußgänger und die Autofahrer wandten ihre Köpfe nach ihnen um. Anna sagte, sie wolle sich das ansehen. Die Studenten waren gut gekleidet. Keiner von ihnen wirkte aufgeregt. Annas Ausdruck hingegen bekam etwas Fliegendes, wie ich es von den Gesichtern in asiatischen Studentendemonstrationen her kenne. Ich könnte auch sagen: etwas Hysterisches.

Die Studenten formten einen Zug, der sich auf dem rechten Bürgersteig einer breiten Hauptstraße Frankfurts an den Geschäften entlang durch die Scharen der Käufer oder Berufstätigen wand. Wir folgten ihm. Es handelte sich offensichtlich um eine *genehmigte* Demonstration, der man es zur Auflage gemacht hatte, daß die Fahrbahn nicht benützt, der Verkehr nicht behindert werde. Um nicht als die kleine Schar zu erscheinen, die sie waren, gingen die jungen Männer und Mädchen zu zweien oder dreien nebeneinander her. Einigen von ihnen war anzumerken, daß sie sich in ihrer Rolle nicht wohlfühlten. Vielleicht wäre es doch besser gewesen, wenn sie als dicht gedrängter Haufe aufgetreten wären, als schmale Faust, die den Menschenstrom auseinander geschoben hätte. So, als dünne Linie, riefen sie nur eine unbedeutende Störung des Rasters der Stadt hervor. Die unpolitischen Passanten sahen ihnen flüchtig und ratlos nach, doch gab es auch einige Neugierige, Mitläufer, Sympathisanten wie Anna und mich, die sich ihnen anschlossen. Es mögen etwa hundert Menschen gewesen sein, die an jenem grauen Wolkentag die Bahnhofstraße entlang zogen, eine für sie zu breite Straße, so daß die Leute auf dem Trottoir jenseits der Fahrbahn kaum noch erkennen konnten, um was es sich eigentlich handelte. Ein Streifenwagen der Polizei fuhr langsam in einigem Abstand vom Schluß des Zuges, stoppte manchmal und fuhr dann weiter. Anna ging schnell voran, bestrebt die Spitze zu erreichen, doch bin ich mir sicher, daß sie nicht die Absicht hatte, dort eine Rolle zu spielen; wahrscheinlich wollte sie nur die Demonstrationstaktik der westdeutschen Studenten studieren.

Wir waren noch nicht vorne angekommen, als die Führer des Zuges zu schreien begannen. Ihre Schreie wurden von denen aufgenommen, in deren Nähe wir uns gerade befanden, doch da sie später einsetzten als die Rufer vorne, ergab sich kein einheitlicher Schrei, sondern eine Art gesprochener Kanon. Die Parole, die ausgegeben wurde, lautete, daß der Herausgeber der *Zeitschrift* freizusetzen, der Minister hingegen, der ihn ins Gefängnis hatte bringen lassen, einzusperren sei. Ich muß hier einmal von meinem Prinzip der Chiffrierung *(Zeitschrift – Insel)*, über das ich mich ausführlich verbreitet habe, abgehen, und die Namen der beiden Männer, um die es sich handelte, nennen, weil ich nur so die Phonetik der Schreie wiedergeben kann, die in der übergroßen Breite der Straße sich leider resonanzlos verloren. Die Studenten schrieen also »Strauß rein – Augstein raus!«, ein Ruf, dessen rhythmisch-regelmäßige Umlautfolge aus den klassischen Wehe-Rufen *au ei au ei au*, skandiert von so scharfen Konsonanten wie *s*, *t*, und *r*, sich sehr wohl zu einem ebenso fanatisch aufwühlenden Geheul hätte steigern lassen wie das unaufhörliche und haßerfüllte »assassini – assassini – assassini«, dem ich einmal gelauscht habe, vor der Spanischen Botschaft in Rom, nach der Hinrichtung Julian Grimaus durch die Garotte, den Würgegalgen in Madrid. Mit dergleichen Inszenierungen konnten sich die deutschen Studenten nicht messen; die Qualität des Ausbruchs, mit dem man Mörder hetzt, der Racheschrei, drang nicht in ihre Stimme ein, ruhig formulierten sie den Kanon einer gemäßigten Empörung, den angemeldeten und genehmigten Protest. Allerdings drohte jenem Augstein ja auch nicht die Garotte, sondern höchstens ein paar Jahre Zuchthaus, wenn jenem Strauß der Wille geschah, der auch kein Mörder war, sondern nur ein lachender schlauer Kneipier, von dem man nach einiger Zeit hören würde, daß er hin und wieder seinen Gefangenen besuchte, um jovial und bösartig mit ihm zu trinken. Oder auch nicht. Vielleicht war die ganze Angelegenheit nicht so wichtig.

Vor dem Bahnhofsplatz blieben die Studenten stehen, weil die Ampeln für die Fußgänger rotes Licht zeigten. Ich hörte, wie Anna zu den neben uns Stehenden sagte: »So geht doch weiter!« Damit kam sie aber schön an! Ein Chor von Stimmen belehrte sie darüber, daß der Polizei kein Vorwand geliefert werden dürfe, die Demonstration aufzulösen. Anna wandte mir ein fassungsloses Gesicht zu. Ich hob die Achseln und riet ihr leise, zu schweigen, damit sie nicht als Provokateurin angesehen werde. Erst als die Signale auf Grün wechselten, betraten die Studenten den Platz vor dem Bahnhof. Ihr Ordnungssinn kostete sie beinahe den Zusammenhang ihrer Demonstration, weil zwischen der Spitze und dem Ende des Zuges das Verkehrslicht noch zweimal die Farbe wechselte, so daß sie nur in abgerissenen Trupps am Wendepunkt der ihnen vorgeschriebenen Route vor dem frankfurter Hauptbahnhof anlangten, wo sie sich in den Menschenmassen fast verloren; aber auf dem Rückweg durch eine der Parallelstraßen zur Bahnhofstraße fanden sie sich doch alle wieder zusammen.

Diese Straße war enger, eine Schlucht aus finsteren Häusern der Jahrhundertwende, bei Nacht sicherlich ein Hurenstrich, und die Wolkendecke über der Stadt, die, wie Anna und ich wußten, in Wirklichkeit ein strahlender Gletscher der Ewigkeit war, schuf mit ihrer schmutzigen Unterseite ein abgestandenes Licht. Die Demonstranten waren inzwischen müde geworden, ihre Rufe klangen noch dünner, sie zogen nun schon so gleichgültig dahin wie ein ermüdeter Schulausflug. Doch war auf einmal ein dröhnendes Geräusch zu hören, und als wir uns umwandten, erblickten wir die Polizei. Aus den Seitenstraßen des Bahnhofsplatzes heraus mußten bereitgehaltene Verstärkungen sich in Bewegung gesetzt haben, ich zählte fünf Streifen- und zehn Mannschaftswagen, so daß wohl drei Hundertschaften Polizei aufgeboten waren, dem schütteren Zug der sanften Protestanten zu folgen. Es war zum Lachen, aber niemand lachte, und ich bemerkte, wie Anna ihre Hände, zu Fäusten geballt, in die Taschen ihres Mantels steckte. Die gedrosselten Motoren lärmten eisern, und die Polizisten saßen aufrecht und unbeweglich in den Autos.

Das Ghetto, dachte ich, ich hab' es nie erlebt, ich bin nie im Ghetto gewesen, aber so müssen sie vor zwanzig Jahren in die Ghettos eingefahren sein, dröhnend vorbei an den Reihen der mürben Häuser und der blassen Gesichter, die Ungeziefer-Vertilger, die Mörder aus Eisen und Gas. Ich übertreibe. Der Kommandant der Polizei dieser sozialdemokratisch regierten Stadt muß die Absurdität des Bildes sogleich erkannt haben, denn er ließ bereits am Ende der Straße den größten Teil der Eskorte abschwenken, die Hundertschaften verschwanden so spurlos wie sie gekommen waren, und nur noch zwei Streifenwagen begleiteten die Studenten, beinahe höflich. Die Demonstration hatte dann ihren großen Augenblick, als von den Gerüsten eines Theater-Neubaus herab die Arbeiter sie begrüßten; sie standen oben im Filigranwerk der eisernen Röhren und winkten den Studenten zu, aber nichteinmal dieser Szene aus einem Eisenstein-Film gelang es, das Gesicht der stummen Anna aufzuhellen, im Gegenteil, es schien sich noch mehr zu verschließen, denn sie ist nüchtern, meine berliner Freundin, sie läßt sich nichts vormachen, sie erkannte sogleich, daß die Arbeiter nur winkten, daß sie nicht die Gerüste verließen, um mit den Studenten zusammen endlich die Fahrbahnen der Stadt Frankfurt zu betreten und jenen Minister zu stürzen, – der dann schließlich gestürzt worden ist, aber nicht von ihnen, nicht von ihnen! –, so daß sie Anna nur einen Blick der Verachtung entlocken konnten, und nicht jenen enthusiastischen Ausdruck, mit dem sie in irgendeinem Kino-Saal gesessen haben muß, während sie zum erstenmal verfolgte, wie die Matrosen von Odessa sich weigerten, die Suppe mit dem madigen Fleisch zu essen.

Zuletzt errang die Demonstration so etwas wie einen Erfolg, weil die Studenten, als sie wieder in die breite Geschäftsstraße und ins Zentrum der Stadt zurückkehrten, ins Schlendern gerieten, in ihre natürliche jugendliche Leichtigkeit. Weit auseinandergezogen, schlenderten sie in Gruppen über die Trottoirs und riefen ihre Parole »Strauß rein – Augstein raus!«, ihre Stimmen hallten, und so hatten sie den Erfolg, daß die Leute stehen blieben, daß die Händler und ihre Kunden aus den mit Waren vollgestopften Geschäften traten. Die Händler und ihre Kunden traten vor die Ladentüren und Schaufensterscheiben und fragten, was los sei. Und als die Studenten wieder im Mittelpunkt von Frankfurt standen, hielt ein Streifenwagen bei ihnen, und ein Polizeioffizier, ein großer, schöner, um eine Spur zu wohlgenährter Mann, entstieg ihm, lederglänzend und tadellos ging er auf sie zu und bedankte sich bei ihnen für die Disziplin, die sie gezeigt hatten; keine Spur von Indignation oder Drohung ging von ihm aus, er war nichts weiter als ein großer, gewinnender, militärischer Mann und Sozialdemokrat, der sich bedankte und darum bat, man möge nun auseinandergehen, aber auch nichts dagegen hatte, als die Studenten noch eine Weile zusammen blieben und diskutierten. Er hatte seine Anweisungen.

Wir nahmen wieder ein Taxi, um zum Flugplatz zu kommen, Anna und ich. Auf der ganzen Fahrt sprach Anna kein Wort, aber als wir die Halle betraten, blieb sie stehen und sagte: »Ich will wieder zurück nach Berlin!«

In ihrem Ton lag etwas so Unwiderrufliches, daß ich keine Einwände erhob; ich konnte ihr nur noch behilflich sein, einen Rückflug für den Abend zu buchen. Meine Maschine nach Rom flog zwei Stunden früher, und Anna blickte mir nach, ohne zu lächeln, nachdem wir uns die Hand gegeben hatten und ich zur Paßkontrolle ging. Vorher haben wir noch vereinbart, daß wir uns niemals schreiben würden. »Bitte, keine Feldpostbriefe!« hatte Anna sich ausbedungen. »Aber ich würde mich freuen, wenn Sie doch noch kommen würden, Anna«, habe ich zu ihr gesagt, und sie hat wohl nicht die Kraft gehabt, etwas zu sagen, was mir diese Hoffnung gänzlich verbaut hätte. In Fiumicino hatte ich einige Mühe, ihren abgewetzten Lederkoffer, den wir in Frankfurt aus dem bereits nach Rom abgefertigten Gepäck nicht mehr herausbekamen, wieder an sie zurückzuspedieren. Als ich ihn endlich in Händen hielt, hätte ich ihn gern geöffnet, aber ich besaß keinen Schlüssel, und die Zollbeamten brauchten keinen, weil sie sich nicht für einen Koffer interessierten, der gar nicht nach Italien hereinkam. Ich aber hätte gerne gewußt, was so ein berliner Mädchen einpackte, wenn es nach Rom flog. Und ich besaß kein Stück Kreide oder einen Fettstift, mit dem ich noch irgend etwas Lustiges oder Trauriges hätte auf den Koffer schmieren können, ein einziges Wort nur, vielleicht nichts weiter als das Wort *Anna*. Danach ging ich zu meinem Auto und fuhr in der Dunkelheit, und keineswegs im Levantina-Wind, sondern in schwerer, schwüler Schirokko-Luft, von der ich Kopfschmerzen bekam, in die Stadt.

Ich könnte jetzt wieder einmal auf meinem Scheinproblem herumreiten, indem ich die nötigen Schlüsse daraus ziehe, daß Anna die Reise mit mir nach Rom fortgesetzt hätte, wenn wir nicht zufällig in diese Demonstration hineingeraten wären. Übrigens ist ja ein Problem nicht deswegen ein Scheinproblem, weil es kleinbürgerlich und subjektivistisch ist. Auch Kleinbürger können ausnahmsweise einmal recht haben. Aber ich habe keine Lust dazu. Keine Lust und keine Zeit. Da Anna nicht gekommen ist, ein happy end mit ihr also nicht zur Diskussion steht, bleibt mir nichts übrig, als die Blätter, die ich vergangenen Sommer mit der Beschreibung meines Ganges zu Keir bedeckt habe, wieder hervorzuholen. Es muß ja alles in die richtige Reihe kommen. Ich poliere sie ein bißchen auf, es ist keine rechte Arbeit, ich trödle damit herum, während ich mir schon überlege, was ich eigentlich anfangen soll, wenn ich mit der ganzen Sache einmal fertig sein werde. Der Frühling 65 geht darüber hin. Noch immer schaue ich mir gelegentlich eine Wohnung an. Doch beginnt Rom mich zu langweilen.

6

Ich setze also meinen Weg fort, verlasse Bloomsbury, überquere High Holborn, entschlüpfe dem Sog des Wagenstroms der riesigen Straße in einen schmalen Durchgang hinein, befinde mich auf einmal in der leeren Vormittagsstille von Lincolns Inn Fields. Immer noch der durchsichtige Nebel zwischen den Winter-Ulmen, den verlassenen Tennis- und Korbballplätzen und den dreistöckigen Häusern aus sonorem Braun, in denen sich, hinter quadratischen weißen Fenstern, die Kanzleien der Rechtsanwälte befinden. Ich überlege, ob ich auf einen Sprung in Spencers Büro vorbeischauen soll, um ihm von meinem Besuch in der Bismarckstraße zu erzählen, gebe diesen Gedanken aber sogleich wieder auf, erstens weil es unpassend wäre, den alten Herrn, Onkel Basils Anwalt und Testamentsvollstrecker, gänzlich unangemeldet aufzusuchen, und zweitens, weil ich mein Wiedersehen mit Keir nicht länger aufschieben will. Stattdessen habe ich Spencer von Rom aus gebeten, die Restitution meines Elternhauses endgültig in die Hand zu nehmen, wobei ich ihn auch über meine weiteren Entschlüsse hinsichtlich dieses Hausbesitzes unterrichtete, die ich nach meinem Gespräch mit Collaudi gefaßt hatte. Er fand Collaudis Ratschläge vernünftig; er hätte mir das gleiche geraten, schrieb er mir zurück.

Unter den breit gesetzten gotischen Bögen der *chapel* verweile ich kurze Zeit, weil ich mich hier schon in Keirs Bezirk befinde. Er hat mich oft um die Mittagsstunde, wenn die Studenten und Advokaten der alten Rechtsschule sich in der offenen Krypta ergingen, hierher gezogen, um mit mir in der akademischen Luft, an der er so sehr hing, Fragen der Zeitung zu besprechen. Ich glaube, er hat sich da immer für Momente in sein geliebtes Cambridge zurückversetzt. Heute und um diese Stunde ist der mittelalterliche Ort verlassen. Auch ich verlasse ihn, betrachte einen Augenblick die vornehme Platanenstille des New Square, bleibe vor dem Schaufenster des alten Schreibwarengeschäfts stehen, in dem Kanzleibücher mit marmorierten Schnittkanten und Gerichtsformulare aus geriffeltem Büttenpapier oder Pergament zu sehen sind, silbergraue oder leicht gelbliche Bögen, auf denen Eheschließungen, Grundstückkäufe und Todesurteile über Wasserzeichen eingetragen werden sollen, aber schließlich wende ich mich ab, schlüpfe durch die offene Pforte in einem hohen hölzernen Tor und stehe in einer anderen Welt, in dem winzigen Slum-Bezirk zwischen Chancery Lane und der meterhohen Mauer des New Square, in die jenes Tor aus schwarzem Holz eingelassen ist, das ich soeben durchschritten habe. Dies ist Keirs Revier, hier wohnt er seit vielen Jahren, es besteht nur aus wenigen Gassen, eingepreßt zwischen Gerichtshöfe und die Rückseiten der Zeitungsgebäude von Fleet Street; ich war lange nicht hier und es ist wohl ein Wunder, daß alles noch beim alten ist, in diesem längst zum Abbruch bestimmten Viertel. Wenn irgend etwas bisher verhindert hat, daß es abgerissen wurde, so sicherlich Keirs Flüche und Beschwörungen gegen alle Versuche es zu zerstören und ihn damit aus der Höhle, dem versteckten Bau zu treiben, den er sich hier eingerichtet hat, in dem er vergraben und schwer auffindbar und doch in nächster Nähe der Zeitung lebt. Ich schreibe das nicht nur so einfach hin – ich hege tatsächlich einen Aberglauben an die magische Wirkung von Flüchen und Gebeten.

Vielleicht hat mich der Anblick der zerkratzten Milchglasscheiben von Rogers' Künstler-Agentur davon abgehalten, sogleich Keirs Wohnung aufzusuchen. Diese schäbigen und blinden Schaufenster haben mich daran erinnert, daß hinter ihnen, in einem Raum, den ich nie betreten habe, – ich stelle mir vor, daß er aus ein paar abgenützten Korbstühlen, einem dunkelbraunen *counter* und trüb-weißem Licht besteht –, Meg zum erstenmal den Namen Keirs gehört hat, vor vierzehn Jahren, als Rogers, der davon lebt, daß er Bilder, – Fotos, Strip-Cartoons, Zeichnungen aller Art –, an Zeitungen vermittelt, ihr versprach, ihre Aufnahmen einmal Keir Horne zu zeigen, den er nicht nur beruflich kannte, sondern mit dem er schon manchmal an der Theke der Three Tuns ein Glas Bier trank. Das Quartier ist so klein, daß man sich untereinander kennt. In den Three Tuns also wird er Keir Megs Bilder gezeigt haben, wie beiläufig, und da sie außergewöhnlich waren, hat Keir Meg zu sich bestellt, sicher auch deswegen, weil Roger irgendetwas in der Richtung bemerkt haben wird, Meg sei ein attraktives Mädchen. Keir hat sie zuerst in seine Wohnung kommen lassen, erst später hat Meg durchgesetzt, daß sie ihn in der Redaktion aufsuchen konnte, wenn es ihr um Berufliches ging, um den Absatz ihrer Fotos. Ja, so hat es begonnen; Meg war damals, um die Mitte des Jahres 1950, zwanzig, Keir einundfünfzig und ich dreißig Jahre alt; ein Jahr später habe ich Meg geheiratet, wieder zwei Jahre später, 1953, habe ich sie verlassen; ich schrieb damals noch über englische Dinge, verdiente nicht viel, erst nach meiner Trennung von Meg, als Keir mich aus sozusagen seelendiätetischen Gründen ins Ausland versetzte, begann mein beruflicher Aufstieg; von jenem Winter in Dalarne aus, der mich reinigte, ging ich nach Paris, entdeckte die Geheimmission des Vietminh, wurde nach Hanoi entsandt und kam gerade noch zur Schlacht von Dien Bien Phu zurecht, trieb mich danach in der asiatischen Evolution herum und in den arabischen Querelen, berichtete 1956 über die Suez-Krise von Israel aus, ging dann wieder nach Indien; in den späten fünfziger Jahren flaute mein Interesse an journalistischen Großtaten ab, Keir bot mir New York, um mich aufzupulvern, aber die USA waren nach Asien nicht das Rechte für mich, (ich glaube jetzt zu wissen, wie der weltgeschichtliche Hase laufen wird, das ist keine große Kunst, fast jeder weiß es ja), die USA langweilten mich rasch, seit 1962 stagniere ich in Rom vor mich hin. Zwischendurch bin ich immer wieder einmal in London gewesen, habe Keir und Meg gesehen, habe immer wieder einmal mit Meg geschlafen, zuletzt bei meinem Besuch vor einem Jahr. Dies alles geschah, weil irgendeine Margaret Ellis aus Stoke-on-Trent, die mit sechzehn Jahren nach London gekommen war, um bei einem entfernten Verwandten eine Fotografen-Lehre zu absolvieren, und die sich danach, begabt fotografierend, ziemlich schlecht ernährt und karrieresüchtig herumtrieb, von irgend jemand den Tip bekommen hatte, sich an *Rogers & Co*, *Artists Agents*, zu wenden, wenn sie ihre Aufnahmen bei der Presse absetzen wolle. Weil mich der Anblick des Namenszugs jener immer noch existierenden Firma in verblaßten, sogenannten Egyptienne-Lettern auf zerkratzten Milchglasfenstern veranlaßt hat, die Jahre seit 1950 zu rekapitulieren und neues Wasser auf die Mühle meiner Zufallstheorie zu treiben, wandere ich noch eine Weile umher, schiebe ich meinen Besuch bei Keir hinaus. Längst habe ich Chancery Lane überschritten. Jenseits dieser Straße sieht alles schon so aus, wie Keirs Viertel sicherlich auch bald aussehen wird: schöne, im funktionellen Stil errichtete Gebäude haben die alten, baufälligen Häuser verdrängt, ich gehe neugierig an ihnen entlang, man ist pietätvoll vorgegangen, zwischen neuen Kontoren hat man den Rest eines Friedhofs aus Samuel Johnsons Zeit erhalten, ein Geviert aus schwarzen, verwitterten Grabsteinen, um das eine neue Zeit begonnen hat, eine andere Zeit des Presseviertels, die ich nicht mehr mitmachen werde. Ich bin ausgeschieden. Noch etwas Altes ist übrig geblieben: ein Geräusch. In Fetter Lane gehe ich an der Rückseite meines *conservative paper* entlang und höre durch die Mauern hindurch den gedämpften Lärm unserer großen Rotationspresse, die unser *daily* druckt, ein gleichmäßiges, starkes und schnelles Surren, das von einem scharf schlagenden Ton akzentuiert wird, der vom Ende der Maschine kommt, von dort, wo die Papierrolle zerschnitten, der Bogen gefalzt und die fertige Zeitung auf das Laufband geklappt wird, eine Zeitung von viereinhalb Millionen täglich. Wir haben viereinhalb Millionen Auflage. Ich bleibe stehen und höre eine Weile zu. Habe ich *wir* gedacht, und *mein* und *unser*? Ich gehe weiter.

Ich muß eine Korrektur anbringen. Als ich diesen Spaziergang zu Keir unternahm, waren nicht, wie ich vorhin geschrieben habe, vierzehn Jahre vergangen, seitdem Meg in Rogers' Agentur aufgetaucht ist, sondern erst zwölf. Ich habe unwillkürlich die zwei Jahre, seit denen ich an meinem Manuskript sitze, der Vergangenheit jenes londoner Vormittags hinzugezählt, so, als unternähme ich meinen Besuch bei Keir jetzt, inmitten dieses brütend heißen römischen Sommers 1964, und nicht in der prickelnden, kühlen Nebelluft eines londoner Novembers vor zwei Jahren. Da ich mich seit dem Frühjahr 62 in Rom aufhalte, verbringe ich nun schon den dritten Sommer in der Backofenglut, dort oben, unter dem Dach des Albergo Byron. Immer noch sehe ich mir Wohnungen an, finde auch die eine oder andere, die mir durchaus zusagt, aber im letzten Moment schrecke ich immer wieder vor den Mühen des Umzugs und der Einrichtung zurück, male mir den Papierkrieg mit den römischen Behörden aus, denn ich bin seit dem Frühjahr kein akkreditierter Journalist mehr, hätte also um das Recht der dauernden Niederlassung als Privatmann einzukommen; einmal habe ich sogar das *Anagrafe*, das Einwohner-Meldeamt der Stadt Rom an der Via del Teatro Marcello aufgesucht, bin in den heißen Staub der Massen, die es umfluten, geraten, lauschte den feinen oder lauten Formular-Krisen, die sich in den Menschen-Schwärmen vor den Schaltern zu Knoten verdickten, ging entmutigt fort und setzte mich aufatmend in den Schatten der Bögen des antiken Theaters, in dem auch die Katzen Siesta hielten. Zwar versichern mir Kenner, das alles sei ganz einfach; würde ich nur ein paar Zehntausend-Lire-Scheine in die Hände der Beamten der Ausländer-Abteilung gleiten lassen, dann hätte ich in wenigen Tagen ohne alle Umstände mein *domicilio*, aber ich kann mich dazu nicht überwinden. Ich erinnere mich noch, wie ich mir, während ich die Katzen des Marcellus-Theaters bewunderte, wieder einmal einen Hund gewünscht habe, eines dieser Wesen, deren Genie in ihrer Loyalität liegt. Aber solange ich im Byron wohne, kann ich mir keinen Hund kaufen. Um mir die Illusion zu verschaffen, mein Aufenthalt dort sei nicht ganz und gar ein Provisorium, habe ich mir Onkel Basils Schreibtisch aus London kommen lassen, ein unförmiges Ding aus schwarzer Eiche im Jugendstil, das schon in Clanricarde Gardens gar nicht zu den alten niederländischen Sachen paßte. Zusammen mit meinen Büchern verstopft er das kleine Hotelzimmer vollends, so daß mir zum Hin- und Hergehen nur noch der Platz vor der Türe zu dem schmalen Umlauf-Balkon und dieser selbst bleiben, auf dem ich noch immer häufig und immer allein stehe und in die Via Borgognona hinab- oder über die Dächer hinwegsehe; dafür sitze ich jetzt, wenn ich schreibe, an einem richtigen Schreibtisch; immerhin habe ich daneben noch meine Zeichenplatte aufgestellt; ich benütze sie als Ablage für meine Notizzettel und Wörterbücher. Ich bin jetzt ein richtiger Schriftsteller. Nicht nur der Schreibtisch hat mich zum Schriftsteller gemacht, sondern auch ein Umstand, der mich jedesmal, wenn ich mich seiner erinnere, zu einem schiefen Lächeln, einem unsicheren Grinsen veranlaßt: ich habe sogar schon einen Verleger. Schuld daran ist John, jener deutsche Journalist, der mich seinerzeit in einer geheimen und obszönen Beschäftigung gestört, mich vielleicht sogar davor bewahrt hat, sie bis zu ihrem bitteren Ende gelangen zu lassen. Das kam so: als es sich, irgendwann im vergangenen Frühjahr, im Circolo della Stampa Estera herumgesprochen hatte, daß ich endgültig ausscheiden würde, ist dieser straffe kleine Mann auf mich zugekommen und hat mich gefragt, was ich denn nach meinem Abschied vom Journalismus zu tun gedächte. Um ihn loszuwerden, denn ich wollte mich ja nicht mit ihm in ein Gespräch über meine Existenz einlassen, habe ich ihm kurz geantwortet, ich schriebe an einem Buch. Ich wurde ihn jedoch nicht los, denn er ist ein ausgezeichneter Journalist, der mich in seinem kalten rheinischen Tonfall sogleich fragte: »Haben Sie schon einen Verleger?« Ich war so perplex, daß ich nur ein überrumpeltes »Nein« hervorbringen konnte. Er nahm auf meine Verlegenheit nicht die geringste Rücksicht, sondern stieß sofort nach und fragte mich, ob ich englisch oder deutsch schriebe. Als ich antwortete, ich schriebe in deutscher Sprache, teilte er mir lakonisch mit, dann brauche ich einen deutschen Verleger. An diesem Punkt unserer Unterhaltung angelangt, hatte ich meine Fassung wiedergefunden und fertigte John mit ein paar Worten ab, beinahe so unhöflich, so, wie ich ihn damals zurechtgewiesen habe, als er mir eine der *köstlichen* Hitler-Anekdoten des Conte B. erzählen wollte, aber ein paar Tage später begann sein Vorschlag, den er in einem Ton geäußert hatte, als handle es sich dabei um die selbstverständlichste Sache auf der Welt, in meinem Kopf herumzugeistern; ich erinnerte mich daran, daß John selbst einmal gezwungen gewesen ist, auf den Journalismus zu verzichten und als sogenannter freier Schriftsteller zu leben, wenn auch unter ganz anderen Auspizien als ich; wahrscheinlich hatte er mir nur behilflich sein wollen, weil er ganz natürlicherweise annahm, mein Entschluß würde mich in wirtschaftliche Schwierigkeiten bringen; ich rief ihn also an, entschuldigte mich für mein barsches Benehmen und bat ihn, mich über das deutsche Verlagswesen ins Bild zu setzen, was er, bei einem Abendessen, zu dem ich ihn einlud, auf das liebenswürdigste besorgte. Er bot sich sogar an, mich mit seinem eigenen Verleger, den er als einen der tüchtigsten in Deutschland schilderte, in Verbindung zu bringen. Zögernd stimmte ich ihm zu. Ich kann mir selber nur schwer erklären, was mich dazu bewog. Vermutlich eine Art Spieltrieb, sage ich mir heute; ebensogut wie ich mein Manuskript geheimhielt, überlegte ich, konnte ich es auch jemandem zeigen, und ein gänzlich Fremder mochte sich dazu besser eignen als eine mir bekannte Person. Insbesondere wünschte ich zu erfahren, wie ein Mann vom Bau die Frage beantworten würde, die ich in meinem Manuskript immer wieder an mich selber richte: ob ich eigentlich über privaten Aufzeichnungen sitze oder eben doch über jener Sache, die Meg mit so schöner Sicherheit als *dein Buch* bezeichnet hat. Schließlich, so sagte ich mir, konnte ich das Ganze auch als absolut unverbindlichen Versuch betrachten; nichts verpflichtete mich ja, aus solchem Scherz Ernst werden zu lassen, und so empfing ich den Verleger, einen ernsten und eleganten Mann vorgerückten Alters, der Anfang Juni tatsächlich in Rom erschien, in ironischer Stimmung, die ich, wie ich fürchte, nur schlecht cachiert habe.

Womit ich nicht gerechnet hatte, war, daß er einen gewissen Dr. Heckmann, ersten Lektor seines Hauses, mitbrachte, einen ungefähr dreißigjährigen Dr. phil., Germanisten und Verfasser eines Buches über Kafka, blond, mager, ungeheuer humorlos und sehr deutsch. Das Lächeln verging mir vollends, als die beiden Herren, nachdem sie sich mit meinem Manuskript zwei Tage in ihr Hotel zurückgezogen hatten, außerordentlich angespannt und sichtlich übernächtig wieder zum Vorschein kamen.

Das Wort führte fast nur der junge Lektor, und er wartete mir mit einer Liste von Einwänden auf. Er nahm mein Buch auseinander wie eine Maschine – ich habe selten eine deprimierendere Stunde erlebt. Die luxuriöse, gut klimatisierte Halle des Excelsior, in der wir saßen, verwandelte sich, während er sprach, allmählich in eine graue, schmutzige Reparaturwerkstatt. Auf mein Hauptproblem hatte er eine bündige Antwort: »Streichen Sie alle Sätze Ihres Helden, in denen er behauptet, er schriebe nur so für sich privat«, sagte er, »das nimmt ihm nämlich kein Leser ab. Er hat das Buch von Anfang an als Roman konzipiert.«

Ich war sprachlos. Mit allem hatte ich gerechnet, doch nicht damit, als mein eigener Held bezeichnet zu werden. Dann raffte ich mich zum Widerstand auf.

»Ich habe an jenem Sonntag nachmittag in Berlin zu schreiben angefangen«, sagte ich leise und wütend, »und ich versichere Ihnen, daß ich keine Ahnung hatte, was daraus werden würde.« Ich hielt inne und nahm den Zorn aus meiner Stimme zurück. »Später habe ich mir natürlich eine Art Gerüst gebaut«, gab ich zu, »ich habe mir manches zurechtgelegt, aber ich weiß zum Beispiel in diesem Augenblick nicht, wie es weitergeht und ob ich es überhaupt zu einem Ende bringe.«

Er sah ratlos zu seinem Chef hinüber, der sich nun endlich einmischte.

»Verstehen Sie doch, Herr Efraim«, sagte er, »daß wir Ihr Buch als Roman betrachten müssen. Es sei denn, Sie wollten es ausdrücklich als Autobiographie bezeichnen! Aber das wollen Sie doch sicherlich nicht?« Er überlegte, dann sagte er: »Vielleicht sollten Sie den Namen Ihres Helden ändern, ihm nicht den Ihren geben!«

Das riß ganz neue, überraschende Perspektiven auf. Ich sollte also von mir selbst Abschied nehmen!

»Das Wort Roman wäre ein Art Schutz für Sie, wenn auch nur ein geringer«, hörte ich den Verleger sagen.

Wir saßen alle drei in Hemdsärmeln in der klimatisierten Hotelhalle und rauchten. In verändertem Ton fragte der Verleger: »Nicht wahr, Dr. Heckmann, wir wollen das Buch doch bringen?«

»Unter allen Umständen!« erwiderte der Lektor, noch immer ohne den geringsten Anflug eines Lächelns. Er war wirklich sehr deutsch. Ein englischer Verlagsberater hätte seine Kritik gewiß mit ein wenig Humor versetzt, in bekannte oder unbekannte Oxbridge-Späße eingewickelt, die einem Kenner des akademischen Lebens, – der ich nicht bin –, verraten hätten, ob der Sprecher aus dem Seminar von F. R. Leavis kam oder zu den *anti-Leavisites* gehörte. Herr Dr. Heckmann verriet keine andere Schule als die der deutschen Gründlichkeit. Ich bewunderte ihn, aber er flößte mir auch Furcht ein. Nicht nur wir Juden verbinden ja mit dem Begriff der deutschen Gründlichkeit die Erinnerung an Auschwitz. Das ist nun einmal so. Ich kann es nicht ändern. Natürlich ist es Unsinn. Heckmann muß, wie ich schnell ausrechnete, Ende des Krieges ungefähr zehn Jahre alt gewesen sein – mit Auschwitz hat er nichts zu tun. Außerdem gibt es keine Nationaleigenschaften; ich neige immer mehr zu dieser Auffassung des Kriminalrats von Cantz. Sicherlich sind auch die englischen Berufsleser recht gründliche Leute.

Der Verleger brachte das Gespräch dann auf Geschäftliches. Er schien enttäuscht zu sein, als ich einen Vorschuß ablehnte, den er mir anbot, um mir, wie er sagte, den Abschluß des Werks zu ermöglichen – ich muß gestehen, daß ich einen Moment lang entzückt war, als ich zum erstenmal meine jahrelange Kritzelei als *Werk* bezeichnet hörte; danach funktionierte mein selbstkritischer Apparat sogleich wieder. Ich ließ dem mir sympathischen Mann die Hoffnung, ich würde den Vertrag unterzeichnen, den er mir aus Deutschland schicken wollte; er hat ihn mir auch sogleich zugesandt, doch liegt er immer noch ohne meine Unterschrift in einer der zahlreichen Schubladen von Onkel Basils scheußlichem aber praktischem Schreibtisch. Immerhin – ich bin jetzt beinahe ein Schriftsteller: ich habe, wenn ich will, einen Verleger, ich produziere ein *Werk*. Doch habe ich noch nicht das Handgeld genommen. Noch darf ich mich als Amateur fühlen.

Ehe wir uns trennten, schlug der Verleger nocheinmal ein grundsätzliches Thema an.

»Daß Ihr Buch eines Tages als deutsches Buch in Deutschland erscheinen wird, muß Ihnen seltsam vorkommen, nicht wahr?« Ohne eine Antwort abzuwarten, sagte er: »Es wiederspricht Ihrer Theorie, alles sei Zufall.«

»Ich leugne ja nicht«, sagte ich, »daß ein Zufall Folgen haben kann. Daß ich als Deutscher zur Welt kam, betrachte ich jedoch als Zufall. Und ich weigere mich, die Folgen dieses Zufalls als Schicksal zu betrachten.«

Er hatte wohl keine Lust dazu, sich mit mir in einen Streit um philosophische Begriffe einzulassen. Vermutlich hielt er das Ganze für eine Marotte.

»Außerdem geht es zwischen uns ja um ein Buch«, sagte ich, ein bißchen unhöflich, »also um eine Arbeit wie jede andere, wie um ein Paar Schuhe, wie ...«

»Wie um jenen Travertin-Balken, dessen Geschichte Sie uns haben lesen lassen«, sagte er, meine Zurechtweisung mit Freundlichkeit vergeltend. »Ich verstehe. Die Arbeit ist für Sie dem Zufall entzogen. Häuser bauen, Schuhe machen, Bücher schreiben – das ist das einzige, dem Sie Notwendigkeit zuerkennen. Ich mag diesen Gedanken übrigens sehr gern.«

An dieser Stelle tauschten Dr. Heckmann und ich einen schnellen Blick. Einen Blick lang waren wir Verschworene, Kenner, Spezialisten, die sich darüber amüsierten, das jemand einen Gedanken *sehr gern mochte*, so, als handle es sich dabei um eine Käsesorte oder einen Blumenstrauß. Der Liebhaber meines Gedankens merkte davon nichts.

»Einerlei«, sagte er, »eigentlich wollte ich Sie nur bitten, die Tatsache, daß Sie deutsch schreiben und in Deutschland publizieren werden, nicht als etwas völlig Absurdes zu empfinden.«

Der Mann hatte Mut, mir gegenüber auf diesem Thema zu insistieren, und außerdem war er kultiviert genug, keine falschen Töne anzuschlagen. Ich hätte ja auch auf einen treffen können, der so ungeschickt gewesen wäre, von meiner *Heimkehr* zu reden, oder einen, der sich nichteinmal gescheut hätte, das Wort *Versöhnung* in den Mund zu nehmen. Dergleichen blieb mir erspart. Dennoch war es an der Zeit, mich von meinen Besuchern zu verabschieden, Leuten, die von Deutschland nach Rom gereist waren, einzig zu dem Zweck, meine privaten Aufzeichnungen zu lesen und sie in öffentliche zu verwandeln, falls es ihnen aussichtsreich erschien, sie herauszubringen.

Sie gaben mir mein Manuskript zurück; sie haben es sorgfältig behandelt, wovon ich mich zuhause sogleich überzeugte, es hängt infolge des Umwendens der Seiten nur ein wenig loser und lockerer im Ordner, es ist jetzt ein gelesenes Manuskript, und manchmal, wenn ich es zur Hand nehme, scheint es mir, als hätten die Augen, die meine Wörter und Sätze gelesen haben, auf ihnen Spuren hinterlassen. Diskretere Leser freilich kann ich mir nicht wünschen. Mit welchem Takt, mit welchem Kunstgriff des Zartgefühls haben sie mir alles Peinliche erspart, indem sie sich stellten, als hätten sie einen Roman gelesen, irgendeine in der ersten Person Singular geschriebene Erzählung, wie es viele gibt. Gelassen unterhielten sie sich mit mir über *meinen Helden*, als wäre er gar nicht ich selber. Und es geschieht etwas höchst Merkwürdiges: seitdem ich diesen beiden ersten Lesern meines Buches zugehört habe, wie sie darüber sprachen, als sei es *Schöne Literatur*, passiert es mir manchmal, daß ich auf jenen George alias Georg Efraim, der es schreibt, blicken kann, als sei er wahrhaftig nicht mehr ich, sondern ein anderer: mein Held. Das könnte mich dazu verführen, ihn wirklich als solchen zu behandeln; das heißt, ich könnte ihm eine Geschichte erfinden. Ich wäre dann fein heraus – statt die Wahrheit über mich, hätte ich nur noch einen Roman über ihn zu schreiben. Welche Erleichterung wäre es, nicht nur für mich, sondern auch, wie ich annehme, für meine hypothetischen Leser, würde ich von jetzt an statt des Pronomens der ersten Person dasjenige der dritten verwenden. Ich wollte es schon mit einer passenden und interessanten Erzählung ausstatten, ganze Variationsketten von Lösungen fallen mir ein, mit Hilfe derer ich jenen Efraim, – oder wie er dann heißen mag –, dem Zwang seines Ich entkommen lassen könnte. Durchaus glaubhafte Entwicklungen sind darunter, ja solche, die vielleicht glaubhafter wären als das, was ich zu berichten habe, wenn ich bei der Wahrheit und ihrem Ich bleibe. Aber es ist, wie ich schon Ende des vorigen Kapitels bemerkt habe, zu spät geworden dafür. Ich bringe einfach nicht mehr die Kraft auf, meinem *Werk* eine Drehung um 180 Grad zu geben. So, wie ich es begonnen habe, will ich es zu Ende führen.

Ich habe es nicht *als Roman konzipiert*, wie Dr. Heckmann behauptet hat. Als ich das kühl klimatisierte Excelsior verließ, umschloß mich die Hitze der Via Veneto, wie ein glühender Block aus Erbitterung. Ich rettete mich in die Schattenseite hinüber, ging an den Café-Tischen entlang zur Porta Pinciana hinauf, tauchte in den Park ein, dessen durchlässiges Piniendach kaum Kühlung gewährte. Ich habe an jenem Sonntag nachmittag in Berlin auf fast bewußtlose Weise zu schreiben begonnen, ohne zu wissen, wie mein Abenteuer mit Anna sich am nächsten Tag fortsetzen würde. Vielleicht habe ich meine Vergangenheit mit Meg, die Erinnerungen an meine Eltern, an Onkel Basil, an Esther, an Keir *konzipiert*, – schließlich bin ich ja Journalist, ich bin kein naiver Schreiber, ich habe gelernt, daß man einen Stoff disponieren muß –, aber als ich mein Zimmer im Byron beschrieb, hatte ich keine Ahnung, wie lange ich darin wohnen würde. Natürlich habe ich mich, je länger ich an diesen Blättern saß, um so stärker erinnern können, ich habe nachher geschrieben, nicht vorher, aber noch in diesem Augenblick, beinahe drei Jahre nach jenen Tagen in Berlin und London, weiß ich nicht, ob Esther lebt oder tot ist, was aus Anna wurde, ob meine Beziehung zu Meg doch noch ein gutes Ende nehmen wird, oder ein schlechtes, oder gar keins. Und indem ich meinen Gang zu Keir am Vormittag des 15. November 1962 nun endlich fortsetze und zu Ende führe, schwöre ich, daß ich, noch während ich ihn beschreibe, keine Ahnung davon habe, wohin er mich führen wird. Zwar weiß ich, was sich seitdem ereignet hat; aber wo ich sein werde, wenn ich diese Aufzeichnungen einmal abschließe, das weiß ich nicht, und so fasse ich denn den Lampenpfahl neben den Three Tuns, der die Gasse Chichester Rents für Fahrzeuge sperrt, wirklich ganz ahnungslos ins Auge. Nennt man das einen Roman entwerfen?

Jedenfalls hat mir die Laterne, die nicht seitlich, sondern mitten in der Straße steht, nicht zu einem Blick in die Zukunft verholfen, mich nicht zum Hellseher gemacht; hingegen hat sie mich an etwas erinnert, an gewisse Slum-Gassen in Neapel, die sich durch steinerne Pfosten gegen das Rad abgesperrt haben. Und wie hier, zwischen den Inns of Court, findet man sie auch dort im Umkreis der Gerichte, als Seitengassen der Via Tribunali. Das ist merkwürdig. Ich trete in Chichester Rents ein, vorbei an den Three Tuns, diesem Paradebeispiel einer Pub im *City Tavern*-Stil, die Keirs zweite Heimat ist; feines Maßwerk aus hölzernen Säulen faßt das undurchsichtige Fensterglas ein, die Halbreliefs dieser Säulen sind unten braun, oben weiß gestrichen, dazwischen schwarz gebändert, die Türen sind blaugrau, und alle Farben sind matt, trocken, dennoch leuchtend im Nebel-Licht, ein durch Nebel blakendes Lampen-Geleucht, das Geheimnis der britischen Malermeister; man wird die Three Tuns erhalten müssen, wenn man das Quartier abreißt. Gleich daneben, gegenüber dem Eingang des Hauses, in dem Keir wohnt, befindet sich ein billiges Speiselokal, in dem man für vier Shilling und Sixpence ein Steak mit Chips und Tomaten essen kann; ich schaue hinein, auf den Tischen liegen rotkarierte Tischtücher, eine Kellnerin ist dabei, zu decken, aber noch kein Gast hat sich eingefunden. Es ist halb zwölf. Unten in Keirs Haus ist eine Kartonnagen-Großhandlung, Stapel von braunen Schachteln stehen in dem Ladenlokal, es riecht nach frischem Pappkarton und Kälte. Der Eingang zu Chichester Rents No. 4 ist eine offene Tor-Durchfahrt, die aber nirgendwohin mehr führt, vielleicht hat sie sich früher einmal in einen großen Handelshof geöffnet, jetzt endet sie in einem winzigen offenen Mauergeviert, in dem Bretter-Abfall liegt, Kübel stehen, die von Schmutz überquellen; alte Zeitungen und Ziegelschutt liegen herum. Auf einem Stück Pappe, das an einem Nagel in der Mauer hängt, entdecke ich Keirs Handschrift und muß lachen. Mit Tusche hat er wütend und in großen Buchstaben darauf geschrieben *This is not a rubbish dump*, ganz in der Art jener je nachdem gefürchteten oder beliebten Zettel, auf denen er in der Redaktion spontan Lob und Tadel austeilt. Hier scheint sein Protest nichts geholfen zu haben, denn das kleine Plakat ist schon alt und verwittert, und das Höfchen ist immer noch ein dreckiges Loch. Ein rotes Motorrad lehnt an einer der Mauern aus beinahe schwarzen Ziegeln. Ich trete ins Treppenhaus ein, das sauber ist, doch alt und verwohnt. Wieder, wie vor Jahren, – wann war ich denn das letztemal hier?, jedenfalls nicht vor einem Jahr, als ich zuletzt in London gewesen bin, es muß länger her sein –, lese ich die Schilder an den Türen zu den Büros, die sich hier befinden. Wohnen tut in diesem Haus niemand außer Keir; es wird nur noch von Leuten benützt, die irgendwelche billigen Büros oder Arbeitsräume suchen. Im ersten Stock befinden sich E. Smith, Photo-Litographers, und Stevenson, Wilson & Co., Chartered Accountants. Die Herren Stevenson und Wilson sind Vertreter von Immobilien-Maklern aus der Provinz. Boden und Geländer des Treppenhauses sind aus graubraunem, verwischtem Holz, die Wände sind bis in etwa anderthalb Meter Höhe mit grüner Ölfarbe gestrichen. Unten ist es ziemlich dunkel, noch im zweiten Stock muß ich mich zu den Schildern bücken, um sie lesen zu können. Finnemore & Field Ltd. ist ein neuer Name, ich muß Keir fragen, wer Finnemore & Field sind, die anderen beiden sind geblieben: Paul Trummel & Associates, Design & Print, und dann dieser rätselhafte Herr Allan G. Barness, der sich als Member of International Press Istanbul bezeichnet. Nichteinmal Keir hat in all den Jahren herausgebracht, was Mr. Barness aus Istanbul eigentlich treibt. Hinter der Türe von Paul Trummel höre ich Stimmen; irgendeine Verhandlung über Design oder Print ist imgange. In den Zwischenstöcken befinden sich Klosetts, getrennt für Gentlemen und Ladies. Von Briggs Kartonnagen-Großhandlung breitet sich der Geruch nach frischer Pappe und Kälte im ganzen Treppenhaus aus, an diesem Genist zufälliger Existenzen entlang, die alle irgend etwas mit Fleet Street zu tun haben, die das Leben an die schäbige Hinterfront von Fleet Street verschlagen hat, wo sie nun als Insekten-Kolonie nisten, Smith, Stevenson, Wilson, Finnemore, Field, Trummel, Barness und wie sie alle heißen, ich könnte einer von ihnen sein; genausogut wie ich Efraim bin, könnte ich Smith sein oder der nicht aufzuklärende Herr Barness, der irgend etwas mit der Türkei zu tun hat. Irgendein idiotischer Zufall hat bewirkt, daß ich dieses Haus besser kenne als alle anderen Häuser auf der Welt. Ich kenne es mindestens so gut wie mein Elternhaus oder wie Onkel Basils Haus in Clanricarde Gardens. Es gibt natürlich Gründe dafür, warum ich mit Chichester Rents No. 4 so vertraut bin. Ich habe es nicht deshalb so genau erforscht, weil Keir hier wohnt. Wenn mit diesem Haus nichts weiter los wäre, als daß Keir in ihm wohnte, hätte ich es vielleicht genauso häufig besucht, aber ich hätte es sicherlich nicht so gründlich beobachtet, nicht so besessen auswendig gelernt, wie ich es in der Tat beobachtet und auswendig gelernt habe, weil es das Haus ist, in dem Meg zu Keir gekommen ist, sich mit Keir getroffen hat und immer noch trifft, von jenem ersten Mal an, im Jahre 1950, als Rogers sie zu ihm geschickt hat, bis zu ihren Besuchen während der letzten Wochen, die ihr jedoch, wie sie mir vorhin erzählte, kein Vergnügen mehr machen. Besonders in der Zeit nach unserer Eheschließung habe ich mir Chichester Rents No. 4 förmlich einverleibt. Ich meine damit weniger jene Stunden primitiver Verfolgung und Beobachtung, die ich in dem Steaks- und Chips-Restaurant gegenüber verbracht habe, darauf wartend, daß Meg in der Toreinfahrt erscheinen und rasch davongehen würde, meistens in Richtung Chancery Lane, wo sie den Omnibus No. 171 nahm, der sie in die Nähe unserer Wohnung brachte. Von diesen Stunden habe ich über das Haus nicht mehr gelernt, als daß es im unteren Teil dunkelgrün angestrichen ist, mit cremefarbenen und braunen Klinkern durchsetzt, um den Ladeneingang von Briggs Pappkarton-Geschäft herum, und daß es düster wirkt, besonders, wenn die Nacht in die Gasse fällt. Dort hat mich Meg einmal entdeckt, als sie genau in dem Augenblick Keirs Haus verließ, während in dem Lokal, in dessen Hintergrund ich an einem Tisch saß, auf dem eine weiß und rot karierte Decke lag, die Lichter angezündet wurden. Ich fuhr erschreckt auf und wollte mich abwenden, aber sie hatte mich schon gesehen, und kam, ohne auch nur eine Sekunde zu zögern, herein. »Du bist verrückt, George!« sagte sie. »Komm!« Und sie ergriff meine Hand und ging, meine Hand fest in der ihren behaltend, bis zum Omnibus, mit dem wir nach Hause fuhren, ohne ein Wort miteinander zu reden. Seit jenem Vorfall habe ich das Lokal nicht mehr betreten. Ich schlug eine ganz andere Taktik ein, indem ich das Haus gerade dann aufsuchte, wenn ich wußte, daß Keir nicht zu Hause war. In seiner und Megs Abwesenheit konnte ich es ungestört untersuchen; ich prägte mir die Namen an den schäbigen Büro-Türen ein, prüfte das Geräusch meiner Schritte auf dem Holz des graubraun verwischten Treppenbodens und stellte mir vergleichsweise das Klappern von Megs Schuhen darauf vor, hörte Stimmen aus den Büros von Paul Trummel oder E. Smith und versuchte, mit den Augen und manchmal sogar mit den Nägeln das Rätsel von Keirs und Megs Beziehung aus ein paar Quadratzentimetern des grünen Ölfarbenanstrichs der Wände herauszukratzen, von kaltem Pappe-Geruch umspült. Natürlich habe ich es so nicht gelöst. Mit dem Wort Rätsel meine ich ja nicht die allzu offene Tatsache, daß Keir und Meg es miteinander trieben, sondern etwas anderes, das, was man unter Engländern, wenn man die innersten Antriebe im Verhalten eines Menschen ergründen will, auf die Frageformel bringt: *what makes him tick?* In der Stille und dem Staub dieses Treppenhauses habe ich oft gelauscht, hoffend, ich würde das Uhrwerk des Verhältnisses zwischen Keir und Meg ticken hören. Ich habe nichts gehört, aber das Haus Chichester Rents No. 4 habe ich auf diese Weise sehr gut kennengelernt.

Ich bin im dritten Stock angelangt, in dem nur noch Keir wohnt. Ob Meg hier auch, wie ich, jedesmal stehenbleibt und zum Flurfenster hinaussieht, ehe sie an Keirs Tür klopft? Sicherlich nicht; sicher tritt sie schnell auf die Türe zu und klopft an. Ich hingegen betrachte stets eine Weile die Aussicht auf das Gewirr von alten Ziegelmauern, die Rückseiten der niedrigen Slum-Häuser und der hohen Geschäftshäuser hinter ihnen, die heute im Nebel verschwimmen, die in Reihen angeordneten Kamine auf den schwach geneigten Dächern, die Eisenleitern und die Wasserröhren, die an den Häuserwänden entlang führen, die vertikalen Schiebefenster, in kleine gläserne Rechtecke unterteilt, hinter denen manchmal Geranien stehen. Meg hat das alles wahrscheinlich nie betrachtet, Keir hingegen genießt es, diese Aussicht bildet einen Teil der Gründe, aus denen er hier lebt, Keirs Verliebtheit in eine Dickens-Vedute und Megs Gleichgültigkeit ihr gegenüber sind zwei Reaktionsmöglichkeiten auf eine Landschaft, während ich ihr eine dritte Bedeutung verleihe: für mich ist das Haus und das Viertel, in dem es steht, der Schauplatz, der Tatort. Es ist der Ort, der in meinem Leben die größte Rolle gespielt hat, ich kann ganz kalt prüfen, ob ich mich nicht täusche, ob es nicht andere Orte gegeben hat, die mir letzten Endes doch wichtiger erscheinen, die Bismarckstraße zum Beispiel, oder Clanricarde Gardens, oder ein Schlachtfeld in Sizilien, oder Vietnam, oder die Vernichtungslager, in denen meine Eltern getötet wurden, aber ich komme eigensinnig immer wieder auf Chichester Rents zurück, beharre darauf, daß sich hier mein Leben entschieden hat, es ist eine Manie, ich weiß es, die manische Fixierung auf einen ganz und gar unwürdigen Ort, es ist außerdem zum Lachen, wenn ich daran denke, daß alles nur deshalb so gekommen ist, weil eines Tages irgendein schäbiger Agent irgendein ehrgeiziges Mädchen zu irgendeinem alten Schwein geschickt hat, aber so ist es nun einmal, Chichester Rents heißt der Ort, ich kann es nicht ändern.

Keir ist kein altes Schwein, zu diesem Ausdruck hat mich der Haß verleitet, erstens einmal war er noch gar nicht alt, als er Meg kennengelernt hat, er war damals einundfünfzig, und zweitens ist er kein Schwein, sondern er ist nur auf eine lockere, freie und natürliche Weise lüstern, er erleichtert es den Frauen, sich gehenzulassen, er ist ansteckend hemmungslos. Ich bin neidisch auf ihn, weil er hemmungslos ist, während ich gehemmt bin. Ich bin das typische Produkt einer bürgerlich-jüdischen Familie aus dem alten Preußen: ein Puritaner in Reinkultur. Mein Vater war ein Kaufmann, er war nicht ganz so gebildet und kultiviert wie Onkel Basil, aber als oberste Werte regierten in meinem Elternhaus ganz selbstverständlich der Idealismus und die Monogamie. Den Rest hat Onkel Basil besorgt, er, der seine Liebe zu einer blonden Dame namens Cora in Gedichten sublimierte. Das Ergebnis ist: ich habe Angst vor den Frauen. Ich habe Angst vor Frauen und bin neidisch auf einen Kerl wie Keir, dem eine Verführung beinahe so leicht von der Hand geht wie das Entkorken einer Flasche. Dabei stammt er aus einem noch viel puritanischeren Milieu als ich, aus einer presbyterianischen Predigersippe in der schottischen Grafschaft von Argyll; in seiner Wohnung, die ich gleich betreten werde, hängen Bilder von hageren, stocksteifen Vorfahren mit düsteren Gesichtszügen, aber Keir ist zwar groß, aber keineswegs hager, sondern fett, und die Steifheit der schottischen Hornes hat sich bei ihm in die unbewegliche Fülle eines Gewohnheitstrinkers verwandelt; von ihrer religiösen Düsterkeit ist nicht viel mehr übriggeblieben als die skeptische Kälte in dem Blau seiner Augen, einem Blau, über dem immer ein wenig Staub zu liegen scheint. Man kann sich also auch gegen das Milieu entwickeln, aus dem man stammt, und das macht mich noch neidischer auf Keir. Als ich ihn einmal auf den Unterschied zwischen ihm und seinen Vorfahren aufmerksam machte, erklärte er mir spöttisch und, wie es seine Art ist, philosophisch weit ausholend, er verkörpere einen Fall von dialektischem Umschlag aus der Qualität in die Quantität. Die Quantität von Frauen, die er konsumiert, ist allerdings enorm, sie wird höchstens noch von seinem Verbrauch an Bier übertroffen – merkwürdig, daß der Alkoholismus weder seine sexuelle Potenz noch seine Intelligenz vermindert hat, wenn man von der allerletzten Zeit absieht, wie ich aus Megs Andeutungen schließe. Ich will nicht behaupten, daß Keir ein Wüstling ist, dazu ist er zu wählerisch, er beweist Geschmack und übt große Diskretion. Immerhin reißt er sich doch jede hübsche Frau, die er kriegen kann, unter den Nagel – der Ausdruck gehört zum Schatz meiner berliner Neuerwerbungen, eigentlich ist er metaphorisch nicht klopffest, hat jedoch einen gewissen onomatopoetischen Reiz. Ich will dieses Vokabular gleich nocheinmal bemühen, indem ich berichte, daß Keir fast alle Journalistinnen und Sekretärinnen unseres *conservative paper*, sofern sie einigermaßen attraktiv waren, aufs Kreuz gelegt hat. Diese Wendung habe ich aus dem Gespräch jener Männerrunde auf Lampes Party aufgeschnappt, deren behagliche Fröhlichkeit ich dann mit einem Faustschlag beendete, als man von Erwägungen darüber, wie man Damen aufs Kreuz oder andere Teile ihres Knochengerüsts legt, zur Vergasung fortschritt. Ich bin eben ein Puritaner, ein ungemütlicher Störenfried harmloser Vergnügungen. So habe ich Keir einmal geraten, Erotik und Arbeitsverhältnisse voneinander zu trennen, aber er hat mich nur ausgelacht. »Du verstehst nichts von Frauen«, hat er gesagt, »sie arbeiten viel besser, wenn man es einmal mit ihnen getan hat. Und nichteinmal deswegen, weil sie hoffen, daß sie wieder einmal drankommen, sondern einfach nur so.« Ich wandte ein, daß es aber auch Frauen in unserer Redaktion gegeben habe, die daraufhin weggegangen und bei anderen Blättern erstklassige Journalistinnen geworden seien. »Eben«, antwortete er, »das beweist ja, daß ich mir nichts vorzuwerfen habe. Es schadet ihnen nicht – es hat sie auf Touren gebracht.« Nicht nur ich, sondern auch die meisten meiner Kollegen hassen Keir, wenn er sich in solchen Pascha-Allüren gefällt. Aber er ist ein Pascha. Er hat eine Vater-Figur aus sich gemacht und sie in der Redaktion aufgebaut. Er nimmt sich die Frauen, die, wie wir unbewußt spüren, eigentlich für uns bestimmt sind. So wird er gehaßt oder geliebt oder beides. Er hat unsachliche, aber produktive Spannungen in die Redaktion gebracht. Manchmal ist er allerdings an einer Frau hängengeblieben. Er hat zweimal geheiratet. Über die erste Frau weiß ich nichts, sie ist vor dem Krieg gestorben, aus dieser Ehe hat er zwei erwachsene Töchter, die er kaum zu Gesicht bekommt. Die zweite Frau habe ich kennengelernt. Er wohnte nach dem Krieg mit ihr in Wimbledon in einem verkommenen Bungalow mit einer Holzveranda, sie war irgendeine radikale Adlige, geschieden, eine versoffene Stange von Frau, dabei interessant und gutaussehend, die mit ihm in einer Art von englischer Tschechow-Atmosphäre lebte und ihn wegen seiner politischen Ansichten verhöhnte. Es muß immer Winter gewesen sein, wenn ich die beiden besuchte, denn ich erinnere mich nicht, Keirs zweite Frau jemals anders gesehen zu haben, als in einem ziemlich leeren Zimmer, in dem kleine Paraffin-Öfen brannten, vor denen sie kauerte und sich ihre Hände wärmte, von drei oder vier Settern umgeben. Er hat sich, soviel weiß ich, nie von ihr scheiden lassen, aber so um 1948 herum ist er aus Wimbledon weggezogen und hat sich allein in Chichester Rents niedergelassen. Auf jeden Fall noch, ehe er Meg kennenlernte. Meg ist nicht schuld daran, daß Keir sich von seiner zweiten Frau getrennt hat.

An Keirs Wohnungstüre befindet sich kein Namenschild. Sie ist grau gestrichen, an verschiedenen Stellen blättert der Anstrich ab; ich kenne sie nicht anders, eigentlich müßte der Anstrich längst gänzlich abgeblättert sein, Keir hat ihn meines Wissens nie erneuern lassen; irgendwann muß die Türe sich entschlossen haben, nicht weiter zu verrotten, wenigstens nicht äußerlich; sie wirkt jetzt nur vertrocknet, hart, wie ein altes Keks, das man in einer Blechschachtel vergessen hat. Sie trägt das übliche Wappen des Stadtteils *City of London*, ein kleines Messingschild, darunter befindet sich der Schlitz für Briefe, sowie ein Messing-Handgriff. Keine Klingel, nichteinmal ein Türklopfer. Ich klopfe dreimal in kurzen Abständen mit dem Knöchel meines rechten Zeigefingers an, das Zeichen, das ich immer gegeben habe, so daß Keir, wenn er sich noch daran erinnert, schon weiß, wer da vor seiner Türe steht. Hinter der Türe befindet sich ein winziger, fensterloser Flur. Die Wohnung besteht aus einem Wohnzimmer und einem Schlafzimmer und diesem Flur, sowie einem Abstellraum, in dem sich allerhand Gerümpel, eine Blechbadewanne und ein Abortsitz befinden – Keir ist nicht genötigt, das Klosett im Zwischenstock zu benützen. Alles bleibt still. Ich warte darauf, zu hören, wie sich die Türe, die vom Wohnzimmer in den Flur führt, öffnet, ein Vorgang, der mich das Knarren des Schaukelstuhls vernehmen lassen wird, in dem Keir gesessen hat, und der immer ein paarmal nachschwingt und dabei knarrt, wenn er ihn verläßt. Dieses Geräusch, – ich habe es sicher hundertmal gehört –, das in meinem Leben eine so große Rolle gespielt hat, bleibt heute aus. Nocheinmal klopfe ich, aber nichts rührt sich. Ich blicke auf meine Armbanduhr, es ist gleich zwölf, Keir ist heute also früher weggegangen als sonst. Ausgerechnet heute! Ich bin von Rom nach London geflogen, um ihm zu berichten, was ich von Mutter Ludmilla über Esther erfahren habe, und nun ist er nicht da! Darauf war ich nicht gefaßt. Ärgerlich verharre ich noch eine Weile vor der Türe – Keir hat mich um eine Pointe gebracht. Die Geschichte, die ich ihm zu erzählen habe, kann ich ihm nur im staubigen Schweigen von Chichester Rents erzählen, unter den Bildern seiner Vorfahren, die düster auf ihn herabblicken werden, während er in seinem Schaukelstuhl sitzt und mir zuhört. Sie ist keine Kneipengeschichte, und sie eignet sich nicht dazu, in der Redaktion erzählt zu werden, selbst wenn er das Telefon abstellen läßt und seiner Sekretärin Anweisung gibt, uns nicht zu stören. Ich ertappe mich dabei, wie ich, – in meinem neuerworbenen deutschen Argot –, denke, daß ich ihm diese Geschichte nicht erzählen, sondern verpassen werde. Wenn irgend etwas, dann würde sie es sein, die das Knarren jenes viktorianischen Sitzmöbels aus geschwungenem Bugholz endlich zum Schweigen brächte. Doch unverrichteter Dinge muß ich abziehen. Langsam gehe ich die Treppe hinab, an den Namenschildern, dem noch immer anhaltenden Gespräch hinter der Türe von Paul Trummel & Associates vorbei, im kalten Geruch von Pappe und November.

Irgendwie hatte ich ein Kloster erwartet, als ich am Montag nachmittag meines berliner Aufenthaltes nach Steglitz fuhr, um Mutter Ludmilla zu treffen, aber das Haus in Steglitz erwies sich nicht als Kloster, sondern als eine weitläufige berliner Villa aus der Gründerzeit, in der man eine Schule eingerichtet hatte. Eine Nonne, die als Pförtnerin oder Sekretärin wirken mochte, führte mich in einen dunkelbraun getäfelten Raum mit spiegelndem Parkettboden, in dem ich mindestens eine Viertelstunde auf Mutter Ludmilla gewartet habe. Dieser Raum enthielt nichts als die hohe Täfelung, einen Tisch und Stühle, sowie ein großes, ziemlich geschmackloses Madonnenbild. Da der Nachmittag in die Dämmerung überging, brannte schon die Deckenlampe, doch konnte sich ihr Licht gegen die Dunkelheit des vielen Holzes nicht recht durchsetzen, das wie poliert wirkte, so sauber hielt man es. Kein Stäubchen flimmerte auf, und während der ganzen Zeit, in der ich gewartet habe, hörte ich nicht das geringste Geräusch, außer einmal das Schlagen einer Uhr. Dann trat Mutter Ludmilla ein, reichte mir freundlich und völlig drucklos ihre Hand, bat mich, wieder Platz zu nehmen, und setzte sich mir gegenüber an den Tisch. Sie ist eine ziemlich große und auch umfängliche Frau, die auf mich aber nicht schwer wirkte, weil sie sich leicht bewegte und ihr schönes altes Gesicht blaß und durchscheinend war. Mit solchen Epitheta zeichne ich die Klischeevorstellung nach, die man sich von einer alten würdigen Nonne macht; da aber Mutter Ludmillas Gesicht tatsächlich von großer Altersschönheit und dazu blass und durchscheinend ist, bleibt mir nichts anderes übrig, als diese Vorstellung zu erfüllen. Ihre Ordenskleidung bestand aus einem braunen Grundgewand und einem weißen Überwurf. Während unseres Gesprächs hat sie mich selten direkt angesehen; sie saß so, daß sie mir ihr Profil zuwandte, doch ohne zu posieren, und sie verfiel niemals in einen salbungsvollen Ton, sondern sprach mit mir ganz unprätentiös und nicht ohne Anteilnahme. Ich hatte mir vorgenommen, die Unterhaltung mit der Fangfrage zu eröffnen, ob sie schon im Jahre 1938 an dieser Schule tätig gewesen sei, gab jedoch unter dem Eindruck, den mir diese Frau machte, jegliche Absicht, sie auszuhorchen, sogleich auf und setzte ihr ohne Umschweife den Inhalt meiner Mission auseinander. Ich schilderte ihr meine eigene Herkunft, meine Bekanntschaft mit Esther und ihrer Mutter, und trug ihr schließlich Keirs Wunsch vor, Nachrichten über seine Tochter zu erhalten, wenn es deren noch geben sollte. Es schien zuerst, als wolle sie mir bereitwillig Auskunft geben.

»Ich erinnere mich gut an Esther Bloch«, sagte sie. »Ein reizendes Kind! Sie hatte Schwierigkeiten in Mathematik, aber in den Sprachen war sie ausgezeichnet. Damals war ich noch nicht Direktorin der Schule, ich gab Unterricht in Englisch und Französisch, wozu ich heute keine Zeit mehr habe, und Esther war eine meiner besten Schülerinnen.«

Ich wartete ab, um sie weiter in ihrem Gedächtnis suchen zu lassen. Das ist ungenau ausgedrückt: ich beobachtete vielmehr, wie sie versuchte, so zu tun, als krame sie in ihrem Gedächtnis, was ihr aber nur schlecht gelang, denn es war offenkundig, daß sie ihre Erinnerungen an Esther schnell gefunden hatte. Sie hatte den Fall präsent, und ähnlich wie bei Frau Heiß hatte ich auch bei ihr den Eindruck, als habe sie einen Besuch wie den meinen seit langer Zeit erwartet. Erwartet, aber nicht wie Frau Heiß, zugleich gefürchtet. Im Gegensatz zu Frau Heiß wirkte Mutter Ludmilla gelassen.

»Esther war natürlich häufig bedrückt«, erzählte sie. »Übrigens war sie unsere einzige jüdische Schülerin.« Sie seufzte und sagte: »Es war nicht leicht für uns!«

»Sie meinen, es war nicht leicht für Sie, Esther von der Schule wegzuweisen?« Ich habe, als ich diese Bemerkung machte, einen aggressiven Ton in meiner Stimme nicht ganz unterdrücken können, aber Mutter Ludmilla ließ sich dadurch nicht aus der Ruhe bringen.

»Ach«, sagte sie, beinahe wegwerfend, »das war doch nur der Schlußpunkt. Esther hat schon vorher die Welt nicht mehr verstanden. Wenn ich sagte, es war nicht leicht für uns, so meinte ich, daß es nicht leicht für uns war, ihr nahezukommen. Um ihr nahezukommen, hätten wir ihr die Welt erklären müssen, in der sie leben mußte, und das konnten wir nicht. Wir waren selber völlig ratlos.«

»Ratlos?« fragte ich. »Sie?«

Diesmal sah sie mich an, nur kurz, dann blickte sie wieder zur Seite, und ich hörte in dem langen Schweigen, das meiner Frage folgte, von irgendwoher draußen die Uhr ticken, die vorhin geschlagen hatte.

»Was hätten wir diesem Kind sagen sollen?« fragte sie. »Daß Gott es prüfen wolle? Wir haben darüber beraten und kamen zu dem Ergebnis, Gott könne unmöglich so grausam sein. Also wäre nur die Erklärung geblieben, die Menschen seien so schlecht geworden, daß der Teufel die Welt regiere. Wir hielten uns nicht für befugt, eine so furchtbare Wahrheit in das Herz eines Kindes zu pflanzen.«

»Zumal Sie dann hätten zugeben müssen, daß Gott nicht so allmächtig ist, wie Sie immer behaupten, wenn er die Menschen nicht hindern kann, schlecht zu sein.«

»Unsere Kirche«, sagte sie, »ist der Ansicht, daß Gott allmächtig ist und daß er den Menschen den freien Willen verliehen hat.«

Sie brachte diesen Satz so heraus, als bezweifle sie ihn im gleichen Augenblick, in dem sie ihn aussprach.

»Was haben Sie also getan?« fragte ich, unhöflich drängend. Ich hatte keine Lust, mir theologische Argumente anzuhören. »Es ging ja schließlich nicht darum, Esther irgend etwas zu erklären.«

»Sie wollen wissen, ob wir ihr geholfen haben? Natürlich haben wir es versucht.«

Ich bin Journalist, oder jedenfalls bin ich einer gewesen. Es gibt in unserem Beruf die Momente, in denen wir vor Spannung den Atem anhalten: wenn wir plötzlich fühlen, daß wir ganz dicht an einen Fundort für neue Nachrichten geraten sind. Es handelt sich da wirklich um eine Reaktion des Instinkts, wir spüren es im Bauch und in den Lungen, nicht im Kopf, wie auf einmal etwas in der Luft liegt, die Ahnung einer neuen Möglichkeit, einer Nachricht, welche die Lage verändert. Wie rar solche Momente in unserer Arbeit aufkreuzen – selbst bei Recherchen ins Entlegenste stoßen wir selten auf Informationen, die das Thema wirklich verwandeln! Vielleicht habe ich in meiner ganzen journalistischen Laufbahn nur ein einziges Mal eine wirklich große Nachricht geben können: als ich herausbekam und nachweisen konnte, wie noch während der Kämpfe in Indochina eine Vietminh-Delegation mit der französischen Regierung in Paris über den Frieden verhandelte. Diese Nachricht läßt sich mit der privaten Mitteilung, die Mutter Ludmilla mir gab, natürlich nicht vergleichen; meine Meldung nach London, damals, 1953, lange vor der Schlacht bei Dien Bien Phu, hat die internationale Debatte über jenen Krieg beeinflußt und verändert; im Vergleich zu ihr ist die Auskunft dieser Karmeliter Nonne über Esther, selbst wenn man von der unsinnigen Konsonanz eines öffentlichen mit einem privaten Thema absieht, nicht groß, sondern höchstens interessant; aber es ist doch merkwürdig, daß ich auf Mutter Ludmillas Bericht darüber, wie sie es anstellen wollte, Esther zu helfen, mit der gleichen Spannung gewartet habe, wie damals, in jenem Hause mit den hallenden Eisentüren in der Rue de Nevers, – ich habe von ihm noch an dem berliner Nachmittag geträumt, an dem ich diese Aufzeichnungen begann –, auf die in einem leisen und zischenden Französisch gegebenen Andeutungen von drei kleinen mageren, europäisch gekleideten Männern mit hohen Backenknochen und topasfarbener Haut, die, weil sie wünschten, die internationale Debatte über einen Krieg zu verändern, sich entschlossen hatten, mir ein Geheimnis zu verraten. Würde auch Mutter Ludmilla im nächsten Augenblick ein Geheimnis preisgeben? Auf jeden Fall mußte es sich um Dinge handeln, die sie nur ungern berührte, denn sie hat auf mein wartendes Schweigen keine Rücksicht genommen; vielleicht hat sie meine Neugier nichteinmal bemerkt, sie brauchte lange, ehe sie ihren Blick aus der dunklen Täfelung des Zimmers, in die sie ihn versenkt zu haben schien, wieder zurückholte.

»Wir wußten, daß Esthers Vater in England lebte, Engländer ist«, berichtete sie schließlich, »und als die Lage sich zuspitzte, haben wir, nach einem Gespräch mit Esthers Mutter, mit der englischen Botschaft in Berlin Verbindung aufgenommen. Ich erinnere mich noch gut, wie Mutter Klara, unsere damalige Oberin, eines Vormittags zur Wilhelmstraße fuhr, wo sich damals noch Ihre Botschaft befand.«

Sie sagte *Ihre Botschaft*, obwohl ich ihr erzählt hatte, daß ich Esthers Jugendfreund gewesen war. Sie respektierte auf die selbstverständlichste Weise die Tatsache, daß ich ein britischer Journalist geworden bin.

»Mutter Klara«, fuhr sie fort, »hatte eine Unterredung mit einem der Sekretäre des Gesandten, einem, wie sie sagte, klugen und einflußreichen Mann. Er versprach ihr, sich sogleich um den Fall zu kümmern, sich mit Esthers Vater, diesem Herrn ... wie heißt er? ...«

»Horne«, ergänzte ich.

»... sich mit diesem Herrn Horne also, in dessen Interesse Sie heute hier sind, in Verbindung zu setzen und mit ihm zu beraten, was getan werden könne. Ich glaube übrigens, daß es kaum eine Möglichkeit gegeben hätte, etwas zu tun. Herr Horne war zwar als natürlicher Vater von Esther registriert, aber Frau Bloch besaß das alleinige Sorgerecht für ihr Kind, sie hat niemals einen Alimentationsprozeß geführt, Herr Horne hätte also, mit Zustimmung von Frau Bloch, erst einmal das höchst langwierige Adoptionsverfahren einleiten müssen, und selbst dann wäre es noch fraglich gewesen, ob man Esther die Ausreise erlaubt hätte.«

»Das stimmt nicht«, sagte ich. »Bis zum Kriegsbeginn durften alle Juden ohne weiteres auswandern. Sie mußten nur auf ihr Vermögen verzichten. Das Problem war nicht, ob Esther die Ausreise aus Deutschland erlaubt wurde, sondern ob man ihr die Einreise nach England gestattete. Dafür hätte eine einfache Bürgschaft ihres Vaters genügt.«

»So«, murmelte sie, »Sie müssen es ja wissen.« Aber sie schien meinen Einwand als Ablenkung zu empfinden. »Ich glaube, wir alle haben viel zu lang gewartet. Auch wir Schwestern hätten schon Jahre zuvor etwas für Esther unternehmen müssen.«

Sie breitete noch weitere Einzelheiten vor mir aus, verlor sich geradezu in juristischen Spitzfindigkeiten und politischen Erwägungen, mit deren Hilfe sie um irgendeine finstere Wahrheit herumredete, die hinter ihren Worten darauf wartete, herausgelassen zu werden. Ich unterbrach sie schließlich.

»Was hat Mr. Horne unternommen?« fragte ich.

Sie hielt ihren Blick abgewandt. »Nichts«, erwiderte sie. »Mutter Klara erhielt, als sie zwei Wochen später noch einmal zur Gesandtschaft ging, den Bescheid, Esthers Vater wünsche in dieser Angelegenheit keine Intervention.«

Draußen war es während dieser Unterhaltung ganz dunkel geworden. Die Lampe setzte sich gegen die polierte Täfelung des Zimmer nicht recht durch und warf nur einen grauen Kreis von Helligkeit auf den Tisch, an dem wir saßen, die Nonne und ich. Es war so still; unmöglich, daß sich dieser Raum in Berlin befand. Wo befand er sich denn? Ich weiß es nicht. In einem ortlosen Raum bin ich auf Keirs Geheimnis gestoßen. Seitdem ich Keirs Geheimnis kenne, habe ich begriffen, warum ich bereits bei jenem Mittagessen während des Krieges in Rom, in dessen Verlauf Keir mir mitgeteilt hat, er sei Esthers Vater, in seinen Augen mehr zu erkennen glaubte als nur die Angst eines Vaters um sein Kind. Einen Schatten von Schuldbewußtsein, so schrieb ich, habe ich schon damals in ihnen wahrgenommen, während er mir achselzuckend berichtete, er hätte im Mai 1936 zuletzt mit Marion Bloch korrespondiert, und ich verstehe nun das Dringliche und den hektischen Ton, wenn er von mir und allen möglichen Leuten fordert, sie sollten ihm Nachrichten über sein Kind verschaffen. Ich weiß jetzt, warum er geweint hat, während unseres Telefonats an jenem Sonntag morgen in Berlin.

Mutter Ludmilla hat über das Peinliche schnell hinweggeredet. »Ihrer Botschaft ist es sehr unangenehm gewesen, eine solche Auskunft geben zu müssen«, berichtete sie. »Man hat Mutter Klara Hilfe angeboten, man erbot sich, einen englischen Anwalt zu bemühen, um Herrn Horne unter Druck zu setzen, aber wir mußten die Sache dann fallenlassen, weil Mutter Klara wegen ihrer Gänge zur Botschaft mehrere Male von der Geheimen Staatspolizei verhört wurde; vor Ihrer Botschaft standen ja damals immer Spitzel herum, sie hat berufliche Dinge vorgeschützt, die Beschaffung von Studienmaterial aus unseren Häusern in England, aber natürlich hat man ihr nicht geglaubt, und sie ist schließlich in unser Mutterhaus in Ratibor zurückgenommen worden. Wir sind nämlich schlesische Nonnen.«

Ich habe ihr nicht besonders aufmerksam zugehört, weil ich mit meinen Gedanken noch bei Keir war. Schon unmittelbar, nachdem Mutter Ludmilla mir ihre Mitteilung über Keirs Verhalten gemacht hatte, begann ich mir klar zu machen, was es bedeutet, Mitwisser der Schuld eines anderen Menschen zu sein. So habe ich einen wichtigen Hinweis, den sie mir gab, zunächst nicht beachtet, diese Erwähnung eines schlesischen Klosters und des Namens Ratibor. Ich wurde erst wieder aufmerksam, als sie auf Keir zu sprechen kam. Sie suchte nach Gründen, ihn zu entschuldigen.

»Ich nehme an, daß Esthers Vater einfach nicht wußte, um was es ging. Auch Frau Bloch trifft da ein Teil der Schuld. Sie hätte unbedingt die Adoption Esthers durch ihren Vater betreiben müssen, solange dazu noch Zeit war. Wenn Esther adoptiert worden wäre, hätte man sie nur noch als Halbjüdin registriert und dann hätte sie sogar bei uns auf der Schule bleiben können, wäre vielleicht überhaupt unbehelligt geblieben.«

»Nur ihre Mutter hätte man eines Tages abgeholt und mit Giftgas getötet«, sagte ich.

Wir unterhielten uns noch eine Weile weiter über Esthers und ihrer Mutter juristische Möglichkeiten, bis wir begriffen, daß wir fortwährend Sätze bildeten, die mit dem Wörtchen *wenn* begannen, sich im Konjunktiv bewegten. Das Gespräch versandete, aber ich war doch überrascht, als Mutter Ludmilla aufstand, um es zu beenden. Es blieb mir nichts anderes übrig, als mich gleichfalls zu erheben, aber ich war entschlossen, sie nicht so leichten Kaufs entkommen zu lassen.

»Sie haben mir mitgeteilt, was Mr. Horne nicht getan hat«, sagte ich, »aber Sie haben mir noch nicht erzählt, was Sie selbst getan haben.«

Sie hatte ihre Hände in die Taschen ihres braunen Gewandes gesteckt; so war sie nur noch ein Gewand aus Braun und Elfenbeinweiß, mit einem blassen, transparenten Altersgesicht. Sie war größer als ich. Fast alle Menschen sind größer als ich, wenigstens in Deutschland und England. Das ist auch ein Grund, warum ich mich in Rom wohler fühle. Dort haben die meisten Männer ungefähr meine Größe. Mutter Ludmilla sah mich immer noch nicht an, deshalb kann ich nicht sagen, sie hätte mich von oben herab angesehen.

»Was hätten wir denn tun sollen«, fragte sie, »Ihrer Meinung nach?«

Ich hob die Schultern. »Zum Beispiel das Kind retten«, sagte ich. »Ihre Kirche ist sehr mächtig«, fügte ich erklärend hinzu, »sie hat schon oft Menschen gerettet, wenn sie es wollte.«

»Wir waren damals nicht sehr mächtig.«

Jede ihrer Antworten zielte darauf ab, die eine Antwort, die ich erwartete, nicht aussprechen zu müssen. Wenn ich während dieser Unterhaltung nur gewußt hätte, ob Nonnen lügen dürfen! Ich weiß es bis heute nicht. Obwohl ich mich schon lange in Rom aufhalte, weiß ich fast nichts über die Gepflogenheiten der katholischen Kirche. Ich beschloß, alles auf eine Karte zu setzen, um auszuprobieren, ob Nonnen lügen.

»Mutter Ludmilla«, sagte ich, wobei ich meinen Blick nicht von ihrem Gesicht ließ, »Sie verschweigen mir etwas!«

Da ich sie zum erstenmal mit ihrem Titel und ihrem Namen angeredet hatte, sah sie mich endlich an, freundlich, aufmerksam, erwartungsvoll.

Ich sprach auf sie ein. »Ich wette«, sagte ich hastig, »daß Esther an dem Morgen, an dem sie floh, zu Ihnen geflohen ist, Mutter Ludmilla. Nicht wahr, so ist es doch gewesen? Sie kam zu Ihnen oder zu Mutter Klara, und Sie haben das Kind gerettet?«

Sie sah mich noch immer freundlich an, aber ohne den Schatten eines Lächelns in ihren Augen, die blau waren, blau und alt.

»Sie müssen sich doch noch erinnern können«, drang ich auf sie ein, »wie Esther zu Ihnen gekommen ist, sie hatte ihren kleinen schwarzgrauen Hund bei sich, einen Cocker, erinnern Sie sich nicht, Mutter Ludmilla? Es ist doch unmöglich, daß Sie einem Kind von dreizehn Jahren, das mit seinem kleinen Hund zu Ihnen geflohen ist, nicht geholfen haben!«

»Wir haben ihr befohlen, sofort wieder zu ihrer Mutter zurückzukehren.«

Es war endlich heraus. Anna Krystek hatte also richtig getippt – Esther war zu den Nonnen geflohen. Ich würde auch noch den Rest herausbekommen.

»Sie ist aber nicht nach Hause gegangen«, sagte ich.

»Woher wollen Sie das wissen?«

Sie wirkte jetzt gequält, sie tat mir leid, aber ich hielt nicht inne. Ich fühlte, daß ich der Wahrheit so nahe wie möglich war. So wiederholte ich, was jene Frau Schlesinger mir am Freitag nachmittag berichtet hatte, in einem Zimmer des Jüdischen Altersheims in der Iranischen Straße.

»Frau Bloch hat Frau Schlesinger erzählt, sie habe Esther nie wieder gesehen. In einem Viehwaggon auf dem Transport nach Auschwitz verheimlicht man nichts mehr.«

Sie äußerte sich dazu nicht. Sie hatte auch schon lange wieder ihren Blick von mir abgewendet.

»Ich kann Ihnen nicht mehr sagen«, sagte sie, »als daß wir Esther befohlen haben, auf der Stelle wieder nach Hause zu gehen.«

Das Empfangszimmer in dieser alten steglitzer Villa, die ein Kloster tarnte, umstand uns mit seiner peinlichen Sauberkeit, seiner unerträglichen Stille. Ich trat zum Fenster, sah hinaus. Man erblickte von hier aus den breiten Eingangsweg, die hohen, fast schon entlaubten Bäume des Gartens, das Eisengitter, und dahinter eine leblose Straße, auf die das Licht einer Laterne fiel.

»Haben Sie hier in diesem Zimmer mit Esther gesprochen«, fragte ich, »damals, an dem Morgen, als sie zu Ihnen gekommen ist?«

»Ich glaube ja«, erwiderte sie.

»Und dann, als Esther wieder gegangen war, da haben Sie ihr nachgesehen, Sie und Mutter Klara, wie sie den Zaun entlangging, zusammen mit ihrem kleinen Hund. Sie hat sicher mit ihrem Hund gesprochen, sich darum gesorgt, daß er nicht auf die Fahrbahn hinauslief. Nicht wahr, Sie haben ihr doch nachgesehen, Mutter Ludmilla, Sie sind doch nicht einfach in Ihre Klasse gegangen und haben eine Englisch- oder Französisch-Stunde gegeben? Sie haben zugesehen, wie ein weinendes Kind, das Sie gut kannten, mit seinem Hund sprach!«

Ich habe Mutter Ludmilla gefoltert. Sie zog langsam ihre Hände aus dem Gewand und hob sie zu ihrem Gesicht, legte sie an ihre Wangen. Sie wandte sich zu mir um, und durch diese Bewegung geriet ihr Gesicht aus dem grauen Lichtkreis der Lampe. Es wurde finster. Finster, so daß ich nicht entdecken konnte, welchen Ausdruck es annahm, die Gestalt des Schuldbewußtseins oder der Empörung, vielleicht keine von beiden, sondern nichts weiter als die Figur der Finsternis. Sie gestand nicht. Als sie ihre Hände herabnahm, hatte sie sich wieder gefaßt. Sie ging zur Türe.

»Aber so geben Sie doch zu«, sagte ich, »daß Mutter Klara zu Ihnen gesagt hat: ›Schnell, gehen Sie dem Kind nach!‹ Oder sie hat Sie beauftragt, es nach Hause zu bringen. Nicht wahr, so ist es doch gewesen? Sie sind mit Esther zusammen weggegangen, um sie nach Hause zu bringen, und unterwegs haben Sie sich die Sache überlegt und haben Sie nicht zu ihrer Mutter zurückbegleitet, sondern Sie haben Esther gerettet. Sagen Sie mir doch, daß es so war!«

Sie hatte ihre Hand schon auf die Türklinke gelegt. Sie war bereits wieder ganz offiziell.

»Herr Horne hat nicht das Recht, uns solche Fragen zu stellen«, sagte sie.

Sie nickte mir kurz zu und ging hinaus. Nach einer Weile kam die Schwester Pförtnerin und geleitete mich zur Haustüre, die sie hinter mir verriegelte.

Keir hat mir nicht die Chance gelassen, ihm diese Geschichte zu erzählen, – beziehungsweise sie ihm zu verpassen! –, obwohl ich ihn doch in Chichester Rents finde, an jenem November-Mittag, zwar nicht in seiner Wohnung, sondern in den Three Tuns, in die ich hineinschaue, weil ich ja seine Gewohnheiten kenne. Ich stoße die Türe zur Luncheon Bar auf, und da steht er an der Mahagoni-Theke, seine gewohnte Pinte *mild-and-bitter* vor sich. Er bestellt immer ganze Pinten, niemals würde er sich, wie wir gewöhnlichen Sterblichen, mit *half-pints* abgeben. Wieviel er heute schon getrunken hat, kann ich nicht feststellen; während der halben Stunde, die wir zusammen waren, hat er noch drei Pinten geleert; es ist mir einfach unerklärlich, wie ein Mensch solche Mengen Bieres in sich hineinschütten kann, aber Keirs Fassungskraft scheint unbegrenzt zu sein. Weil ich mir aus den lauwarmen englischen Faßbieren nichts mache, bestelle ich mir eine Flasche *lager.* Keir betrachtet sie spöttisch. Wir haben uns mit einem ruhigen *Hello* und *How are you* begrüßt, so als hätten wir uns gestern zuletzt getroffen. Einen Moment lang hat Keir gezeigt, wie erfreut er war, mich zu sehen: seine Augen, die immer wie mit einer Staubschicht überpudert erscheinen, waren für eine Sekunde ganz klar und blau. Er ist angezogen wie immer: über einem Anzug, der aus einem schwarzen Jackett und einer gestreiften Hose besteht, trägt er einen schmutzigen hellen Regenmantel, aufgeknöpft, so daß ich die geblümte seidene Weste sehen kann, die aus einem Geschäft in der Burlington Arcade stammt. Beim Trinken spannt sie sich über seinem Bauch, rutscht nach oben und zeigt, wie er seine Hose wieder einmal, statt mit Hosenträgern oder einem Gürtel, mit zwei aneinander geknoteten Krawatten festgebunden hat. Seine Füße sind mit seltsam breiten Escarpins bekleidet, die er sich eigens anfertigen läßt. Eine solche Aufmachung erlaubt es ihm, sich seinem Ideal, dem Bild eines englischen Gentleman aus der Zeit von Bischof Berkeley und Edmund Burke, so weit anzunähern, wie dies im 20. Jahrhundert eben möglich ist. Außerdem braucht er sich nicht umzuziehen, wenn er, falls die abendliche Arbeit es zuläßt, aus der Redaktion in die Covent-Garden-Oper hinüberwechselt, den Ort auf der Welt, den er, wie ich glaube, am meisten liebt. Übrigens hat er sich auf die beschriebene Verkleidung erst festgelegt, als er Chefredakteur unseres *conservative paper* wurde, also seit 1948; vorher genoß er es, in den verschiedensten Rollen aufzutreten, ich habe ja berichtet, wie er mir, als ich ihn kennenlernte, zuerst den Militär und dann den Cambridge-don vorspielte, er gefiel sich damals noch darin; heute sind ihm alle Kostüme gleichgültig geworden, zwar hat er schließlich eines beibehalten, aber es ist keine Maskerade mehr, sondern nur noch eine verschrobene Gewohnheit, die ganze Fleet Street kennt seine Ticks, Keir ist ein Fleet-Street-Original, nichts weiter, und kaum jemand verschwendet noch ein Lächeln auf den Umstand, daß Keir seine Hose wieder einmal mit Krawatten festgebunden hat.

Ich bin unzufrieden mit dieser Beschreibung Keirs. Den vorhergehenden Absatz überlesend, an Onkel Basils schwarzem Jugendstil-Schreibtisch im Byron zu Rom, spüre ich, daß es mir nicht gelingt, Keir sichtbar zu machen. Ungezählte Entwürfe zu seinem Porträt sind schon in meinen römischen Papierkorb gewandert, und das, was ich schließlich übrig behalten habe und hier einfüge, gefällt mir immer noch nicht, erscheint mir unvollkommen, fragmentarisch. Dabei ist Keir ein so auffälliger Typ, ein Mensch mit charakteristischen Kennzeichen, so daß ich lange geglaubt habe, ich könne ihn mit Hilfe dieser Kennzeichen charakterisieren. Zum Beispiel habe ich, als ich mein berliner Telefonat mit ihm schilderte, noch angenommen, es genüge, seine Hauptmerkmale aufzuzählen, um ihn zu zeigen; also sprach ich von seinem fetten, vom Trinken zerlaufenen Gesicht, dem Schopf weißer Haare darüber, den buschigen weißen Brauen über staubigen Augen; später habe ich den etwa fünfundvierzigjährigen Keir geschildert, wie er mir während des Krieges in Rom zum erstenmal begegnete, einen schon fett gewordenen, aber noch lockeren, agilen Mann, seinen Mund habe ich damals als *charaktervoll* und *geschwungen*, seine Nase als *stark*, *ziemlich breit* und *gut geformt* bezeichnet. Gosh! Wieviel man doch lernen, was man sich alles abgewöhnen muß, wenn man ein Romancier werden möchte, das heißt jemand, der Menschen lebendig zu machen hat! (Ich hoffe, daß Dr. Heckmann diesen Satz, – sollte er ihn jemals zu Gesicht bekommen –, nicht für bare Münze nimmt. In

Rücksicht auf seine Humorlosigkeit merke ich also ausdrücklich an, daß mir der Ehrgeiz, einen Roman zu schreiben, gänzlich abgeht. Es handelt sich hier um private Aufzeichnungen, verehrter Herr Doktor, doch will ich Ihren Chef nicht hindern, sie mit dem Wort *Roman* zu schmücken, falls ich sie jemals beende und mich danach entschließe, sie ihm zu überantworten. Das magische Wort *Roman* hebe den Absatz, versichert man mir, und daran muß mir gelegen sein, sollte ich mich endgültig als Berufsschriftsteller etablieren. Seit dem Frühjahr beziehe ich kein Gehalt mehr, kann nicht mehr jedes Essen sowie die Kosten des Hotels als Spesen verrechnen, meine geringen Ersparnisse gehen zu Ende, und so werde ich mich bald entscheiden müssen, was ich mit dem Haus am Wannsee anstelle, ob ich den mir angebotenen Vorschuß jenes Verlegers aus Deutschland annehme, oder ob ich reumütig zum Journalismus oder irgendeinem anderen Gewerbe zurückkehre. Die bloße Vorstellung, daß ich eines Tages gezwungen sein werde, mir zu überlegen, was ich *als nächstes* schreibe, jagt mir einen Schauder den Rücken hinunter. Nun, ich warte noch ab!)

Keirs Fingernägel sind so schmutzig wie eh und je. Wenn einer so schmutzige Fingernägel hat, sollte er nicht vor aller Augen, vor den Augen des Barkeepers und einiger Gäste, Gentlemen, die mit uns an der Theke stehen und ihr Vormittagsbier trinken, sechs braun geflammte, mit Silber beschlagene Schildpattdöschen auf dem *zinc* aufbauen und sein Schnupftabak-Ritual beginnen, aber Keir geniert sich nicht, und gefesselt, sowie auch angewidert, verfolgen alle Anwesenden das Spiel seiner fetten, mächtigen und etwas unsauberen Finger mit den zierlichen Dosen. Seine Hände sind die Hände eines sensiblen Kolosses, wählerisch fügt die Rechte einzelne Körner aus den verschiedenen Tabatièren auf dem Rist der Linken zusammen, kritisch prüfen die staubblauen Augen, über denen der weiße Haarschopf in die Stirne gefallen ist, von ihrer Höhe herab und über den Bauch hinweg die Anordnung aus dunklen und helleren Körnern, ehe die Nase, die von gleichem Kaliber ist wie alles an Keir: schwer, voluminös und hängend, sie in ihre Löcher hochzieht. Seine ungenügend gewaschenen Finger reiben die Nasenflügel. Während der ganzen Prozedur hat Keir mit mir gefachsimpelt, wir haben sogleich ein Gespräch über die Zeitung begonnen, und Keir hat angefangen, über Schriftgrade von *headlines*, Spaltenzahl und Umbruchdetails zu memorieren, so, als handle es sich bei der Krise, in die er unser Blatt gesteuert hat, um ein typographisches Problem. Ich bin darauf eingegangen. Jetzt schweigt Keir, und wir alle warten, nicht nur die Gentlemen in der Luncheon Bar, – in der aber niemand luncht –, sondern auch die Arbeiter, die gegenüber an der Theke der Public Bar stehen. Die Private Bar rechts ist leer, sie ist für Damen vorgesehen, aber ich habe niemals Damen in den Three Tuns bemerkt. Große Spannung herrscht, eingeschlossen von Mahagoni, Plüsch und Spiegeln, denn in ihrem Inneren sind die Three Tuns nicht *City Tavern* sondern ein *Gin Palace*, ein Modell des großen viktorianischen Beitrags zur Architektur des Trinkens. So viktorianisch wie Keirs Schaukelstuhl. Unbegreiflich, daß Meg es mit diesem schmutzigen Koloß treibt. Endlich erschüttert ihn ein gewaltiges Niesen, eine große Lösung, er zieht sein vom Schnupftabak braunes Taschentuch hervor, schneuzt sich ausgiebig, fühlt sich befreit danach, redet besser, zusammenhängender, die ganze Pub kehrt zu ihren Gesprächen und Gläsern zurück.

»Gut gemacht!« habe ich vorhin zu Keir gesagt, auf den *Observer* deutend, der aus seiner Manteltasche ragt. Er hat den Hinweis auf unser stärkstes Konkurrenzblatt als das genommen, was er sein sollte: eine indirekte Kritik an unserem Erzeugnis, und so sind wir ins *talking shop* geraten, in dessen Verlauf Keir ins Technisch-Ästhetische ausweicht. Ich finde keine Möglichkeit, meine Kündigung, geschweige denn die Mutter-Ludmilla-story anzubringen. Hier, in dieser alten Pub, kämpft Keir auf seinem eigenen Boden, ist er nicht zu schlagen. Mitten in unserer Unterhaltung fällt mir jedoch auf, daß seine Hand zittert, wenn sie das Bierglas hält. Sie zittert nur in dem Zeitraum, nachdem er das Glas vom *counter* genommen hat und vor sich hin hält, ehe er es an den Mund setzt, und Keir weiß es; auch hat er bemerkt, daß ich einen Augenblick lang auf seine Hand gestarrt, wahrgenommen habe, wie sie zittert, und deshalb ist er sichtlich bemüht, den Zeitraum zwischen dem Ergreifen des Glases und dem Trinken abzukürzen, obwohl es sonst zu seinen Trinkerfreuden gehört hat, ihn hinauszuzögern – Keir redend, mit dem Bierglas in der Hand, das war ein festes Bild. Ich bin verwundert. Ich bin um so mehr verwundert, als ich während der Schnupftabak-Zeremonie nichts von diesem Zittern bemerkt habe.

Ich muß hier einen Exkurs über die britische Wochenpresse einschalten, weil Keirs Existenz ohne die Kenntnis der Arbeitsprobleme, die sich ihm stellen, nicht verstanden werden kann. Ein Satz wie dieser zeigt doch wieder, wie sehr ich bereits an jenen Verleger und sein Publikum denke, vor dem ich *erscheinen* soll; schriebe ich nichts als ein paar persönliche Erinnerungen zum privaten Gebrauch nieder, so könnte ich mir die Mühe derartiger Erklärungen sparen, ich wäre dann mit Keir allein, und zwei Maurer, die einen Travertin-Balken zu versetzen haben, können sich untereinander mit einem gelegentlichen Zuruf verständigen, der für Außenstehende unverständlich bleibt. Jetzt aber hat man mir auf die Schulter geklopft, ich soll erklären, was ich meine, wenn ich auf den *Observer* deute und sage: »Gut gemacht!« und wenn Keir mir, wenn auch widerstrebend, zustimmt. Nun denn, und ich will es so kurz machen wie möglich: Wir haben in England Wochenendzeitungen, die gekonnt und rücksichtslos in *sex* machen und Millionenauflagen erreichen; dann gibt es die Sonntagszeitungen der Tagespresse, die sich seriöser geben, zu ihnen gehört unser Blatt, das die Sonntagszeitung eines gemäßigt konservativen *daily* ist; und schließlich sind da die ernsthaft analysierenden Wochenblätter im Folioformat, die eigentlich keine Zeitungen mehr, sondern schon Zeitschriften sind. Keirs Dilemma besteht darin, daß er gerne ein populäres Massenblatt machen möchte, auf das eine normale Sonntagszeitung aber nicht angelegt ist; Zeitungen wie unsere werden nicht, wie die Tageszeitungen, von Berufsjournalisten gemacht, sondern von Universitätsleuten, Schriftstellern, Intellektuellen; auch Keir selbst kommt von der Universität her, zwar hat er harte journalistische Jahre hinter sich, aber er wird Cambridge niemals los, er ist viel zu gebildet, um den Ton zu treffen, der nötig wäre, wollte man unser Sonntagsjournal für die bürgerlichen Stände in eine Zeitung für den Plebs verwandeln. Doch jagt er nun einmal diesem Phantom nach, verachtet die *high brow*-Publizisten in seiner Redaktion und ist manchmal wütend darüber, daß gerade ich, der ich kein Akademiker, sondern einer der wenigen ausgebildeten Berufsjournalisten seines Teams bin, unablässig dafür eintrete, das Niveau des Blattes anzuheben. Ein paar Jahre hat er mit seiner Linie Erfolg gehabt, es gelang ihm ein kleiner Einbruch ins breite Publikum, wenn auch erkauft mit Verlusten bei den angestammten Abonnenten, seit einiger Zeit funktioniert sein Rezept nicht mehr, weil er die Wirkung der technischen Revolution auf die unteren Schichten nicht einkalkuliert hat; die unteren Schichten sind nicht mehr so weit unten wie früher, sie steigen unaufhaltsam auf, werden zu einer aufgeweckten Intelligenzschicht, die genau informiert und flüssig unterhalten sein will; dergleichen paßt nicht in Keirs konservatives Schema, in dem die Gesellschaft auf ewig eingeteilt ist in scharf umrissene Gruppen, in eine *working class*, eine *lower middle class*, eine *upper middle class* und eine *leisure class*; die große Vermischung ist ihm zuwider, er kann sich nicht auf sie einstellen; ihm, der ein Blatt für den kleinen Mann in Finchley oder West Bromwich machen wollte, und der ohne weiteres eine akademische Zeitschrift redigieren könnte, gelingt nun weder das eine noch das andere, hilflos starrt er dem großen, gesichtslosen Neuen entgegen, und daher ist seine Zeitung entweder langweilig oder zu wenig langweilig, die *headlines* sind schlecht, die Themen sind ungeschickt gewählt, die meisten Aufhänger für sie sitzen nicht, der ganze Ton ist falsch. Ich will ihn gar nicht erst nach der Auflage fragen; Simmons, unser Chef vom Dienst, wird sie mir nachher sagen. (Ich habe sie nicht erfahren, denn ich habe die Redaktionsräume nicht betreten, als ich damals in London war.)

Berufsprobleme – sie hängen mir zum Halse heraus! Keir scheint meine Gleichgültigkeit zu spüren, denn unser Gespräch versickert allmählich. Schweigsam, sicherlich auch vom Bier benommen, starrt er, ein Gentleman, zur Public Bar hinüber, von gravierten Spiegeln umschlossen, die seine kolossale Gestalt zum Schatten machen. Immer hat er unser *conservative paper* von dieser alten Pub aus gemacht, mit dem Blick auf die Ordnung, die ihm als die ewige erscheint: für Gentlemen, für Arbeiter, für Damen.

Damit er wieder zu sich kommt, benütze ich diesen Augenblick des Schweigens, um von meinem Besuch bei Mutter Ludmilla anzufangen. Wir haben ja schließlich lange genug um den heißen Brei herumgeredet.

»Ich bin in Esthers Schule gewesen, Keir!« sage ich schnell. »Ich habe Esthers frühere Lehrerin gesprochen. Esther ist also tatsächlich schon 1938 weggelaufen...«

Täusche ich mich, oder hat Keir die Hand erhoben? Gibt er mir wirklich mit seiner erhobenen und dabei leicht zitternden Hand ein Zeichen, daß ich nicht weiterreden soll? Fängt er wahrhaftig an, von etwas ganz anderem zu sprechen, ausgerechnet in dem Moment, in dem ich ihm die Nachricht überbringen will, die zu erlangen er mich angeblich nach Berlin geschickt hat? Ich starre ihn entgeistert an, als er beginnt, mir einen Traum zu erzählen, den er heute nacht, wie er sagt, geträumt hat; da er aber nicht nachts schläft, sondern vormittags, – er ist sicherlich erst vor einer Stunde aufgestanden –, muß es sich um eine ganz frische Traumerinnerung handeln.

»Ich besaß im Traum ein Bild«, erzählte er, »ein Farbfoto oder etwas ähnliches, von einer sehr schönen italienischen Villa. Über dem Bild lag eine durchsichtige Folie, und wenn ich die Folie verschob, zeigte sich die Villa entweder am Tag, bei Sonnenschein, oder bei Nacht, in einer wunderbar blauen italienischen Nacht.«

Ich habe schon begriffen. Gleichgültig gehe ich auf das neue Thema ein. »Sehr schön«, sage ich, »du willst also endlich Urlaub machen. Es wird ja auch höchste Zeit, daß du einmal aus Chichester Rents herauskommst.«

Er schüttelt unwillig den Kopf. »Es muß sich um eine Erinnerung an irgendein Bühnenbild handeln, das ich im Covent Garden gesehen habe«, sagt er. »In *Norma* hatten sie so eine Villa drin, wenn ich mich recht erinnere, oder im *Liebestrank*.« Er vergißt sich und summt eine Donizetti-Arie vor sich hin. Keirs wirkliche Leidenschaft ist die Musik, er ist ein besessener Operngeher, er verbringt nahezu jeden freien Abend im Covent Garden, man hat ihn oft aus dem Opernhaus geholt, wenn in der Redaktion irgend etwas los war. Sein musikalischer Geschmack ist leider sehr englisch: hingegeben lauscht er romantischen Opern, Rossini, Bellini, Weber, aber auch Schlimmerem, Lortzing, Meyerbeer, Massenets *Manon*. Aus Bach macht er sich nichts, für César Franck jedoch könnte er sterben, wie er mir mehr als einmal versichert hat. Er bricht die Arie ab und trinkt, mit zitternder Hand, einen Schluck Bier.

»Das Komische war«, fährt er fort, »daß dieser Trick mit der Folie, der Wechsel von Tag und Nacht auf dem Bild, nur klappte, wenn ich's allein machte. Später sollte ich es jemand zeigen und konnte es einfach nicht.«

»Wem?« frage ich schnell. »Jemand Bestimmtem?«

Ich bemerke sofort, daß er unsicher wird. Er schwankt, ob er es mir sagen soll, entschließt sich dann, zu lügen.

»Weiß nicht mehr, wer es war«, antwortet er. »Hab's vergessen.«

Also wird es Meg gewesen sein. Aber vielleicht treibt mich nur meine Eifersucht in einen solchen Verdacht, meine längst gestorbene Eifersucht, die wie ein toter Aal noch immer Reflexe von sich gibt. In Wirklichkeit ist es mir gleichgültig, ob Keir sein sich verwandelndes Bild Meg zeigen wollte oder irgendwem anderen. Den Schlüssel zu seinem Traum erhielte ich allerdings nur, wenn ich erführe, welcher Person die optische Spielerei vorzuführen Keir im Schlaf aufgegeben war.

»Los, konzentrier dich!« sage ich. »Wer war es?«

Seine Antennen funktionieren noch immer sehr gut; er entschließt sich, mir den Namen zu verraten.

»Jetzt fällt er mir wieder ein«, sagt er. »Es war Goodman.«

Mark Goodman ist unser Sportredakteur, Jude, ein untersetzter zäher Mann von fünfzig Jahren. Keir kann ihn gut leiden, aber er hat kein spezielles Verhältnis zu ihm. Ich schäme mich, weil ich an Meg gedacht habe, obwohl ich doch hätte wissen müssen, daß Träume niemals die Person ins Spiel bringen, die man erwartet.

»Was, Goodman?« frage ich erstaunt. »Der interessiert sich doch bestimmt nicht für italienische Landschaften.«

»Ja, stell dir vor«, sagt Keir und läßt sich nun gehen, gibt mir Geheimnisse preis, »wir lagen zusammen auf einem Bett, einem unbenützten, sehr sauber gemachten Bett, die Bettdecke war aufgeschlagen, Mark lag oben am Kopfende und ich am Fußende, und er redete unaufhörlich und zwar hielt er mir eine sehr geheimnisvolle Rede über irgendein mystisches Thema, ich weiß nicht mehr worüber, aber auf jeden Fall sprach er sehr bedeutend über etwas sehr Dunkles.«

Wir müssen beide lachen. »Ausgerechnet Mark!« sage ich. Mark Goodman ist durch und durch vernünftig und praktisch, so ungefähr der nüchternste Typ, den wir auf der Redaktion haben.

»Und während er sprach, wollte ich ihm immer mein Bild zeigen«, erzählt Keir, »aber die Folie ließ sich nicht bewegen. Vorher, als ich allein gewesen war, konnte ich sie verschieben und es Tag und Nacht werden lassen wie ich wollte, aber Mark konnte ich das Ding nicht vorführen. Nach einiger Zeit entdeckte ich, daß die Folie mit einer eisernen Schiene über dem Bild befestigt war, aber gerade als ich sie lösen wollte, wachte ich auf.«

Damals, in den Three Tuns, habe ich mir den Traum nicht deuten können. Heute, in Rom, vermute ich, daß sich in ihm Keirs Wunsch spiegelte, ein normaler Mensch zu sein. Schlafend verfügte er über Tag und Nacht, aber diese Gabe war ihm unheimlich, und so brachte er sie vor die Instanz des einfachen Verstandes, wollte sie einem ganz und gar vordergründigen Menschen zeigen und erklären, was ihm jedoch nicht gelang; eisern verschloß sich das rätselhafte Bild vor dem Blick unseres Sportredakteurs. Auch Keirs Masochismus tritt ins Unterbewußte ein: aus dem netten, praktischen Mark machte sich Keir im Traum einen großen Lehrer der Mystik zurecht, Mark liegt am Kopfende des Bettes, Keir am Fußende, Keir wünscht sich nicht nur das Normale, er wünscht sogar, sich ihm zu unterwerfen. Keir ist eben nicht nur ein Pascha, eine Vaterfigur, mindestens zur Hälfte ist er auch das Gegenteil davon, seine Erfolge bei Frauen rühren auch daher; die Frauen wittern, daß sie Keir, wenigstens für Augenblicke, unterwerfen können, daß er sich ihnen ausliefert, eine Möglichkeit, die sie unwiderstehlich anzieht, ich vermute dergleichen nicht nur, leite es nicht nur aus einem Traum ab, den ich vielleicht völlig falsch analysiere, ich weiß es auch aus gewissen rücksichtslosen Äußerungen Megs.

Weshalb redet Keir von Schriftgraden und Träumen, – wobei er Unmengen Bieres in sich hineinschüttet –, anstatt mich ungeduldig auszufragen, was ich über Esther herausgebracht habe, obwohl er es noch am Telefon getan hat, vor drei Wochen, als er mich in jenem berliner Hotel anrief? Die Mutter-Ludmilla-story ist keine Kneipengeschichte, gut, aber immerhin könnte er mich fragen, wann wir uns in Ruhe sprechen können, oder mich für den Nachmittag in seine Wohnung bestellen. Doch er macht keine Anstalten dazu. Vielleicht rechnet er damit, daß ich nachher mit ihm zur Redaktion gehen, Stunden mit ihm auf der Redaktion verbringen werde, in deren Verlauf sich ein Gespräch wie von selbst ergeben würde, eine beiläufige Unterhaltung, in der das Peinliche weggespielt würde, als *understatement* erschiene, im Stil der Untertreibung, dieses Götzen der britischen Konversation? Aber ich glaube das nicht. Ich glaube, daß er schon in dem Moment, als ich die Türe zur Luncheon Bar der Three Tuns aufstieß, erfaßt hat, warum ich gekommen bin.

Ich begreife auf einmal, daß ich einen erledigten Mann getroffen habe. Es war Unsinn, von Rom nach London zu fliegen, um Keir zu erzählen, was ich von Mutter Ludmilla über Esther erfahren habe – er will es gar nicht wissen. Weil er es ja schon weiß, wissen muß, wenn die Nonne die Wahrheit gesagt hat. Wenn die Nonne die Wahrheit gesagt hat, dann weiß Keir, daß man ihn einmal gebeten hat, sein Kind zu retten. Und daß er es abgelehnt hat. Obwohl ich doch schon während des Gesprächs mit Mutter Ludmilla begriffen hatte, daß Keir seine Tochter im Stich gelassen, auf ihren Hilferuf nicht geantwortet hat, gedachte ich unsinnigerweise noch, als ich von Rom abflog, ihm einen Gefallen zu tun; ich würde ihm eine Hoffnung bringen, die Aussicht darauf, daß Esther überlebt hatte, vielleicht doch noch zu finden sei. Er muß damit gerechnet haben, daß eine erfolgreiche Recherche mit einem solchen Resultat enden würde. Ich würde der Bote einer Hoffnung sein, bildete ich mir dennoch ein, als ich das Flugzeug in Fiumicino bestieg, und erst heute vormittag, in den Three Tuns, habe ich begriffen, daß ich vor allem anderen der Mitwisser von Keirs Schuld bin. Ich, Georg Efraim, bin nun der einzige Kenner seiner Schande. Deshalb spricht er von Schriftgraden und Träumen.

Warum aber hat er mich nach Berlin geschickt, wenn er am Ende doch nicht erfahren will, was ich herausgebracht habe? Ich weiß es nicht. Ich ahne nur, daß es ihm genügt zu wissen, wie ich nun der Horcher an der Wand geworden bin, hinter der er sein Verbrechen begangen hat. Es braucht nicht ausgesprochen zu werden, daß ich gelauscht habe: Keir weiß schon, daß ich alles weiß.

Was für ein Wort, das Wort Verbrechen! Reumütig kehre ich zur Technik des *understatement* zurück – was Keir auf dem Kerbholz hat, ist eine Unterlassungssünde, nichts weiter.

Hat er es vielleicht gewollt, daß ich zu ihrem Mitwisser wurde? Trägt er so schwer an der Last seiner Schuld, daß er einen brauchte, dem er sie beichten konnte? Möglich. Möglich, aber nicht wahrscheinlich.

Oder hat er mir eine späte Genugtuung verschaffen wollen, einen Ausgleich dafür, daß er so lange schon weiß, was mich befleckt? Will er nun, da seine Hände begonnen haben zu zittern, wenn sie ein Bierglas halten, da er zum Chefredakteur eines Blattes geworden ist, dessen Auflage unaufhaltsam sinkt, und da Meg wahrscheinlich aufgehört hat, ihn zu besuchen, ein Vermächtnis hinterlassen: die Kunde davon, daß wir quitt sind, er und ich? Sollen meine Gänge nach Chichester Rents, soll das Knarren jenes Schaukelstuhls aufgewogen werden mit den Tränen eines Kindes, das von seinem Vater verraten wurde? Will Keir mir bedeuten, daß am Grunde jedes Lebens irgend etwas Verrufenes liegt, ein Skandal, eine geheime Schmach, daß ein Leben nicht vollständig ist, wenn es nicht gezeichnet ist mit dem geheimen Brandmal eines Delikts? Hat er mir, am Ende unserer Beziehung, eine Lektion in Toleranz erteilen wollen?

Doch habe ich einen ganz anderen Schluß aus seinem Mangel an Neugier gezogen. Noch in den Three Tuns habe ich Keirs Leben rekapituliert. Er ist 1899 geboren, war damals, vor drei Jahren also, dreiundsechzig Jahre alt. Er hat den Ersten Weltkrieg noch nicht als Soldat mitgemacht, und im zweiten war er für den Frontdienst zu alt – *lucky guy*! Seine Vorfahren waren düstere Männer aus einem Regenland. Von 1918–1928 war er in

Cambridge, ein Hochbegabter, der den *Classical Tripos* mit Glanz ablegte. Weil er sich auf die Philosophie warf, lernte er Deutsch; er lernte es spielend, so, wie er spielend imstande ist, das Kreuzworträtsel der *Times* zu lösen und gleichzeitig einen Leitartikel zu diktieren. Er lernte es in Berlin, in den zwanziger Jahren, er schob wohl ein paar Semester Berlin zwischen seine Cambridge-Jahre. 1925 muß er Esther gezeugt haben, nachdem er sich eine der schönsten Frauen des damaligen Berlin unter den Nagel gerissen hatte, Marion Bloch. Er muß zu denen gehört haben, die in den frühen Morgenstunden die Bars verließen und im kühlen Licht die Leere der Tauentzienstraße entlang gingen. Die Frauen, die neben ihm gingen, waren reizend und kühn. Marion Bloch war sicherlich ganz anders als jene; sie war nur besonders schön, deshalb ließ er sie sitzen. Er nahm überhaupt nicht wahr, daß sie eine Jüdin aus dem Alten Westen war. Er hörte sich die deutschen Professoren und Studenten an, erfuhr viel. Was er erfuhr, amüsierte ihn; amüsiert hörte er sich diese seltsame Rasse an, niemals kam ihm, während er zuhörte, der Gedanke, alles, was er vernahm, könne in den Tränen eines Kindes, seines Kindes, enden. Dann ging er nach England zurück, schrieb ein kleines Buch über die Gnosis, bekam eine Dozentenstelle. 1929 warf er alles hin und ging in den Journalismus. Er wurde fett. Fett und in den verschiedensten Masken bewegte er sich durch den Journalismus, heiratete auch zweimal. 1938 verleugnete er Esther, ein Jahr später brach der Krieg aus. Nach fünfunddreißig Jahren Journalismus ist er ein erledigter Mann. Um dieses Leben zu erkennen, müßte ich ein neues Buch beginnen. Ich erkenne das Leben des Mannes, den ich am besten gekannt habe, jedoch so wenig wie die Existenz – beispielsweise – Sandbergs. Ginge ich ihm auf den Grund, so würde ich, – daran zweifle ich nicht –, feststellen, daß es sich aus einer unendlichen Zahl von Zufällen zusammensetzt. Ein Zufall war es, daß Keir auf einem Fest im Hause eines berliner Arztes Marion Bloch kennenlernte, ein Zufall, daß er mit ihr ein Kind zeugte, ein Zufall, daß er auf den Hilferuf dieses Kindes nicht gehört hat. Mag der Wille, der freie Entschluß, bei all diesen Ereignissen auch eine gewisse Rolle gespielt haben – sie kann doch nur sehr klein gewesen sein. Zufälliges, Spielerisches, hat da vielmehr sein Wesen getrieben, eine kaum ins Bewußtsein genommene Verführtheit von Frau Blochs vornehm schöner Haltung, der sicherlich keineswegs beabsichtigte Erguß seines Samens in ihren Leib, eine vorübergehende charakterliche Indisposition oder vielleicht der Umstand, daß er in ganz andere Interessen vertieft war, als die Bitte, sich Esthers anzunehmen, zu ihm drang. Nein, aus dergleichen Quisquilien läßt sich kein Geschick zimmern, und sie erklären mir Keirs zitternde Hände nicht. Er selber freilich scheint an seine Schuld zu glauben als an sein Schicksal. Aber wenn er mich nicht weiter nach Esther fragt, wenn es ihm genügt, daß ich Bescheid weiß, und er die Sache auf sich beruhen läßt, dann beweist mir ein solches Verhalten, daß es da nichts weiter zu erklären gibt. Nichteinmal, als ich auf meinen berliner Aufenthalt zu sprechen kam, hat er sich geregt, damals, in den Three Tuns. Später habe ich wahrgenommen, daß sich seine Züge verhärteten. Seine geschwungene Oberlippe lag verächtlich und fest auf seiner starken, geraden Unterlippe, und seine Augen sahen mich an, als wäre er der Richter, und nicht ich, der ich ihn doch mit meiner nicht erzählten Erzählung über den dunkelsten Punkt seines Lebens verhörte. Mehr denn je besaß er in diesem Moment ein Barock-Gesicht, es schrie geradezu danach, von einer Allonge-Perücke umrahmt zu werden, um mich so abweisend und enzyklopädisch mustern zu können wie ein Porträt von Samuel Johnson. Im Gegensatz zu Keir mag ich Samuel Johnsons Zeit nicht, ich bin kein Freund des Barock, es muß eine bombastische und lügnerische Zeit gewesen sein, nur ihre Musik lasse ich gelten, gerade aus ihr aber macht Keir sich nichts.

7

Ich komme zum Schluß. Da es nun schon feststeht, daß dieses Buch ausgeht wie das Hornberger Schießen, will ich das Interesse seiner präsumptiven Leser nicht mehr lange in Anspruch nehmen, sondern mein Werk, – alas! –, so rasch beenden wie möglich. Nein, nicht eigentlich beenden, sondern es einfach aufhören lassen. Übrigens unterscheidet sich der Ton, in dem ich an dieser Stelle von Lesern, – im Plural –, spreche, doch sehr von der abschätzigen Art, mit der ich mich, im dritten Kapitel, über jenes andere Wesen, – Singular! –, äußerte, welches mir beim Schreiben angeblich spöttisch zusähe. *Ekelhaft!* habe ich schriftlich ausgerufen, was bereits damals in auffälligem Gegensatz zu meiner Erklärung im ersten Kapitel stand, ich schriebe nicht nur für mich. Dr. Heckmann beschwört mich, diese ganzen Widersprüche aus meinem Manuskript zu tilgen; bei meinen wiederholten Hinweisen auf die private Natur meiner Aufzeichnungen handle es sich um pure Koketterie, schreibt er, – so hart geht er mit mir um! –, aber irgendein Eigensinn hindert mich, ihm den Gefallen zu tun. In einem seiner Briefe nagelt er, mit geradezu höhnischem Auflachen, fest, wie ich die Namen auf den Grabtafeln im Böhmischen Gottesacker herunterzurasseln wüßte; »die hat sich Ihr Held«, schreibt er, – immer wieder kommt er mit seinem Helden, der nicht ich sein soll! –, »doch nicht notiert, als er sie mit jener Anna Krystek besuchte, sondern Sie, Georg Efraim, haben sich diese Namen besorgt, um Ihrem Roman Lokalkolorit, und mehr als das: Genauigkeit zu verleihen. Sie haben also wie ein Romancier gehandelt«, triumphiert er, »und noch dazu wie ein realistischer: Sie haben sich Material beschafft!« Nun ja, ich kann meine Herkunft aus dem Journalismus nicht verleugnen, ich habe mir diese Namen nachträglich besorgen lassen, um Annas slawische Abstammung zu belegen, und auch, weil es mir Spaß machte, sie zu zitieren. Macht einen denn der Umstand, daß man zwischen gänzlich subjektive Aufzeichnungen gelegentlich ein paar *facts* einschiebt, schon zum Romancier? Oder der Umstand, daß man einen *Stoff* in *Kapitel* gliedert? Ich kann das nicht glauben. Ich glaube vielmehr, daß man zum Autor wird einzig durch den Entschluß, das, was man geschrieben hat, zu veröffentlichen. Ein Autor ist ein Mensch, der einen Verlagsvertrag unterzeichnet hat. Was zwischen meinem Abschied von Keir im Spätherbst 62, oder vielmehr zwischen der Schilderung dieses Abschieds im Sommer 65 und der Entstehung des Schlußkapitels meines Buches liegt, ist mein Entschluß, es zu veröffentlichen. Eines Tages habe ich den Vertrag, den mir der Verleger, jener ernste und elegante Mann vorgerückten Alters, schon ein Jahr zuvor übersandt hatte, aus der untersten Schublade von Onkel Basils Schreibtisch gefischt und unterzeichnet. Danach habe ich die ersten sechs Kapitel zusammengepackt und *raccomandato* nach Deutschland expediert. Seither stehe ich mit Dr. Heckmann in Briefwechsel. Sie wollen das Buch im nächsten Herbst herausbringen. Mir graut davor.

Um ihn nicht zur Zeitung begleiten zu müssen, habe ich mich von Keir unter dem Vorwand verabschiedet, ich müsse noch irgend etwas erledigen, ehe ich in die Redaktion käme. Erleichtert schlug ich die Türe der Three Tuns hinter mir zu. Es tut mir leid, daß ich Keir anlügen mußte. Er hat fest damit gerechnet, mich am Nachmittag zu sehen, denn er sprach davon, ich solle ihm etwas über den Papst schreiben, über dessen Gesundheitszustand am vergangenen Abend wieder einmal schlechte Nachrichten in London eingetroffen waren. Ich war, obwohl ich aus Rom kam, schlechter unterrichtet als Keir in London, fluchte innerlich auf unseren *stringer* im Vatikan, der mich offensichtlich im Stich gelassen hatte, stellte mich aber informiert, und Keir sagte, er wolle den Artikel in der Redaktionskonferenz zur Sprache bringen, den Tenor festlegen, ehe ich ihn schrieb. Um ihn nicht gänzlich zu enttäuschen, habe ich vor meinem Abflug noch schnell etwas über den Papst geschrieben und den Text in Heathrow in den Kasten gesteckt; leider hat er sich als unbrauchbar erwiesen. Ich stahl mich aus Chichester Rents hinweg, ging nicht zum breiten Strand hinunter, sondern entschlüpfte nach Westen und zog in dem Gassengewirr um Covent Garden erleichtert den Duft von Früchten und Gemüsen ein. Ohne mir recht im klaren darüber zu sein, was es bedeutete, daß ich mich seitwärts in das dichteste Gassen-Buschwerk von London schlug, um ungesehen zu entkommen, erkannte ich doch schon, daß ich mein liebes altes *conservative paper* nie mehr wiedersehen würde. Und in der Tat habe ich seine Räume seither nie wieder betreten, obwohl es in Rom Tage gegeben hat, an denen ich mich nach ihm zurückgesehnt habe. Ich kenne so etwas wie eine Nostalgie nach seiner Eingangshalle und dem Treppenhaus in rötlich-cremefarbigem Marmor, dem Messinggeländer, das ich immer gern berührt habe, wenn ich nach oben ging, in die Redaktionsflure mit ihrer hellen Eichentäfelung. Diese ganz charakterlose und bereits verbrauchte, alt gewordene Architektur ist schließlich lange Jahre meine Heimat gewesen. Ach ja, ich möchte schon gerne wieder einmal im Archiv zwischen den Reihen der eisernen *files*-Kästen stehen und mir Material für einen Artikel heraussuchen, für irgendein *topic*, das gerade gebraucht wird, oder eilig in die Telex- oder *tape*-Räume gehen, um mir die Bündel der letzten Nachrichten zu holen, die ich im *Sub-Editor*-Saal bearbeiten werde. Wie viele Jahre habe ich in diesem Saal zugebracht! Wir saßen da, an die dreißig junge Männer und Frauen, an langen Tischen nebeneinander und einander gegenüber, im weißen und bleichen Schein der Oberlichtfenster, eingeschlossen von dunklen Wänden, und übten uns in der Kunst des *re-writing*, ließen unsere Papiere knistern und unsere abgenützten Remingtons und Underwoods hämmern, bildeten das nervöse Zentrum eines von persönlichen Freund- und Feindschaften durchzuckten Geflechts aus Informationen, in das, jeden Tag einmal, Keir einbrach, um die *lead-story* zu bestimmen. Das war, noch ehe er die Inhaber der Zeitung überredete, ein *Weekly* herauszubringen, in dessen Redaktion er mich dann holte, angeblich, weil er wenigstens noch einen ausgebildeten Journalisten bei sich haben wollte, inmitten all dieser Literaten, entgleister Professoren, ausgedienter Offiziere und aufs Schreiben versessener Unterhausabgeordneten, mit denen er sich da umgab; in Wirklichkeit jedoch, weil er nicht loskam von mir. Ich war der Mensch, der Esther gekannt hatte, und später war ich der Mann, der Meg heiratete und sie ihm doch überlassen mußte, wann immer er es wünschte – Gründe genug für Keir, mich in seiner Nähe zu behalten. So ist meine Erinnerung an sein Chefzimmer, in dem ich so viele Stunden meines Lebens zugebracht habe, nicht so rein wie meine Vorstellung von dem *Sub-Editor*-Saal, denn wenn ich in einem der Ledersessel saß, während der Redaktionskonferenz, oder auch bei kleinen Besprechungen, und Keirs Schreibtisch betrachtete, die Eichen-Panels, den abgewetzten Teppich, den Tisch, auf dem die Ausgaben unseres Blattes und der Konkurrenz-Zeitungen lagen, den Kamin, in dem immer einige ausgebrannte Kohlen zerfielen, rief ich mir häufig ins Gedächtnis, wie Keir auch hier manchmal nach Meg griff, in der Stille der zweiten Nachthälfte, wenn alle gegangen waren, und ich zerbrach mir den Kopf darüber, wo in diesem Raum und in welcher Stellung sie es wohl miteinander trieben, wenn sie die Lust überkam. Schluß damit! Ich denke heute nur noch an Keirs Büro, indem ich dies schreibe, während mir auf einem Spaziergang, oder in irgendeiner römischen Bar sitzend, ohne Anstrengung die großen Setzersäle des Gebäudes in der Fleet Street einfallen können; mein Heimweh nach der Zeitung nährt sich aus dem Geklapper der Linotype-Maschinen, aus dem System von Röhren und Eisenleitern, das sich schwarz über die weißen Mauern zieht. Wie gern habe ich stets den Geruch von Blei eingeatmet, der hier herrscht! Und ich entsinne mich der nächtlichen Augenblicke, in denen ich, ehe ich nach Hause ging, im Hof der Zeitung stehenblieb und zusah, wie die Millionen Zeitungen, von Flutlampen erhellt, auf dem Laufband erschienen und als Bündel in die offenen Schlünde der Lastwagen fielen, deren Motoren liefen, die sich in Bewegung setzten und wegfuhren, während die Reihe nachrückte, die Zeitungen klatschend auffielen, von acht Uhr abends bis zwei Uhr nachts, viereinhalb Millionen Zeitungen, mit Nachrichten bedeckt, die O'Connor aufgenommen, die ich umgeschrieben hatte. Ich habe ja noch eine Weile weitergemacht, seitdem ich an jenem Mittag aus den Three Tuns desertierte, weil mir Keir leid tat und auch, weil es bequem war; weil es mir ein verhältnismäßig müheloses Einkommen verschaffte, als Korrespondent eines *Weekly* in Rom zu arbeiten, habe ich noch bis zum Ende vergangenen Jahres manchmal mit unseren *news telephones* gesprochen, obwohl ich bereits, ehe ich Soho erreichte, an jenem nebeligen Novembertag des Jahres 62, gewußt habe, daß ich O'Connor nie wiedersehen würde. Nie mehr würde ich beobachten, wie er den Blick seiner hellblauen, kühlen Augen abschaltete, während er eine Nachricht aufnahm. Es war Fahnenflucht, wenn auch nur Flucht vor den Korrekturfahnen einer Zeitung, und manchmal, wenn ich im Byron vor diesem immer unübersichtlicher werdenden Konvolut meiner Aufzeichnungen saß, dieser Orgie von Subjektivität, die ich während der vergangenen drei Jahre veranstaltet habe, hatte ich große Lust, alles hinzuwerfen und stattdessen wieder saubere journalistische Arbeit zu leisten.

Soho erinnerte mich daran, daß ich mich um fünf Uhr in der Wardour Street mit dem Baron Collaudi verabredet hatte, und seltsamerweise habe ich diese ganz nebensächliche Abmachung eingehalten, während ich meinen vergleichsweise so viel wichtigeren Besuch in der Redaktion platzen ließ, ganz zu schweigen davon, daß ich sogar Meg am Abend versetzt habe. Ich hatte mich schon entschlossen, ein Taxi zu nehmen, um in die Malet Street zu fahren und meine Handtasche abzuholen, als ich in das Viertel der Buchläden um die Charing Cross Road geriet und vor ihren Auslagen eine Stunde vertrödelte. Was mich hier festhielt, war allerdings nicht, wie am Vormittag bei Dillon's, meine Liebe zur Literatur, sondern die schauerliche Anziehungskraft, die von den Umschlägen der pornographischen Bücher, der unzüchtigen Zeitschriften ausging, wie sie von einigen Buchhändlern dieses Distrikts so freizügig angeboten werden, daß ihre Schaufenster eine natürlich in keinem Reiseführer erwähnte Attraktion dieses Bezirks ausmachen. Ich war darauf nicht gefaßt, und so traf mich, als ich in einer engen Passage hinter Wyndhams Theatre an einem dieser Läden vorbei ging, die Fotografie eines Mädchens wie der Einstich einer Injektionsnadel. Das Gift, das durch diese Kanüle in mein Bewußtsein floß, lähmte mich sofort und vollständig. Ich ging, scheinbar unberührt, weiter, besichtigte eines der einschlägigen Schaufenster nach dem anderen, äußerlich ruhig, ja geradezu methodisch, gelangte hinauf bis St. Giles Circus, kehrte dort jedoch um und eilte durch Nebenstraßen zurück zu jenem ersten Bild. Es erschien mir aufreizender als die Hunderte von Abbildungen nackter oder halbnackter Körper, die mir nachher gezeigt worden waren. Ich bin noch zweimal zu diesem Bild zurückgekehrt, habe es mir so ausgiebig betrachtet, daß sich mir jede Einzelheit, jede Linie mit fürchterlicher Schärfe eingeprägt hat. Ich weiß nicht, ob die teuflische Schönheit dieses Mädchens der Wahrheit ihres Körpers entsprach oder auf den Künsten der Retusche beruhte; zu Megs Ehre muß ich sagen, daß sie niemals Aktaufnahmen hergestellt hat, daß sie es immer abgelehnt hat, auf solche Weise Geld zu verdienen, so daß ich über die Technik der Retuschen, die man an Abbildungen des menschlichen Leibes anbringt, nicht unterrichtet bin. Ich kann also nicht sagen, ob die Rundung des Gesäßes dieses vor einem Diwan knieenden Mädchens, ob ihre festen, nicht zu großen und nicht zu kleinen Brüste, deren Spitzen ein Kissen berührten, ob ihre langen und im Knien leicht geöffneten Schenkel das Leben des Geschöpfs spiegelten, das sich für eine solche Aufnahme hergegeben hatte, oder ob es zu so ruchloser Wirkung stilisiert worden war. Es ist ja auch gleichgültig; ich frage mich nur, warum keine Frau aus Fleisch und Blut mich so zu erregen vermag wie solche Frauen aus Papier. Ich, der ich eigentlich eine Abneigung gegen den Geschlechtsverkehr hege, die Hitze und den Schweiß der Umarmung nicht mag und mich insbesondere vor der Traurigkeit nachher fürchte, vor der Ausgeleertheit, der *acedia*, – nur bei Meg gelang es mir, sie zu vergessen, da lag ich befriedigt bei ihr und sprach mit ihr über dies und jenes –, ich kapituliere jedesmal vor den papierenen Abbildungen. Nicht die Frauen auf den Straßen Roms hatten mich, ein paar Tage zuvor, zu meiner trostlosen Beschäftigung im Circolo della Stampa Estera getrieben, sondern ein Kinoplakat und die Titelseiten von *Le Ore* und *L'Europeo*. Absurd! Ich weiß genau, daß solche Abbildungen mir Wesen zeigen, die es gar nicht gibt, daß jenes Mädchen aus Druckerschwärze und Rotationspapier im Schaufenster einer londoner Buchhandlung, kniete es in Wirklichkeit vor mir, und sei es in einem Bordell, nicht jener perfekte, zweidimensionale Gebrauchsgegenstand wäre, als der es sich mir hier anbietet, sondern etwas anderes: ein Körper, der lebt, der sich bewegt, der so und so riecht, der eine bestimmte Farbe besitzt, der Worte spricht, der atmet, und der schließlich verschwände, weil ich ihm so nahe käme, daß ich ihn nicht mehr sehen könnte. Noch in seinem Verschwinden hätte ich es mit einem lebendigen Leib zu tun, mit etwas, das mir Widerstand böte, das mich zwingen würde, mich mit ihm zu beschäftigen. Ich wäre gezwungen aus mir herauszutreten, nicht mehr ausschließlich bei mir zu sein, sondern bei jemand, der nicht ich wäre. Doch nützen mir solche Überlegungen wenig – die Bilder sind stärker. Die Unzucht der unzüchtigen Bilder besteht darin, daß sie einem die Illusion verschaffen, man könne über einen menschlichen Körper verfügen wie über einen toten Gegenstand, und daß sie es einem erlauben, bei sich zu bleiben. Wir sind allein, während wir uns über diese verführerischen Leichen beugen. Sie sind Leichen, aber sie sind verführerisch. Die Fotografie dieses Mädchens war in dem gleichen Maße aufreizend, in dem sie starr war. Ich hätte sie mir kaufen können, aber ich kann mich niemals überwinden, in einen Laden zu treten und pornographische Bilder oder Bücher zu kaufen, mein Mut reicht höchstens dazu aus, gelegentlich eine Illustrierte zu erwerben, feige starre ich in Auslagen, kann meine Hemmungen nicht überwinden. Ich bin ein Puritaner, puritanisch sind sicherlich meine Überlegungen zu diesem Thema, puritanisch ist meine Angst vor den Frauen, sogar denen aus Papier, dabei vergehe ich vor Sinnlichkeit, sie treibt mich vor Kioske und in gewisse Filme, ich komme mir schmutzig vor, nein ich bin schmutzig, ich betrachte gelähmt Obszönes und fliehe den Geschlechtsverkehr. So kann ich, nachdem ich Meg verloren habe, auf nichts weiter warten als auf das Heil, auf die Erlösung, obwohl Keir mich vor diesen Begriffen gewarnt hat. Er hat recht – wie kann ich solche Worte in den Mund nehmen, ausgerechnet ich, der ich zwar ein Puritaner, aber ein Puritaner ohne Gott bin!

Ich beruhigte mich. Beim drittenmal ließ die Spannung zwischen dem Bild und mir nach, ich hatte es mit meinen Blicken abgenutzt und konnte es nun wegwerfen; gelangweilt ging ich fort und begab mich nun erst, und nicht mit einem Taxi, sondern zu Fuß, in die ja nicht sehr weit entfernte Malet Street. Ich habe mich etwa eine Stunde in der leeren Wohnung aufgehalten, bis um vier Uhr am Nachmittag; indem ich eine Stunde auf Meg wartete, habe ich eine Art von mittelalterlichem Gottesurteil veranstaltet: würde sie, – so habe ich mir gesagt –, in dieser Frist kommen, so würde ich bei ihr bleiben, wenn nicht, so entfernte ich mich, und zwar für immer. Sie ist nicht gekommen. Bei diesen alten Feuer- oder Wasserproben gab man den Frauen, die im Verdacht standen Hexen zu sein, bekanntlich wenig Möglichkeiten, sie zu bestehen. Auch ich habe Meg eigentlich kaum eine Chance gelassen. Sie hatte gesagt, sie würde gegen Abend zurück sein – warum also sollte sie bereits am Nachmittag eintreffen? Natürlich hätte es den Zufall geben können, irgendeine zufällige Veränderung ihres Terminkalenders, oder auch ein plötzliches Einrasten ihres ja hoch entwickelten Ahnungsvermögens. Wenn sie eine Hexe war, so konnte sie sicherlich wittern, daß ich in der Malet Street auf sie wartete. Mein Gottesurteil unterschied sich von einem mittelalterlichen dadurch, daß ich wünschte, Meg solle sich als Hexe erweisen; sie hätte bestanden, wenn sie nachwies, daß sie mit übernatürlichen Mächten im Bunde stand. Aber die alte Schlange hat ihr an jenem Nachmittag nichts zugeraunt.

Collaudi schien mir unverändert zu sein, und hinter den grünlichen, von Pflanzen überwucherten Scheiben des Espresso-Cafés, die mir den Eindruck vermittelten, als befände ich mich in einem Aquarium und blickte, in einer grünen Flüssigkeit schwimmend, durch Aquariumscheiben in die schon nächtliche Wardour Street hinaus, kam es mir vor, als unterhielte ich mich mit dem Baron noch immer im Caffè Greco oder in dem fensterlosen und diffusen Salon des Albergo Byron. Aber im Gegensatz zu der Hoffnungslosigkeit und dem matten Licht abgeschlossener Räume, in dem ich ihm stets begegnet bin, steckt er selber immer voller Pläne, geschäftlicher Ideen, vordergründiger und vernünftiger Vorschläge. Er ist ein Filou; zwar hat er sich aufmerksam angehört, was ich ihm über meine Zusammenkunft mit Cella berichtete, aber von dem Honorar, das er mir für diese Intervention versprochen hatte, war nachher nicht die Rede;

nun, ich habe es nicht erwähnt, weil er mir leid tat, ich weiß nicht warum, wahrscheinlich meines Vaters wegen tun mir alle Kaufleute leid, etwas ungemein Melancholisches geht von ihnen aus, auch von den Erfolgreichen unter ihnen, sie treiben so dahin, sie kommen von nirgendwoher und gehen nirgendwohin, sie handeln mit irgend etwas, die Waren und das Geld häufen sich bei ihnen an, entgleiten wieder ihren Händen, ich schaue ihnen gern zu, wie sie ziellos dahinleben, diese traurigen Clowns. Collaudi wollte mich wieder für irgend etwas einspannen, ich glaube, er vermutet Geld bei mir, deshalb fing er wieder davon an, ich solle mich an irgendeinem Filmgeschäft beteiligen; um ihn davon abzubringen, erzählte ich von meinem Elternhaus, wie ich es wiedergesehen hatte, vor ein paar Wochen in Berlin.

»Ich besitze plötzlich ein Haus«, sagte ich, in einem Ton, der ihn spüren ließ, daß ich sonst nichts besäße.

»Gar net schlecht!« erwiderte er, kennerisch. »Ein so ein Haus, wie Sie's schildern, eine gut erhaltene Villa in Berlin, und in der Lage, ist ein paar Hunderttausend Mark wert. Was werden's denn damit anfangen, Herr Efraim?«

Damit er nicht auf den Gedanken käme, mir geschäftliche Vorschläge zu machen, habe ich ihm erzählt, daß ich beabsichtigte, es zu verkaufen, um ein paar Jahre in Ruhe schreiben zu können. Er begriff auch sofort, was ich damit sagen wollte, und machte weiter keinen Versuch, mich in sein Projekt hereinzuziehen, aber er widersprach mir heftig.

»Sie sind ja überg'schnappt!« rief er aus. »Wer wird denn weg'n so was ein Haus verkaufen, heutzutag, wo das Geld nichts mehr wert ist! Vermieten'S es doch! Für so ein Haus können'S mindestens tausend Mark Miete im Monat verlangen. Und davon könnten Sie doch leben, so, wie ich Sie kenn'! Sie sind doch ein Mensch, der nicht viel braucht. Net'amal eine Frau haben'S!«

Ich muß ihn ziemlich konsterniert angesehen haben. Warum war ich nicht auf eine so naheliegende Idee gekommen? Ich war gänzlich besessen gewesen von dem Gedanken, das Haus so schnell wie möglich zu verkaufen, diese letzte Verbindung mit meiner Jugend zu zerreißen. Stattdessen habe ich es, Collaudis Rat folgend, behalten. Es ist mir im Laufe des Jahres 63 zugesprochen worden. Die berliner Behörden haben dabei ein ganz unerwartetes linguistisches Formgefühl gezeigt: in den Papieren, die ich zugestellt erhielt, ist nicht von Wiedergutmachung die Rede, sondern nur von einer Wiederherstellung meines Eigentums. Seitdem überweist mir Frau Heiß jeden Monat pünktlich die Miete auf mein Konto beim Banco di Roma. Ich habe diese mir sympathische Dame seinerzeit mit Hilfe eines langen Briefs beschworen, sie möge in der Bismarckstraße wohnen bleiben, und sie davon überzeugt, daß meine Verwandlung in den Besitzer des Hauses das Verhältnis zwischen uns verändere – es dürfe jetzt keine Rede mehr davon sein, daß ich nicht jederzeit bei ihr zu Tische geladen werden könne, käme ich einmal wieder nach Berlin. – Die Folge von vier konjunktivischen Wendungen zeigt allerdings, daß ich nicht die Absicht habe, Berlin wiederzusehen.

Ich habe die Einnahmen aus der Vermietung meines Hauses erst im Laufe des vergangenen Sommers angreifen müssen – bis Ende 64 bezog ich ja noch Gehalt und Spesen von der Zeitung, so daß ich mir eine kleine Kapitalreserve anlegen konnte, die mich, zusammen mit den laufenden Mieteinnahmen, in die Lage versetzt, als freier Schriftsteller leben zu können. John, mit dem ich einmal über die wirtschaftliche Seite dieses Berufs gesprochen habe, hat mich schonungslos darüber aufgeklärt, daß ich nicht damit rechnen könne, aus den Einnahmen selbst mehrerer Bücher auch nur das Existenzminimum bestreiten zu können, es sei denn, ich schriebe in regelmäßigen und kurzen Abständen Bücher, die Auflagen von mindestens 20000 Exemplaren erreichten. Er sah mich bei diesen Worten an, als bezweifelte er, daß ich dazu imstande wäre. »Wenn Sie Glück haben«, sagte er, »und wenn Ihr Verleger ein geschickter Mann ist, dann bekommen Sie kleine Stipendien, vor allem werden die Radiostationen Sie über Wasser halten. Erwarten Sie vor allem nichts von Übersetzungen, von dem sogenannten Welterfolg – die Einnahmen daraus sind winzig. – Na«, fügte er in seinem kalten rheinischen Tonfall hinzu, »Sie und ich, wir sind ja wenigstens nicht verheiratet, das ist ein Vorteil!« Er weiß nicht, daß ich verheiratet bin. Ich habe ihm auch verschwiegen, daß ich Hausbesitzer und infolgedessen unabhängig bin. Ich frage mich, welche Stellung ich gegenüber dem ökonomischen System beziehen soll, in dem ich den Beruf eines Schriftstellers ausüben will. Streng genommen gibt es diesen Beruf in ihm gar nicht, er wird nicht honoriert, man muß sich, wenn man nicht Erfolg hat, durch allerhand Nebenarbeiten ernähren und dabei eine Fassade aufrechterhalten, dem Publikum die Illusion geben, da lebe einer nichts als seinem *Werk*. Ich müßte den Kapitalismus also eigentlich bekämpfen. Andererseits hat der Zufall, das vollkommen planlose, chaotische und mir infolgedessen sympathische Prinzip, das dieses System regiert, ausgerechnet mir ein Stück Privateigentum zugeworfen, gerade soviel, daß der Zins, den ich aus ihm ziehe, ausreicht, mich schreiben zu lassen, was und wie ich will. Ich bin glücklich zu preisen. Ich genieße ein Maß von Freiheit, wie wenige meiner zukünftigen Kollegen. John, der von meinem Glück nichts wußte, glaubte mir einen Ausweg zeigen zu müssen. »Suchen Sie sich einen Mäzen!« sagte er. »Sie werden lachen, aber das gibt es: Mäzene.« Seitdem gilt mein Dank jenem kleinen berliner Häute- und Lederhändler, der mir ein Haus hinterlassen hat. Er war mein erster Mäzen und wird mein letzter sein. Ich habe es nicht nötig, reiche Humanisten um ein Almosen zu bitten. Ich täte es auch nicht. Da bliebe ich lieber Journalist.

Natürlich würde Meg jederzeit für meinen Lebensunterhalt aufkommen. Sie verdient genug für zwei. Aber ich habe ja jetzt dieses Haus. Damit ist mir die letzte Möglichkeit genommen, unter einem Vorwand zu ihr zurückzukehren.

»Himmel Herrgott, nun hören Sie doch endlich auf mit Ihrer Verzögerungstaktik!« schreibt mir Dr. Heckmann zu dieser Passage meines Schlußkapitels. Ich habe es ihm nachträglich zugeschickt, und er hat es mir mit wendender Post retouniert, nach einer offenbar in übler Laune verbrachten Nacht. Am Rand des Manuskripts lese ich Bemerkungen wie *Kommen Sie zur Sache*! oder *Unnötiger Tempoverlust*. Bei der Erörterung meiner wirtschaftlichen Verhältnisse scheint ihm endgültig der Kragen geplatzt zu sein; *Verzögerungstaktik* finde ich reizend! Habe ich nicht, am Ende des vierten Kapitels, ausdrücklich darauf aufmerksam gemacht, daß ich lange, zögernd, hinhaltend spielen muß, wenn ich meine Partie gegen das Buch gewinnen will? Ich muß doch das Buch hindern, seine Trumpfkarte gegen mich auszuspielen! Aber Herr Dr. Heckmann wünscht das gar nicht. Herr Dr. Heckmann steht auf der Seite des Buches! »Verlieren Sie!« schreibt er. »Verlieren Sie wie ein Mann, schnell und entschlossen!«

Er hat gut reden. Nun, meinetwegen. Man wird ja auch müde, die Lampe brennt, man bekommt rotgeränderte Augen, während der Partner einen beobachtet, unablässig und gelassen, die Karte in der Hand, die stechen wird. Man gibt auf. Die Lorenza sei ihm durchgebrannt, klärt mich der Baron auf, ungeniert und mit einer nonchalanten Handbewegung, als ich mich teilnehmend nach seiner Freundin erkundige. Ja, mit einem Engländer, für den sie eine römische Offenbarung gewesen sei.

»Ich hab' mir schon gedacht, daß sie in London reussier'n wird«, erzählt er. »Desweg'n hab' ich sie überhaupt mitg'nommen. Wissen'S, ich wollt' sie nämlich loswerd'n. Ich hab' ihre Schlamperei nicht mehr aussteh'n können.«

Er lacht nicht, sondern er raunzt. Er ist ein Filou, aber ein schwerblütiger. Über die Schlamperei der Lorenza beschwert er sich, als führe er selber kein schlampiges Leben. Ein Leben, in dem sinnlose Geschäfte schlampig in billigen Hotelzimmern herumliegen. Ich pirsche mich vorsichtig an.

»Haben Sie was mit dem neuen Cameron-Film zu tun?« frage ich, beiläufig.

Er wird zurückhaltend. Bisher hat er nur von Beteiligungen, Kapital-Transaktionen und ähnlichem gesprochen, so getan, als stände er im Begriff, Produzent zu werden; jetzt stellt sich die untergeordnete Rolle heraus, die er spielt. Aus ein paar räsonierend hingeworfenen Satzfragmenten entnehme ich, daß er die deutschsprachigen Werbetexte für den Film schreibt, *public relations* betreibt. Immerhin, dann ist er über alles im Bilde, wie ich die Branche kenne.

»Da ist doch diese Fotografin dabei?« frage ich, im Konversationston. Es gelingt mir, den Namen so auszusprechen, als erinnere ich mich gerade an ihn. »Meg Ellis.«

»Ja«, antwortete er. »Und wenn der Film eine Pleite wird, dann wegen der. Das Mad'l stellt Ansprüche, sag' ich Ihnen!« Entrüstet schüttelt er den Kopf über Megs künstlerische Forderungen.

»Sie wird sie wohl kaum durchsetzen können«, wende ich ein.

»Die?« Er zieht das kurze Wort lang hin. »Die ist eine ganz G'haute.«

»Wieso?« frage ich. »Schläft sie mit Cameron?«

Er schüttelt den Kopf und gibt mir die Auskunft, wegen der ich die Verabredung mit ihm eingehalten habe.

»Nicht mit Cameron«, sagt er. »Die ist viel schlauer. Sie soll ein Verhältnis mit dem Produzenten haben.«

Er nennt den Namen des Mannes, mit dem Meg also vielleicht ein Verhältnis hat. Miller, Mitchell oder so ähnlich. Irgendein Amerikaner.

»Sie ist meine Frau«, sage ich.

»Oh«, sagt Collaudi erschrocken, »das tut mir aber leid.« Vorwurfsvoll fügt er hinzu: »Wie kann man denn wiss'n, daß jemand, der Ellis heißt, in Wirklichkeit Ihre Frau ist?«

Das ist es eben. Der Baron kann nicht wissen, daß Meg in Wirklichkeit niemals eine Frau Efraim war. Meg ist niemals etwas anderes gewesen als Meg. Schon ihr Mädchenname hat keine Bedeutung. Margaret Ellis aus Stoke-on-Trent, Tochter aus einer alten Töpferfamilie, Herkunft aus mindestens sechs Generationen *workingclass nobility* – das ist alles Unsinn. Meg ist Meg.

»No, Sie wiss'n ja, was alles so geredet wird, unter Filmleuten«, höre ich den Baron sagen. »Vielleicht is es ja gar net wahr!«

Es klingt einesteils ehrlich um mich bekümmert, teilnehmend, andererseits so, als sähe er sich bereits vor den Scheidungsrichter gezerrt und von mir unter Druck gesetzt, zu bezeugen, er habe Meg *in flagranti* ertappt. Aber ich bin schon gar nicht mehr hier, in diesem Aquarium von einem Espresso-Café in Soho, in dem der Baron und ich herumschwimmen wie alte, schon vor langer Zeit eingesetzte Fische, die gelegentlich mit ihren Mäulern zart an die Scheiben stupsen. Es ist Nacht draußen, Nacht in der Wardour Street, während es vorhin, in der Malet Street, als ich meine Handtasche holte und eine Stunde auf Meg wartete, noch hell war, nebelig hell, später dämmerig. Der Baron kann nicht ahnen, daß mich seine Mitteilung kaum bewegt. Es interessiert mich wenig, daß ich ein gehörnter Ehemann bin. Nicht daß meine Frau fremdgeht, ist von Bedeutung für mich. Meinetwegen kann sie ins Bett gehen, mit wem sie will. Ich weiß schon, daß einem kein Körper gehören kann. Auch keine Seele. Wenigstens nicht andauernd, unablässig, ohne zu schwanken. Was mich interessiert, ist einzig dieser Schaukelstuhl. Ich habe vorhin in der Malet Street eine Stunde lang nur an ihn gedacht, an dieses viktorianische Möbel aus geschwungenem Bugholz in Chichester Rents. Ich habe gelogen, als ich schrieb, ich wüßte nicht welches Uhrwerk das Verhältnis zwischen Keir und Meg ticken läßt. Sie haben es immer auf diesem Schaukelstuhl miteinander getrieben. Der Stuhl knarrte. Woher ich das weiß? Meg hat es mir erzählt. Nicht freiwillig, ich habe sie dazu gezwungen. Zuerst. Später hat sie es auch freiwillig und gern immer wieder erzählt. Wir konnten zuletzt nicht mehr miteinander die Liebe machen, ohne von dem Schaukelstuhl zu sprechen. Deswegen habe ich vor einer Stunde meine Handtasche ergriffen und bin gegangen, so wie vor einem Jahr, wie vor zwei Jahren, und damals, als ich nach Dalarne ging. Ich bin ein Narr. Ich sollte diesen Schaukelstuhl akzeptieren. Meg würde mich lieben dafür, es ist nicht so, daß sie mich verachtet, während sie ihn knarren läßt, im Gegenteil, sie hat den Mut bewundert, mit dem ich mich ihm gestellt habe. Eher verachtet sie mich ein wenig, seitdem ich vor ihm fliehe. *You should live up to it*, hat sie einmal gesagt. Sie ist eine seltsame Frau.

Ich betrachte die Karte, die endlich auf dem Tisch liegt, und plötzlich ergreift mich namenloses Entsetzen. Die Partie ist zu Ende. Mir ist nicht wohl, ich trete auf die Balustrade im fünften Stockwerk des Albergo Byron hinaus, um Luft zu schöpfen, die Luft einer römischen Oktobernacht. Ich habe heute, zum erstenmal wieder seit jenem Sonntag in Berlin vor drei Jahren, nicht am Vormittag gearbeitet, sondern vom Spätnachmittag bis in die Nacht hinein. Die Luft erfrischt mich. Sie ernüchtert mich. Die Übelkeit weicht, ich bin nur noch vollständig nüchtern. Ich zünde mir eine Zigarette an und lehne mich an die Mauer, hinter der mein Zimmer liegt. Ich rauche. Rauchend erkenne ich, daß ich die Vormittage dreier Jahre auf die Darstellung eines banalen *ménage à trois* verschwendet habe. Auf eine ganz gewöhnliche Dreiecksgeschichte, wie es Millionen gibt. Die große Trumpfkarte des Buches, auf die ich die ganze Zeit gewartet habe, ist eine kleine perverse Pointe, weiter nichts. Die Zigarette schmeckt fad, ich drücke sie am eisernen Geländer aus, werfe den Stummel hinunter in den verstummten Abgrund der Via Borgognona. Das also war es.

Herr Dr. Heckmann wird mir schon erklären können, was es war. Er gehört zu denen, die alles erklären können, sogar Auschwitz. Soziologisch. Historisch. Medizinisch. Er kennt den Mechanismus, weiß, wie die Transmissionen funktionieren, die Grausamkeit und Unterwerfung miteinander verbinden, in der Liebes- und Tod-Maschine. Da er sogar weiß, warum Säuglinge in die Luft geworfen und mit Pistolenschüssen zerfetzt werden wie Tontauben, kann er meinen Fall noch viel leichter aufklären. – Ich füge hier nachträglich ein, daß ich ihn unterschätzt habe. Er hat geschwiegen. Seinem Auftrag gemäß hat er sich streng auf die formale Kritik meines Buches beschränkt.

Ich habe mich von Collaudi verabschiedet und bin nach Heathrow gefahren. Natürlich war die letzte Maschine nach Rom schon weg, so daß ich die Nacht in der Passagierhalle des Flughafens verbringen mußte. Sie haben ja bequeme Sessel dort. Bis gegen Mitternacht habe ich auf Meg gewartet. Sie wollte zum Abendessen in der Malet Street zurück sein, mußte sofort feststellen, daß meine Handtasche verschwunden war, und konnte sich leicht eine Chance ausrechnen, mich in Heathrow noch zu erreichen. Ich wartete jedoch vergeblich. Vielleicht hat sie angenommen, ich sei wieder in ein Hotel umgezogen, wie im vergangenen Jahr. Und wie in der Nacht zuvor hat sie sich wahrscheinlich überlegt, daß ich aus freien Stücken zu ihr kommen müsse.

Ich war es, der zu wählen hatte. Die bedingungslose Übergabe muß von dem Besiegten verkündet werden. Aber sie hätte mir ja schließlich ein kleines Stück entgegenkommen können. Wäre sie in jener Nacht durch eine der großen Glastüren in die Passagierhalle des Flughafens Heathrow eingetreten, so hätte ich ein für allemal kapituliert. Ich lebte dann jetzt bei ihr in London, anstatt noch immer hier in Rom, wo ich angefangen habe, mich zu langweilen.

Um mir die Zeit zu vertreiben, habe ich nach Mitternacht, als ich aufgehört hatte, Meg zu erwarten, den Papstartikel für Keir geschrieben, auf ein Blatt des dicken Schreibblocks, Oktavformat, liniert, den ich mir am Tag zuvor, nach meiner Ankunft in London, in Barkers Warenhaus in der High Street, Kensington, gekauft hatte. Ich klappte das hellblaue Deckblatt zurück und schrieb: Der Papst ist sehr klein und sehr breit. Er läßt sich in einem schwarzen Auto in Rom herumfahren. Vorne sitzen der Chauffeur und ein Priester. Hinten sitzt der Papst allein, ein kleiner, oben stumpfer Keil. Der Papst hat die größten Ohren, die ich je an einem Menschen gesehen habe. Es sind riesige Ohren. Der Papst ist ein kleiner Elefant. Tief innen im Papst ist ein Krebsgeschwür. Das macht ihm aber nichts aus, weil er schon alt ist. Nur manchmal hat er Schmerzen. Der Papst erinnert sich: *Wir sahen ein riesiges Feuer und Menschen herumgehen, die irgend etwas hineinwarfen. Ich sah einen Mann, der hatte etwas in der Hand, das den Kopf bewegte. Ich sagte ›Um Gottes willen, Maruscha, der wirft ja einen lebenden Hund hinein.‹ Aber meine Begleiterin sagte: ›Das ist kein Hund, das ist ein Kind.‹* Er hat es sich mit ansehen können. Er hat nichts dagegen unternommen. So einer will Gott sein. Es wird Zeit, daß wir uns einen anderen suchen. Das denkt der Papst. Dann ist sein Auto vorbei. Ich reiße das Blatt ab, stecke es in einen Umschlag und schicke es an Keir. Er hat meine Papst-Reportage nicht gebracht. Am Telefon hat er getobt. Dabei habe ich mich streng an die journalistischen Regeln gehalten: ausschließlich *facts*, jeder Satz eine Nachricht.

An diesem Tag, Donnerstag, den 15. November 1962, und in der Nacht zum Sechzehnten, war der Teufel los. Da ging alles in einem Aufwaschen: meine Trennung von Meg, mein Abschied vom Journalismus.

Ich habe ja noch eine Weile weitergemacht, sozusagen mit der linken Hand, weil ich beobachtet hatte, wie Keirs Hände zitterten, und weil es finanziell bequem war für mich. Endgültig ausgestiegen bin ich erst, seitdem Keir nicht mehr Chefredakteur ist.

Er hat sich nach Cambridge zurückgezogen, hält ein Seminar über Marcion, für sechs Studenten, wie er mir vor ein paar Monaten schrieb.

Ich finde keinen rechten Abschluß für dieses Buch. Es ist einfach zu Ende. Wie komisch! Ich habe mir sein Ende ganz anders vorgestellt. Ich weiß nicht wie, aber anders.

Ich wollte es mit einer Darstellung meiner künftigen literarischen Pläne abschließen, hatte sie auch schon geschrieben, aber Dr. Heckmann hat sie mir glatt herausgestrichen, diesmal so energisch, daß ich nachgegeben habe. Das interessiere keinen Menschen, hat er erklärt. Er muß es schließlich wissen.

Jetzt gehe ich das ganze Manuskript nocheinmal nach seinen Anweisungen durch. Dem Rat seines Chefs folgend, habe ich mich entschlossen, darin meinen Namen zu ändern, was zur Folge hat, daß ich auch die Namen aller anderen Personen ändern muß. Eine Heidenarbeit! »Dabei nützt mir diese ganze Mogelei gar nichts«, schrieb ich an Dr. Heckmann, »denn sie verhindert nicht, daß meine Frau das Buch lesen wird.«

»Ihre Romanfigur Meg«, schrieb er zurück, eiskalt, »kann sich zu der Rolle, die sie spielt, gratulieren. Ihr Held ist ein Idiot, daß er nicht bei dieser Frau geblieben ist.«

Es war das erste und einzige Mal, daß Herr Dr. Heckmann sich ein Urteil über den Inhalt meines Buches erlaubte. Ansonsten hat er ausschließlich formale Kritik geübt.

Er ist noch sturer als ich. Stur, unbeirrt, hat er mich aus mir selbst herausgeholt und jenen Efraim in meinen eigenen Helden verwandelt. Als ich unlängst eines Nachts nach Hause ging, beziehungsweise ins Byron, begriff ich, welche Chance ich versäumt hatte. Ich hätte die Freiheit gehabt, aus Meg etwas anderes zu machen als eine englische Fotografin, aus Anna ein Mädchen aus, sagen wir Orléans oder Solothurn, aus Keir... ja, was hätte ich aus Keir machen können? Irgend jemand. In der Via Sistina blieb ich plötzlich stehen, weil ich begriff, daß ich sogar mich selber aus diesem Juden und englischen Journalisten deutscher Abstammung, der ich bin, in ein gänzlich anderes Wesen hätte verwandeln können. Alle möglichen Masken für mich fielen mir ein, während ich weiterging. Als ich auf den Platz vor der Kirche Trinità dei Monti kam, habe ich lange, auf die steinerne Balustrade gestützt, die Treppe hinabgeblickt und mir überlegt, ob ich mein Buch nocheinmal gänzlich umschreiben sollte. Meine philosophische Marotte fiel mir ein: wenn alles auf Zufall beruhte, wenn ich, worauf ich das ganze Buch hindurch so ermüdend insistiert habe, ebensogut wie ich Jude, Engländer und Deutscher war, auch Italiener oder Neger oder ein Wolf oder ein Auto hätte sein können, dann wäre es nicht nötig gewesen, mich so zu demaskieren, wie ich mich in der Tat demaskiert habe.

Aber der gleiche Gedanke verhalf mir dann auch dazu, einer Arbeit zu entrinnen, zu der ich keine Lust mehr hatte. Wenn es gleichgültig ist, wer ich bin, dachte ich, kann ich auch ich bleiben. Vielleicht ist unter allen Masken, aus denen man wählen kann, das Ich die beste. Vielleicht, fiel mir zuletzt ein, – aber ich wies diesen Gedanken erst einmal als unlogisch ab, und später betrachtete ich ihn als Taschenspielertrick –, vielleicht ist es sogar gleichgültig, ob ich überhaupt geschrieben habe, oder ob ich nicht vielmehr geschrieben worden bin?

Dennoch – mit dem Problem beschäftigt, das die Möglichkeit bietet, ein intransitives Verb in ein transitives zu verwandeln, ging ich durch das effektvolle Licht, mit welchem die Stadtverwaltung Roms ihre Monumente anstrahlen läßt, die Spanische Treppe hinab, verschwand um die Ecke, wo sich der in jener Nacht bereits geschlossene Zeitungsstand befindet, in die Dunkelheit der Via Borgognona, und betrat, nach wenigen Schritten, mein Hotel.

Notiz

Bei der Vorbereitung dieses Buches haben mich Herr H. G. Sellenthin (Berlin), Herr Dr. Edmund Wolf und Mr. Gordon Brook-Shepherd (beide London) mit nützlichen Informationen und umfassendem Rat unterstützt. Ihnen danke ich ebenso wie den Herren Dr. Ernst Ludwig Ehrlich (Basel), Mario Hindermann (Zürich), Prof. R. Hinton Thomas (Birmingham) und Hans Dieter Müller (Freiburg/Br.) für ihre Hinweise und Verbesserungen bei der Lektüre des Manuskriptes.

Der auf S. 35 kursiv gedruckte Satzteil *irgendwo sehr fern* usf. wurde dem Roman ›Die Untrüglichen‹ von Chris Marker entnommen. Bei dem Satz *Mindestens einmal* usf. auf S. 141 handelt es sich um ein Zitat aus der Aussage des Zeugen Henryk Poswolski im Treblinka-Prozeß (Frankfurter Allgemeine vom 13. 4. 1965). Der Satz *Wir sahen ein riesiges Feuer* usf. S. 141 und S. 285 gehört zur Aussage der Zeugin Dr. med. Ella Lingens im Auschwitz-Prozeß (Bernd Naumann, Auschwitz, Frankfurt/M., 1965).

Die Arbeit am Manuskript wurde im Oktober 1963 begonnen und im Winter 1966/67 beendet.

Alfred Andersch

Alfred Andersch
im Diogenes Verlag

Die Kirschen der Freiheit

Sansibar oder Der letzte Grund

Die Rote

Wanderungen im Norden

Gesammelte Erzählungen

Efraim

Hohe Breitengrade

Mein Verschwinden in Providence

Norden, Süden, links und rechts

Über Alfred Andersch

Alfred Andersch
im Diogenes Verlag

Die Kirschen der Freiheit

Sansibar oder Der letzte Grund

Die Rote

Wanderungen im Norden

Gesammelte Erzählungen

Efraim

Hohe Breitengrade

Mein Verschwinden in Providence

Norden, Süden, links und rechts

Über Alfred Andersch

Literatur der Gegenwart